Cuando ella duerme
Emi Negre

Título: Cuando ella duerme

© Autor: Emi Negre

© 2021

Diseño de portada Monica Gallart

Corrección: David leelibros

Maquetación: Jess Dharma

ISBN: 9798514078981

Impreso por Amazon

Cuando ella duerme

Emi Negre

A ti, que desde lo más alto, guías mi pluma para hacer de mi inspiración, tu legado.

A mis hijos Enzo y Mateo.

A mi mujer Marta.

Porque sin ellos, nada sería lo mismo.

Contenido

Cuando ella duerme

Existe, más allá del horizonte de nuestra mente, un mundo alejado de todo espacio telúrico. Un mundo mágico, único, infinito.

Un lugar en donde la mentira es cuestionada, negada. Un paraje oculto tan inaccesible como inevitable, capaz de otorgarnos un poder inusitado o, por el contrario, de destruirnos por completo.

Un espacio que compartimos con nuestra propia realidad, pero a la vez separado, equidistantes uno de otro. Dos mundos entrelazados que se funden en un solo paisaje, donde cuando uno se oculta, nace el otro. Así como la noche que cuando se extingue, el día asume su papel protagonista.

Se trata del mundo de los sueños. Un universo donde la verdad nunca escapa, aunque queramos revelarnos a ella.

Verdades que pueden abrirnos los ojos, rompernos el alma. Realidades que a veces muestran caminos que jamás recorrimos; por cobardía, miedo o dolor, pero que hubiésemos deseado hacerlo.

Y en ocasiones, nos descubren esos secretos que siempre estuvieron ahí, pero hemos olvidado.

26 de marzo de 2002

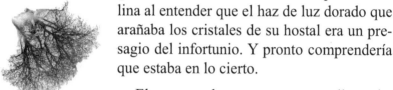

La noche no siempre es sinónimo de ausencia. Eso pensó Adelina al entender que el haz de luz dorado que arañaba los cristales de su hostal era un presagio del infortunio. Y pronto comprendería que estaba en lo cierto.

El terror no duerme nunca y aquella noche la despertó sobre las dos de la madrugada. Un viento caprichoso había roto su calma y obligado a la anciana a escapar, apresurada, de sus sueños. Unos en los que todo volvía a ser como años atrás en su pequeño negocio familiar.

Se enfundó un cómodo batín para afrontar el frío que azotaba con fuerza a esas horas y salió a la calle. Ni tan siquiera su sombra la acompañaba, devorada por la oscuridad del exterior. Una oscuridad que apenas duró un suspiro, el mismo que se escapó de su alma al verse sorprendida por la imagen que se mostraba ante ella.

El graznido de los cuervos. El bateo nervioso de sus alas oscuras, camufladas al amparo de la penumbra de un cielo desolado. Las sombras vivas de un bosque aterrado. Todo se volvía siniestramente extraño.

A lo lejos, la noche se convertía en día. Un falso día de llamas furiosas que se sacudían sin control, buscando el cielo. El humo y el calor llegaban hasta el rostro de Adelina que, aterrada, contemplaba cómo el fuego castigaba sin piedad la iglesia que se hallaba al otro lado del pueblo.

Intentó caminar unos pasos, comprobar la magnitud de aquella catástrofe, rezar por que nadie se encontrara allí, pero sabía que varias almas dormían todas las noches en esa zona. Suplicó al cielo por ellas y mientras lo hacía su respuesta surgió de la nada.

Una sombra emergió por una de las escaleras que llevaba hasta la senda que conducía a la iglesia. Una sombra que corría hacia ella, sin orden en sus pasos, sin rumbo fijo. En un principio agradeció aquella imagen como quien encuentra un techo bajo la lluvia. Pero esa paz era efímera, insignificante ante un destino caprichoso, inclemente. Pronto entendió que esa figura no portaba paz, sino miseria.

Con los ojos llorosos se detuvo. El miedo la poseía, se hacía con su voluntad, anulando cualquier posibilidad de huir. No pudo más que ver cómo aquel ser se acercaba a ella y se detenía a su lado.

—¿Qué has hecho? —preguntó con un dolor que emergía del pecho y se aferraba a su garganta.

El silencio fue todo lo que obtuvo como protesta. Tampoco era necesario detalle alguno. Cuando sus miradas se cruzaron no hizo falta ninguna palabra. Ella cerró los ojos y suspiró, olvidando por un instante las lágrimas que pedían paso. Tragó saliva con fuerza e hizo un gesto rápido con la cabeza al ser que, encorvado, se mantenía inerte frente a ella, con el humo abrazado a su cuerpo y el olor del fuego todavía latiendo con fuerza. La carretera se iluminaba de nuevo con luces intermitentes. El tiempo era un tesoro escaso en ese instante.

—Corre —dijo justo antes de ver cómo aquella sombra desaparecía entre las esquinas de un pueblo que siempre guardaría su secreto.

Pesadillas

Esa noche Paula murió. Como lo hacía cada vez que su mente viajaba a ese mundo onírico capaz de todo. En su caso, de acabar con ella. De consumirla entre penumbras custodiadas por unos ojos anhelosos de su alma. Unos ojos que la perseguían desde hacía semanas anunciando un final cada vez más cercano, más tangible. Un final que pensó haber esquivado tiempo atrás, pero que ahora se presentaba de nuevo, y con más fuerza. Ojos blancos y afilados que consumían sus noches entre sueños oscuros y cargados de temor. Ojos que la deseaban.

La reclamaban.

Todos sus intentos por evitarlos habían resultado en vano, ya que de nuevo ese ser volvía a por ella, alimentándose de su miedo cada noche, entre pesadillas que vaticinaban su completa destrucción. Era consciente de que pronto acabaría todo. Su muerte era una mera cuestión de tiempo.

Con las manos todavía temblorosas a causa del duermevela constante en el que se había convertido la última noche, miraba con nostalgia su propia imagen. Una imagen congelada en un tiempo pretérito en donde la sonrisa marcaba el devenir de un futuro que nunca llegó. No al menos como ella imaginaba. Ahora, incluso su propio reflejo, desdibujado en el cristal del marco de fotos, renegaba de todo aquello en lo que se había convertido.

Contempló con desdén una vez más a esa niña de ocho años cuya danza había quedado congelada en el pequeño papel que guarecía a salvo tras el cristal. Un dolor se afianzó en su pecho al recordar aquella impronta que mantenía firme en su memoria. Había transcurrido más de una década, pero ese instante se aferraba a ella como un imán a la puerta de una nevera, deslizándose de vez en cuando hasta sus retinas para devolverla a ese tiempo.

Una época cuya felicidad se fue marchitando y todavía no había sido capaz de deducir el motivo que acabó por arruinarlo todo.

—¿!Dónde está!? —Aquella voz de tenor traspasó las paredes haciendo vibrar la madera de la puerta que la aislaba del mundo real.

Sabía que esa pregunta iba referida a ella. También sabía el motivo por el que ansiaba tan pronto encuentro y, de igual modo, asumió que el enfrentamiento era innegable. Cerró los ojos para volver de nuevo hasta esa tarde, apretando con fuerza la foto contra su pecho.

La tarde se apagaba lenta. Entre susurros frescos de un viento primaveral el sol se escurría por el horizonte arrastrando con él su destello dorado, dibujando en las colinas sus siluetas a carboncillo.

Paula jugaba cobijada bajo las sombras que se abrazaban a los columpios del parque que hacía poco habían instalado frente a la casa donde vivía; un fantástico adosado de tres plantas cubiertos de unos lujos que ella nunca supo apreciar. Tan sólo le interesaba jugar con una madre cariñosa y distante casi en proporciones iguales y un padre que prácticamente no estaba en casa.

—Paula, cariño. Es hora de entrar en casa —anunció su madre con una voz dulce y suavizada.

La pequeña apenas hizo caso de su reclamo débil y meloso. Lucía la esperaba en la entrada de casa con una reluciente cámara en una de sus manos. Sonrió al verla dispuesta a volver y, antes de que Paula pudiera disponerse para la fotografía, dirigió aquel objeto que guardaba con recelo en su mano hacia ella y, sin previo aviso, un resplandor inmortalizó aquel momento.

Un golpe seco la devolvió a la realidad tan rápido como aquel fugaz recuerdo arrebató una dolorosa y volátil sonrisa que se formó al contemplar la foto.

El crujido de la madera intentando ceder.

Las paredes, que al vibrar, causaban un eco sordo en el interior.

Y sobre todo el ímpetu furioso de su padre al otro lado hizo a Paula retroceder sobre su silla de oficina, hasta impactar el respaldo contra la mesa, en donde una pantalla encendida guardaba su imagen congelada. En el interior de aquel iluminado cristal, ella misma se miraba con el rostro pétreo, inmóvil.

Al fin la puerta cedió, lanzando al suelo algunas astillas que no resistieron el envite. Su padre entró como una exhalación, con el semblante enrojecido y un rictus tenebroso que presagiaban lo peor.

Sus puños apretados.

Su mirada encendida en llamas.

—¿¡Sabes lo que acabas de hacer!? —preguntó entre gritos apretados que se escapaban con dificultad por los pocos espacios que sus dientes dejaban al aferrarse unos a otros.

Ella guardó silencio.

—Ni siquiera puedes llegar a imaginarlo, mocosa malcriada. —Los ojos de Paula se perdían en el embaldosado brillante que decoraba el suelo, intentando huir de la mirada reprobatoria de su padre, pero sin evitar ignorarlo—. Quieres arruinarnos la vida. ¿Verdad?

—Yo sólo digo lo que veo. No creo que haya nada de malo en decir la verdad —respondió a la defensiva sin levantar la mirada.

Su padre se negó a responder. Se limitó a afirmarse en su posición como un viejo árbol que resiste un vendaval. Pero aquel gesto duró apenas unos segundos.

—Eso que tú llamas verdad puede arrebatarnos todo lo que tenemos. No te olvides que ahora tu padre forma parte de todo esto y, con lo que has hecho, pueden pedir mi cabeza. ¿Es que acaso no te das cuenta?

El silencio volvió a imperar en una habitación que perdía poco a poco el color. Todos los dibujos que colgaban en la pared parecían descomponerse entre la penumbra que se adueñaban de la sala.

Se deshacían hasta desaparecer por completo.

Las ventanas, que informaban de que la tarde llegaba a su fin, habían cumplido con su misión y se disponían a cerrar el telón por completo. Las sombras se extendían raudas por el dormitorio, envolviendo a padre e hija en un aura gris que casi definía el momento.

Al fin, tras unos minutos, su padre rompió esa efímera promesa de inmovilidad que había pretendido y avanzó unos pasos. Los mismos que Paula retrocedió arrastrando su silla de escritorio con ruedas —la típica negra de cuero que te obliga a usar siempre pantalones—.

—Vas a borrar ese estúpido vídeo de inmediato —conminó, deteniéndose al ver la reacción de su hija.

Ésta negó con determinación. No iba a consentir que nadie, ni siquiera sus padres, condujesen su vida. Desvió su mirada hacia la pantalla y no pudo evitar comparar aquella muchacha de veintidós años con la niña que sonreía tras el marco que todavía sujetaba.

Lejos había quedado esa sonrisa inocente. La realidad es que ni siquiera quedaba ya sonrisa. La Paula de aquel monitor era una Paula de mirada oscura y sin brillo, labios apretados y figura descuidada. Incluso su melena, que en la foto lucía larga y lisa, víctima perfecta de cualquier ráfaga de viento, ahora no era más que un conjunto de marañas descuidadas de pelo castaño, que parecían converger en un punto concreto, donde una goma negra se encargaba de unirlas.

—No pienso repetirlo, Paula.

Cuando ella duerme

—No voy a borrarlo. No eres quién para obligarme. —Tras aquellas palabras, que supo de inmediato que habían sido desafortunadas, se preparó.

—¡Que no soy...! —acertó a decir. De inmediato sus puños se apretaron y su mirada se congeló en una expresión de pura furia contenida—. Soy tu padre, niñata desagradecida. Y mientras vivas en esta casa harás lo que se te diga. Así que, o borras ese puto vídeo o no salgas de la habitación.

La discusión terminó en ese instante en el que su padre se alejó, pasando como una exhalación junto a su madre, que había observado la escena bajo el quicio de la puerta. Su rostro dibujaba el terror que había vivido en esos escasos minutos que duró la confrontación, pero a pesar de la retirada de su marido, todavía no había podido recuperar la compostura. Se acercó con pasos lentos a su hija. La miró y, sin apenas pronunciar palabra alguna, llevó su vista hacia la pantalla.

—Dime, cariño. ¿Por qué haces todo esto? —preguntó con su natural voz pausada y aterciopelada.

—Yo no hago nada, mamá. Solamente estoy defendiendo mis principios. —Paula miraba la pantalla, que mostraba el vídeo en cuestión. Un vídeo en el que se veía a ella con el rostro serio.

Un vídeo que ella misma subió a su canal de YouTube. Un canal que le pertenecía desde hacía varios años, pero que no había sido creado para esos fines.

—¿Y no podías haber elegido otro tipo de tema? Sabes que tu padre ahora está íntimamente ligado a la política. Y tu vídeo deja en mal lugar a su partido. ¿Qué crees que le van a decir cuando todos sepan de esto? —De nuevo su madre se acercó unos pasos más y, apoderándose del ratón, comenzó a avanzar entre todos los vídeos que formaban parte del canal.

El mosaico de aquella pantalla poco a poco se iba transformando, a medida que la antigüedad de cada vídeo se extendía. Títulos como; ¿Cuál es el país más corrupto? o ¿por qué ya nadie habla de jueces comprados?, daban paso a otros que decían; Pintando con las *manos.* Una triste sonrisa se formó en los labios de su madre.

—¿Dónde quedaron esos vídeos tan bonitos que hacías cuando abriste tu página? —preguntó con la voz rota y la mirada perdida en el monitor.

—Donde quedó ella —respondió Paula mirando el mismo título al que se refería su madre.

Lucía apretó los labios en un gesto que denotaba el dolor que las palabras de su hija acababan de infringirle. Un dolor que no siempre se percibe, tampoco se ve, pero que cuando impacta puede llegar a destruir más que el peor de los golpes. Suspiró antes de seguir hablando.

—No tardes en venir a cenar. Álvaro y yo tenemos una gala esta noche y queremos salir pronto —finalizó Lucía torciendo el gesto en una pesarosa mueca que seguía conservando parte de su desconsuelo.

Pronto la habitación quedó en silencio. Un silencio triste.

Un silencio que invitaba a pensar.

A pensar en todo lo que estaba ocurriendo últimamente. En su cambio de actitud. En su nuevo estilo de vida. Tras el monitor, una pared decorada por dibujos le aportó esa respuesta a una pregunta a la que todavía se negaba.

Eran todos dibujos que recibió tras abrir el canal. Un canal que en origen fue para hacer vídeos de bailes y pintura. Algo que a ella siempre le había gustado. Sus dibujos se mezclaban con otros que recibía de sus seguidores.

Resuelta a meditar sobre todo lo ocurrido, apoyó su cabeza en sus brazos, que tenía cruzados junto al teclado de su ordenador. Y tras haber encontrado un pequeño hueco oscuro bajo sus antebrazos, cerró los ojos y se dejó ir. Su mente volaba junto al reloj de aguja que iba marcando los pasos a seguir, con un constante *tic, tac, tic, tac.*

Tras unos minutos de silencio autoimpuesto, volvió a incorporarse, sintiendo la necesidad de aclarar todas sus dudas.

Cuando ella duerme

Observando la pared, comparando lo que fue con lo que veía en la pantalla, decidió ver una vez más el vídeo al que se refería su padre. En él, una Paula distinta no sonreía. No mostraba ápice alguno de felicidad. Ni parecía buscarla.

No era la Paula del primer vídeo.

Radiante. Llena de vida.

Era otra mujer.

Su rostro, que otrora parecía haber sido esculpido por los mejores escultores, cincelado a la perfección, ahora era violado por numerosos pendientes metálicos que perforaban su nariz y labios. También sus orejas estaban repletas de ellos. No pudo sino desviar su mirada hacia la pequeña que sonreía tras el cristal. Todavía a salvo entre sus manos. Un título en la pantalla; *Los nuevos sueldos de los políticos.*

Así empezaba su diatriba.

"Hola a todos.

Hoy traigo una noticia que los medios de comunicación, que comen de la mano de su amo, no publicarán. Pero para eso estoy yo. Para decir todo aquello que los demás callan. Para mostrar la verdad.

Esa verdad que nos afecta a todos. ¿De qué se trata? Pues nada más y nada menos que de una noticia estupenda. Estupenda por decir algo. Nuestros queridos políticos se han subido el suelo. Sí, así, sin esperar a que se aprueben los presupuestos para este año. Sin pensar en las necesidades de los españoles y, desde luego, sin calcular la repercusión que esto puede traer.

Así pues, queda consumada una nueva traición de nuestros queridos políticos. Pero no nos engañemos, la mesa lo aprobó por unanimidad. Eso es, unanimidad. Lo que me lleva a decir algo alto y claro: A nuestros políticos les importamos una mierda. Le importa una mierda que Extremadura sea la comunidad peor comunicada por tren de nuestro país, por poner un ejemplo. Y como he dicho, todos han demostrado que primero son ellos. Y si sobra algo, son ellos también. ¿Por qué seguimos empeñados en autoconvencernos de que los políticos están para defender al pueblo? No los creáis. Quien llega a la política es para enriquecer su propia cuenta. Mientras que a los españoles no nos sobra sueldo a final de mes, los políticos...".

«*Políticos... Políticos...*». La pantalla se congeló en ese preciso segundo, dejando a una Paula de rostro encendido repitiendo la misma palabra. El monitor, desprendiendo un azulado reflejo hacia la penumbra que invadía la habitación, comenzó a perder la señal, desdibujando el rostro de la joven, que cada vez se perdía más en el interior de aquel aparato.

Como si de un truco mágico se tratase, Paula dio dos golpes al monitor. No uno. Tampoco tres. Dos meticulosos golpes, con la misma velocidad y fuerza en cada uno de ellos. Pero no surtió efecto alguno.

Miró en derredor en busca de una explicación plausible a todo lo que comenzaba a suceder en ese preciso instante. En ese lugar. Pero la justificación vino rodeada de oscuridad. Una oscuridad que la abrazaba. Una oscuridad que precedió a un frío seco, pesado. Que se aferraba a su piel.

El frío daba paso a un temblor que no podía identificar. No sabía si era ella, incapaz contener las reacciones de su cuerpo, que demandaban con urgencia salir de allí. O por el contrario, la propia habitación que clamaba como cuerpo vivo. Pronto sus dudas se disiparon entre aquella bruma negra que la rodeaba.

«*Políticos... Polí...*». Su voz, que se distorsionaba por momentos, repetía aquella palabra, cada vez con una cadencia mayor. De pronto, la imagen volvió en un súbito latigazo de luz a presentarse frente a ella. Pero algo había cambiado: Sus ojos. Esos ojos no le pertenecían. No eran los suyos. Unos ojos negros se habían apoderado de su rostro congelado en la pantalla del ordenador.

De nuevo la pantalla inició un baile extraño. Una danza de

chispazos blancos que devoraban la imagen que se hallaba en su interior. Sin manipulación alguna por parte de una Paula aterrada, incapaz de mover un solo músculo, el vídeo comenzó a retroceder hasta pararse unos segundos antes. La frenética danza, distorsionada también, se detuvo, mostrando a Paula de nuevo, congelada en la pantalla, casi como la Paula que miraba el vídeo en aquel instante. Y una vez más, sin previo aviso, su voz, extraña, volvió a resonar.

«No nos engañe... No nos engañe... No nos engañe...».

Tres palabras que había pronunciado en aquella declamación un minuto antes. Esas tres palabras se repetían sin cesar. Tres palabras que eran acompañadas por un gesto de ella, que parecía traspasar la pantalla, dirigiendo su mirada hacia la pared.

—¿Qué qui...? —se atrevió a preguntar.

Pronto supo que su osadía estaba siendo contestada. Entre sonoros crujidos que parecían querer derruir la habitación, mezclados con los propios sollozos de una Paula desconsolada, el suelo comenzó a desquebrajarse. De éste surgían unas raíces tan negras y grandes que sólo dos de ellas bastaron para destrozar toda la habitación. Raíces de un árbol que nunca existió. Raíces que avanzaban con la lentitud del día, por las paredes, reproduciéndose casi con cada movimiento. Cada una de ellas se abría en dos nuevas ramas y éstas en dos más, abarcando así toda la pared, en su ascenso por la misma. Al fin se detuvieron cuando llegaron a tres dibujos. Tres dibujos que no le pertenecían.

Tres dibujos que no eran de ella.

Fue entonces, cuando las ramas se abrazaron a esos tres trozos desgastados de papel, cuando el sonido se intensificó. Todo comenzaba a temblar de nuevo. Ya no existía ordenador ni habitación. Sólo el frío de una noche que nunca conoció en Madrid. Una noche que dejaba oscuridad y tres papeles. Nada más.

—¿Qué quieres? —insistió con una voz algo más ausente. Una voz que apenas se propagaba en el ambiente. Desleída casi por completo.

Pero no fue un sonido lo que le contestó. Algo se abalanzó hacia ella tomándola por los hombros, obligándola a gritar con todas sus fuerzas.

—Paula, ¡por Dios! —susurró su madre abrazándola en cuanto ésta recuperó la conciencia.

Todo había sido una pesadilla. Una horrible pesadilla distinta a todas las que había estado teniendo últimamente. Una pesadilla tan real y vívida como nunca había sufrido.

—Te has dormido, cielo. Te hemos escuchado gritar. ¿De nuevo las pesadillas?

Paula asintió con debilidad. De nuevo no era la definición más adecuada.

—No ha sido nada. Me he debido de dormir aquí y habré tenido un mal sueño. Nada más —respondió forzando tanto como pudo su rostro para dibujar una sonrisa que para nada convencía.

—Sigues con la medicación, verdad.

—Sí, mamá. No ha tenido nada que ver —mintió. Había dejado la medicación hacía semanas. Justo cuando esas malditas pesadillas volvieron. No quería que nada le impidiera afrontarlas.

—Bien. Ya sabes que el doctor Velera dice que mientras no sepamos el porqué, no debes dejar de tomarlas.

Paula observó de soslayo el cubo de basura que guardaba con recelo junto a su ordenador. En su interior, las pequeñas pastillas parecían querer salir y delatarla sin compasión.

—Lo sé, mamá. No te preocupes. —Algo en su mente la alejaba de la conversación con su madre. Tanto que apenas pudo comprender lo que decía. Se limitó a asentir una vez más y esperar a que se fuera.

—Deberías llamar a Claudia. Hace mucho tiempo que no la veo —dijo Lucía justo antes de salir de la habitación.

Tenía toda la razón. Hacía mucho tiempo. Desde aquel desafortunado gesto que Paula no pudo controlar y que llevó a la ruptura total de una amistad de años. Un recuerdo fugaz de ellas dos pasó por su mente. Justo para recordarle la futilidad del tiempo, que a veces depende de un solo gesto para destruir todo lo que llevó años construir.

Debía olvidarlo.

No era el momento para pensar en cosas que ya no tenían remedio. Claudia se había marchado por decisión propia y no era momento de pensar en ella. Quizá más tarde, pero no ahora.

Ahora esos tres dibujos eran todo lo que su mente necesitaba. Esa respuesta ansiada. Una pregunta que aullaba en su mente.

¿Por qué?

¿Por qué necesitaba conocer esos tres dibujos? Y sobre todo, ¿a quién pertenecían?

Se acercó con calma, dejando atrás el cómodo sillón con ruedas. Eran tres papeles normales de los que se pueden conseguir en cualquier papelería —los que se usan para las impresoras—. En ellos, tres dibujos totalmente distintos. Tres dibujos que venían acompañados sólo de un nombre: Nuria Puentes Súñez, escrito en el reverso de la hoja. Eso era todo lo que tenía.

Todo lo que sabía de aquellos dibujos era que el primero había aparecido varios meses atrás, tal vez un año. En la época en que su canal estaba orientado a dibujos o canciones.

Como era común, muchos seguidores —casi todos niños— mandaban sus dibujos con textos y dedicatorias para que ella los nombrara en sus vídeos. Pero esos tres, aparecieron en su casa, sin texto ni remite. Únicamente con un nombre como toda información: Nuria Puentes Súñez.

Tres dibujos totalmente distintos. Esos mismos tres dibujos eran los que parecían reclamarla.

Tal vez necesite volver a esto, pensó observando de nuevo a la Paula radiante que seguía aferrada a su mano. Revisó una vez más los tres papeles, arrancándolos con cuidado de la pared. ¿Por dónde empezar a buscar? Sólo tenía un dato como información: Nuria. Nada más.

Separó cada uno de los papeles para poder obtener la información deseada, pero se antojaba imposible.

El primer dibujo que recordó haber recibido mostraba varios muñecos de palo de distintos tamaños, que Paula dedujo que se trata de su familia, aunque algo más extraña de lo normal. Todos los muñecos tenían el pelo largo, así pues daba a entender que eran todas mujeres. Dos algo más adultas y tres de un tamaño similar. ¿Sus hermanas? ¿Su madre? Y la otra figura de pelo largo, ¿quién podría ser? Algo en aquel muñeco llamó su atención. Todos tenían dibujadas —de una manera algo simple— toda la fisionomía: brazos, piernas, manos. Pero una de ellas sólo tenía cuatro dedos. Un dato que no pasó desapercibido para Paula.

El siguiente dibujo era el que, tal vez, más pistas pudiera darle. Se trataba del pueblo, donde quizá viviera esa niña. Un pueblo pequeño lleno de abundante vegetación y oculto entre numerosas montañas. Un precioso pueblo que bordeaba a un lago tan azul como el cielo.

Y el tercer dibujo. Un dibujo de amplios trazos negros. Tan negros que todavía conservaba parte de la cera de color empleada. En él se distinguían dos árboles enormes a lo lejos, observados desde una pequeña ventana de cristal antigua. Atravesando los árboles, una blanca y redonda luna era el único punto blanco que se salvaba en aquel papel arrugado.

Tres dibujos. Una misma palabra en los tres: Nuria. Necesitaba encontrar a esa pequeña tanto como necesitaba escapar del mundo en el que se hallaba. Pero todavía no sabía por dónde empezar. ¿Cómo localizar ese pequeño pueblo al borde de un lago?

Sin dudas, y tal vez con las esperanzas justas, sacó su Samnsung Galaxy S9 y capturó en su pantalla los tres dibujos.

Vlog Paula Serna Robles
15/04/2019

«*Hola a todos.*

Llevo semanas pensando hacia dónde dirigir mi canal. Y creo que un tiempo alejada de todo esto me vendrá bien. Me gustaría conocer a todos esos niños que me enviaban sus dibujos para poder volver a tener la alegría con la que empecé mi canal. Así que he decidido visitar a algunos de ellos.

Y quisiera empezar por una pequeña que me mandó sus dibujos, pero de la que apenas sé nada. Sólo tengo este dibujo de lo que se supone que es su pueblo y su nombre: Nuria Puentes Súñez. Lo muestro en pantalla para que, si alguno supiera qué pueblo es, me lo hiciera saber.

También quiero decir que si estás viendo esto, pequeña, me dejes un comentario para poder hablar contigo.

Gracias a todos y espero seguir contando con vosotros y con todo el apoyo que me habéis dado».

Con la imagen de aquel pequeño y paradisíaco pueblecito acaba su breve documento visual. Dejando a cargo de la información a sus miles de seguidores y esperando que al menos alguno de ellos pueda ofrecerle el dato que falta en aquellas pinturas que tanta vida le dieron en su día, pero que de un modo u otro, acabaron por quedar olvidadas en su pared. Como una cruel metáfora de su vida.

No tardan en llegar las reacciones. Algunas traducidas en un simple corazón iluminado junto al vídeo que todavía destaca sobre el resto de publicaciones lanzadas al mundo infinito que es Instagram. Un mundo lleno de falsas verdades, de sonrisas forzadas. De vidas expuestas.

Tampoco se hacen esperar los comentarios.

Comentarios de todo tipo: algunos de ánimos, alentándola a seguir con su nuevo rumbo, otros criticando, como ya era común en su canal. Pero de entre toda esa maraña de voces en silencio, algunos muestran la necesaria información.

Segura de que no todos van a estar en lo cierto, busca de entre todos los usuarios que creen conocer el pueblo que ella ha mostrado, aquel nombre que coincida en distintos usuarios. Sólo uno de todos los ofrecidos se repite con más asiduidad; Tanes.

«*Es Tanes. Un pequeño pueblo de Asturias. Un pueblo que está junto a un enorme embalse al que debe su nombre*». Ése es uno de los mensajes recibidos de entre todos los usuarios que han nombrado ese mismo pueblo.

Tanes. Esa será su primera visita.

Sin apenas dudar de sus acciones. Sin remordimientos. Sin pensar siquiera en su familia, comienza a preparar lo que será su nueva vida. Ajena a que todavía tiene encendida la cámara y el vídeo sigue en marcha. Cuando al fin se da cuenta, se acerca y la pantalla se vuelve negra. La maleta, justo antes de cerrar el vídeo, muestra su nuevo proyecto.

Al menos durante un tiempo.

O hasta que esas pesadillas acaben por cumplirse al fin.

Tanes

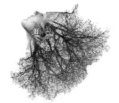

Un frío extraño hizo que Paula abriera los ojos confundida. Como única compañera, una pequeña brisa fresca que se colaba por la ventana de su habitación, a través de un resquicio que juró haber evitado antes de acostarse. No por el frío que solía consumir las noches de Madrid, sino porque a ella siempre le había dado miedo dormir con la ventana abierta.

Observó con temor el movimiento pendular de la cortina, meciéndose con suavidad al compás de un viento que silbaba al colarse en su habitación.

No pudo reaccionar.

A pesar de su firme voluntad de querer cerrar esa ventana, que juró haber cerrado, no podía.

Algo se lo impedía. Algo que escapaba a su entendimiento. Sólo por un momento.

Pronto el sonido inconfundible del miedo se hizo patente bajo su cama. El suelo, que hasta entonces había permanecido inalterado, comenzó a vibrar llevando su movimiento hasta Paula, que sin articular palabra, contemplaba con horror aquel funesto escenario.

Fueron unos segundos. Unos angustiosos y terroríficos segundos. Pero eternos a la par. Segundos en los que su cuerpo no respondió, preso del pánico que se había instaurado en él.

Ella juraba que había cerrado la ventana.

Pero ahora esta había dejado de existir. También la cortina y el resto de habitación. Ahí estaba su cama y un suelo que se descomponía por momentos. Un suelo que se abría dejando un estruendo ensordecedor. Un sonido que apenas podía devolverla de aquella pesadilla que volvía a ella como cada noche.

Por más que intentara despertar algo se lo impedía. Algo que salía del mismo suelo que acababa de romperse. Algo que ascendía por las patas metálicas de su cama hasta aferrarse a su cuerpo. A sus piernas y brazos. A su cuello. Tan real que podía sentir el rugoso tacto de aquellos brazos ocultos tras la forma de lo que parecían ser ramas de un árbol. El mismo que vio la tarde anterior.

Un tacto áspero que arañaba sus tobillos, colándose por las perneras de sus pantalones. Escuchaba el ruido de la madera arañando el metal de la estructura, removiendo la tierra que había quedado suelta tras abrirse el suelo. El viento seguía soplando con vehemencia, pretendiendo burlarse de ella mientras el árbol se acercaba a su cintura.

El mismo árbol que aparecía cuando no lo hacían esos ojos. Un árbol que pretendía arrastrarla consigo.

La cama crujió con fuerza justo antes de que todo volviera a ella.

—¡Señorita! —Una voz áspera y preocupada la devolvió de nuevo a la realidad. O quizá no. Apenas lograba discernir ya cuál era su realidad. Si aquella en la que se movía a diario. O si por el contrario, esa que aparecía en cuanto sus ojos bajaban el telón—. Ya hemos llegado, señorita. ¿Necesita que llame a alguien? —preguntó aquel hombre que no podía disimular su mirada preocupada.

Había aprendido a distinguir aquella mirada. Su madre también la contemplaba igual. Incluso su padre. Con el tiempo Paula supo esquivar todos esos inquisitivos ojos que pretendían devorar su alma. Pero esta vez era distinto.

Llevó su vista hasta sus manos todavía temblorosas. Su piel, otorgada de un brillo especial gracias al sudor incipiente que manaba de sus poros. O incluso su respiración, todavía acelerada, mostraba la importancia de su estado y por qué aquel hombre la miraba así.

No hizo caso a los siguientes comentarios. Se limitó a abonar la cuenta y abandonar el pequeño taxi que había sido su recinto durante varias horas.

En cuanto sus pies se posaron en el suelo, la brisa fresca de montaña azotó sus sentidos. Aquel olor húmedo de la cordillera asturiana se mezclaba con el intenso aroma a hollín que se desprendía del tubo de escape del taxi, que se alejaba en marcha fúnebre por aquella angosta carretera. Carretera que serpenteaba entre las montañas que protegían ese idílico paraíso.

Respiró hondo una vez más. Su vida se alejaba junto al taxi, dejando atrás, por un tiempo nada más, todos sus recuerdos. O eso pensaba ella.

El más reciente ocupó de pronto sus retinas. La conversación que tuvo la noche anterior con su madre, anunciando sus intenciones. Ahora poco importaba lo que ella le dijo, aunque le era imposible borrar de su mente varias palabras. Pero debía centrarse en otros objetivos ahora. Tenía que seguir en busca de lo que sentía como principal.

Tras ella se encontraba el pueblo al que se refería el dibujo de esa niña sin apenas detalles. Sólo un nombre, su nombre. Era todo lo que tenía. Un nombre y tres dibujos. Tres dibujos y una misión.

Cotejó precisamente uno de ellos, el que hacía referencia al pueblo, para comprobar que, como habían dicho sus seguidores, se trataba del mismo que aparecía en su papel.

Apenas una veintena de casas de aspecto rústico se disponían unas al lado de otras, escalando una de las numerosas montañas. Un pueblo pequeño, con encanto, de calles estrechas y casi sin asfaltar, de cuadras con todo tipo de animales. De vecinos curiosos con memoria de elefante que miran reconociendo que no eres de allí, pero dispuestos a ayudar con todo el cariño que poseen. Un pueblo pequeño, con encanto.

La tarde se escondía pronto en aquella pequeña hondonada, dejando un valle de sombras casi eterno. Un crepúsculo precoz que abandonaba aquella zona, dejando que el frío se deslizara sin temor.

Paula avanzó hasta el pequeño hostal al que la había dirigido el taxi. Un hostal de apenas dos plantas, sin más decoración que el que pueda tener una casa típica, en un pueblo típico, sí, pero con encanto.

Su interior era quizá una proyección de lo que se mostraba fuera. Un interior añejo, decorado en madera, cálido y cómodo. Con luces de un dorado antiguo, que se descolgaban del techo pretendiendo alcanzar un suelo que siempre se mostraba a la misma altura.

El mostrador, desierto. Paula apenas distinguía un ligero olor a estofado. «*Tal vez estén haciendo la cena*», pensó. Con pasos ligeros, se acercó hasta el mostrador y carraspeando un poco la garganta, víctima de horas de castidad, pronunció:

—¿Hola? —Una pregunta digna de ser estudiada, típica, como todo en aquel pequeño pueblo, pero esencial. Necesaria. No hubo respuesta alguna por lo que decidió carraspear con algo más de ímpetu, pesarosa de importunar con su atrevimiento. En ese instante sí, su súplica pareció encontrar destino.

Del interior de una de las habitaciones —la que parecía ser la cocina— salió una anciana de piel tersa. Con un andar todavía joven y ágil se presentó frente a ella con el rostro céreo. Miró a Paula y esbozando una sonrisa, que ocupaba toda su cara, liberó sus manos, que estaban siendo retenidas por su delantal.

—¡Ay! *Fía,* tú debes de ser la *neña* que llamó para una habitación —dijo con un acento asturiano típico de la zona. De los pueblos pequeños—. Pasa, pasa. No te quedes ahí, que *ta fríu.* ¿*Gústente* los dulces? —preguntó.

Paula se limitó a sonreír, ahogada por su propia vergüenza, que estrangulaba cada una de las palabras que intenta impeler.

La anciana no esperó réplica. Salió del mostrador tan rápido como un descuido y, casi a rastras, condujo a Paula hasta un pequeño comedor en una habitación contigua a la sala de estar. Ahí varias mesas se disponían de forma irregular, dejando grandes espacios entre algunas de ellas.

—Qué callada *yes*, cielo. Pero no pasa nada, aquí la *xente ye* muy amable. *Vas tar* como en casa. Y dime, ¿a qué viniste?

El silencio, que apenas duró un instante, ayudó a Paula a reordenar en su mente todo el puzle que se había formado en las últimas semanas. Unas piezas que parecían descomponerse con el paso de los días y sin que pareciera que fuera a arreglarse. Una familia que cada vez se alejaba más de sus ideales, unas amistades que se esfumaron de la noche a la mañana, un mundo que parecía no comprenderla. Quizá había ido allí a olvidarse de todo. Incluso de ella.

—¿Vienes a esquiar, cielo? —insistió la anciana con la sonrisa todavía dibujada en su rostro. La miraba sin pestañear siquiera, con firme postura y apoyando las manos sobre la mesa que compartían.

—Lo cierto es que he venido por motivos personales —respondió Paula al fin, mostrando su voz dulce de nuevo a la mujer que la atendía, que recibió su contestación con una mezcla de alegría y misterio.

—Entonces... —arremetió de nuevo la mujer—, ¿vienes a olvidar? ¿O a aprender?

Aquella pregunta removió las entrañas de la joven, incrédula ante el acierto de la mujer que se presentaba frente a ella. Poco se alejaba de la verdad aquella pregunta insidiosa, envenenada, pero con tanta certeza que Paula apenas pudo llevar su mirada al suelo para contemplar cómo el gres se conservaba en perfecto estado.

Había ido a olvidar. A olvidar una vida que parecía no ofrecerle nada atractivo. Una vida sin sentido, sin ambición, sin nada que pudiera aportarle un rumbo distinto. Pero también a aprender. A conocer todo aquello que parecía haber perdido: su alegría, su arte, su pasión. Había ido a aprender cómo olvidar su presente. Exacto, eso era.

—He venido a conocer a una amiga —dijo ella sonriendo tras deliberar detenidamente su respuesta y dando una media verdad como tal.

—*Yes* un sol. Me *encantes, fía. Yes clavá* a mi Sofía. *Recuér-dasme* a ella. —Una mueca torcida de pesar fraguó en su rostro terso a pesar de los años que por sus ojos transcurrían, por un segundo. Tras él, volvió a iluminar con su sonrisa la estancia y una mirada de miel que aportaba un brillo distinto—. *Voy date* la llave de tu *cuartu. Ta* en el primer *pisu* —dijo justo antes de cumplir su promesa y perderse de nuevo en la cocina, no sin citar para la cena a Paula. «*Pués baxar* a partir de las ocho», había dicho.

La habitación era como el resto de pueblo. Sí, con el encanto de un pueblo pequeño. Cortinas blancas y traslucidas dejando ver la silueta de un verde paisaje efímero, una cama acogedora y un espejo que Paula decidió ignorar. Estaba agotada, necesitaba descansar, dormir y no despertar hasta el día siguiente. Pero esa idea resultaría complicada de cumplir. Una vibración que procedía de su pequeño bolso negro la distrajo por un momento. El necesario para recordarle que seguía teniendo una vida lejos de allí. Su madre la requería al otro lado del aparato.

—Paula, cielo. He visto el vídeo que colgaste anoche. No irás a decirme que te has ido a Asturias. Sabes que lo que estás haciendo es una locura. Vuelve a casa anda. Compórtate como una buena hija y no nos hagas padecer.

Más que un consejo o una súplica, aquel comentario se cargó de amenaza. Una amenaza tan real que Paula llegó a pensar que la que hablaba no era su madre. Ella nunca había lanzado un solo grito. Una sola palabra malsonante. ¿Ahora se atrevía a amenazarla?

—Creo que ya soy suficientemente mayor como para poder irme a donde quiera, mamá —contestó Paula con un hilo de furia creciendo por su pecho—. Además, anoche ya hablamos de esto.

—Pero no me dijiste dónde ibas a ir.

—¿Acaso eso importa? —inquirió Paula, molesta.

—Importa cuando decides irte a cientos de kilómetros. Importa cuando te vas de la noche a la mañana. Importa, Paula, claro que importa.

—Déjalo, mamá, voy a hacer lo que he venido a hacer.

—Mientras vivas bajo nuestro techo y uses nuestras tarjetas, tendrás que escucharnos, Paula. Todavía eres una joven que no ha recibido golpes duros en esta vida. —Tras aquellas palabras de su madre, un recuerdo pasó por la mente de Paula. Un recuerdo tan corto como doloroso. El recuerdo del primer golpe de su vida. La imagen de Claudia y aquella impronta grabada a fuego en su alma—. Sé que estás pasando por tu época de rebeldía. Pero irte tan lejos no es una bonita forma de resolverlos. Y menos dejando a tus padres aquí preocupados.

—No tenéis por qué estarlo. Aquí apenas hay peligros. Estaré bien.

—Paula, no quiero insistir más. Vuelve a casa, haznos el favor. No nos obligues a tener que recurrir a acciones que puedan dolernos a todos.

—¿Es una amenaza? —inquirió Paula con un brote de rabia controlando sus extremidades, que poco a poco comenzaban a endurecerse como una gota de agua durante una helada.

—Tómalo como quieras, hija. Para mí es una promesa necesaria. No voy a permitir que mi hija esté sola por sitios que ni conoce.

—Bien, mamá. Me apunto tu consejo. —Pudo escuchar cómo su madre decía algo a través del auricular, pero éste ya estaba demasiado lejos como para que lograra entender lo que trataba de decirle. Apenas dos palabras incomprensibles después, había colgado.

Su cuerpo respondía a todos los estímulos que naufragaban en su mente, pero de algún modo, no lograba descifrar el origen de su malestar. Por un lado, las palabras de su madre ardían sin remedio en su pecho. Pero por otro y repitiéndose sin cesar como una mala canción de verano, un nombre resonaba una y otra vez en su cabeza.

—*Vamos, Paula. Tenemos que llegar antes de las ocho al cine, la sesión empieza a las ocho y media y ya nos han avisado los chicos que no nos van a esperar.* —*La voz de Claudia sonaba alegre, risueña y cargada de esperanza. Corría sin rumbo fijo alrededor de su cama mientras Paula la observaba divertida, sentada a los pies de la misma*—. *No sé qué ponerme. Podrías echarme una mano* —*criticó viendo la postura inerte de su amiga.*

—*Es que estás muy graciosa corriendo en ropa interior de un lado a otro.* —*Paula sonreía mientras Claudia, indecisa, no dejaba de lanzar todo tipo de prendas sobre la cama, tras probárselas poniéndolas sobre su cuerpo y descartándolas en apenas unos segundos. Faldas, pantalones y vestidos de todo tipo volaban cada pocos minutos sobre Paula o la cama.*

—*Qué dices. ¿Falda y camisa o vestido?* —*preguntó sujetando las prendas en cada uno de sus brazos.*

—*El vestido realza más tus curvas. Pero la falda te da un aire más informal. Las dos te quedan muy bien.*

Al final, decidiéndose por el vestido, comenzó a prepararse mientras el reloj, sin descanso, arremetía contra ellas.

—*¿Me ayudas con el collar?* —*solicitó a su amiga una vez había concluido su ritual de acicalamiento.*

Paula se acercó y colocándose detrás de ella puso sus manos en el cuello delgado y suave de su amiga. Fue en ese preciso instante en el que las risas se mezclaron con el aroma dulce del perfume de Claudia y la visión que su cuerpo reflejaba en el espejo que reproducía la escena desde un tercer punto de vista; el que las mostraba a ellas dos.

Claudia de frente al cristal, con una sonrisa dibujada y sujetándose el pelo con una mano, mientras inclinaba ligeramente la barbilla hacia el suelo para facilitar la labor a su amiga. Paula, tras ella, observando los ojos de Claudia, sus labios carnosos y rosados, su cuello liso, su cuerpo perfectamente definido gracias al vestido.

Una traición. Fue un segundo. Un segundo en el que su mente dejó de conducir los pensamientos racionales para acabar dominada por un ente que no meditaba. Sencillamente se dejaba dominar por sus instintos. Y sin saber por qué, cuando Claudia se dio la vuelta, llevó sus labios hasta los de su amiga. Sin pensamientos que juzgaran su actuación como buena o mala, se dejó llevar. Pero pronto la respuesta llegaría en forma de estrepitosa sacudida de su amiga, que tras unos segundos inmóvil, se apartó sin mediar palabra alguna. La miró y fue lo único que pudo hacer. Con la vergüenza ocupando la habitación hizo el gesto más destructivo de todos. El gesto que lapidó su corazón. Claudia llevó su mano hasta los labios, arrastrando con ella la más cruel perfidia recibida.

—Yo... —*intentó decir Paula*—. No sé qué...

—Creo que llegamos tarde —*respondió su amiga, sin expresión en su rostro.*

Esas serían las últimas palabras que Paula oiría de ella. Al menos esas fueron las palabras que se grabaron en su mente y que dirigió hacia ella. Tras esa noche, todo se rompió.

Sus ojos cedieron al fin, tras varios minutos contemplando aquel primer golpe que quedó grabado en su cuerpo. El golpe de una traición. La suya con su supuesta amiga, pues el tiempo se encargó de mostrar todo lo que Paula sentía. Si algo aprendió aquella noche es que los sentimientos no se pueden ocultar, aunque trates de obligarte a ello, siempre habrá un segundo en el que tu mente decida dejarse dominar por tus sentimientos.

Junto a ella, ocultándose en las sombras del ahorro de batería, su teléfono todavía mostraba aquel golpe grabado en forma de Whatsapp. «Creo que lo mejor es que dejemos de vernos por un tiempo. Te quiero y lo sabes, pero quizá no como tú quisieras que lo hiciera. Es por eso que lo mejor es que nos demos un tiempo para poder intentar recuperar toda esa confianza que creo que se nos ha escapado hoy». Tras ese mensaje y una excusa por parte de Paula que Claudia todavía se había negado a leer, en donde decía: «Siento lo ocurrido. No sé qué me pasó. Sólo espero que no afecte a nuestra amistad». Pero sí que afectó.

La destruyó.

Vlog Paula 22/05/2017

«Hola a todos, mis queridos pintores.

Hoy vamos a aprender a pintar paisajes usando sólo los dedos. O como se llama también, pintura dactilar.

Vamos a usar pinturas al óleo y los colores, los que queramos usar, pero yo normalmente uso colores claros.

Yo siempre empiezo con blanco titanio, azul cerúleo, azul turquesa, verde savia, violeta, amarillo ocre, negro marfil, sombra natural y bueno, los que queráis. Pero antes quería mostrar algo que me ha llegado hoy».

Una Paula de aspecto más delicado, con el pelo largo y liso y unas facciones puras e iluminadas, acerca a la cámara una hoja blanca con varios dibujos de distintos tonos claros. Tras unos segundos contemplándolo, lo muestra al resto de espectadores.

«Esta mañana, me habían dejado este pequeño regalito. Es algo extraño porque no aparece ninguna dirección, sólo mi nombre. Pero bueno, me encanta que la cartera haya sabido que era para mí. Mirad qué bonito. Es una pintura de Nuria. Me encanta, Nuria.

¿Es tu pueblo?

Es una cucada. Pero la próxima vez, cielo, pon tus añitos o algo más que me sirva. Me encanta el pueblo en el que vives. Voy a colgar tu dibujo en mi mural de pinturas de mis seguidores favoritos.

Bueno, siguiendo con el tutorial...»

Nuria

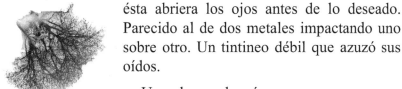

Un golpe seco y agudo resonó cerca de Paula haciendo que ésta abriera los ojos antes de lo deseado. Parecido al de dos metales impactando uno sobre otro. Un tintineo débil que azuzó sus oídos.

Un golpe, nada más.

Un golpe que reveló una siniestra y fría habitación. Una que no era la misma donde Paula recordaba haber concluido su día. A pesar de estar sobre esa cama que ahora se mostraba distinta. En el mismo cuarto, del mismo hostal, pero diferente.

Quizá el ambiente; húmedo, frío con una ligera brisa como si escapara por el resquicio de una ventana entreabierta.

Tal vez la oscuridad que desdibujaba el mobiliario entre sombras que se extendían por el suelo y escalaban las paredes. Sombras que querían cobrar vida. Todo había cambiado.

De nuevo un ligero estruendo se repitió entre ecos lejanos que llegaban del pasillo, junto a la puerta de su habitación.

Sin poder deducir la procedencia del sonido que había logrado perturbar su sueño, se acercó hasta esa primera zona común del hostal.

Nada esperaba tras la puerta. Silencio y penumbras. En su mente, una idea anticuada cruzó por un segundo: preguntar si había alguien ahí. Pregunta tonta, acabó por deducir, volviendo a cerrar tras dejar atrás la oscuridad que aguardaba en ese extraño pasillo.

Nerviosa, pero con el anhelo de un nuevo paseo onírico por sus deseos sin cumplir, marchó hacia su cama de nuevo. Apenas transcurridos dos pasos, un nuevo azote, esta vez a su puerta, hizo que Paula detuviera en seco su marcha.

Con el pulso acelerándose, la mirada puesta en la madera que la separaba de aquello que la reclamaba y un temblor que se iniciaba en sus piernas, intentó volver a pronunciar esa tonta pregunta. Pero apenas consiguió pensarla.

Recuperando esos pasos que había iniciado un momento antes, se presentó de nuevo frente a la puerta y, sin apenas meditarlo, abrió.

Su corazón se detuvo de golpe. Su piel se endureció sintiendo cómo un cosquilleo se apoderaba de sus extremidades. Escalaba por su columna. Frente a ella, una sombra cruzó veloz cuando la puerta dejó ver lo que al otro lado aguardaba.

Con un arrojo que no parecía de ella, saltó al pasillo para comprobar por dónde se alejaba la sombra. Apenas pudo ver unos pies menudos girar hacia una de las escaleras que llevaban a los diferentes pisos del hostal.

—¡Espera! —se atrevió a decir Paula, lanzándose en una apresurada marcha sin escuchar siquiera los gritos desesperados que su mente le profería, aconsejándola que volviera a su cama y cerrara los ojos.

El frío seguía imperando en aquella estancia, un frío inusual que la acompañaba en su travesía. Un frío que atenaza, que duele al no aferrarse a la piel sino a la mente.

Cuando llegó al lugar en donde vio avanzar aquella sombra se detuvo un instante. En el piso de abajo la esperaba, oculta tras la penumbra que devoraba cualquier rastro de luz que intentaba conquistar aquella zona.

Paula entrecerró los ojos para dilucidar algo entre toda aquella oscuridad, pero era imposible. Tan sólo la silueta de lo que parecía un niño pudo distinguir. Probó a dar un par de pasos más, pero de nuevo, como un instante antes, sólo pudo ver cómo la silueta se desvanecía entre las sombras. Esta vez una pequeña risotada infantil reverberó mientras desaparecía una vez más.

—¡No! No te vallas. ¿Quién eres? —repitió. Pero las respuestas no llegaban. Únicamente recibía el eco siniestro de aquella risa aguda, femenina, como un atisbo que amenazaba su templanza.

Cuando llegó abajo, de nuevo y como siguiente pista, observó a la sombra menuda que había logrado desocuparla del trance al que se había sumido horas antes, cruzando un pequeño quicio que llevaba a otra habitación.

Paula corrió. Una vez más sin pensamientos en su cabeza, vacía por necesidad para poder afrontar aquella situación.

Corrió hasta llegar al marco por el que había accedido la pequeña y al llegar allí, el primer pensamiento que recibió tras minutos de obcecado silencio fue el que mostraba el error que su valor le había llevado a cometer.

Tras la puerta se encontró con una habitación que no pertenecía al hostal. Una habitación de paredes desconchadas repletas de humedades. Sin ventanas. Sin apenas luz que pudiera desvelar nuevos detalles. El frío, que era todavía más intenso, se aferraba a la piel de Paula mientras contemplaba lo que aguardaba en aquella habitación.

Frente a ella se mostraba la niña, devorada por una sombra antropomorfa que parecía abrazarla. No pudo diferenciar nada más que unas manos sobre la cara de la niña, haciendo que sólo pudiera distinguir la forma de su cuerpo menudo. Y sobre ella, extendiéndose casi hasta el techo, se proyectaba la sombra. Dibujando un cuerpo más propio de un demonio que de una persona. De brazos alargados, hombros estrechos y mirada afilada.

Esos ojos.

Esos ojos ya los había visto antes. Eran esos ojos blancos que tanto la perseguían. Ojos que se impregnaban de su calma. Que devoraban su vitalidad. Su calor. Esos que la reclamaban desde hacía ya mucho tiempo. Ahora parecía que habían encontrado a alguien a quien llevarse.

Intentó pronunciar alguna palabra que ni siquiera su mente pudo trasladar a su garganta, dejando un temblor de labios como único manifiesto. Su cuerpo, paralizado, no podía hacer otra cosa que observar la parsimonia del ente que se erguía frente a ella.

Fue durante un leve pestañeo. Un instante tan rápido que ni siquiera llegó a presentir que aquella sombra se abalanzaría sobre ella, alargando su mano hasta notar su presencia sobre su cuerpo. Fue en ese momento cuando abrió los ojos.

Aún guardaba el escalofrío que había sentido cuando aquella sombra se lanzó contra ella. Tan real, tan vívido que todavía el olor a azufre se aferraba a sus fosas nasales.

Había transcurrido ya buena parte del día, recorriendo las calles del pequeño pueblo casi fantasma, pues apenas se respiraba vida humana. Algunos campesinos con sus rebaños, pocos ancianos paseando por el borde del lago o el tráfico escaso que fluía por la carretera que cruzaba el pueblo. Eso fue todo el movimiento que Paula vio en el trascurso casi total del día.

Su misión —o así ella se lo quería proponer— era encontrar a la pequeña Nuria o a alguien que pudiera darle información sobre ella. Había llamado ya a decenas de casas encontrando en todas ellas prácticamente la misma oposición. Dos viviendas fueron las únicas que albergaron movimiento en su interior. Dos casas custodiadas por dos mujeres que bien podía decirse que eran familia. La primera, que miró a Paula con ojos cuestionadores, analizando cada detalle que resaltaba de la figura de la joven, contestó con un escueto "no" a la pregunta de ésta. La segunda resultó algo más agradable, invitando incluso a Paula a tomar algo. Pero con un resultado idéntico a la anterior cuestión. Nadie conocía a Nuria. Hasta el momento.

Caminaba con el corazón encogido, temiendo que su propuesta de encontrarse a ella misma, por medio de sus fans más pequeños, acabaría antes incluso de empezar. En su mochila guardaba todavía algunos dibujos más: entre ellos los que Nuria le había mandado y otros de niños que también participaban junto a ella. Tenía decidido que cuando acabara con la pequeña, visitaría a otros niños, pero debía imponerse un límite de tiempo para dar por concluida su primera visita. Dos días más. Ese era su límite. Si en dos días no encontraba nada, seguiría con el siguiente niño.

Con pasos casi aleatorios, la mente en blanco y el sol que perezoso comenzaba a esconderse tras las montañas, Paula decidió poner rumbo de nuevo a su hogar. Aunque temporal, prefería llamarlo hogar.

Tras varias calles que se inclinaban hacia diferentes puntos, todos en posiciones menos elevadas, llegó frente a un pequeño local. Un bar con el nombre de "La corte". Un bar que parecía cerrado, pero no lo estaba. Al menos las luces en su interior indicaban que alguien se hallaba ahí, refugiado entre vasos de cristal, botellas de vino y un pequeño paño que usaba para limpiar una barra ausente de vida. De movimiento.

Paula entró, sin decisión.

Entró sin pensar bien qué iba a decir. Sin saber cómo iniciar la conversación. Entró con el dibujo de la pequeña palpitando entre sus manos sudadas. Su cuerpo restaba el calor que escapa de su piel, atrapándolo entre sus prendas antes de que el frío del exterior se hiciera con él. Respiró con fuerza. Cerró los ojos y enfiló los últimos metros que la separaban de aquel hombre que observaba extrañado el ritual de Paula.

La puerta gimió intentando volver a su posición original, mientras la joven acababa con los últimos metros de aquella distancia eterna. Al fin, casi un minuto después, llegó hasta la barra.

—¿Te sirvo algo? —preguntó el camarero con pocas ganas de hacer nuevas amistades. Tampoco parecía interesarle eso de cuidar al cliente.

Una Coca Cola fue lo único que se atrevió a demandar Paula, intentando sin lograrlo, no arredrarse ante la mirada desafiante de aquel hombre de ojos negros, pequeños y tan hundidos que las sombras de las cejas parecían ocultarlos. No pronunciaba palabra, ni siquiera pestañeaba o movía músculo alguno salvo el de su mandíbula. Una mandíbula cuadrada que rechinaba cada vez que articulaba algún movimiento.

Tras unos minutos de sepulcral silencio y habiendo meditado cada una de las palabras que Paula iba a decir, procedió a preguntar sin preámbulo alguno:

—No sé si podrás ayudarme —dijo rompiendo el hielo y haciendo que aquel hombre separara la vista de la televisión que él mismo había encendido tras servir la copa a Paula—. Estoy buscando a una niña. Supongo que tendrá unos 5 o 6 años, tal vez menos.

—Aquí no viven niños. Los niños llegan en verano. Estos pueblos son de gente más bien adulta, casi jubilados podría decirse —respondió el camarero sin prestar mucha atención a su clienta.

—Ya. Bueno, tengo varios dibujos que me mandó. Verás, soy Youtuber...

—Ni sé que es eso ni creo que vaya a entenderlo. Pero te repito que aquí no viven niños.

Paula silenció su discurso un momento para guardar la furia que poco a poco crecía en su pecho. Necesitó un par de segundos para poder relajar su mente y procurar, una vez más, conseguir extraer algo positivo de aquella mala experiencia.

—Sólo necesito que me digas si conoces a esta pequeña. — Paula dejó en la barra los dos dibujos que la niña le había mandado: el que pertenecía al pueblo y el de su supuesta familia. Y antes de que el camarero lanzara otra de sus manidas respuestas, continuó—: Sí, ya sé que aquí no viven niños. No necesito que me lo repitas. Sólo mira estos dibujos. A lo mejor me puedes ayudar. Por lo que sé, debe tener dos hermanas más y quizá una familia poco común —dijo intentando no usar términos que pudieran luego ser incorrectos.

—Ya te he dicho que no viven niños. Y de los niños que vienen en verano...

—Se llama Nuria. Nuria Puentes Súñez.

Cuando ella duerme

Aquel hombre silenció de pronto. Como si un trapo que no se podía ver ni intuir, tapara su boca para evitar que desprendiera palabra alguna. Miró el dibujo con unos ojos que poco a poco cobraban una siniestra apariencia y clavó de nuevo la mirada en Paula, que sintió cómo le atravesaba el pecho como un dardo al rojo vivo.

—¿Cómo la has llamado? —inquirió con la voz contenida, sin apenas mover la mandíbula, que permanecía tensa, tanto, que se podía escuchar el crujido de los huesos.

—Nuria Puentes.

El hombre tragó saliva y, ayudándose por la barra de madera que separaba a ambos, se levantó de su taburete.

—Creo que será mejor que te vayas, jovencita. Si esto es una broma, te has equivocado de lugar.

—Pero... —intentó defenderse Paula.

—Largo. No me interesa ayudarte a buscar a nadie. Si quieres ayuda, ve al ayuntamiento de Caso, ahí podrán darte la información que buscas. Si quieres volver a mi bar, que sea porque tienes sed, no para hacer preguntas estúpidas —zanjó el hombre dejando el trapo sobre la barra y perdiéndose en el interior de la cocina.

Con el misterio de comprender lo que había pasado, la joven se marchó del local con el mismo temor con el que entró, pero con más incertidumbres completando su puzle de piezas blancas, sin forma alguna.

Recorrió los últimos metros hasta llegar al hostal en silencio, meditando sobre aquel atropellado encuentro y en el sentido del comportamiento de ese hombre. Apenas lograba explicar la desmedida actuación del camarero del bar.

Sin detalles que pudieran acercar una verdad a todo aquello, Paula entró en el comedor del hostal dispuesta a olvidar lo ocurrido. El olor a comida caliente de pueblo se escapaba de la cocina y ambientaba el salón casi vacío. Paula se refugiaba a una esquina de la estancia, revisando su teléfono móvil y comprobando las numerosas llamadas perdidas de su madre. Así como todos los mensajes que había recibido. En todos expresaba la amenaza de que debía volver cuanto antes. Algo que Paula comenzaba a meditar seriamente.

Al otro lado de la sala, un hombre sorbía sin disimulo alguno su plato de fabada. Un plato hondo de barro que todavía no había dejado enfriar su contenido. Ajeno a todo, el hombre apenas apartaba la vista de su cuenco caliente.

—Dime, *Fía*. ¿Cómo te fue el día? —investigó la anciana dueña del hostal, cocinera y camarera. Todo en uno. Tras dejar un plato de sopa caliente a la joven, se sentó frente a ella, guardando un silencio que Paula necesitaba y ella parecía comprender—. *Véote* seria. *Nun topaste* lo que *buscabes*.

Silencio nada más. Una sonrisa fue su gesto más parecido al de una afirmación. Una sonrisa corta, seria y mal dibujada. Una sonrisa que, más que disimular, gritaba que algo malo pasaba por su mente.

—Mira, cielo. Tengo ya más de setenta años. Crié dos *fíos* que podrían ser tus padres y sé cuándo a alguien pasai algo por su *cabecina*. Y como que *llámome* Adelina Quintanal, que a ti te *pásate* algo. *Pués nun decímelo* pero eso *nun va ayudate*. Vamos, *guaja*. Piensa que soy tu *güela*. —La expresión serena del rostro añejo y bien conservado de la anciana transmitía toda la paz necesaria para confiar en ella. Sus ojos marrones y pequeños, su sonrisa comprada y todo el conjunto era un bálsamo de esperanza.

Paula removía la sopa intentando buscar en ella la complacencia de sus actos, negándose a sí misma la absoluta necesidad de ahondar en lo más profundo de su mente, para poder hacer partícipe a aquella anciana de todos sus pesares. Quería olvidar todo. Necesitaba encontrar el motivo por el que seguir allí. Así que aceptó el consejo que su mente esta vez insistió en proponerle y se sinceró.

—Creía que venía a este pueblo a reencontrarme con la persona que era hace algún tiempo. Pero veo que sigo igual de perdida —arrojó como quien lanza su servilleta sobre la mesa tras haberla usado.

Cuando ella duerme

Adelina no respondió de inmediato. Como buena anciana, mantuvo un corto espacio de tiempo, como si quisiera buscar el alegato más sensato al comentario de Paula. Un aullido de socorro que provenía del fondo de su alma. Fueron pocos los segundos transcurridos.

—¿*Pasóte* algo hoy? ¿La persona que *buscabes nun ye* quien *creíes*? *Pa* encontrarnos precisamos saber *onde* nos perdimos. A veces queremos correr *demasiao* buscando soluciones que llegarán por sí solas. *Nun dexes* que el *mieu faígate* ver otra verdad. *Pera, fía, pera.*

Paula recibió aquellas palabras con esperanza, creyendo en cierto modo que podría funcionar. Que si esperaba todo se mostraría ante ella.

—Pero ¿cómo debo esperar algo que no sé cuándo ni cómo llegará?

—No se trata de esperar. Se trata de dejar de buscar. A veces, aquello que buscamos está ahí, pero no queremos verlo. Y ahora dime, ¿has encontrado a tu amiga?

Paula negó y mientras lo hacía recordaba el tenso momento vivido con el camarero del único bar del pueblo.

—Lo único que he encontrado han sido puertas cerradas y un camarero que bien le vendría dedicarse a otra cosa —respondió volviéndose a pelear con la sopa, que hacía ya minutos había olvidado qué era el calor.

—¿Camarero? —investigó la mujer—. ¿No te estarás refiriendo a Rubén?

Paula se encogió de hombros ignorando el nombre de aquel personaje de pocas palabras y menos educación.

—Rubén *ye* el *dueñu* del bar de *esti pueblu. Ye un paisanu...* —Adelina enmudeció un segundo mientras llevaba su vista por detrás de Paula, que al ver la reacción de la anciana, imitó su gesto. Tras las cortinas blancas, que apenas mostraban un paisaje apagado y sin formas definidas, el reflejo de unos faros se encogía a gran velocidad, mostrando la lejanía del vehículo que había cruzado un momento antes. Justo el suficiente para distraer a la dueña del hostal—. *Ye* un *home* sin corazón —continuó tras aquella breve pausa—. Pero no porque *nun* tenga, sino porque lo regaló. *Ye* una persona que pue *semeyar* un *home* terco y solitario y lo *ye*. Pero si te ganas su corazón, será tuyo *pa* los restos.

Aquellas palabras no correspondían a la descripción del hombre que ella había conocido. Un ser terco. Cómo ganarse el corazón de una persona que ni siquiera le interesa abrir sus ojos. No, no se creyó nada de lo que le dijo.

—Dudo que pueda ganarme ni siquiera su saludo. Pero tampoco es algo que me interese. Desde que entré, su actitud era la de un hombre enfadado con el mundo. Pero cuando le enseñé el dibujo y le pregunté por la persona que ando buscando... —Paula tragó saliva con fuerza recordando aquel mal momento vivido hacía escasos minutos—. Se puso hecho una furia. Me echó del bar. No creo que ese hombre vaya a darme nada. Una Coca Cola a lo sumo —dijo lanzando una pequeña sonrisa forzada, mostrando la ironía de sus palabras.

—Rubén a veces *ye demasiau directu*. Pero *extráñame* que se *comportárase asina*. ¿Qué *dibuxu*? —Su rostro de eterna felicidad se tornó serio, casi enigmático. Como si de algún modo, tratara de averiguar la verdad antes de que ésta llegara a ella.

—La amiga que estoy buscando es una niña pequeña. No la conozco. Sólo sé que ella o quizá algún familiar suyo vive en este pueblo.

—Aquí no viven niños.

—Sí, lo sé. Eso fue lo mismo que me dijo él. Pero luego...

Paula rebuscó entre los enseres que rellenaban su pequeño bolso. Objetos necesarios para poder sobrevivir a un día cualquiera: monedero con poco dinero en efectivo, tarjetas de crédito, llaves de su casa, documentación y lo más importante, los tres dibujos que formaban parte de ella desde su llegada al pueblo. Analizó cada uno de ellos e ignorando el que mostraba el paisaje oscuro y poco alentador, sacó el resto. Dejó sobre la mesa primero el del pueblo para que Adelina analizara la pintura mientras ella se aferraba al otro.

Un segundo después y tras asegurarse de que esos dibujos no estaban envenenados y eran incapaces de hacer perder los estribos a las personas que lo poseían, le ofreció el segundo.

—Sin duda es Tanes —dijo Adelina tras entregarle el primer dibujo y tomando el segundo de ellos. El que mostraba a toda la familia.

Su semblante se tornaba en mil formas, todas ellas mostrando incredulidad. Negaba mientras un rictus serio conquistaba su rostro.

—Se llama Nuria Puentes Súñez.

Tras esas palabras Paula descubrió que era ese nombre el que, al pronunciarlo, provocaba todo tipo de reacciones nefastas. Aquel nombre que parecía devorar la bondad de la gente hasta convertirla en bilis. Adelina lanzó el papel sobre la mesa, como si éste quemara y, respirando con notorio descaro, clavó su mirada sobre los ojos de Paula, que tuvo que desviar la suya al sentir el dolor de aquel gesto.

—Eso no puede ser.

Fue toda su declaración.

No alzó la voz.

Tampoco se movió de su posición. Ni siquiera mostró un ápice de malestar salvo por la mirada siniestra propinada en un primer momento. Pero tan sólo fue eso; un momento. En pocos segundos volvía a ser la mujer de sonrisa desbordante y plácida apariencia. Aunque sin duda, demasiado forzada para hacer creer a Paula que era real.

—¿Por qué no puede ser? —preguntó Paula confundida ante el argumento de la mujer.

—Quizás *equivocástete* de *nome* o bien ya *nun* vive aquí. ¿Cuándo fue la última vez que recibiste un *dibuxu* suyo?

Paula recordó aquel último dibujo, recibido apenas unas semanas atrás, cuando sus noches empezaron a consumirse de nuevo entre espesas nubes de vapor, azufre y temor. Llegó hasta su buzón sin remite ni información, como los otros dos. Con su nombre como toda información.

—Sea como sea, si vivió aquí deberías conocer a esa niña. Por lo que veo en sus dibujos, vivía con sus dos hermanas y quizá un padre con el pelo largo o una pareja de mujeres.

—Conocí a una Nuria. Pero ni tenía hermanas ni su madre tenía una pareja mujer.

—¿Podrían ser otro tipo de familiar?

—Sé que no eran sus hermanas. —Adelina observaba el dibujo, todavía presente en la mesa, cargando con toda la tensión que se iba formando en el ambiente en donde todavía seguía aquel hombre como único acompañante y testigo de la conversación.

—Entonces la conoces. Sabes de quién hablo.

Adelina enmudeció. Su respiración se aceleraba por momentos mientras Paula exigía con la mirada aquella información que parecía no querer ofrecer. La lámpara que colgaba sobre el techo, testigo mudo de su locura, hacía mover la sombra del papel, dando vida a su contenido.

—No *pués* hablar de quien yo sé —dijo y su voz se doblegaba por momentos. Se rompía como un cristal resquebrajándose, chirriando con cada grieta que aparecía en él.

—¿Por qué no puede ser la niña que busco? La desesperación de Paula se tornaba súplica, clamaba la respuesta que parecía no querer ser desvelada.

—Porque la Nuria que yo conocí murió cuando tenía cinco años. Y de eso hace ya mucho tiempo —sentenció la anciana clavando su mirada en la madera de la mesa.

Todo se volvió borroso en la mente de Paula, que sentía que aquella información destrozaba sus entrañas y encendía su alma. No podía ser cierto.

Vlog Paula 15/10/2017

El vídeo se inicia y muestra a una Paula de ojeras marcadas, pómulos casi consumidos y rostro desmadejado. Su mirada no procura encontrar un punto fijo sino que se pierde en algún punto ajeno al objetivo, que no es capaz de mostrar nada más que un primer plano de ella misma.

Sus ojos brillantes y labios secos intentan pronunciarse, pero el silencio se propagaba a través de la pantalla. Los comentarios preocupados de sus seguidores no tardan en aparecer, a medida que la cantidad de usuarios asistentes al directo aumenta precipitadamente.

«*Creo que me estoy volviendo loca.*

Llevo unas semanas teniendo unas extrañas pesadillas. Pesadillas realmente feas en las que algo me sujeta a la cama. No sé cómo explicarlo. Es como si una presencia intentara aplastarme contra el colchón.

Siento mi pecho cargado, casi sin oxígeno. Puedo oler eso que se abalanza sobre mí. Huele a muerte. A vinagre fuerte, parecido al olor de un animal pudriéndose.

Huele a miedo. Me aterra ese olor. Sólo el hecho de intentar recordarlo hace que mi piel se erice.

Ha llegado sin más. Una noche empecé a tener sueños distintos a los que normalmente tengo. En ellos me veía corriendo sola por un bosque o eso creo, y el suelo empezaba a abrirse bajo mis pies.

Eran sueños tan reales que podía sentir el barro húmedo. Podía escuchar el viento soplando con furia. Podía incluso notar el frío en mis manos y cara.

Pero poco a poco, esos sueños se trasladaban a mi vida. Despertaba en mitad de la noche. Me despertaba una presencia que no he llegado a ver todavía, pero que me atrapa con fuerza. Me inmoviliza contra la cama y se intenta colar en mi interior. Veo unos puntos blancos, como unos ojos. Unos ojos blancos que me miran fijamente. Que parecen querer hablarme.

Tengo miedo a perder la cabeza. O a que todo eso signifique algo realmente. Apenas logro dormir más de dos horas seguidas y ya puedo notar las consecuencias.

Estoy aterrada».

Con el vídeo todavía grabando, se enjuga con una mano la pequeña lágrima que pretende escabullirse de sus ojos. La oscuridad se apodera de su pantalla un segundo después dejando decenas de comentarios todavía sin leer.

Una incómoda verdad

El viento, todavía helado, acariciaba la fina piel de Paula mientras ésta, inmóvil frente al edificio, meditaba sobre todo lo ocurrido.

Aquel solitario emplazamiento reposaba al margen del tiempo, que parecía haberse detenido en la edad media. Localizado junto al lago, el monasterio de Santa María de Tanes se alzaba impasible, esperando la visita de Paula, que seguía sin decidirse a dar el siguiente paso.

Las nubes todavía no se habían marchado, ocultando parte de paisaje sobre su manto blanco. El frío era necesario. El frío te recuerda que sigues vivo. Te hace sentir que todavía la sangre fluye por tu cuerpo. El frío no es muerte, es vida.

La conversación con Adelina todavía latía en sus oídos. Impávida ante cualquier estímulo, Paula repetía en su mente aquellos últimos minutos de la noche anterior. Esos en los que descubrió una incómoda verdad que para nada se acercaba a una al menos plausible.

Esa mirada, cargada de rabia y dolor que se formó en el rostro de la anciana todavía palpitaba en su mente. No por lo incómodo del momento sino por el sentimiento de desamparo que le embargó cuando le contó quién era Nuria.

—La Nuria que tú nombras murió *haz* casi veinte años. Dime que no *tás* gastándome una broma pesada. Porque con la muerte *nun* se *enreda* —dijo alzando la voz, pero al mismo tiempo disimulándola en un agudo susurro que casi fue más difícil de entender—. No *me gusten les bromes*.

Paula seguía en trance. Buscaba una razón para que todo aquello cobrara un cariz más realista, pero nada surtía efecto.

—No puede ser la misma Nuria. La niña que me dibujó esto lo

hizo hace apenas unos años. El último lo recibí hace unas pocas semanas. Por eso estoy ahora aquí. —Su voz era calmada, disimulando el terror que luchaba contra sus miedos.

—No existe otra Nuria. No con tus características. Esta niña vivió aquí con su madre. Esa historia fue una verdadera tragedia. Con ella vivían dos *nenas* más.

En esencia, todo lo que decía Adelina parecía encajar con la descripción de la pequeña, pero no podía ser posible. No de ese modo.

—¿Y cómo murió la niña que dices tú? —Tras analizar la descabellada situación que estaba procesando Paula, decidió al menos escuchar la versión que ofrecía la mujer.

—Fue toda una verdadera tragedia. Yo en aquella época *taba* más pendiente de criar a mis *fiyos* y de cuidar *al* mi difunto marido, así que *nun* conozco bien su historia. Sólo sé que llegaron al monasterio de Santa María. Su madre *refugióse* allí hasta que bueno... Hasta que todo ocurrió.

Paula enarcó las cejas intentando lanzarle esa pregunta que ya había pronunciado, pero que todavía no le proporcionaban. ¿Cómo murió Nuria?

—Yo *nun* creo que pueda *ayudáte muncho*. Quizá pueda *facelo* el padre Meana. Él cuidaba el monasterio en su día, y todavía sigue haciéndolo hoy. En aquella época, *dedicábase* a cuidar de *xente* sin hogar, sobre todo *neños* y *vieyos*. Todas *les mañanes sal* muy temprano a pasear *pel camin* que va del *pueblu* a la iglesia. Siempre a la *mesma* hora.

Su recuerdo acababa ahí. Tras eso, una noche en el limbo, vagando entre dos mundos fue todo lo que logró rescatar. Una noche de párpados transparentes, puestos en esas voces que parecían repetirse cada vez con más asiduidad. Una noche sin sueños, sintiendo las manecillas del reloj en su pecho, en su mente, en su piel.

Cuando ella duerme

Ahora la noche había dejado paso al día, que todavía negaba su propia presencia, oculta tras una nube que se extendía por todo el azulado firmamento.

Paula esperó. Esperó durante más de media hora. Esperó no por miedo. Tampoco por necesidad. Esperó porque las palabras no llegaban.

Pero el tiempo no espera. Y como la adorable dueña del hostal le había advertido, el cura salió de su vivienda sin percatarse de la presencia estática de Paula, que esperaba siendo una más de las estatuas que decoraban el jardín. Erguida e inmóvil frente a la iglesia, aguantando el frío junto a una pequeña valla de madera que delimitaba la zona del monasterio.

Fueron varios minutos. Minutos en los que Paula pudo observar cómo el padre Meana recorría los pocos metros que separaban la iglesia del lago, que lamía de forma suave el muro que sostenía la estructura, anclada unos metros por encima del agua. Tras una especie de ritual en el que el hombre se acercaba hasta el límite en el que el suelo dejaba de existir, para luego detenerse a observar por debajo de sus pies, se percató de la presencia de la muchacha.

Sin prisa alguna, se acercó. Dando pequeños pasos procesionarios con las manos entrelazadas sobre su espalda, se presentó frente a Paula y con una sonrisa analizó la figura que junto a él se hallaba.

—¿Lleva usted mucho rato esperando? —Su voz, serena y relajada, convivía en perfecta sintonía con su rostro entrado en años. Su pelo parecía camuflarse con la niebla, perdiendo espacio en una frente cada vez más pronunciada, unido a las numerosas arrugas presentes en su cara y cuello. Toda su presencia desprendía sabiduría. Esa que sólo se obtiene con la experiencia y el paso de nuevas enseñanzas. Muchas enseñanzas en su caso.

Paula dio una sonrisa tímida por respuesta y apretando sus manos, ocultas en el interior de su chaqueta roja, se encogió de hombros.

—Puede pasar, señorita. Ésta es una zona pública y todo hijo del señor siempre será bien recibido —comentó el cura con una sonrisa en su rostro.

Caminaron en silencio por un pequeño sendero construido con piedras clavadas sobre suave terreno de tierra roja húmeda, en donde la hojarasca se extendía por el verde mantillo de musgo que ocultaba a la tierra, hasta llegar a la entrada de la iglesia.

—Lo cierto es que estaba buscando al padre Meana, supongo que estoy frente a él.

—Las suposiciones a veces dicen poco de una verdad. Pero sí, está usted a su vera.

De nuevo una sonrisa eliminó algunas pocas arrugas del rostro del cura, haciendo que otras nuevas surgieran en su lugar.

—Verá, estoy buscando a una niña.

—Aquí no viven...

—Sí, sí. Aquí no viven niños. Lo sé —se adelantó a decir Paula, conocedora de aquella muletilla típica en ese pueblo—. Me han dicho que usted podría darme toda la información que necesito saber.

—Bueno. Si le han dicho eso es porque quién lo ha hecho sabrá algo también. Las historias que no se conocen, no se pueden contar —respondió y, sin mostrar gesto alguno, cambió de postura las manos, cruzándolas de nuevo frente a su cintura.

—Se trata de una pequeña que vivió hace mucho tiempo aquí. Su nombre era Nuria Puentes Súñez.

De nuevo aquel nombre transformaba el rostro de quién lo escuchaba. Aquella sonrisa que tan sanamente ocupó el rostro del anciano de pronto desapareció como por arte de magia. Su rostro se tensó y por momentos parecía que fuera a marcharse sin mediar palabras y esa sonrisa que había mostrado orgulloso ahora no era más que un corte en su cara. Observaba en derredor como si pretendiera buscar a alguien más. Como si dudara de la voluntad de la joven que se hallaba junto a él.

Cuando ella duerme

—¿Y quién le ha dicho que yo podría ayudarla?

—Eso creo que ahora no importa. Veo por su rostro que sabe de quién le hablo. Sólo quiero saber qué ocurrió.

El padre Meana no respondió. Respiró hondo y sin decir nada comenzó a caminar hacia el interior de la iglesia. Paula, ajena a las intenciones del hombre no dudó en seguirlo.

Frente a ellos una pequeña verja de barrotes metálicos custodiaba la escalera de entrada, que conducía a un pórtico abierto en seis arcos que recorría parte de la iglesia. Una escalera cruzaba un arco hecho de bloques de piedra tan antiguos que ya apenas se distinguía en ellos cuando acababa uno y empezaba el siguiente.

El cura avanzó hasta perderse tras una puerta de madera verde mientras Paula intentaba mantener cierta distancia, pero sin perder el contacto visual. No era por miedo. Paula nunca fue una persona que se dejara vencer por el miedo. Era por la necesidad de privacidad que le infundía aquella presencia enigmática. El interior era todavía más hermoso. Una capilla que todavía conservaba el olor a lluvia, repleta de bancos de madera distribuidos en la nave central.

—A este lado puede ver la capilla del Cristo, que es nuestro patrón —dijo el hombre rompiendo su mutismo después de varios segundos—. Se saca todos los años el 14 de septiembre, en procesión. Gracias a esa verja metálica podemos mostrarlo hoy en día. Durante la guerra quisieron llevárselo, llegando a doblar algunos de los barrotes —hablaba de forma tranquila, dejando tras cada una de sus oraciones un tenso silencio que apenas lograba disipar las dudas que consumían a la joven.

»Si seguimos por la capilla tenemos, un presbiterio que bien podría haber bautizado a nuestros abuelos. —Habían llegado ya frente al altar, dejando atrás un hermoso retablo que decoraba una de las paredes de la sala. Frente a ella tenía otro distinto, repleto de decoración y ostentosa misericordia—. El anterior cura se llevó varias piezas de este retablo para venderlas, pero por suerte seguimos conservando casi todo. Lo bueno es que ahora tengo un sitio perfecto para guardar mis cosas. Total, ¿quién va a buscar detrás de una simple madera? —comentó orgulloso el cura, casi guiñando un ojo a Paula.

La risa de la niña de sus sueños volvía a resonar en la mente de Paula, que cada vez más nerviosa, veía cómo aquella visita guiada por el interior de una iglesia que poco le interesaba se estaba convirtiendo en un mero placebo. Una excusa para que no insistiera sobre el pasado. Pero eso no iba a poder ser.

—Verá, señor Meana.

—Puede llamarme Ernesto. Todos los vecinos en este pueblo me conocen como Ernesto.

—Es por formalidad. Siento respeto siempre hacia las personas de cierta edad y que me hablan de usted.

El cura sonrió ante el arrebato de la joven, que adjudicando su comportamiento al propio de una mujer criada bajo conceptos claros de jerarquía social.

—Entonces llámeme como usted quiera. —Sonrió una vez más antes de continuar con su paseo.

—Disculpe de nuevo, pero si no va a ayudarme, dígamelo ya antes de hacerme perder más tiempo. —El tono mordaz de la pregunta de Paula hizo al cura volver a reconciliarse con la verdad. Parecer de nuevo un hombre normal que es capaz de expresar algún sentimiento.

—¿Quiere usted saber qué pasó con la pequeña Nuria? Entonces deje de interrumpirme.

Y sin esperar una nueva réplica por parte de su más que precipitada visita, siguió con aquella marcha que ya había pospuesto varias veces. Cruzó hacia una habitación contigua a la capilla. Una habitación casi vacía.

El recinto se terminaba así que debía ser en ese momento. Paula se preparó para recibir la noticia, pero, en su defecto, el padre Meana salió de la iglesia y siguió caminando. Paula, aunque enfurecida, prefirió callar y marchar tras él.

Cuando ella duerme

—Creí que...

—Las creencias no te hacen más inteligente, sencillamente te ayudan a encontrar más pronto la estupidez ajena o propia. Aunque la propia siempre es más difícil de identificar.

En el exterior, un pequeño espacio abierto se extendía varios cientos de metros, recubierto por un espeso manto verde que nada tenía que ver con la hierba que ahí había. También, a un lado del campo todavía mojado, una casa semiderruida no era capaz de protegerse de la humedad del ambiente, que se introducía en ella sin permiso ni perdón.

—La pequeña Nuria llegó siendo un bebé —dijo acariciando un pequeño rosal, que coloreaba con sus pétalos el paisaje gris que aquellas dos personas arrojaban. También el del tiempo inclemente, todavía dormido—. Llegó con su madre, una joven hermosa y muy bien educada. Antes de que todo eso pasara, esta iglesia, que yo regentaba desde hacía décadas, también era un refugio para niños desprotegidos o madres en situación de emergencia.

Sin apenas respirar, dejó de lado las rosas e inició una nueva procesión que ascendía a través de un pequeño camino de asfalto, dejando atrás las ruinas del edificio vecino. El camino se encogía por momentos y por otros parecía eternizarse como una serie de dibujos japoneses.

—Su madre siempre fue una mujer perfecta en todos los sentidos: atenta cuando debía serlo, colaboraba todos los domingos pasando el cepillo o ayudándome con ciertas misas. Nunca tuvo una sola queja de nadie, todos en el pueblo las adoraban. A las dos. Nuria era una niña traviesa, curiosa y entrometida. Siempre la encontraba buscando entre las plantas del jardín, rompiendo alguna que otra. Y siempre con las mismas inocentes excusas libres de pecados. —El cura rio con una mueca de afilado engaño en su rostro. De un dolor tan transparente que parecía gritar.

»El tiempo pasó para la pequeña que compartía casa con dos niñas más. Dos pequeñas casi tan agradables como ella. Nunca esta iglesia tuvo tanta vida como en aquellos años. Pero como en toda relación, si no se está en paz con Dios, el Mal siempre querrá controlar esa parte que no pertenece a nadie. —El anciano volvió a llevar sus manos a la espalda, acción justa para que Paula observara sus movimientos.

Siguió avanzando durante unos minutos más, enfrentándose a una cruel cuesta que amenazaba a los tobillos de quienes osaban recorrerla. Se detuvo al fin frente a una pequeña valla de metal y tras abrirla, se introdujo sin esperar a Paula.

—Al poco tiempo, Verónica comenzó a trabajar en un pueblo cerca de aquí. Todo parecía ir bien hasta que apareció él.

—¿Él? —Aquella información sobrepasó los límites de conocimientos de Paula, que todavía reticente a las palabras del cura, sentenció su discurso al escuchar que nombraba a una tercera persona.

—Óscar. Era un hombre que siempre había traído problemas. Un hombre de expresión seria y pocas palabras. Un hombre que a mí nunca me gustó.

Fue en el momento en que Paula reaccionó ante las palabras del cura, cuando se dio cuenta de adónde la había llevado el padre Meana. Se trataba de un pequeño cementerio de dos filas de nichos, todos blancos y bien cuidados, excepto uno.

Era un nicho sin lápida ni flores, abandonado a su suerte, que no al tiempo, pues éste ya se había acabado para quien quisiera que allí reposara. Dos nombres se grababan en una pequeña placa dorada clavada sobre el mismo yeso que usaron para tapar el nicho. Dos nombres que volvieron la piel de Paula nívea. Piel de cristal que se desquebrajaba con cada latido de su corazón infartado.

El primero, coronando la chapa metálica y sobresaliendo al otro rezaba el siguiente nombre:

Cuando ella duerme

VERÓNICA PUENTES SÚÑEZ (1974-2002)

Paula respiraba sin orden alguno. Al borde casi de una taquicardia no podía apartar la mirada de aquella pequeña placa que parecía crecer por momentos frente a sus ojos. El padre Meana observaba en silencio y con la paciencia de un cirujano.

Otro detalle fue el causante de aquel escalofrío que hizo revivir hasta la peor de sus pesadillas. Paula podía sentir el suelo abrirse bajo sus pies, las ramas atrapando sus piernas. Era capaz incluso de oler el miedo que se resbalaba por su mejilla. Bajo el nombre de Verónica, otro latía casi con más fuerza.

NURIA PUENTES SÚÑEZ (1997-2002)

—Es imposible —adujo al sentir su corazón desbocarse. Desde luego que no lo era. Paula recordaba casi con tanta claridad como el momento en el que se encontraba, cuando recibió aquellos dibujos. No era posible. Claro que no.

—Si quería encontrar a la pequeña Nuria, ya lo ha hecho. Aquí está todo lo que necesita saber de ellas. En esta tumba se halla toda su verdad.

—Pero eso no es posible. ¿Quién es entonces la niña que me mandó estos dibujos? —La voz de Paula buscaba un consuelo inefable, exento de razón alguna que explicara con cierta entereza la situación que había llevado a la joven hasta ese momento.

—Esa respuesta yo no puedo proporcionársela. Me ha pedido conocer a Nuria y yo he cumplido. Ahora está en su mano encontrar el origen de esas pinturas que nombra usted. —Tras su consejo y como costumbre ya, inició su retirada, dejando a la muchacha clavada como estatua de marfil frente a aquella triste tumba.

Su duelo duró poco. En cuanto pudo resarcirse de esos sentimientos que pretendían hundirla en mil noches de temor, corrió de nuevo junto al cura, que seguía su marcha lenta y silenciosa.

—Necesito saber qué pasó.

El padre Meana no reaccionó ante las palabras sofocadas de

Paula, que con los ojos rojos, a punto de derramar unas lágrimas que no le pertenecía, suplicaba la benevolencia del cura. Pero éste pareció ignorarla.

—Por favor, necesito saberlo —insistió. Pero el cura no se inmutaba—. Por favor —sentenció.

—¿Quiere un café? —preguntó el hombre lanzando un suspiro sordo.

26 de marzo de 2002

(Ernesto Meana)

Es curiosa la memoria humana. Que a veces es capaz olvidar momentos tan cercanos que podríamos acariciarlos con la mano, pero guardar otros casi de forma eterna. Y lo peor de eso, que suelen ser los malos recuerdos aquellos que nos acompañan por más tiempo. Dicen que lo malo se recuerda mejor, quizá porque de esa forma ayuda a prevenir futuras coincidencias con aquel recuerdo. La mente siempre guarda todo lo malo, con el afán de mantener vivo el dolor que ya sufrimos.

Lo cierto es que esa noche nunca dejará de acompañarme, aunque pase a otra vida. Nunca lo hará porque desde entonces nada ha vuelto a ser igual.

Fue una noche despejada en la que las estrellas podían guiar a cualquier montañero perdido que necesitara ayuda. Una noche fresca sin apenas brisa. Perfecta para regar.

No puedo acertar en la hora que era y me va a disculpar si algún detalle no soy capaz de especificarlo, pero pasada cierta edad y habiendo ocurrido hace tanto ya, comprenderá que no todo lo que mi mente guarda son imágenes nítidas. Algunas son meras diapositivas fijas en mi mente, como una película dañada que apenas se consigue distinguir el vídeo.

Había salido a regar todas las plantas aprovechando que la noche es el mejor momento, pues las plantas absorben mejor la humedad. Juraría que no oí nada, pero no puedo estar seguro.

Algo que nunca olvidaré es la mirada de la pequeña Nuria, observándome a través de su ventana. Esa imagen es sin duda la más clara de todas.

Yo, como siempre hacía ante la personalidad curiosa de aquella muchachita de ojos claros y sonrisa risueña, le devolví el saludo. Qué iba a saber yo que aquella mirada no era de curiosidad sino de súplica. Esas ventanas, durante la noche y con la luz de las velas reflejándose en el cristal, se convertían en espejos. Maldigo la hora en que mi precaria necesidad por no mantenerme quieto ni un segundo me llevó a dar la espalda a la pequeña.

Yo seguí a mis tareas ignorando que la vida de todas ellas se acababa junto a mí. Tal vez mi propia vida se fue con ellas. Es algo que jamás podré perdonarme. Algo que no sé ni si Dios podrá hacerlo.

No fue hasta que la noche desapareció a mi espalda que pude percatarme. Esos árboles. Esos infames árboles portadores de muerte que se confabularon para ocultar el pecado que tras de mí se propiciaba.

Cuando el fuego llegó a llamar mi atención ya era demasiado tarde. El edificio estaba ardiendo casi en su totalidad.

Corrí con todas las fuerzas que mi edad me regalaba, pero ni siquiera eso fue suficiente. Cuando llegué ya era demasiado tarde. El fuego se había apoderado de varias habitaciones, entre ellas también la de Elena. Una de las pequeñas que compartía cama normalmente con Nuria.

A pesar de que el fuego era implacable y de que apenas tenía opciones de salvar a nadie, sé que no me rendí, corrí hasta la iglesia y me apoderé de varios cubos, con la idea de intentar que el fuego se apiadara de las niñas al menos. Hubiera dado mi vida.

Y cuando volvía hacia la casa en llamas, aquella silueta, que rauda se perdió entre la maleza del bosque que oculta a la iglesia, me sorprendió. Se esfumó como una sombra que busca la penumbra. Tan rápido que no pude ver de quién se trataba. Aunque el destino es caprichoso y nunca da puntada sin hilo.

No podía seguirlo. Las vidas de las niñas corrían peligro y siendo sinceros, no estaba en condiciones de iniciar una persecución a pie, así que sin dudarlo un segundo me lancé a intentar sofocar el fuego. Por suerte a los pocos minutos llegó nuestro alcalde, que por aquel entonces era el agente del pueblo. Había visto el fuego desde la distancia y, sin dudar un instante, se lanzó a prestar su ayuda.

Tarde, muy tarde para todos. Para mí, pues desde aquella noche todo dejó de tener significado. Para David, que tampoco volvió a ser el mismo. Para las niñas y Verónica no fue tarde, sencillamente dejó de ser.

Y para él. Que había demostrado cuánto quería a esa niña y a esa madre que tan desvalida llegó al pueblo. Esa mujer que le confió su alma desde el primer minuto. Para él también se acabó su tiempo.

Todo cambió aquella noche.

Los primeros pasos

No quedaba ya rastro alguno del alba, que se había disipado tan rápido como la paz que emanaba del rostro de aquel anciano, consumido por su propia voz. Lejos quedaba la sonrisa con la que recibió a Paula. Tampoco su mirada comprensiva. Ahora, un ajado Ernesto se debatía en incógnitas sólo propuestas por él mismo. Se alejó unos pasos del pórtico de la iglesia hasta llegar de nuevo frente a la hondonada a la que hizo referencia en su historia. Poco se parecía ya a la descripción que Paula escuchó de ella. Ahora no era más que un yermo. Un mero bosquejo de lo que alguna vez fue.

No había más rastro de vida que el rosal que se erguía imponente ante ellos, descollando sobre el resto de vegetación abandonada a su suerte.

Tras la planta, dos troncos tallados a ras de suelo sugerían el tamaño de aquellos dos árboles que en el recuerdo del cura seguro debieron lucir hermosos. Ahora no eran más que eso, un recuerdo.

—Es curioso —dijo el cura acercándose a la única planta que había soportado el azote desmesurado del olvido—. Es curioso cómo este rosal ha sobrevivido. Apareció de la noche a la mañana y, a pesar de todo, aquí sigue.

—¿A pesar de todo? —cuestionó Paula ignorando el sentido que quería otorgarle a esa frase el padre Meana. Pudo intuirlo, pues nada hacía presagiar que allí hubiera habido vida más allá de la que se forma por la propia conductividad del tiempo.

No respondió, se limitó a caminar doce pasos más en dirección a la casa semiderruida. Doce pasos. Cada uno de ellos contados por Paula que no hacía otra cosa que seguirlo en la distancia. Al fin, cuando completó su trayecto, observó los estragos que el decurso inexorable del tiempo había dejado en la fachada de aquel pequeño edificio de dos plantas y se volvió hacia el rosal.

—Ella siempre robaba alguna y la guardaba junto a su cama. Para darle color, decía. Tras el incendio dejé de preocuparme por ellas. Lo dejé todo. Y la verdad es que la muerte es reacia. En ocasiones devuelve aquello que se llevó sin preguntar siquiera. Contigo me lo ha demostrado.

—No entiendo a dónde quiere ir a parar, señor Meana. ¿Qué tengo yo que ver en todo esto?

El cura sonrió.

—Desde luego que nada. Sólo eres el ejemplo que necesitaba para comprenderlo. Ese rosal murió junto a Verónica y las niñas. Igual que todo lo que aquí se hallaba. Sencillamente dejé de atenderlo. Odiaba acercarme a esta zona así que lo dejé. Y murió, es muy cierto que murió. Pero, tras años de soportar la estampa gris que esta zona había dejado, volvió a aparecer. Volvió sin que yo hiciera nada por impedirlo. Un día resurgió de su propio recuerdo y creció sin ayuda alguna. —Los ojos del cura, ocultos en parte gracias a unas gafas que reflejaban la luz de un sol que ya se dejaba ver, no podían disimular la tristeza por la que aquel individuo estaba pasando. Un rastro de lamento humedecía sus ojos de claro otoño.

»Fue duro. Al principio me negaba a creer que ese rosal pudiera crecer en aquel campo maldito, así que lo corté. Lo arranqué de raíz. Pero no pude evitar que volviera a nacer. Rendido, decidí dejarlo a su suerte para que fuera el tiempo quien lo juzgara. Pero aquí sigue. Flor inmarcesible que me acompaña cada noche en mis sueños».

—Por eso sale a pasear por la zona trasera —dedujo Paula al comprender ciertas actitudes de aquel hombre cambiado por completo.

—Todos debemos aceptar nuestro castigo. —El cura parecía estar condenado a soportar una vigilia eterna. A recordar día y noche, aquella luna en que todo se desvaneció como un algodón en el agua—. Este rosal me acompañará a la tumba. Lo sé. Pero si puedo evitar cruzarme con él, aunque sea unos minutos, son minutos de paz.

—¿Y qué ocurrió con los árboles?

—Estaban podridos. Los talé. Los destruí por completo. —Un ligero rescoldo de furia manaba de su garganta. Una furia contenida que apenas lograba disimular—. Los talé a ambos y los dejé consumirse por el fuego de mi chimenea. Esos árboles son lacayos del Mal. Portadores de penas y muerte. Nunca debí permitir su presencia en mi iglesia.

Paula, guardando las distancias, escuchaba lo que aquel cura le decía con la mirada puesta en los árboles, que parecían respirar sobre el suelo.

—¿Y qué ocurrió con ese tal Óscar? ¿Qué puede decirme de él?

—Sólo te diré que espero que el infierno sea suficiente castigo.

Durante varios minutos nadie dijo nada. Imbuidos por una ley de perpetuo silencio, arrastraban sus pies a través del inmenso patio de piedra que rodeaba el edificio. Paula acompañaba al cura, que cada vez se alejaba más de ella, pero no en distancia. Era una lejanía intangible, que no podía sentirse, pero se respiraba en el ambiente. Su mirada se perdía en el horizonte verde. Sus piernas daban erráticos pasos sin orden ni lógica alguna. Sus manos buscaban el calor entre ellas, frotando los dedos unos contra otros sin cesar. Durante varios minutos, el luto se hizo patente.

—¿Sabe dónde puedo encontrarlo? —preguntó Paula refiriéndose a Óscar. Intentando encauzar los primeros pasos de una historia que apenas llegaba a comprender.

—Claro que lo sé. Pero dudo que vaya a recibirla tan cordialmente como lo he hecho yo. Desde que salió de prisión no se le ha vuelto a ver de día. Aunque quizá el castigo que se ha visto obligado a llevar consigo sea la prueba de que la vergüenza lo impulsa a recluirse. Al igual que este rosal conmigo, él también estará ligado de por vida a recordar aquella noche.

Vlog Paula 13/02/2018

«Hola a todos.

Tengo una buena y una mala noticia.

Empezaré por la buena noticia porque creo que es lo que queréis oír. Las pesadillas por fin han cesado.

He vuelto a ver al psiquiatra y me ha recomendado una serie de ejercicios de relajación y un poco de medicación.

Lo cierto es que el resultado ha sido positivo. Hace más de dos semanas que apenas recuerdo tener un mal sueño. Al contrario, he podido dormir toda la noche sin sobresaltos. Estoy durmiendo bien. Y esa es la mala noticia.

Siento que, para encerrar a esas pesadillas en el fondo de mi cabeza, he tenido que recluir a una parte de mí. Me noto cansada, apática, sin ganas de hacer nada y mucho menos de reír.

Siempre he disfrutado pintando, pero ahora, si lo hago, todo son paisajes en gris y escenas realmente fúnebres y tristes.

Así que siento decir que voy a dejar los tutoriales por un tiempo. No sé cuándo volveré ni si lo haré, pero desde aquí, os mando un abrazo enorme y gracias por haber estado ahí siempre».

Antes de finalizar el vídeo, Paula abre frente a la cámara una pequeña botella de agua para ayudar a ingerir una de las pastillas a las que acaba de hacer referencia durante el directo. No se percata todavía de que la grabación sigue en marcha y no lo hace hasta después de haber tragado la sustancia.

Un inesperado gesto de sorpresa decora su rostro liso, estirado por la coleta que ocultaba su pelo tras la nuca.

Deja la botella con prisa y sin tapar, haciendo que parte del contenido salte al exterior en un pequeño chorro descontrolado, mientras que con la otra mano se seca los labios al tiempo que termina de tragar todo el líquido que permanece en su boca.

Emi Negre

Alarga la mano que había liberado el botellín y apaga la pantalla volviendo a ignorar los comentarios que se reflejan en sus ojos.

Un detalle inesperado

Lejos quedaba ya la conversación con el padre Meana. Ahora tan sólo era el recuerdo latente de un instante grabado a fuego en su memoria. El día se había olvidado de todos y ahora la noche llevaba horas de lenta travesía por un cielo despejado, imprimiendo sombras en calles desiertas.

Paula aguardaba en su nuevo coche. Un coche que había alquilado ese mismo día para poder moverse entre los pueblos, pues en aquella zona, sin un vehículo o animal, caminar era una loca opción para desplazarse.

Las calles dibujadas de vapor refulgían bajo el haz de luz que las farolas fijaban sobre ella, destilando oro líquido por el asfalto. El frío empañaba los cristales en el interior del coche, al contraste de temperaturas. El miedo no era una opción, era una necesidad. Necesidad de sentir la oscuridad rozar la piel. De oler la muerte presente en cada penumbra. Pero a pesar del aciago destino que juraba tener cerca, la imperiosa necesidad por desvelar aquella encrucijada era más importante.

Los minutos parecían detenerse por momentos. Volver hacia atrás incluso. La luna, inmóvil en aquel cielo infinito tampoco pretendía mostrarse benevolente. Habían transcurrido ya varias horas que, en el interior de aquel coche y en completo silencio, se asemejaron a sentencias de muerte.

Había hecho todo lo que Adelina le sugirió. Ir al pueblo que controlaba todos los pequeños recintos que conformaban la zona y esperar. Aguardar hasta que él apareciera.

—Lo reconocerás. —Paula recordaba aquella contestación a su pregunta de cómo encontrarlo.

Sin entenderlo bien, hizo todo lo que le había dicho.

Esperó por más de dos horas, pero nada más que el avance lento de las sombras de unas calles desiertas, se dejaban ver sin reparo ni temor.

Y así, entre sombras, apareció. Enfundado en un aura tan gris como su leyenda, se bajó de un pequeño camión, pero con alma de turismo, con su chaqueta reflectante y un desdén palpable.

No podía decirse que caminara. Más bien arrastraba los pies como un indolente esclavo, hacia un contenedor y tras haberlo arrojado al interior del misterioso vehículo, que ni era camión ni era coche, se apoderaba del siguiente contenedor.

Paula aceptó aquella respuesta de Adelina al entenderlo. Era él, no cabía lugar a dudas. Su porte misterioso. Su simpleza de movimientos y el miedo que desprendía su presencia lo delataba. Era él.

Se acercó como un cazador tras su presa. En silencio. Regalando más pasos de los que por costumbre hubiera dado. Manteniendo la respiración para que ningún jadeo pudiera alertar a su objetivo.

No lo hacía por evitar espantar a aquel hombre, pues tenía la impresión de que su porte no sería suficiente para intimidarlo. Caminaba sigilosa por ella misma. Cautiva de sus propios temores había decidido acercarse obviando sus limitaciones. Esos pequeños grillos que taladran tu cabeza cuando estás a punto de tomar una mala decisión. «No lo hagas», «no lo hagas», suelen decir. Pero siempre lo hacemos. Siempre ignoramos a esa vocecita que arremete únicamente para recordarnos al día siguiente, hora o minuto siguientes, que hemos metido la pata.

Se detuvo justo a dos metros. Dos metros exactos. Lo equivalente a tres pasos o viendo la altura de él, quizá pudiera ser poco más de uno. Eso ya no importaba. A Paula nunca le había gustado correr. Prefería morir entre terrible sufrimiento que tener que emprender una alocada carrera. No porque no le gustara correr, que no le gustaba. Sino porque no soportaba que la persiguieran. Desde pequeña recordaba que en el colegio siempre que

76

jugaban al *pilla-pilla* —así lo llamaban— ella perdía en todas las partidas. En el instante que se lanzaban tras ella, ésta se quedaba quieta gritando de terror. Como es lógico, no es necesario nombrar quién era la primera eliminada siempre.

Carraspeó al sentirse ignorada. Su presencia no había atraído a aquel hombre que seguía absorto en su trabajo, observando el contenedor que acababa de depositar en la misma zona de donde lo había tomado, quizá siendo consciente de que en breve tendría que volver a hacer exactamente lo mismo. Lo mismo en cada calle, cada noche. Dudó, un segundo después, de si realmente su presencia había pasado inadvertida o es que al verla venir, decidió no prestar atención. El hombre de chaqueta brillante y presencia disuelta volteó la cabeza apenas un tercio de lo necesario. Lo justo para descifrar el origen de aquel sonido. Y acto seguido volvió a ignorarla.

Sin hablar.

Sin detenerse en sus acciones. Tan sólo siguió tirando basura en el camión hasta que el contenedor ya no aceptó más sacudidas y descargó todo su contenido.

—Perdona, ¿eres Óscar? —preguntó una tímida e irreconocible Paula. Sus miedos habían llegado a dominar su entereza, dejando a una joven de brazos gelatinosos y voz quebrada.

—¿Quién quiere saberlo? —respondió, ufano, él.

Ni siquiera se había dignado a darse la vuelta y tampoco parecía que tuviera intención de hacerlo en los próximos segundos. Aunque Paula sabía que lo que ella buscaba, haría que se mostrara. Y no se equivocaba.

—Soy un familiar de Verónica Puentes Súñez y estoy buscando información —mintió con descaro. Con el descaro de un niño que pregunta sin ánimo de ofender, pero sin limitación alguna. Cuestionó con saña, con la rabia de saber que tenía frente a ella a un asesino sin escrúpulos. Pero también lo hizo con la ignorancia de una joven que apenas conoce la vida. Que no entiende del peligro de preguntar por verdades incómodas en mitad de la penumbra que sólo el silencio otorga.

Sus palabras surtieron efecto. Como una daga envenenada se proyectó directo a su corazón, haciendo que Óscar se diera la vuelta por completo. El miedo dejó de ser un consejero para Paula y pasó a ser uno más. Un ente que se personificaba frente a ella, desgranando entre sus dientes iluminados todo el dolor que su corazón parecía haber recibido.

Si hubiera podido, Paula hubiese gritado. Su cuerpo lo exigía. Moría por deshacerse de toda la tensión acumulada pero era tanto el miedo que sentía que ni siquiera podía respirar. Sus músculos atenazados, ateridos por el frío y el terror que se colaba hasta sus huesos la mantenían erguida, inmóvil ante la presencia furiosa de un Óscar que había decidido descubrir su verdad. Esa que, como dijo el padre Meana, estaba ahí para recordarle lo que hizo. Un detalle inesperado que sacudía la paz que ya no existía en la joven.

Su cuerpo se alzaba unos centímetros por encima del de Paula, de espalda ancha y algo encorvada. Manos grandes con las que todavía sujetaba el contenedor y mirada penetrante, oscura. Pero no era eso lo que atemorizaba a la joven. Su rostro, castigado por sus actos se descomponía en la zona en que la luz se proyectaba sobre él. Su piel, a medida que avanzaba por un lado de la cara, parecía derretirse, arrugada como el papel que una vez mojado, se intenta recomponer. Apenas quedaba rastro alguno de su oreja derecha, tampoco cabello que le ayudara a ocultar parte de su vergüenza. Su cara se dividía en dos. Por un lado se mostraba un Óscar de mirada clara y nariz afilada. Por el otro, su piel se consumía desde la cabeza hasta el labio superior.

Paula respiró con dificultad al verse sorprendida por aquel detalle del que nadie fue capaz de prevenirla. Él no hizo nada. Se limitó a guardar unos segundos de silencio. Demostrando el ostensible dolor que se iniciaba en sus ojos cada vez más brillantes. Tras ese instante de tensa pausa, tragó saliva y dio un paso hacia Paula, empujando el contenedor.

—No zé de quién estás hablando —dijo, displicente ante la presencia estática de su visita.

—Yo creo que sí lo sabes. Igual que yo sé lo del incendio y también...

—Tú no *zabes* nada —cortó tajante. Su furia había ascendido de forma notable y no parecía dispuesto a permitir un solo envite más. Su voz se torcía cuando intentaba pronunciar algunas palabras que sus labios no admitían, haciéndolo partícipe de un notable ceceo. También de vez en cuando, de la parte del labio herido, parecía rezumar un líquido que Paula no pudo distinguir si era saliva u otro tipo de secreción.

La joven retrocedió unos pasos, alarmada ante la respuesta del huraño trabajador. Pero no quiso dejar pasar la oportunidad de interrogarlo.

—Sólo quiero saber qué pasó aquella noche. Qué le ocurrió a la pequeña Nuria y por qué.

—La pequeña Nuria, igual que Verónica, murieron aquella noche. *Zi zabes* lo del incendio *zabrás*, entonces, qué pasó.

Su voz no pretendía sentar cátedra sobre aquella noche. Tampoco iba a ser fácil sacar algo más de lo que ya tenía Paula. Pero a pesar de sentir su batalla perdida y de ver cómo marchaba de nuevo hacia su camión, intentó un último asalto.

—Sólo dime por qué. ¿Por qué alguien que está enamorado decide acabar con la vida de aquella persona a la que jura amar?

Por un momento pensó que había logrado llegar hasta ese punto en el que el alma se deshace ante un recuerdo, una palabra o una acción, evocando sentimientos que alguna vez fueron. Por un momento creyó que encontraría algo.

Pero ese momento no llegó.

Óscar se detuvo un segundo. Sólo uno. Un instante tan corto que apenas pudo percibir un gesto de pena en su cuerpo. Como un estertor al borde de la muerte, Óscar sacudió su pecho y, sin volverse siquiera, subió a su pequeño camión perdiéndose en la oscuridad de las calles.

Lo último que vio Paula fueron los dos ojos rojos brillantes de la parte trasera del vehículo, que con calma se ocultaba bajo el manto de la noche.

Con la derrota todavía en sus huesos volvió hasta su coche, pero de nuevo esa sensación extraña de miedo cerval se apoderó de ella. A lo lejos, junto a un pequeño edificio, una silueta parecía ocultarse de la poca luz que se proyectaba en la calle.

Una silueta desdibujada que la observaba a lo lejos se alargaba de forma casi inhumana siendo imposible distinguir dónde acababa la persona y dónde comenzaba la penumbra. Nada más que el incandescente fulgor de un cigarro proporcionaba cierta verdad sobre aquel personaje que la vigilaba. De vez en cuando, el tenue haz de luz ámbar de la brasa del cigarro se reflejaba en sus ojos.

Con el corazón desbocado Paula se refugió en su vehículo y se marchó tan rápido que ni siquiera llegó a mirar por el retrovisor, convencida de que si lo hacía, podría verlo todavía allí, cuestionando sus movimientos.

Su mente no era más que un compendio de pensamientos desordenados que no buscaban un fin común, sino más bien destruir la paz que Paula intentaba conseguir. Marchaba tan enfrascada en sus cavilaciones que no fue capaz de percatarse del vehículo que circulaba tras ella, a una distancia tan corta que parecía una proyección de su propio coche.

Tras varios destellos casi cegadores, que violaron la oscuridad que adornaba el interior del Ford Focus de Paula, al fin ésta se dio por aludida.

Un pequeño volantazo hizo que el coche se tambaleara en la calzada, sacando una de las ruedas de los límites marcados por las señales viales. Aquel coche que la perseguía no aminoraba. Los nervios de Paula se trasmitían a sus manos, cada vez más inestables. También lo hacían a su piel que con un sudor frío le recordaba de lo precario que es circular por pueblos casi abandonados en mitad de una noche fría. Intentó acelerar, pero alejarse de su perseguidor parecía tarea imposible.

¿Sería aquella sombra que la vigilaba?

Esa duda poco importaba. Fuera quién fuera, la quería a ella. Todo lo que su madre le decía cuando salía, años atrás, volvía a su mente como una presencia viva junto a sus oídos. Podía escucharla casi con la claridad de aquel momento, diciendo la típica muletilla de "no vayas sola", "nunca vayas a un sitio sin decir a tus padres o a alguna amiga dónde estás". Consejos histriónicos de una madre demasiado precavida, pero que ahora eran necesarios.

Hubiera dado cualquier cosa por haber hecho caso a esos consejos, pero era tarde. Ya de poco servía. Intentó apearse de su teléfono móvil para buscar ayuda con premura, mas en ese instante comprendió su error.

Dos luces nuevas iluminaron la calzada. Dos luces que emergían de la nada mientras esos dos ojos blancos seguían amenazándola. Un haz de luz azul surgió de los pequeños girofaros que su perseguidor tenía colocados en el techo de su vehículo.

«Vale, creo que la he cagado», pensó ella. Un sentimiento de alivio se mezcló con la tensión de tener que enfrentar ahora la reprimenda por su acción.

Detuvo su coche a un lado del ancho arcén, dispuesto así para que los ganaderos pudieran ocuparlo con sus animales cuando el tráfico lo precisara. La furgoneta de la Guardia Civil también se detuvo justo detrás.

El tiempo se congeló en ese momento. Paula, inmóvil en su asiento, aferrada al volante y con la mirada fija en el espejo retrovisor que colgaba del parabrisas, intentaba descifrar la identidad de los agentes que le habían dado la orden de parar.

Por el lado contrario, el Toyota Land Cruiser de aspecto reluciente. El destello de los faros hacía destacar las franjas reflectantes incluidas en la chapa del vehículo, confirmando su identidad.

Tras un interminable minuto, la luz interior del Toyota se iluminó al abrirse ambas puertas delanteras, dando personalidad a quién quisiera que allí se encontrara. Dos presencias bajaron del vehículo. Dos sombras verdes que se acercaban a Paula, cada una por un lado del coche y con más calma de lo habitual.

—Vaya ideas las tuyas. —Escuchó que decía uno de ellos. Una voz cascada, masculina, traspasaba el cristal de las ventanas hasta llegar a sus tímpanos—. ¿Quién nos manda a venir hasta aquí? Tienes un sexto sentido para estos personajes. La próxima vez no contestes al móvil, anda.

De nuevo silencio. Un silencio frío como la noche, que se clavaba en el alma de Paula trayendo a su mente los últimos momentos de su enfrentamiento con Óscar. Un frío que acompañaba al miedo. Pronto todo se desvaneció al sentir dos golpes retumbar sobre la chapa.

Al otro lado el haz brillante y cegador de una linterna borró todo cuanto Paula pudo intuir del exterior, dejando un destello blanco como manifestación. Solamente pudo bajar la ventana para permitir la comunicación.

—Vaya, y yo que pensaba que hoy sería una noche tranquila —dijo de nuevo aquella voz grave y arenosa.

Paula intentó descifrar la apariencia del hombre que la cuestionaba, pero lo único que podía ver era un blanco etéreo que al menos le regalaba algo de calor. Llevó sus manos hasta la frente para proteger sus ojos y entonces pudo distinguir algo a través de las sombras que no se dejaban someter.

El hombre que la cuestionaba apenas mediría más que Paula y ella no llegaba al metro setenta, de cuerpo en forma de barril —piernas estrechas, cintura y estómago generoso y pecho reducido— y nada más. La cara se la negaba su linterna.

—¿Pensabas que ibas a escapar? —preguntó, altanero, el Guardia Civil, alejando la linterna al fin—. Desde luego que me imaginaba algo distinto cuando veníamos persiguiéndote. Esperaba otra cosa. Aunque viendo tus pintas... —Detuvo su declamación un instante para volver a disparar el foco hacia Paula, esta vez desplazándose por el interior del coche y continuó—: hubiera preferido encontrarme a un drogata o un gitano. Desde luego, cuánto daño hizo en su día Zapatero.

Paula no dijo nada. Atemorizada por la situación, apenas era capaz de simular una conversación en su mente para intentar transmitirla al exterior. Miraba un punto fijo del paisaje dominado por la negrura y a la vez, analizaba la posición de ambos agentes. A un lado, el hombre que la reprendía. Al otro, una persona estática todavía guarecida al amparo del anonimato que la noche permitía.

—Yo... no sabía... —intentó decir Paula.

—No me vengas con excusitas de parvulario. A la Guardia Civil con pistolitas de agua no. No necesito excusas. Sólo quiero la documentación y los papeles del coche.

Paula accedió. Y mientras le ofrecía todo aquello que le había exigido aprovechó para poner rostro al hombre de pocos amigos que se mantenía junto a ella.

Cara redonda, bigote prominente de un negro y blanco afranjado. Casi parecía una bandera. Ojos pequeños y camuflados en la noche. Pelo oculto bajo el gorro oficial del cuerpo, pero insinuando una clara falta de vello, pues la frente, arrugada, se perdía más allá del atuendo.

Recogió toda la documentación y sin mirar apenas a Paula se perdió en ella. Mientras lo hacía, su compañero comenzó a avanzar, rodeando el coche por la parte delantera y ofreciendo las primeras pistas a Paula, que analizaba cada detalle de su atuendo, iluminado por los faros del Ford.

Pudo distinguir el distintivo en el traje que los identificaba como agentes del Seprona. El escudo de un árbol bordado en la chaqueta hacía referencia a ello. Cuerpo menudo, algo más alto que el primero, cintura estrecha y un pecho desarrollado y ajustado que demostraba que no era un hombre el compañero del primer agente.

Paula no perdió detalle alguno de aquella mujer que se acercaba con pasos lentos y se posicionaba junto al otro. Mirada seria, tez tersa y suave, labios carnosos y un mutismo que demostraba la poca gracia que le hacía aquel asunto.

Miraba a Paula sin disimulo, como si analizara cada uno de los detalles que rodeaban a la joven. Y tras unos segundos, atendió a la demanda de su compañero, que le proporcionaba los documentos de Paula. Tras comprobarlos ella también, se los entregó personalmente de nuevo a su propietaria, mostrando sus manos cubiertas por unos guantes negros de cuero. También atuendo legal y obligatorio del cuerpo.

—¿Qué se te ha perdido en Asturias, muchacha? Investigó de nuevo el hombre.

—He venido a visitar a unos amigos.

—Y yo tengo que creérmelo. ¿Me ves cara de tonto? A ver que me entere —dijo el agente mirando a su compañera y dándose ínfulas—. Vienes a Asturias a ver a unos amigos, pero te han visto discutir con un trabajador de la basura hace un momento y ahora circulabas que parecía que estabas huyendo de alguien. —De nuevo silencio. Una mirada más a la mujer que seguía sin decir nada. Tras eso clavó sus ojos en Paula, todavía insatisfecho—. Pero nosotros tenemos que creer que venías a ver a un amigo.

¿Cómo sabían que había estado con Óscar? La imagen de aquella sombra fumando, oculta entre las sombras se presentó de nuevo en sus retinas.

—Yo no discutía con nadie —objetó ella en un arrebato de autodefensa.

—Bueno, ¿y si nos acompañas al cuartel y ahí lo aclaramos todo?

Paula tragó saliva con fuerza, asustada. No quería pasar por eso, no me sentía preparada. Quería escapar de allí, volver a Madrid, con su madre, con su padre. Todas las malas ideas no lo parecen tanto antes de tomarla, eso es obvio. Ahora, había descubierto que lo suyo fue una mala idea.

—Landino, no creo que sea necesario. —La mujer que lo

acompañaba al fin se pronunció. Su voz dulce, ahogada por una extraña sensación que todavía Paula no había resuelto, acompañaba a su gesto firme, sin desviar la mirada de ella—. No tenemos nada más que un susto en mitad de una noche. Lo que es seguro que esta chica va a dejar de molestar a los vecinos de Caso, ¿verdad?

Paula asintió con rapidez, no por complacencia. Lo hizo con la certeza de sentir que hacía una promesa real. Su intención era la de volver a Madrid cuanto antes. Así que afirmó con decisión real.

—¿Y por qué voy a hacerte caso? Desde cuándo las mujeres han tomado todo el control. Mierda de país éste, que ahora tenemos que ir con cuidado de decir alguna palabra más rara que otra. ¡Bah! A mí me da igual. —No esperó ni siquiera a su compañera. Se marchó entonando una serie de profanadas palabras que casi era imposible entender. Sólo un "esto con Franco no pasaba" se dejó escuchar con la claridad de un día despejado.

Tras él se alejó la joven agente, sin decir nada, mirando eso sí a Paula y todo lo que rodeaba su presencia, pero en completo silencio. Se marchó como un pensamiento que nunca es llevado a cabo, sin pena ni gloria.

Tras ver cómo el Toyota se perdía entre las curvas de una carretera solitaria, Paula volvió a retomar el camino que había pospuesto un rato antes. Decidida a olvidar todo lo que había pasado. Pero la mente es una amante caprichosa, impredecible. Y la suya no estaba dispuesta a dejarla ir tan fácilmente.

Volviendo al pasado

Sus piernas bailaban al compás de una melodía que sólo existía en su cabeza. Bailaban sin ritmo ni cadencia. Lo hacían por la necesidad de eliminar toda la tensión que su cuerpo almacenaba.

Sentada sobre su colchón de muelles, que crujían con cada movimiento, Paula observaba su presencia anclada en el espejo que decoraba la habitación. Al otro lado, una joven cada vez más delgada se mostraba ausente, alejada de la esencia que desprendía la propietaria del propio reflejo, como si cobrara vida propia. La observaba cuestionando cada movimiento. Cada pensamiento que invadía su cabeza y le pedía sensatez.

La habitación, cargada de un humo, que apenas encontraba por dónde escapar, parecía hacerse pequeña. Junto a ella un cenicero con cuatro colillas todavía calientes.

Tengo que irme, no puedo seguir un minuto más, se repetía una y otra vez. Pero tras cada mensaje de alerta que se autoimponía, imágenes de los dibujos y del nombre de la niña volvían a ella para recordar que tenía que seguir allí. Que tenía que descubrir quién estaba detrás de esos dibujos. Si Nuria había muerto, alguien quería que ella volviera al pueblo. Alguien necesitaba remover aquel pasado.

Decidió, tras haber perdido la cuenta de los cigarrillos que habían muerto en sus manos y con su cabeza viajando por toda la habitación, reposar unos segundos.

Fueron eso, unos segundos. Los suficientes para que el estruendo que se oyó en el exterior de la habitación volviera a sumirla en un estado de alerta completo. Se recompuso de su posición y, con dudas de todo tipo, aguardó hasta la siguiente llamada. Pero ésta no llegaba.

Tras casi un minuto, que se dejó oír segundo a segundo, marcado por el reloj que colgaba de una de las paredes, se acercó hasta la puerta.

El pasillo se encontraba desierto. Aquello que hubiese provocado el sonido ya no estaba. Había sido un ruido seco. Como el de un objeto impactando contra el suelo. Un golpe, nada más. Pero Paula sabía que ya no se encontraba en su mundo. Sabía que ahora se hallaba al otro lado. En su lado.

Avanzó a través del pasillo, sintiendo cómo el frío poco a poco la invadía. El suelo, con cada paso que ella daba, se cubría de una densa niebla que nacía del mismo piso. La luz moría lentamente al ritmo que sus latidos se hacían más frecuentes. Pero no encontró nada.

Tan sólo silencio.

Un silencio que dejaba de serlo en su cabeza. Espeso, siniestro. El frío cada vez más intenso y el pasillo eterno, sin final visible.

Paula avanzó hasta que, tras más de un minuto caminando, entendió que ya había abandonado el hostal. Lo comprendió porque sus pies ahora pisaban en terreno irregular, cada vez más blando, cediendo a sus pasos, unos en los que podía sentir las pierdas pequeñas clavándose en la planta de sus pies. También la niebla había aumentado y ahora ya cubría casi todo a su alrededor. Siguió avanzando.

Lo hizo hasta alejarse por completo del hostal. Ya no quedaba pasillo ni paredes tampoco. Ahora el viento mecía sus mechones de pelo duro y compacto. Podía también oler la humedad grabada en los tallos de las plantas, en sus hojas dormidas. La humedad y el miedo. El miedo que devoraba su paz, que la obligaba a seguir avanzando, pues si se detenía sabía que sería castigada por sus propios temores. Por eso avanzó. Lo hizo hasta entender dónde estaba.

Se dio la vuelta para comprobar que era cierto. Para analizar que realmente se había trasladado allí. La iglesia se erguía tras ella, rodeada de una niebla tan densa que apenas dejaba ver lo alto del campanario, despuntando ligeramente sobre el manto blanco. Frente a ella los dos enormes árboles, incuestionables. Sus ramas se abrazaban unas a otras obligando a la luz a perderse entre su follaje, que casi rozaba el suelo.

Siguió el camino hasta llegar al rosal, más rojo si cabe, destacando sobre el gris del ambiente, sobre la penumbra de la noche.

Sintió el miedo de nuevo, arañando su pecho, cuestionando su voluntad y se detuvo. Se paró porque todo se mostraba frente a ella. A lo lejos, el edificio que todavía se mantenía intacto, con vida. Algo más cerca, reconoció al padre Meana, arrodillado junto a las plantas, en mitad del terreno que en ese instante lucía repleto de plantas. Y ella, que entendía que estaba volviendo al pasado.

Apoyaba su carita en el cristal, dejando de vez en cuando una vaharada dibujada. Un aliento que denotaba vida, que la devolvía a la realidad.

Paula fijó su vista en aquella niña de aspecto distorsionado, incapaz de hacer nada más. Sus piernas ya no respondían. Su cuerpo parecía haberse convertido en una mera proyección de sus pensamientos, que también se habían congelado. Únicamente observó cómo la niña miraba a través de la ventana.

Fueron unos segundos o minutos. Tal vez horas las que Paula estuvo mirando a la pequeña, sin pestañear. Hasta que lo vio. De nuevo aquel ser que siempre la acompañaba en sus pesadillas. Esa sombra que no dejaba de perseguirla se presentó detrás de la niña y la abrazó.

Intentó correr, pero era inútil. Su cuerpo no le pertenecía, no era de ella, ya no. Sólo pudo contemplar a un cura que se secaba el sudor de la frente y llevaba su vista hacia la misma habitación que Paula había estado vigilando. Pero ya no había nada. Silencio de nuevo. El sueño se acababa. Fue justo en ese instante en el que Paula recuperó el dominio de sus piernas cuando al volverse la vio. Aquella niña de pelo liso y rostro borroso. De pie, inmóvil a dos pasos de ella con parte del cabello ocultando su cara.

—Vuelve —dijo justo antes de que Paula abriera los ojos aterrorizada.

Sus manos abrazaban el calor de la taza rellena de café con leche que Adelina le había dejado sobre la barra. Su rostro recibía con anhelo el vapor que el líquido desprendía. Junto al plato vacío reposaba otro con un par de Suspiros de Nalón, el dulce típico de aquella zona.

—Te veo lejos, *fía*. *¿Cuéntasmelo?* —investigó la anciana, que había vuelto tras unos minutos de una ausencia ignorada por la joven.

—No he dormido muy bien —respondió ella sabiendo que no era verdad, pero tampoco mentira.

Adelina no insistió, se limitó a sonreír como siempre hacía y a sentarse junto a ella, dejando la madera de la barra como justa separación.

—Sé que no es un buen momento, pero he intentado pasar el pago de la estancia y... —Su mirada se perdió un instante por los recovecos del local, como si intentara asegurarse de que nadie más podía oírlas—. Bueno, no se ha podido cobrar.

Paula reaccionó ante las palabras de la anciana, confundida con ese dato. Era imposible que no se pudiera cobrar, pues en la cuenta de la tarjeta había suficiente dinero como para comprar todo el edificio. ¿Qué significaba que no había podido cobrar?

—Quizá tengas el datáfono roto —respondió restando algo de importancia a la cuestión de la hostelera, pues era imposible que no hubiese dinero.

—No lo creo. He probado con varios terminales. Pero tranquila, si quieres pruebo mañana de nuevo. Seguro que tiene una explicación. —De nuevo su sonrisa. De nuevo ese gesto condescendiente de quien observa con el cariño de una madre, temerosa de que lo que pueda pasar.

—Gracias, Adelina. —Paula observó a la anciana. Quiso olvidar todo, pero sabía que no iba a lograrlo. Sabía que su caprichosa cabeza inconformista le recordaría cada día y cada noche que se marchó sin llegar hasta el final. Así que, tras un instante corto en realidad, pero eterno para sí misma, decidió hacer caso a esa mala idea que circulaba en su cabeza—. Ayer conocí a Óscar —espetó sin miramientos.

La sonrisa de Adelina se esfumó. También su rostro sereno y calmado. Otro más siniestro resurgió como una pelota de tenis lanzada con fuerza al agua y que busca de nuevo la superficie.

—¿Que *ficiste* qué? ¡Ay! *Neña* entrometida. ¿Por qué sigues removiendo el *pasáu*? —Su voz distorsionada intentaba mantenerse firme, pero apenas lo conseguía.

—Porque alguien quiere que esté aquí. Alguien me ha llamado y no voy a irme sin saber quién es.

Adelina mutó. Quizá por no encontrar respuesta a aquella información. Tal vez porque no quería seguir escuchando o simplemente, porque entendió los motivos de Paula.

—Tengo sueños —volvió a decir Paula—. Llevo semanas con ellos. Al principio no entendía lo que pasaba, pero desde que he llegado aquí... —Calló un instante, intentando asegurarse de que la única presencia que allí había era la suya y la de Adelina—. Desde que he llegado al pueblo las pesadillas se han vuelto más intensas. La veo. Veo a la niña.

—Adivía —dijo la anciana casi en un aliento de temor, mirando a la joven mientras retrocedía varios pasos.

—¿Adi... qué?

—Adivía —repitió sin que le pesaran las palabras. Convencida de su razonamiento y de que aquello que había pronunciado era lo que quería decir—. Las adivías son brujas.

Paula dejó la taza sintiendo en su cuerpo una reacción extraña. No sabía si debía sentirse ofendida o halagada. Una bruja, había dicho la mujer. Las brujas no son buenas, pensó ella.

—Creo que eso de las brujas ya...

—Una Adivía es una *bruxa* sin maldad —intercedió la mujer, dejando a Paula sin poder terminar la frase—. Una *bruxa* buena, capaz de comunicarse en sueños con los muertos del *pasáu* o con aquellos que van *morrer* en un futuro. También son capaces de ver a la *Güestia*.

—Güestia —repitió Paula entre sorprendida y atemorizada.

—La muerte —sentenció Adelina—. Las Adivías tienen esa facultad de hablar con los muertos para que estos cumplan alguna voluntad por ellos. También tienen el don de la premonición.

Aquellos ojos blancos volvieron a ella, reviviendo sus sueños a través de las palabras de la anciana, que parecía estar desvelando verdades que todavía eran un misterio para ella.

—Tienes que ayudarme a conocer qué pasó realmente con Óscar. Por qué hizo eso. Adelina, tengo que hacerlo.

La anciana cerró los ojos y suspiró con dolor. Un dolor que no es necesario adivinar. Uno que se ve a simple vista, que se respira, que se siente como propio.

—Yo apenas conocía a la muchacha. *Trabayaba* en la biblioteca de *Casu* y por el *pueblu veíalos* poco. Sí que se dexaban ver en *sábado*. Paseando con la pequeñina. Lo del *fío ési*, un *mozu* bien guapo. Nadie lo entendió. *Llevábanse* bien, él la cuidaba *muncho*. *Nun* pude creerlo cuando pasó.

—El padre me contó que Óscar siempre trajo problemas.

—¿Eso te contó el padre Meana? —Su expresión se tornó seria, indescifrable—. Él sabrá más cosas que yo. *Fía*, de aquí nunca he salido. No creo que pueda ayudarte más.

No fue necesario. Paula agradeció cada una de las palabras de la anciana y se marchó con la indecisión en su cuerpo, pensando en los dos agentes de la noche anterior. Pensando en ella concretamente. Esos ojos que parecían tan conocidos. Esa mirada que le devolvió cierta vida. Paula se marchó agradeciendo aquella información. Porque ahora tenía por dónde empezar.

Con las ideas claras, pero una duda en su cabeza se introdujo de nuevo en su Ford Focus para emprender un viaje al pueblo al que prometió no ir. Pero esta vez sería más lista. Aunque antes debía comprobar una duda que gravitaba sobre su mente. Cogió su teléfono móvil y marcó.

—Hola —escuchó decir al otro lado.

Vlog Paula 05/06/2018

La pantalla muestra a una Paula con el rostro firme, mirando al objetivo de la cámara. Varios metales brillantes reflectan al atrapar parte de la luz del foco que ilumina su cara. En sus ojos, encendidos, puede verse la silueta del aro de luz que utiliza para sus grabaciones.

Transcurre casi un minuto de grabación y todavía no se digna a pronunciar palabra alguna. Observa la pantalla en silencio, un silencio acompañado por las conversaciones en texto de todo aquel que aguarda al otro lado.

Marcos dice: *"No tienes buen aspecto"*.

Kittyfan dice: *"¿Para cuándo otro vídeo de pinturas?"*.

Álvaro dice: *"Creo que has perdido la cabeza"*.

Esther dice: *"¿Estás bien?"*.

Paula lee cada una de las preguntas de sus seguidores. Observa cómo su reputación cambia como un mar revuelto, agitándose en momentos para volver a calmarse un tiempo después. No le importa. Ya no.

Se frota las sienes e intenta eliminar de su rostro la expresión de cansancio, de autoimpuesta dejadez. Quiere entender que el tiempo es un lacayo fiel del destino, sirviendo a un propósito claro.

«*Hola a todos.*

He decidido que voy a empezar a denunciar todas las injusticias que vea. No me preguntéis por qué, pues ni yo misma lo sé. Pero siento que debo alzar la voz. Creo que tengo que decir todo lo que pienso o si no voy a explotar.

Me duele la cabeza cada día más. Veo, día tras día, *las injusticias que se suceden a mi alrededor y no puedo hacer nada. En casa, en el trabajo, mire donde mire, siempre veo injusticias.*

Personas que son denostadas por el mero hecho de ser diferentes. Gente que es castigada con empleos basura o míseros sueldos porque no pueden permitirse nada mejor.

Yo siempre he sido una persona que ha vivido en la opulencia y comodidad que una buena familia te puede brindar, pero también he empezado a ver cómo todo se pudre. Ayer presencié en mis propias carnes toda esa parafernalia a la que llamamos política.

Muchos sabréis que mi padre es un importante empresario del sector textil, con varias fábricas a nivel nacional y distribución internacional.

También sabréis que ha decidido presentarse por su partido a las elecciones de Madrid. Pero todo esto es lo que a mí nunca me ha gustado.

No me gusta la política. No me gustan los políticos. Y desde ayer, no me gusta...».

El vídeo es interrumpido de golpe, haciendo que Paula aparte la mirada un instante. Un instante que se desvanece en el aire y ya no vuelve.

—Pero. ¿¡Se puede saber qué demonios haces!? —dice una voz femenina de dudosa procedencia—. Me acaba de llamar tu padre hecho una furia diciendo que estabas haciendo un directo. ¡Apaga eso ya!

La discusión se aleja de la cámara haciendo que las voces cada vez se difuminen más. Llega en susurros a la cámara, que registra una habitación vacía, casi sin vida. De blancas paredes y nada más. Sólo paredes.

Los comentarios se suceden en la pantalla. Comentarios que solicitan información. Otros que sencillamente quieren ver sangre. El número de visitantes crece tras cada segundo. Personas que, como los animales, huelen la sangre y acuden al directo ávidos de morbosa información. Pero ésta nunca llega.

Tras unos minutos de discusión, puede oírse cómo alguien entra en la habitación. Un cuerpo que no muestra la cara se acerca a la cámara y corta el directo.

Un rostro perfecto

Siempre pensó que oír su voz siempre supondría un remanso de paz, independientemente de cómo se encontrara en aquel instante. Pero lo que sintió Paula al escucharla en ese instante, fue todo lo contrario. Apenas un regusto amargo de rechazo. Una sensación agridulce, mezcla de amor y dolor. Traición y sangre. Al fin y al cabo, era su madre y no podía guardarle rencor.

—¿Has bloqueado mis tarjetas? —preguntó Paula sintiendo la verdad en su cuerpo. Lo sospechó desde el primer momento. En cuanto recordó las palabras que Lucía le había dicho.

—Hola, cielo. Yo también me alegro de oírte —contestó, irónica, ella. Aunque sobraban los matices, pues no pretendió disimular su conducta.

—Creo que te he preguntado algo. ¿Has bloqueado mis tarjetas?

—Sí —respondió al fin—. He bloqueado tus tarjetas. No voy a permitir que mi hija haga lo que le venga en gana y menos con mi dinero. ¿No sabes el peligro que corres?

—Y dejándome sin dinero lo vas a solucionar. ¿Es así?

—Tendrás tu dinero en cuanto regreses a casa. Hija, yo sólo quiero que estés a salvo. No puedes andar vagando por lugares que no conoces.

—No te preocupes. Puedo arreglarme sin vuestro dinero.

No esperó a que la respuesta de su madre llegara. Colgó sintiendo la voz de Lucía perderse en un golpe seco que dejaba palabras sin sentido flotando en un ambiente cargado.

El coche se situaba frente a la entrada de la biblioteca. Un nuevo paso hacia una historia de corazones rotos y silencios de fuego. Una historia que la estaba esperando.

Avanzó por la enorme entrada de puertas de madera hasta llegar al salón inmenso de la biblioteca. Ahí, sentado tras un pequeño escritorio sin más decoración que un ordenador viejo emitiendo pequeños chirridos, aguardaba un hombre. De pelo cenizo, mirada ampliada entre cristales y sabiduría en su expresión. Años entre libros es lo que aporta. Sangre de conocimiento. Mil vidas en una.

Paula siguió acercándose, observando el embaldosado ajedrecístico, con pasos sigilosos amortiguados por la goma de sus zapatillas blancas. La joven nunca fue de tacones ni faldas. Tampoco de vestidos caros ni joyas ostentosas. Más bien de vaqueros rasgados y camisas a cuadros.

—Buenos días —susurró el hombre con una sonrisa en los labios, los dedos brillantes y húmedos y un libro entre sus manos.

Ella dudó. Por un instante más, ya demasiado repetitivo desde que había llegado a esa zona, su mente se quedó en blanco, ignorando las palabras que debía utilizar para retroceder casi veinte años. Mientras se le ocurría, devolvió el saludo para no levantar sospechas y se perdió en el enorme laberinto de almas perdidas entre aquel océano de historias. Cada libro encerraba entre sus páginas la historia de todo aquel que había decidido perderse en él.

Cada página que Paula leía, cada libro que volvía a poseer era un nuevo comienzo. Ese olor a papel seco. A amores de películas o verdades ya consumadas, congeladas entre tinta y papel.

Transcurrían los minutos y Paula apenas había podido abrir varios libros. Indecisa, no sabía dónde buscar. Aquello no era más que un dédalo infernal de información infinita. Era como buscar una aguja en un pajar, pero sin poder usar las manos.

—¿Puedo ayudarte? —Estaba tan enfrascada en los libros que no fue capaz de ver venir al hombre que custodiaba los libros. Escucharlo sabía que iba a ser imposible, pues desde que había entrado, ni siquiera la respiración había podido presentir del hombre ya entrado en años. Cincuenta, quizá sesenta, pensaba Paula.

—Sí. Verá... —Al fin, armada de valor, Paula decidió afrontar la realidad—. Estoy buscando información.

Cuando ella duerme

—Pues puedes seguir buscando o pedírmela a mí, si crees que te vendrá mejor. —La sonrisa del hombre infundía respeto, calor humano, bondad.

—Estoy buscando información de una mujer que trabajó aquí.

El encargado frunció el ceño al escuchar a Paula. Puede que aturdido por la pregunta o tal vez analizando las intenciones de la joven. Fuera lo que fuera, duró un instante.

—Yo llevo más de una década trabajando aquí. Y no conozco a nadie más que lo haya hecho. Así que si te refieres a otra persona, seguramente te hayas equivocado de sitio.

—Lo cierto es que trabajó aquí hace ya más de quince años. Creo que hará unos veinte, tal vez diecinueve.

—Mucho tiempo, ¿no crees? —intercedió el hombre, precavido—. ¿Qué edad tenías tú en aquella época?

Paula ignoró aquel detalle sabiendo que no tenía nada que ver. Se limitó a elegir bien las siguientes preguntas, pues de ellas dependía el éxito de su búsqueda.

—Lo cierto es que era un familiar mío y estoy intentando recopilar todo lo que tenga de ella. Sé que trabajó aquí un tiempo. Su nombre era Verónica Puentes.

El hombre ni se inmutó. No parecía conocer el nombre y si lo hacía apenas le restaba importancia.

—Ha llovido mucho desde entonces. ¿Por qué quieres buscar información ahora?

Una pregunta importante que no tenía contestación. No podía decirle la verdad. Tampoco una mentira parecía una buena opción.

—¿Por qué no? —respondió ella, sintiendo como única salida aquella respuesta a la gallega.

El hombre de piel oscura y repleta de arrugas se rascó con calma la barba que rodeaba los labios y se perdía en su barbilla y observó de nuevo a Paula.

—Hace ya mucho tiempo de eso. Yo empecé a trabajar un año después de que el puesto quedara vacante. Así que no te voy a poder ayudar mucho.

Paula decidió retroceder. Volver por donde había llegado e intentar comenzar de nuevo. Marcar su ruta a seguir. ¿Hablar con el padre otra vez? ¿Buscar información de Óscar en la cárcel? Eso último parecía descabellado.

Apenas había recorrido unos pocos metros cuando sintió de nuevo la llamada del bibliotecario.

—Creo que tengo algo que podría ayudarte. —En su mano portaba una pequeña caja de zapatos descolorida y rota por los costados—. Esta caja la sacaron de su escritorio. No tiene apenas nada, pero quizá te ayude un poco.

En su interior varios objetos chocaban con las paredes de cartón haciendo sonar su contenido, mostrando la veracidad de un contenido en su interior. Contenido que Paula decidió extraer a su llegada al Ford.

Dejó caer todo sobre el asiento del conductor y comenzó a revisar. Uno por uno analizó cada papel. Cada objeto que había caído de la caja. Pero nada había que pudiera servir. Únicamente viejos papeles con los nombres de los vecinos que habían sustraído algún que otro libro. Nada más.

De nuevo sin esperanza alguna decidió guardar todo lo que había extraído y poner en marcha el vehículo. Fue cuando levantó la caja de nuevo.

Aquel detalle, oculto bajo la caja de zapatos e introducido, en parte, por el hueco que el asiento dejaba entre el respaldo y la base. Se trataba de una foto.

El corazón de Paula se aceleraba por momentos al intuir las facciones de aquella mujer que sonreía a la cámara. De rostro liso, sedoso. Mirada clara, penetrante y lacio pelo negro. Su belleza se podía distinguir incluso en la lejanía. Pero había algo más, incrustado en parte bajo el respaldo. Pellizcó una de las esquinas de la foto y la sustrajo con cuidado, como si aquel trozo de papel fueran rescoldos todavía calientes del incendio que azotó Tanes esa noche.

Lo que vio en ella le heló la sangre. No estaba sola. Fue en ese momento que comprendió las palabras de Adelina.

El amigo

Las mentiras nunca son buenas aliadas. Consentidas, capri-chosas, siempre buscan el momento idóneo para resurgir de sus propios temores. De su pasado más oculto. Las mentiras nunca son buenas amigas. Traicionando una lealtad que jamás juró preservar. Siempre depen-diendo de la habilidad de quien recurre a ella para poder permanecer bajo la sombra de la verdad. Pero el tiempo también es caprichoso. Quizá más.

Paula degustaba el sabor amargo de una verdad desvelada. Re-velada como una un tesoro que es desenterrado. Analizaba cada detalle de la foto que había encontrado de Verónica.

Una sonrisa que deslumbraba adornaba gran parte del retrato, mientras que junto a ella, podía verse la compañía de Óscar. Ambos felices, abrazándose a la altura de los hombros como dos amigos. *Puede que ése fuera el problema*, pensó al entender que en ocasiones, el amor no correspondido es el más doloroso. Ése que aparece disfrazado de amistad. Ese amor que te consume, que te envenena. Que saca una parte de nosotros que jamás con-templamos tener.

No era la imagen de Óscar lo que había sorprendido a Paula. Tampoco la actitud de ambos, pues ya el padre Meana le había dejado claro que Óscar estaba enamorado de ella. Nada de eso fue lo que le sorprendió. Era la tercera persona que los acompa-ñaba. En este caso, su sonrisa era apenas un atisbo de felicidad que surcaba unos labios resecos y tensos. ¿Qué hacía él ahí?

Esa pregunta invadió a Paula con descaro y estaba dispuesta a responderla. Había vuelto al pueblo y analizaba los últimos deta-lles del retrato, intentando buscar en él una salida distinta a todo. Pero era tarde. La fuerza con la que su voz sonaba en su interior la obligaba a seguir adelante.

El ruido de un motor la sorprendió antes de abandonar el suyo. Un motor que consumía gasoil de forma lenta mientras se alejaba del pueblo. Paula pudo reconocer al instante de quién se trataba. Era la misma furgoneta de la Guardia Civil que la había detenido la noche anterior. Reconoció el rostro incuestionable del hombre, encargado de manejar el vehículo. También pudo ver el pelo rubio, recogido, de ella. A su lado.

Respiró hondo al sentir la presión de una promesa sin cumplir en su pecho, pero negándose al sentimiento siguió avanzando. Su propósito era claro y no iba a ignorarlo. Cuando se presentó frente a la puerta donde esperaba una revelación, dudó un instante. Tan corto como necesario.

Estaba de espalda cuando ella entró. ignorante frente al devenir de su destino.

—Sabía que te ibas a olvidar algo. Como siempre —dijo sin darse la vuelta. Pronto fue consciente del error que había cometido. Justo en el instante en que sus ojos colisionaron con los de Paula. Su expresión mutó en mil gestos distintos, ajenos a la voluntad de su portador—. ¿Qué haces tú aquí? —inquirió, sorprendido, al ver a Paula.

—Creo que necesito volver a hablar —adujo ella entrando un par de pasos más sobre el local.

El rostro de Rubén había palidecido, envuelto en un aura de alcohol y vergüenza. El hombre que días atrás cuestionó cada una de las palabras de la joven, haciendo que abandonara el bar casi a la fuerza, ahora era un mero juguete roto. Un lacayo de la mentira que había perdido la batalla, arrojándose él mismo al abismo de una verdad insondable. Tan oscura como cierta.

—Tú lo que necesitas es perderte ya. ¿Qué demonios has venido a buscar? —arremetió con más vehemencia que el comentario anterior. Su rabia crecía con cada palabra.

Paula no se arredró. Siguió avanzando obligada por el valor que siempre había tenido. Un valor que le impedía analizar el peligro. Un valor que sólo es fruto de la carencia de deseos. Quien tiene un sueño por cumplir, camina temeroso, intentando no caer.

—Me mentiste.

—No sé de qué me estás hablando. Pero creo que lo mejor será que te vayas. El otro día ya te dije que vinieras cuando tuvieras que tomar algo. Para las preguntas, busca a otro.

—No voy a buscar a nadie porque a quién necesito lo tengo frente a mí. —La mirada desafiante de la joven buscaba los ojos negros de Rubén, que huidizos, parecían clamar ayuda desde la distancia.

—Mira, niña, o te vas ahora o llamaré a la Guardia Civil para que venga a buscarte.

—Bien, quizá ellos puedan explicarme por qué conocías la relación que había entre Verónica y Óscar.

En ese instante, en el que Paula dejó la foto sobre la mesa, Rubén se derrumbó. Sus ojos se tornaron de hielo, derritiéndose por momentos mientras analizaba aquel trozo de papel. Él era la tercera persona en la foto. Dejando su sonrisa tímida junto a la felicidad plasmada de Óscar y Verónica. El silencio lo dominó todo.

—Pequeña bruja, ¿cómo lo has encontrado? —respondió, enfurecido, al ver la imagen sobre la madera de su barra. Inclinando su cuerpo sobre la barra y apretando los dedos contra la madera, parecía querer abalanzarse sobre la joven, que no mostró arrepentimiento alguno.

—Lo encontré entre sus cosas, en la biblioteca donde trabajaba. ¿De qué os conocíais?

No respondió. Se limitó a ignorar la instantánea como si de un mal hechizo se tratase. Como si al observarla volviera a verla tan viva como aquel día. Sonriendo, feliz, sintiendo que nada malo puede ocurrir. Quien ignora su muerte, vive feliz.

—¿Qué pretendes con todo esto? ¿Por qué no dejas el pasado como está?

—Porque necesito saber qué hago aquí. Necesito encontrar el motivo por el que Óscar prendió fuego la iglesia.

—Óscar ya ha cumplido su castigo. No tienes derecho alguno a querer profanar su recuerdo más de lo que él mismo ya lo ha hecho.

De nuevo un cúmulo de sentimientos invadió su mente. Rubén también defendía a Óscar. Pero ¿por qué? Aquella pregunta era la que todavía seguía sin responder.

—Sólo quiero saber por qué Óscar hizo todo lo que hizo. Qué le llevó a cometer semejante atrocidad.

—¿Y qué vas a hacer cuando lo sepas? No va a cambiar nada.

—Al menos podré marcharme en paz.

Rubén suspiró como quien se siente derrotado. Suspiró con anhelo, con desidia. Con una mueca de dolor mientras se llevaba las manos a la frente desnuda, para después acariciarse la cara, tiznada por una barba de tres días.

—Bien, si eso hace que te marches de una vez, te contaré por qué salgo en esa foto.

Rubén sirvió una copa de *Glenfiddich*, un *Whisky* de maduración en barrica de ron, con un toque de vainilla y *toffee* que hace que el sabor se prolongue en el paladar, o al menos eso prometía la etiqueta de la botella. A Paula, que no había pedido nada, le sirvió agua en un vaso que hacía dudar de su estado de limpieza.

—Conocí a Verónica al poco de llegar al pueblo. Era una mujer realmente hermosa, poco común en la zona. Esto es un pueblo de gente ya anciana sobre todo. Es en verano cuando se llena un poco de juventud. Ella hizo revivir un poco la magia de este pueblo. Ella y su pequeña. Una mocosa que siempre estaba jugando y riendo. Recuerdo la primera vez que entraron en este bar. —No podía evitar detener su discurso de vez en cuando, atrapado por una angustia que se palpaba en su voz, dejando recuerdos rotos y aflicción por cada pliegue de su voz.

»Poco después vino suplicándome trabajo. No encontraba nada en ningún lado y el dinero con el que había llegado ya se le estaba acabando. Este bar nunca ha dado suficiente como para

Cuando ella duerme

plantearme dar trabajo, pero no podía dejarla sola así que le ofrecí venir a limpiar todos los días unas pocas horas. Así al menos podía sacar un dinero mientras encontraba algo».

El rostro de Paula fijaba cada una de las palabras de Rubén, intentando reconstruir en su cabeza la historia de Verónica mientras él la contaba. No perdía detalle alguno, apenas respiraba siquiera.

—¿Nunca dijo por qué había llegado al pueblo? ¿De dónde venía? —preguntó ella sintiendo que una parte de la historia no estaba clara.

—Estaba huyendo. Fue todo lo que yo supe. Huía de un hombre que sólo quería quitarle a la niña. Por eso decidí ayudarla —dijo volviéndose un instante y rebuscando algo de uno de los armarios que tenía a un lado de la barra. Unos armarios de madera tallada. De su interior sacó una pequeña caja de metal y la apoyó sobre la barra. Pero todavía permanecía cerrada—. Le encantaba la poesía.

»Siempre leía poesía. O escribía algún que otro poema. Era un soplo de energía en una noche helada. Era luz, vitalidad. Verónica era todo lo que este pueblo necesitaba. Fue al poco de estar trabajando aquí cuando se conocieron. Óscar, por aquella época, se encargaba de repartir el correo. Todos los días venía al bar con la excusa de tomar un refresco para verla. —Rubén sonrió tras aquel recuerdo, quizá invadido por un momento especial que se reproducía en su cabeza—. Tardó más de un mes en decidir hablar con ella. Pero enseguida hicieron amistad.

Abrió, esta vez sí, la caja de metal y sustrajo de ella varios papeles amarillentos y desgastados, resecos por el decurso del tiempo. En ellos se podía leer algo escrito a mano, con tinta azul. Algo que depositó primero en sus manos.

—El hecho de compartir gustos hizo que rápidamente entablaran amistad. Y yo me encargaba de ver cómo esa relación fraguaba poco a poco. Fue una época maravillosa —dijo sintiendo el peso de sus palabras en el pecho. Unas palabras que se desleían poco a poco—. Pasaban horas escribiendo poemas, mientras la pequeña y yo jugábamos en la cocina o veíamos la tele. Tú preguntas cómo pudo hacer eso Óscar. Yo pregunto quién pensaría que él lo hizo después de ver lo que yo vi.

Tras aquellas palabras, que resultaron ser una sentencia para Paula, dejó caer varios papeles sobre la mesa. Nueva información de un pasado cada vez más vivo, más real.

En la foto se podía ver a Verónica y Óscar sentados en una de las mesas del local. Tan real que si Paula hubiese acercado la instantánea sobre el comedor, podría haber visto la misma imagen que se mostraba retenida sobre el papel. El tiempo no había pasado para el local. Sí para Rubén, que en la imagen se veía más joven, con más pelo y vitalidad. Apoyado en la barra y mostrando su propio reflejo en uno de los espejos junto a Verónica. En él se veía a Rubén con la cámara frente a su cara, inmortalizando aquel momento.

Un momento de risas y felicidad. Un momento en que se podía leer en sus ojos la verdad. Sobre la mesa, un pequeño libro con el título de Veinte Poemas de Amor y una Canción Desesperada, de Pablo Neruda.

Y a un lado estaba ella. La muchacha de sus sueños. La pequeña Nuria, dando la espalda a la cámara mientras jugaba con una muñeca, apoyada en el suelo. No pudo reprimir el dolor que surcó su cabeza al ver a la niña. Un dolor que trajo a su mente el recuerdo de su última pesadilla. Aquella voz volvía a su cabeza. «vuelve vuelve vuelve», repetía.

—Ése era el libro de poesía que más les gustaba. Siempre lo traía ella consigo —dijo Rubén devolviendo a Paula de su trance.

También había un papel con un poema escrito junto a la foto. Un poema sin título que descansaba bajo la custodia de Rubén.

—Este poema lo escribió él. Pero nunca llegó a dárselo. Lo encontré entre sus pertenencias cuando... —Su silencio fue suficiente para entender.

Vuelves a mí cada noche.

Cuando ella duerme

Entre brumas de esperanzas y suspiros.

Entre anhelos de aquello que no espero.

Pues tu cuerpo no es mío,

Ni tampoco lo es tu pensamiento.

Vuelves a mí cada noche,

aun sabiendo que no te tengo.

Aun teniendo que saberlo.

Pero no desespero en mi empeño,

de poder tenerte a mi lado.

Pues prefiero ser solo, contigo.

Que ser sólo parte del pasado.

Un poema que expresaba lo que Óscar sentía. Un amor no correspondido. Un amor que sólo él podía sentir. Y por consiguiente, un amor que pudo llevarle al peor de los caminos.

—Ambos se querían muchísimo. Eso es todo lo que puedo decir —concluyó Rubén. Tras eso volvió a guardar el poema en la caja y ésta en el armario, cerrando de nuevo un pasado. La foto la dejó en manos de Paula—. Quédatela —dijo.

Cuando salió del bar la noche ya no era un presagio sino una realidad. Su reloj marcaba las 21:22 y sobre el cielo oscuro podía ver el humo que escapaba de uno de los extractores procedentes del hostal. Sabía que Adelina la esperaba con la cena caliente, como su madre todas las noches. Con un extraño sentimiento, dedicado a la mujer que le dio la vida, avanzó hacia el edificio que apenas se situaba a unos quinientos metros del bar. Pero suficientes para que alguien pudiera someterla.

No lo vio hasta que estaba demasiado cerca. Ni siquiera lo presintió. Pero el miedo no se deja ver, es sigiloso, precavido. Cuando Paula sintió el miedo, éste ya se había adueñado de ella. Sobre el capó del coche y escrito con pintura roja podía leerse con claridad una amenaza que hasta entonces sólo podía presentir.

"Los muertos deben descansar en paz", rezaba aquel escrito, que iba acompañado de cuatro pinchazos. Cuatro puñaladas, una en cada rueda. Paula revisó en cada rincón de la oscuridad buscando la respuesta a aquella amenaza. Y pareció encontrarla. De nuevo, oculto entre la penumbra de una de las calles, un leve e incandescente haz de luz se iluminaba como un faro en mitad de una tormenta, marcando el camino a los barcos perdidos en el mar. Tras varias caladas, en las que la sombra parecía resurgir de su cautiverio, se esfumó por completo.

Paula sintió el miedo de nuevo. A veces la verdad también despierta a los peores temores ocultos en el pasado.

Regresando de nuevo

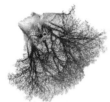

"Los muertos deben descansar en paz". Aquellas palabras escritas en sangre gravitaban sobre la mente de Paula como un sentimiento de culpa que es imposible ignorar. Apenas había dormido, dando vueltas sobre un colchón duro como sus lamentos. Un colchón de temores y malos augurios. Sus ojos, de vez en cuando buscaban un rincón de claridad donde cobijarse, pues la oscuridad era demasiado intensa y el miedo real.

La mañana no parecía que fuera a presentarse mejor que la noche anterior. Debía cambiar de coche y justificar aquel atentado no iba a resultar sencillo. Sabía que tendría que rendir cuentas frente a las autoridades, así que, asumiendo su papel, se prestó con celeridad para no perder un solo minuto más. Aunque el sueño ya se estaba ocupando de recordarle que era humana.

Adelina vigilaba, como era costumbre desde su llegada, cada movimiento de la joven desde distintas posiciones de su zona de acción. En este caso lo hacía desde el bar.

—Deberías pensar si seguir con esto. Temo que pueda pasar algo —dijo la anciana en cuanto Paula se sentó frente a ella.

—Tranquila, Adelina. Seguro que quieren asustarme. Pero ¿sabes qué significa eso? —preguntó ella con un atisbo de esperanza en sus ojos.

—*Nun sé.* Pero *tampocu impórtame.* No tengo edad *pa* esto, *fía.*

—Esto, Adelina —dijo, y silenció de nuevo. Calló para comprobar que nadie más podía oírles Algo lógico, pues estaban completamente solas—. Esto es la prueba de que hay algo más. Quizá Óscar oculta algo y por eso no quiere que lo sepamos. O también. —Dudó. Dudó si seguir o dejar la conversación en ese punto, pero Adelina le había demostrado que podía confiar en ella—. Que haya alguien más detrás de todo esto.

—¡Ay! Creo que esto *ye demasiao*. Prométeme que si crees que hay *algu* más, avisarás a *les* autoridades. Landino podría *ayudate*. *Ye* un buen *home*.

—¿Landino? —inquirió Paula, sorprendida—. ¿De qué conoces a ese hombre?

—*Fía,* aquí *conocémonos* todos. Landino y Sonia son dos buenos agentes. Siempre *preocupáronse* por nosotros.

Sonia. ¿Se referiría a la chica que vio junto al agente que la increpó? No entendía nada. Todo aquello era para Paula un cuento de páginas blancas, vacías en contenido que nada aportaba a su historia, teniendo que rellenar ella cada espacio nuevo que aparecía. Sonia, ése era el nombre de la mujer que desde hacía una noche la acompañaba a todas horas. Sonia.

—Sé que puede parecer un hombre recio. Terco incluso. Pero es una persona que no deja crimen sin castigo. Aunque algo anticuado para los tiempos que corren. Menos mal que la muchachita que lo acompaña lo ha enderezado un poco. Toma —dijo entregándole una pequeña tarjeta con una serie de números escrito a mano—. Puedes llamarlo si necesitas ayuda.

En aquel trozo de papel se encontraban los dos números. El del cabo primero Landino Escudero por un lado y bajo éste, el nombre de ella relucía ante los ojos céreos de Paula. Sonia Garrido era su nombre.

—Estaré bien. Ahora tengo que ir a ver al alcalde de Caso.

—David es un hombre tierno. Aunque desde que lo eligieron para alcalde ha cambiado un poco. Ya no es tan amable como cuando patrullaba los pueblos. Ve con cuidado.

Paula se marchó llevando consigo el calor de Adelina, que en poco tiempo se había ganado su corazón. Se marchó dejando atrás aquella amenaza, grabada en el pobre e inocente vehículo.

Sus manos bailaban sobre la pantalla de su teléfono, congelado con un número marcado y dando la opción de llamar. Paula se debatía entre dudas de un reclamo que no sabía si existía. No sabía si quería ayuda o consuelo, protección o amistad. Esos ojos que tanta información le mostraron seguían clavados en sus retinas. Al fin, tras unos minutos de incansable lucha, decidió olvidar sus dudas y centrarse en un propósito.

Había llegado frente al ayuntamiento, ya conocido por ella, pues la biblioteca se encontraba en el mismo edificio. Por un instante pensó en volver a visitar a Héctor, el bibliotecario. Insistir en nueva información. Suplicar por un detalle que pudiera acercarla a aquella noche. Pero ese instante se desvaneció en cuanto su mente fijó una nueva meta.

En el primer piso, junto a un pequeño pasillo, se hallaba el despacho del alcalde, custodiado por una joven de mirada neutra y gafas pequeñas. Apenas se inmutó cuando Paula se presentó frente a su escritorio, ignorando por completo su presencia.

—Buenos días, he venido a ver al alcalde —dijo Paula al ver que la chica no tenía intención de recibirla—. David creo que se llama.

—El alcalde no está ahora disponible. ¿Has pedido cita previa? —respondió la chica, que apenas tendría un par de años más que Paula, pero por su actitud podría incluso sumarle una década más.

—Quería hablar con él de un tema importante. Si es posible puedo esperar hasta que esté libre.

—Lo siento. Necesitas una cita para poder reunirte con él. Si quieres puedo mirar la agenda y solicitar una. —La actitud ácida de la joven hacía que Paula viera sus intenciones en peligro. No parecía que pudiera llegar a un entendimiento con la secretaria, que seguía absorta en su pantalla de ordenador mientras mascaba un chicle con la delicadeza de una vaca rumiando pasto.

—Marisa. —Una voz serena y clara distrajo a ambas por un momento. Provenía de la puerta que daba acceso al despacho del alcalde. Un hombre alto y delgado, de espalda ancha y camisa ceñida se extendía a lo largo del espacio que se generaba entre la puerta y el marco, aferrándose a los extremos de la misma—. Tengo un rato libre. Puedo atenderla.

La muchacha sonrío con desgana y una ligera mezcla de asco mientras asentía con el decoro de un portero de discoteca.

Los nervios crecían en Paula, que sentía cada vez con más fuerza la necesidad de gritar, de aligerar algo de la tensión que se generaba en su cuerpo. David se mostraba sereno, sonriendo ante la presencia de la joven. El olor dulce de su perfume contrastaba con una apariencia cuidada: cabello negro con ligeros tonos plomizos, ojos oscuros, tez clara y sonrisa de anuncio.

—Bien señorita, su nombre es... —indagó sentándose al otro lado del escritorio. Ignoró todo cuanto le rodeaba y se centró en Paula, cruzando las piernas y apoyando sus manos entrelazadas sobre ellas.

—Me llamo Paula Serna. Y he venido por un motivo que le sonará raro.

—Si supieras todas las cosas raras que he visto por aquí, no dirías eso. —Su actitud relajada y alegre animaba a Paula, que podía sentir la comodidad escalando por su cuerpo.

—Estoy aquí para saber qué ocurrió con Verónica Puentes y su hija pequeña.

De nuevo y como si aquel nombre fuese veneno, el rostro de David mutó. Silenciando su sonrisa entre palabras muertas en el pasado. Se reclinó sobre su asiento y guardó un tenso minuto de silencio.

—¿Y por qué quieres saber qué ocurrió con Verónica? ¿Eres periodista?

—Bueno... —Dudó un instante. Una duda que suponía arriesgar todo su plan. Si se equivocaba en su elección podría no obtener nada de aquel hombre ahora serio—. Yo no lo llamaría así. Lo cierto es que hace poco recibí varios dibujos de Nuria y sospecho que alguien me ha hecho venir. Así que por eso estoy buscando una explicación.

—Retiro lo dicho. Desde luego que sí que es raro lo que me estás diciendo. A ver si lo entiendo. Alguien te ha traído hasta aquí para que averigües qué pasó con Verónica. Ese caso se cerró hace mucho tiempo y quedó todo claro. ¿Por qué alguien iba a querer revolver el pasado de nuevo?

—Eso es lo que estoy tratando de averiguar. —Paula sentía que la presión del pecho crecía con cada palabra que la acercaba de nuevo a ese pasado. A esa noche que llevaba reviviendo desde que llegó al pueblo—. ¿Y si lo que se sabe no es todo lo que ocurrió?

—El caso está cerrado. Se demostró que Óscar era el culpable y él lo reconoció.

—¿Él se declaró culpable? —preguntó sorprendida al conocer aquel detalle oculto hasta el momento.

—En efecto. Él mismo firmó su declaración, en la que decía que aquella noche discutió con Verónica y en un arrebato de ira prendió fuego a la vivienda con ellas dentro.

—Pero... —Sin creer lo que estaba oyendo, Paula buscó en su mente el recuerdo del encuentro con Óscar. Revivió su dolor al escuchar ese nombre, la foto que encontró en la biblioteca. Algo no encajaba—. Tenía entendido que Óscar amaba a Verónica. Y a la pequeña. Sobre todo a Nuria. ¿Por qué iba a hacer algo así?

David guardó un minuto de silencio. Un minuto en el que pareció volver a aquel momento. Guardó silencio por él, por ella, por la verdad de aquella noche.

—El amor a veces te lleva por caminos que ni siquiera podemos intuir. Nos convierte en animales y si de algo se caracteriza un animal es de su carácter impredecible. No sé por qué lo hizo, sólo espero que el castigo que reciba nunca sea suficiente.

Paula recordó las palabras del padre Meana: "Todo cambió aquella noche". Todo había cambiado y para todos. Esas palabras volvían a ella como el viento furioso, sacudiendo su memoria entre soplos de verdad y recuerdos.

—Tengo entendido que ayudaste a sofocar el incendio. ¿Por qué no perseguir a quién lo había provocado? —investigó la joven.

—Sencillo. Porque yo no lo vi. Cuando llegué, el incendio ya había devorado todo el inmueble y Óscar ya no estaba. No supimos de él hasta la mañana siguiente.

Es curiosa la memoria. Que de repente puede hacer que una palabra desate todo un terremoto de recuerdos. En este caso, Paula sintió lo mismo. Recordó cada una de las palabras que el cura le había dicho. Su recuerdo llegó sin más, sin ser cuestionado, sin pedir permiso.

—Según me comentó el cura, cuando tú llegaste él estaba intentando sofocar el fuego y tú lo ayudaste.

De nuevo el silencio fue compañero de un David cabizbajo, derrotado por unas palabras que no deseaban complacer, que únicamente buscaban un camino.

—El padre Meana es un hombre ya mayor —dijo forzando una sonrisa que apenas convencía a su propio reflejo—. Puede que confunda algunos detalles. Cuando yo llegué, el fuego ya se había descontrolado. No pudimos hacer nada más que intentar que no se propagara. Cierto es que lo ayudé, pero ya no se podía hacer nada.

David se levantó de su sillón de oficina negro y se acercó a una enorme ventana empañada. Del exterior apenas se intuían los tejados de algunos edificios, resbalando por las laderas de las numerosas montañas que rodeaban aquel paraje.

—Volver a esa noche no traerá más que dolor a todo aquel al que obligues a recordar. Eso deberías tenerlo presente de aquí en adelante. Pero si buscas la verdad, intentaré ofrecerte todo lo que mi mente recuerde.

Cuando ella duerme
26 de marzo de 2002

(David Sopena)

Hay recuerdos que siempre se empeñan en volver. Que, a pesar de nuestra necesidad de dejarlos atrás, nunca nos abandonan. Aquella noche no era distinta para mí, pero lo que es en un primer momento, puede torcerse sólo con un pestañeo.

Puedo recordar cada instante con la claridad con la que hoy estamos aquí reunidos. Puedo sentir el frío de la noche. La humedad del ambiente. Puedo oler el humo, todavía incrustado en mi cabeza. Puedo escuchar los gritos de júbilo de las pequeñas antes de que todo ocurriera y los reproches edulcorados de Rosario. Y puedo recordarlo porque desde entonces, vuelvo a aquel día cada una de mis noches.

Hay momentos que son tan duros que el mero hecho de preguntar ya abre heridas tan profundas que nunca dejaron de sangrar. Hoy te contaré todo lo que ocurrió, pero debes saber que estás abriendo de nuevo una herida que necesita sanar. Una herida que sólo el tiempo puede, al menos, mitigar algo de dolor. Pues, para todos los que lo vivimos, jamás podrá ser olvidado.

Nuria era una pequeña que siempre estaba jugando. Siempre junto a Elena y Cristina. Siempre urdiendo algún astuto plan para volver loca a la pobre Rosario. Pero ésta era una mujer de armas tomar, siempre pendiente de las niñas y de que nada les faltara. Pero, o el destino es demasiado caprichoso o la maldad es demasiado inteligente.

Aquella noche yo patrullaba por los pueblos, era una rutina impuesta ya. Siempre a las mismas horas. Sí, sé que eso pudo ser un error por mi parte. Desde que pasó aquello, he lamentado no haber sido tan predecible. Pero en una zona donde el misterio más extraño fue la desaparición de una de las vacas de Tomás, podías permitirte el lujo de no hacer nada.

117

Siento que aquella noche fallé a todo. Fallé a mis principios y a la obligación fundamental de defender a cada uno de los ciudadanos que habitan en esta zona. Me fallé a mí y sobre todo a ellas.

Debí sospechar de la actitud extraña que Óscar había tomado un par de semanas antes. Por aquella época yo vivía en Tanes y estaba bastante enterado de la relación que tenían Verónica y él. Pero también de ciertas tiranteces que se empezaron a crear unas semanas antes del incendio. Al parecer Óscar se había declarado y, al ver que ella no le correspondía, comenzó una especie de acoso que no gustó en la iglesia. El padre Meana llegó a pedirle que se marchara un par de veces, según me consta.

Pero por lo visto él no se rindió. Siguió hostigándola hasta la noche del incendio.

La recuerdo como la noche más fría que pueda guardar en mi memoria. Puede que porque el recuerdo a veces es dolor y el dolor es frío como el hielo, como la muerte.

Estaba en Caso cuando vi cómo una luz surgía de la nada. Entendí de inmediato que algo malo estaba ocurriendo, pero ni en mis peores pesadillas pude imaginar lo que hallaría allí.

Puedo recordar cada curva, devorada por la noche. Cada segundo en el que mi corazón pedía huir. Puedo incluso decir que todavía veo el fuego cuando paso cerca del pueblo, de noche.

Cuando llegué vi al padre Meana intentando sin éxito apagar un fuego que había devorado ya todo cuanto encontró a su paso. Yo me limité a impedir que se extendiera por el bosque que rodea a la iglesia. Cuando al fin llegaron los equipos de rescate nada pudieron hacer. No quedaba más que cenizas y lamento. Un lamento que no se aleja con el viento.

Entrar en aquella pequeña casa fue para mí la peor de todas las experiencias que he vivido. Tener que ver lo que vi. Es algo que no deseo para nadie.

Así que si has venido a buscar respuestas, creo que te he ofrecido todas las que necesitas. Óscar llegó aquella noche y por lo visto tuvo una discusión con ella. Según declara en un primer interrogatorio, que luego sirvió como declaración oficial; ella lo despacha y él se marcha ofendido, espera hasta que se duermen todos y prende fuego su estancia. Esa es la postura que mantiene durante todo el juicio y la que dieron como válida.

El fuego fue tan violento debido al a cantidad de combustible que usó, que creó una pequeña deflagración, afectándole a sus brazos y cara. Quiero pensar que el destino lo castigó por lo que estaba haciendo.

Verónica poco pudo hacer ante tan inesperado incendio. Las llamas rápidamente devoraron todo el primer piso, dejando casi sin opciones a la joven.

Óscar nunca podrá pagar lo que hizo, ni siquiera dejando su rostro marcado para siempre. Todo lo que pasó aquella noche nunca debió ocurrir. Esa pobre mujer nunca debió confiar en nadie.

A veces, la confianza es un arma de doble filo. No podemos nunca saber quién está detrás de esa mano que nos tienden.

A veces, en nuestro camino se cruzan tantos fantasmas que hasta nuestro reflejo se transforma en enemigo. La soledad nunca nos traicionará. No olvides eso.

Culpable

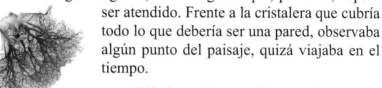

Todavía seguía erguido, como alguien que, paciente, espera ser atendido. Frente a la cristalera que cubría todo lo que debería ser una pared, observaba algún punto del paisaje, quizá viajaba en el tiempo.

—El informe forense dijo que el cuerpo no presentaba ningún golpe, por lo que debió de morir asfixiada. Es el único consuelo que pudimos sacar de todo aquello. Que su muerte, al menos, fue en paz y sin sufrimiento.

Paula no contestó, arrebatada de voluntad alguna por un cuerpo que no quería responderle, se limitaba a contemplar la presencia estática de David, frente al paisaje de nubes inquietas y cielo de destellos dorados de mediodía.

»Murieron juntas. ¿Eso lo sabías?

—¿Juntas? —preguntó ella con un angustioso presentimiento, pues había podido intuir qué quería decir, pero una subrepticia parte de su mente deseaba estar equivocada. Su corazón comenzó a latir con fuerza esperando aquella sentencia que no llegaba.

—Abrazadas. Murieron abrazadas. El cuerpo de Verónica apenas se pudo reconocer, estaba tan consumido... —Su silencio fue suficiente para confirmar los peores temores de Paula. Un silencio cargado de horror—. De la pequeña no se pudo rescatar nada. Según el informe, dada la posición del cadáver de Verónica, se entendió que había intentado proteger a Nuria, pero el fuego fue despiadado y la ayuda llegó tarde.

El dolor ahora lo compartía con Paula, que sentía que una herida nueva se abría en su interior. Una herida que ella mismo estaba haciendo sangrar al remover toda aquella historia. Pero cada paso que daba, las dudas no hacían más que crecer.

—Mientras hablaba, ha mencionado a una tal Rosario y Cristina. ¿Quiénes eran?

Emi Negre

David miró con recelo a Paula, como quien reacciona ante una pregunta estúpida. Su rostro portaba misterio, dudas.

—¿El padre Meana no te habló de ellas?

Paula negó mientras un escalofrío recorría su cuerpo. Por un momento sentía que la verdad ocultaba sus brazos entre tejidos de historias inconclusas.

—Quizá no creyó necesario comentarme sobre aquella mujer. Lo extraño es que sólo se encontraran los cadáveres de Nuria y Verónica, habiendo más gente viviendo allí. Al menos a tenor de tu historia.

David sonrió ante la gratuita acusación de Paula, que no pretendía otra cosa que la de infundir cierta duda en las palabras del alcalde.

—¿Quién te ha dicho que sólo se encontraron esos dos cuerpos? El de la pequeña Elena también se halló y se dio por muerta en el incendio. Al menos, se encontraron pequeños restos en su cama. Pero como ya te he dicho, el fuego no dejó nada. Sólo dolor y muros cargados del recuerdo de lo que allí ocurrió.

—Pero, siguen faltando personas. ¿Qué me dices de la otra niña? De Cristina.

—Cristina tuvo mejor suerte. Ella abandonó la iglesia poco antes del incendio. No tengo más detalles al respecto. De Rosario nunca supimos nada, quizá estuviera en la casa. Pero no se encontró nada.

«"No se encontró nada". ¿Puede una persona esfumarse de la noche a la mañana?», pensó Paula. «¿Puede el fuego borrar toda existencia de una persona?». Desde luego que alguna pista hubiese quedado en caso de ser así, pero por qué nadie había dicho nada al respecto. ¿Qué ocultaban en aquella iglesia?

—Tengo una duda más. ¿Óscar se declaró culpable? —preguntó a bocajarro, cuestionando ya toda la historia.

—Óscar firmó su propia declaración de culpabilidad, sí. Ahora, ha sido un placer conocerte y si necesitas ayuda con algo no dudes en pedírmela. Pero te ruego que si es para preguntar algo más de aquella noche no vuelvas por aquí. Te rogaría que dejes a la gente descansar. Bastante sufrimiento les causó todo esto.

La reunión concluyó con un desdén siniestro, dejando un silencio tan denso que acompañaba a la joven en cada paso que daba dejando atrás el despacho de David, a su secretaria y toda una nueva historia bajo su piel.

Paula vagó durante unos minutos más, en silencio, cuestionando cada detalle de una historia que poco a poco se abría bajo sus pies.

Rosario. Ésa era su próxima pregunta. Y sabía quién podría ayudarla a encontrar nuevos detalles sobre ella.

La tarde había avanzado incuestionable, dejando nuevos sentimientos en Paula y un coche de alquiler reluciente. Ahora conducía un Seat negro, perfecto para camuflarse en el manto oscuro de la noche. El sol calentaba las chapas del coche dejando un interior templado, un calor reconfortante que ayudaba a alejar el contraste con el exterior. Condujo por un pequeño camino estrecho, rodeado de árboles que descendía cruzando por el cementerio y la casa que tantos secretos guardaba. Detuvo el coche unos metros más adelante, dejando que el polvo que había levantado al llegar siguiera avanzando unos metros, alertando de su presencia.

Había llegado junto a la iglesia y, tras unos minutos aguardando en su interior, decidió hacer frente a su propósito. El cura paseaba por los aledaños del edificio, con las manos entrelazadas en la espalda y unos pasos arrastrados, como quien recorre los últimos metros en un patíbulo, esperando a que la muerte lo abrace.

Al padre Meana no pareció interesarle mucho la presencia de la joven, pues seguía avanzando hacia el borde del muro que alzaba a la iglesia sobre el lago. Se detuvo en el borde, dejando bajo sus pies, a varios metros de altura, el agua que golpeaba con suavidad.

—Hubo una época en que el agua casi podía bañarte los pies —dijo con cierta nostalgia cuando la sombra de Paula se colocó junto al Padre Meana.

Ambos observaron el paisaje dibujado sobre el manto claro del agua casi en reposo, mecida por un cálido céfiro que presagiaba el verano. El sol comenzaba a perderse tras las montañas, dejando una sentencia clara sobre sus sombras. Y el viento acercaba el olor húmedo del bosque. Un olor fresco que transmitía vida.

—¿Por qué no me habló de Rosario?

El cura se giró de súbito, mirando con el rostro arrugado y casi embravecido. Respiró hondo para dejar escapar un suspiro que se desvanecía como su mirada, perdida en algún punto del suelo.

—¿No vas a descansar en tu empeño por destruirlo todo? —contestó envarándose de pronto—. No vas a dejar a los muertos descansar, ¿verdad?

Aquellas palabras revolvieron un alma en cautividad, presa de sus miedos y temores, haciendo que la pintura del coche reviviera en su mente. Aquellas letras, idénticas a las que había visto la noche anterior.

—¿Qué ha dicho? —inquirió sintiendo la rabia escalar por su cuerpo.

—He dicho que cuándo vas a dejar todo esto. ¿Por qué no vuelves a tu pueblo y nos dejas descansar en paz? Tengo derecho a pasar página. Y tú, pequeña devota del mal, sólo nos traes desgracias. ¡Márchate! Y deja que pueda levantarme un día sin sentirme culpable.

—¡No puedo! —gritó ella—. No hasta que descubra por qué veo a esa niña en mis sueños. Me habla, me pide que venga.

El cura, que había enrojecido increpando a la joven, demudó de nuevo. Su piel se negó al calor de la sangre y dejando un cuerpo inerte, níveo, silenció cualquier posible respuesta que tuviera preparada. Tan sólo pudo dejar caer una pregunta que Paula no entendió. Que tal vez ni siquiera llegara a pronunciar.

—Desde hace meses, tengo unas pesadillas. Sueño con unos árboles que me atrapan, con un demonio que me persigue —volvió a decir Paula.

—La *Güestia* —dijo el párroco.

Paula asintió, siendo conocedora de aquella palabra que Adelina ya intuyó cuando se sinceró por primera vez.

—También veo a la niña. Pude ver la noche del incendio, vi cómo esos dos árboles que usted taló seguían intactos. Lo vi a usted —sentenció, siendo testigo de cómo el clérigo se tambaleaba. Un instante después comenzó a caminar en dirección a esos dos troncos tallados, sobresaliendo de una tierra abandonada a su suerte.

—Es imposible —se limitó a decir—. Los *texus*.

—¿Los qué...?

—Los *texus* son los árboles sagrados. Representan la dualidad entre la vida y la muerte. Se dice que los *Texus* eran los encargados de custodiar el paso de un mundo a otro. Por eso las iglesias siempre tienen uno de estos árboles. Pero son árboles podridos. Su fruto es venenoso, así como las púas de sus hojas. Ellos representan nuestro vínculo con la tierra. Tus sueños te dirán más de lo que quieres saber. Aprende a dejarte guiar —dijo el anciano con toda la sabiduría que su cuerpo podía almacenar.

—Necesito saber por qué me mintió. Por qué me ocultó que Rosario también estaba en el incendio. Y que Cristina se había marchado.

—Porque no preguntaste. —Lejos quedaba el formalismo con el que la había tratado en su primer encuentro. Lejos también cualquier rastro de humanidad. Sus ojos hablaban del miedo, de la soledad. En sus ojos no se leía a Dios, únicamente había mentira en ellos—. Hay verdades que sólo deben responderse, nunca contarse.

—Pues ahora necesito saber cómo murió Rosario aquella noche. Y dónde está Cristina.

—No puedo responder a eso.

—¿Por qué no puede responder? ¿Qué está ocultando?

El cura volvió a encerrarse en un largo mutismo. Un silencio sofocado de palabras ocultas y misterios guardados en el tiempo. En el pasado.

—Porque Rosario no murió. Y Cristina no sé dónde está.

Una respuesta que no esperaba. Una respuesta que llegaba para revolver de nuevo toda una historia que giraba en torno a un mismo personaje, pero cuyos matices cada vez se tornaban más oscuros.

—¿Cómo que Rosario no murió aquella noche?

—Rosario desapareció una semana antes del incendio. Poco después de haber encontrado un hogar para Cristina, ella también se marchó. —Sus palabras caían de sus labios, se desgranaban entre su lengua y su garganta, perdiéndose en el aire. Hablaba sin fuerza, casi sin aliento, sin alma. Hablaba como quien no tiene nada más que contar—. No quieras conocer historias que no puedas comprender. Rosario era la mujer encargada de cuidar a los niños y de buscarles un hogar. Pero el tiempo y la soledad a veces también hacen mella en la personalidad de la gente. Su caso no fue distinto.

El padre siguió avanzando, bordeando los límites que separaban el asfalto con el terreno abandonado en donde el rosal seguía reluciente. Sus hojas brillaban ante la claridad del día que todavía se mantenía firme y sus tallos repletos de espinas mostraban la fuerza de su presencia.

—¿Qué le pasó? —insistió Paula al entender que el silencio del padre Meana se extendía demasiado.

—Tras la llegada de Verónica su comportamiento empezó a cambiar. Quizá sentía celos de que su labor empezara a pasar desapercibida. Las niñas jugaban más con la recién llegada mientras que Rosario se tenía que conformar con hacer las tareas diarias. Poco antes de que se llevara a Cristina, pude escuchar una discusión entre Verónica y ella. Aunque mi mente ya es vieja y no consigue recordar nada de aquello. Poco después vino a informarme de que había encontrado un hogar para la mayor de las tres. Yo le firmé el documento en el que aceptaba todo lo que ella iba a hacer y no insistí más. Pero...

Dos luces alertaron al cura, que con celeridad dio media vuelta y se dirigió hacia la entrada de la iglesia.

Paula percibió aquel gesto e intentó distinguir algo, pero, desde aquella distancia y con tantos árboles custodiando la iglesia, fue imposible dilucidar de quién se trataba. Decidió callar.

—¿Y qué pasó después? ¿Por qué Rosario se marchó?

—Nunca lo supe. Aquella misma semana Verónica se mostraba tensa con Rosario. No se hablaban y apenas se miraban. Poco antes del incendio, Rosario, sencillamente desapareció. Tengo que marcharme, ahora si no es molestia, no vuelvas por aquí.

Paula declinó intervenir ante su apresurada marcha y se dispuso a hacer lo mismo. Tenía un objetivo claro, pero mil dudas en su cabeza. A quién había visto el padre Meana era una de ellas.

El rumor de la noche

«*Por favor, hija, vuelve ya. Tu padre y yo estamos muy preocupados.*

Álvaro tiene pensado ir a buscarte si es necesario. No alargues más este martirio y vuelve a casa. Te estamos esperando».

Las palabras de su madre, aunque dolían, no eran suficientes para convencer a Paula de su propósito. Siempre había sido una niña de ideas claras y un valor inusitado. Su incansable instinto de inconformismo hacía que todo cuanto se le ocurriera debía llevarlo a cabo.

El ser humano es complejo, ingrato, pero ciertamente sensato. Siempre logra guardar imágenes, que, aunque remotas, nos llevan a recordar viejos sucesos. Recuerdos tan tempranos que se nos presentan como destellos fugaces de lo que ocurrió. No era el caso de Paula. Su recuerdo más lejano era de cuando apenas tenía ocho años. Aquel recuerdo en el que su madre la había llevado al parque. Ella se encontraba jugando, como siempre lo hacía después de llegar del colegio o de acompañar a Lucía, en su habitación. Un ligero crujido en la planta inferior la alertó y sin dudar, decidió investigar.

Ese instinto de conocimiento, esa necesidad de descubrir qué hay detrás de todos esos susurros que nos llenan de preguntas inquietas, de dudosas respuestas, de sombras ocultas.

Avanzó en silencio por el piso superior, descalza, sintiendo el suave tacto del parqué en sus pies desnudos. En el piso inferior, su madre sollozaba. Siguió descendiendo por las escaleras con pasos febriles, como quien decide vagar en mitad de la noche por un hogar dormido. Pudo acercarse hasta la puerta de la cocina, ocultándose para no ser vista. En el interior, Lucía revolvía una caja de zapatos repleta de papeles.

Aquel recuerdo, como todos los que albergamos de un pasado lejano, se perdía en un manto oscuro de intermitencia, como el recuerdo de una película ya vista, de la que sólo guardamos escenas concretas. Recordó los ojos inyectados en sangre de su madre. También la caja, de cartón, concebida para guardar un par de preciosos zapatos negros que acabaron olvidados en un armario. También sabía que consiguió llegar hasta esa caja y escrutar su contenido. Pero la mente es caprichosa y no siempre te permite recordar con claridad.

Con el susurro de aquel día, Paula aguardaba su llegada oculta entre la oscuridad que sólo la noche permite. Seguía escuchando los sollozos de su madre. Esa respiración entrecortada mientras analizaba alguno de esos papeles. Y, envuelta entre los momentos pretéritos y actuales, lo vio llegar.

Conduciendo el mismo vehículo hibrido, mezcla de camión y furgoneta. Detuvo su marcha en mitad de la calle, como un buen trabajador de la limpieza, ocupando toda la vía. A esas horas —casi las tres de la madrugada— era improbable que otro vecino circulara por allí. Era algo que echaba de menos de Madrid. Allí el tráfico no se detenía ni siquiera por la noche. Vagar sin rumbo no era una opción. Esperó por más de cinco minutos, mientras Óscar cumplía con sus tareas de vaciar los contenedores y devolverlos a su posición. Tras eso, marchó sin mirar atrás. Paula lo siguió.

No sabía qué iba a encontrar. Ni siquiera era consciente de qué estaba buscando: una revelación quizá, tal vez un motivo que demostrara por qué Óscar cometió semejante locura. La persecución la llevó a recorrer calles desiertas, carreteras sólo transitadas por ellos dos, pueblos de apenas diez o quince viviendas. Más de una hora de tensa travesía, de ruta turística por la zona rústica de

Cuando ella duerme

Asturias, por un lugar donde el tiempo nunca ha avanzado.

Se acercaban ya de nuevo a Caso, quizá su último trayecto. Sabía que era el momento de prepararse para lo que podría encontrar. Guardando una distancia prudente, de varios cientos de metros, ajena a que la noche iba muriendo y en el horizonte una franja dorada comenzaba a despuntar. Absorta en sus pensamientos y remotos recuerdos, no se percató de que las luces rojas que perseguía se habían desvanecido, desaparecido al cobijo de la noche.

Viró en la primera calle que surgía tras entrar en el pueblo, pero allí no encontró nada, sólo una calle más sin vida, escurriendo sobre el suelo los destellos de las farolas, atrapando la luz de la luna sobre los pequeños charcos acumulados en los bordes de la calzada. Siguió avanzando con el motor en ralentí, casi sin apretar el acelerador, circulando por la inercia propia del vehículo en marcha. Fue al cruzar la calle que encontró los pilotos del camión, detenido en una esquina. El humo evanescente ascendía desde el tubo de escape, mas el vehículo no se movía. Paula volvió sobre su marcha buscando una zona desde la cual pudiera ver cuándo se marchaba Óscar, pero entre todos esos pequeños edificios de dos plantas no había zona alguna perfecta, así que prefirió aparcar unos metros por delante.

Con el corazón latiendo con fuerza, bajó del coche y se acercó hasta la esquina de la calle. La sangre se movía rápido por su cuerpo, podía sentir el calor en su piel, tomando unos tonos más vivos en su cara. El sudor acariciaba sus manos, las volvía inquietas, nerviosas.

El camión seguía ahí, inmóvil. El motor se podía escuchar rompiendo la calma, envolviendo la calle con su abrazo de calor y hollín. Pero Óscar no descendía. Paula intentó agudizar la vista, recurriendo al acto mágico de entrecerrar los ojos para fijar un punto en concreto, sin embargo el haz rojo de los pilotos se interponía. Decidió entonces cruzar al otro lado de la calle. Era una decisión arriesgada, si Óscar, por algún caso estuviera observando, la misión de Paula podría verse en peligro. Respiró hondo y se preparó. «*Cuando cuente tres*», pensó, e inició la cuenta atrás. Uno; retrocedió sobre sus pasos, cerró los ojos y aspiró con fuerza, intentando así eliminar algo de la tensión acumulada. Dos; cerró las manos clavando sus uñas sobre las palmas, el dolor nos recuerda que seguimos vivos, que el corazón late. Tres; inclinó el cuerpo y se preparó para correr, pero en ese momento una sombra creció a su espalda, abrazando casi la suya.

—¿Qué estás haciendo? —Su voz traspasó la noche, el miedo, a Paula.

Ésta, sobresaltada, no pudo más que intentar correr, pero al darse la vuelta tan precipitadamente, perdió el equilibrio, cayendo de espaldas contra el suelo. Estaba viva, muy viva, el dolor le recordó que seguía muy viva y que el cuerpo humano es frágil. El ardor crecía en su espalda, palpitando con fuerza. Podía sentir la sangre escurrirse por su brazo, brotando desde el codo y una presión aguda se localizaba en su mano izquierda, que fue la primera en impactar contra el suelo.

—Pero qué... Tú... —intentó decir, pero su voz no encontraba salida. Sus palabras se ahogaban en un nudo de temor y ansiedad. Frente a ella, erguido y congelado bajo la luz de una farola que cubría de sombras su rostro, la observaba en silencio.

—Eres una ingenua. Lárgate antes de que cometas una tontería. —Su voz sonaba extraña, atrapada bajo el dolor que su rostro exponía. Sus labios apenas podían pronunciar con comodidad ciertas palabras.

—No... No hasta que sepa toda la verdad. Sé que alguien está ocultando algo. —Mientras hablaba retrocedía, arrastrándose por el suelo como una serpiente en busca de cobijo. Óscar también avanzaba al compás de sus pasos, alejándose de la protección que le otorgaba la lámpara y mostrando su rostro tal cual era.

—Ya *zabes* la verdad. Yo las maté. Yo prendí fuego la casa y a todos en ella. Eso te han dicho, ¿no es cierto? —Su rabia devoraba el aire, su rostro mutaba tras cada palabra. Sus brazos se tensaban y la desolación impregnaba el negro de esos ojos casi sin expresión, borrada por el fuego—. Es todo lo que necesitas *zaber* —dijo torciendo el gesto al intentar pronunciar aquellas dos últimas palabras.

—Sé que mienten. Y si fuiste tú quien lo hizo, sólo quiero saber el porqué.

—Vete. Vete ahora que puedes. No estás preparada para hacer de policía. ¿Qué pretendes? ¿Descubrir algo que lleva años muerto? No *zeas* estúpida. —Cuando terminó, alzó la vista en dirección a la carretera, ignorando la presencia de Paula, que yacía en el suelo todavía, con evidentes muestras de dolor—. Eres tan tonta que no te has dado cuenta de que a ti también te estaban siguiendo.

—¿Que me estaban...? —balbuceó sumida en el temor de lo inexplicable. De nuevo aquellos ojos blancos surgiendo de las sombras que aparecieron ante ella. Un ligero olor a tabaco incluso acarició su nariz.

Óscar sonrío con la parte del rostro que todavía respondía a sus intenciones, la otra no era más que un mero adorno de carne que cubría los músculos y huesos. Sin expresión, sin vida.

—*Zi* entras en este juego ya *zerá* demasiado tarde. Ni *ziquiera* tú *zabes* a lo que te enfrentas. Márchate y olvídate de todos nosotros. Olvida que una vez estuviste aquí. —No esperó más. Se marchó dando la espalda a Paula, negando cualquier ayuda y en dirección a su camión.

—Sólo quiero que me digas que tú no lo hiciste. Que tú no las mataste —gritó con la voz desgarrada, mientras se incorporaba no sin esfuerzo.

Óscar detuvo sus pasos y torció la cara, mostrando su lado todavía vivo. Paula pudo percibir en él la pena, el dolor de aquella noche, pudo sentirlo como una proyección propia.

—Yo la quería —dijo, y volvió a dejar atrás a Paula, que avanzaba cauta hacia él, pero manteniendo la distancia.

—¿Qué quieres decir con eso? —volvió a gritar—. Dime que no lo hiciste. Dime que no fuiste tú.

Pero no respondió. Ya no. Ya no cabía lugar a más pistas, a más verdades. Su nuevo encuentro se había acabado de la misma forma que el anterior, viendo cómo Óscar se alejaba con palabras por decir.

Paula se dio la vuelta cuando la soledad volvió con ella. Cuando el rumor de la noche acompañaba a sus propios pensamientos. Pero no se sentía sola. Revisó en derredor todos los edificios que la custodiaban. Edificios de cortinas vivas, de oídos sordos, de sueños velados. Aquella sensación de decenas de ojos sobre ella la acompañó hasta el coche, incluso hasta haber salido del pueblo.

Todavía la noche vencía sobre el día, que iba imponiéndose poco a poco, pero sin llegar a descubrir los secretos de los bosques que se extendían más allá de la vista. Paula conducía repitiendo en su mente cada una de las palabras que Óscar le había dicho. Así hizo hasta que dos faros se impusieron a todos los pensamientos que surcaban su mente ya repleta.

Dos ojos blancos se posaban en su espejo retrovisor, a cierta distancia, sin acercarse. Circularon así varios kilómetros mientras los nervios de Paula se convertían en sudor, tensaban cada músculo de su cuerpo que pesaba más con cada minuto que el reloj dejaba atrás. Podía sentir el aire escasear en el habitáculo, su vista nublarse. Podía ver aquellos dos ojos tambalearse en el reflejo que atestiguaba su presencia.

No se acercaba. A pesar de que Paula reducía su marcha o aceleraba sin orden ni lógica, aquel coche seguía tras ella, siempre a escasos cincuenta metros. El alba dotaba al cielo de cierta claridad, claridad que se reflejaba en las chapas oscuras del coche, pero que no llegaban a alumbrar el interior del mismo. Apenas una silueta podía intuirse. Una silueta que casi llegaba hasta el techo del vehículo.

Paula aceleró cuando vio el cartel que anunciaba la entrada del pueblo. Aceleró con furia, con rabia, dejando atrás el coche que no se había separado de ella por un segundo. Y volvió a mirar. Por un momento pareció ver cómo una lluvia de brasas afloraba del suelo y de nuevo el olor al humo de aquel cigarrillo se presentó frente a ella. Era él, sabía que era él. Siguió acelerando con tanta ira que llegó a perder el control del coche al pasar la curva de entrada en el pueblo. Una curva construida sobre un puente de metal, que cruzaba un saliente del lago de Tanes.

Aparcó en el hostal y bajó olvidando todo en su interior: el bolso, las llaves, el teléfono. Pronto recordó que sin lo segundo no podría entrar en el hostal, así que no tuvo más remedio que desandar sus pasos. Esperó junto a la puerta hasta ver pasar el coche que la perseguía, necesitaba poner rostro a aquella sombra, pero la soledad se interpuso. La carretera se había convertido en un reducto del olvido, amparando a las sombras y dando cobijo a aquello que nunca estuvo ni existió. El rumor de la noche es tímido cuando oculta al mal.

Las palabras de Óscar volvían con fuerza a su cabeza. *"Ni siquiera tú sabes a lo que te enfrentas"*.

Siempre hace frío

La noche se había alargado en su mente, convencida de estar de nuevo en aquel mundo de susurros inquietos y temores ocultos.

En su nuevo sueño, Paula vagaba por una carretera solitaria, con la luz de una luna llena como única compañía y guiando sus pasos a través del duro asfalto. Podía sentir el frío en su piel. Siempre hace frío en una pesadilla. En su caso, siempre que volvía allí.

El rugido de un motor la alertó de pronto. Al volverse pudo ver esos ojos blancos que la habían perseguido en su mundo real. Sabía que era un sueño, de la misma manera que sabía que debía correr. Y corrió. Corrió con todas sus fuerzas, desgañitándose con un grito que pretendía despertar a su parte consciente, devolverla al mundo del que escapaba casi cada noche desde su llegada al pueblo. Pero no logró nada. Debía correr más.

El coche aceleró tras unos segundos de espera, acercándose peligrosamente hacia ella. La carretera no ofrecía salvoconducto alguno, sólo pavor que se sumaba a su ya maltrecho espíritu. Intentó esquivar la envestida lanzándose a un lado de la calzada, pero no evitó el daño. Su cuerpo cayó por un pequeño terraplén, rodando colina abajo. Las ramas arañaban su piel. Podía sentir el dolor tan real como propio, sentir cómo su cuerpo ardía; sus brazos, cara. Podía notar la sangre resbalando por su piel, el olor ácido de la misma, el sabor a hierro en su boca.

Con el temor todavía palpitando por todo su cuerpo, tuvo que esforzarse para poder incorporarse. Y entonces se dio cuenta. Había vuelto allí. Está vez la iglesia se intuía a lo lejos. El campanario asomaba por encima de una hilera de árboles casi abandonados de un follaje que se repartía por el suelo. Caminó hacia aquello que la reclamaba, atravesando el bosque, sintiendo el crujido de la hojarasca bajo sus pies. El viento helado acariciaba sus tobillos, lamía sus heridas como un animal con un sobreprotector instinto de madre.

Pudo ver dos luces atravesar el bosque. Dos luces con vida propia que avanzaban más rápido que ella. Pero ahora ya no eran esos dos ojos blancos. Esa luz plateada que casi había acabado con ella unos minutos antes ahora ya no estaba. En su lugar, un haz amarillento se proyectaba a través de la noche, del frío, del miedo.

Cuando Paula llegó al camino que conducía a la iglesia pudo ver las luces rojas de un coche estacionado junto a la casa. Todavía el motor rugía rompiendo la calma que precede al crepúsculo, contaminando aquel ambiente puro y sano. Con la necesidad de conocer qué significaba aquello, volvió a caminar en dirección al vehículo, ávida de conocimiento. Pero apenas pudo dar dos pasos. Un destello furioso la sobrevino por la espalda. Tan sólo le dio tiempo a girarse.

Un grito escapó de su alma cuando vio el coche tan cerca que no podía hacer nada ya.

La luz del día se había apoderado ya de su habitación cuando abrió los ojos. Cegada casi por completo y sin apenas resuello, debido a una nueva pesadilla, Paula se incorporó para comprobar que el dolor que había sentido no fue real. Todavía podía sentir el fuego en sus brazos. Se incorporó sobre el colchón blando, que intentaba devorarla, hundiéndose hasta percibir la madera del somier.

Su figura se reflejaba en el espejo que tenía frente a su cama. Un espejo que mostraba su rostro ojeroso, consumido por la necesidad de sufrir a manos de una historia que la reclamaba. Sus pendientes relucían en una cara cansada, su peinado bien necesitaba una revisión, pues su cabello había crecido lo suficiente como para presentarse liso a media altura, justo hasta la goma que anudaba todas las greñas que se formaban tras ella. Se acarició la cabeza cuestionando sus viejas decisiones y, tras eliminar de su mente aquellas malsanas dudas, se propuso a acudir al salón. Allí seguro que Adelina esperaba con un desayuno caliente.

Habían transcurrido unos minutos. Ahora Paula caminaba con el cuerpo renovado gracias al agua caliente que había recorrido cada centímetro de su piel desnuda. Un baño no sólo se lleva la suciedad del día, también los pensamientos negativos, los malos momentos, los dolorosos recuerdos. Todo se lo lleva el agua.

No estaba sola. Mientras descendía percibió los murmullos en el piso inferior. El tintineo de la porcelana al contacto mutuo de dos piezas. El olor a café recién hecho ascendía por las escaleras y la voz de Adelina reverberaba entre las paredes que la ocultaba. Intentó distinguir algo más de aquellas voces, pero apenas podía escuchar un sonido revuelto, que se perdía antes de llegar a sus oídos.

En este caso el miedo ya no se dejaba ver, no estaba sola. Así que siguió hasta entrar en el salón. Allí los vio. El rostro de Adelina se tornó serio al ver a Paula, que apenas le dedicó una mirada fugaz, para luego centrarse en los dos clientes que, frente a ella, habían silenciado.

—¡Por fin! —dijo la voz masculina. La misma que ella había escuchado, pero ahora ya podía ponerle rostro—. Estábamos esperándola, señorita Serna.

Junto al cabo Escudero estaba ella. Observando su cuerpo estático, en silencio, con una taza de café en sus manos. Una taza que proyectaba su vapor frente a su cara, haciendo que la luz se fijara en sus facciones, finas, debido al peinado que tensaba su piel.

—*Fía*, siéntate. Desayuna algo.

—No sé si hará falta que desayune. Creo que a lo mejor tendrá que tomar algo en la comandancia. Allí le daré yo un cafecito bien caliente.

Los nervios de la joven crecían como la espuma en una lavadora, como la emoción de un día especial. Sabía a qué habían venido. Pero también que ella no había hecho nada malo. Por un momento, la Paula aviesa resurgió. Esa que siempre buscaba el conflicto. Esa que creía haber dejado en Madrid.

—¿Y por qué necesita que vaya a la comandancia? —respondió envarándose de pronto—. ¿He hecho algo malo?

El cabo Escudero la miró, desafiante. Sus manos acariciaban la taza de café que reposaba en la barra de madera barnizada, reluciente.

—Creo que ya sabes por qué estamos aquí. ¿Dónde estuviste anoche?

—Salí a dar una vuelta por los pueblos. Me gusta conocer esta zona. ¿Es un delito eso?

—Lo es molestar a los vecinos.

—Yo no creo haber molestado a nadie. Lo único que hacía era recorrer las calles aprovechando el silencio de la noche. Y no recuerdo haber armado escándalo alguno.

El agente la miró en silencio, manteniendo las distancias, analizando con sus ojos cada detalle de Paula. Ésta, en cambio, sonreía nerviosa, presa de un pánico que gritaba en su interior, pero que se proyectaba en forma de incuestionable desprecio.

—¿Sabes que Óscar es un expresidiario? ¿Un asesino? —preguntó con sarna. Con un desprecio todavía mayor que el que ella poseía en ese momento.

—Yo no opino como usted respecto a eso. —La mirada de Sonia se centró en ella tras su respuesta. Como si buscara algo que ni siquiera Paula había encontrado.

—Yo te he preguntado si lo sabes. Lo que tú opines me da exactamente igual.

—¿Y usted sabe que no se puede beber alcohol estando de servicio? —respondió ella altanera, observando la copa de cristal vacía que yacía junto a su taza. Todavía la grasa del Coñac reposaba en el cristal, brillando al contraste de la luz.

Escudero rio ante la osada pregunta de la joven. Rio con fuerzas, con ironía. Miró después a Adelina y a su compañera, que tras eso susurró algo a la hostelera y dio un trago más a su café.

—Me has hecho reír jovencita. Muy bien, ya veo qué me espera contigo, aunque... —dejó de nuevo la taza, ya vacía y volvió a escrutar a Paula de arriba abajo—. Con esas pintas no es algo que me sorprenda. Ya podía intuir que me ibas a traer problemas. Ándate con ojo muchacha y no cometas ningún error, porque te estaré esperando.

Tras esa amenaza, dejó un billete de cinco euros sobre la barra, y, sacudiendo la cabeza a modo de saludo, se marchó dejando una cruel carcajada flotando en el ambiente. Sonia no dijo nada, salió tras él en silencio, comandando unos pasos que parecían no pertenecerle. Un minuto después todo era calma en el hostal.

—Ay, cielo. ¿Qué has hecho? —preguntó, preocupada, Adelina.

—No te preocupes. No he hecho nada malo. Anoche me reuní con Óscar. Pero nada más. No ocurrió nada.

—No puedes ir sola por la noche. No sabes los peligros que aguardan en las sombras.

Paula sonrió llevando a su mente aquella sombra que la hostigaba desde su llegada. Esos dos faros de la noche anterior. No pudo más que dar la razón a la anciana, aunque eso era algo que nunca iba a reconocer.

—Estaré bien. Sé lo que hago. Sé que Óscar oculta algo. Quizá él no fuera o si lo hizo, algo tuvo que ocurrir. Pero no creo que las matara de forma intencionada. Hay algo más.

Adelina suspiró y cerró los ojos. El pesar se deletreaba en su expresión, dibujada a carboncillo en tonos apagados y trazos desdibujados. No pudo negarse a una lágrima que se escurrió con disimulo por su mejilla, pero no el suficiente para que Paula no pudiera percibirlo. La joven, con la garganta cerrada intentó convencerla con una sonrisa sincera, aunque precavida.

—Toma, anda —dijo tras unos segundos de tensa calma que

acabó después de que Adelina volviera a su estado de embriagada felicidad autoimpuesta—. Sonia me ha dado esto para ti.

Paula, sorprendida, observó lo que la mujer acababa de depositar sobre la mesa. Un trozo de papel plegado, de un blanco reluciente. Miró de nuevo a Adelina, que le devolvió un gesto de consentimiento y se apoderó del papel. Al desdoblarlo pudo ver su letra manuscrita, un texto escueto en tinta azul que decía *"Hoy a las 17:00"* y junto a la cita, una dirección. Volvió a cerrar el papel y, con fuerza, lo guardó en su chaqueta negra de cuero como quien guarda el tesoro más deseado.

—Por cierto —repitió la hostelera—. La tarjeta nueva que me diste está perfecta. Está todo arreglado ya.

Paula apenas la escuchó. Ella ya sabía que la nueva tarjeta que le había dado tenía fondos. Ni siquiera su madre tenía constancia de que allí ella guardaba todo el dinero ingresado de su canal. Su mente estaba fijada en el escrito del papel. No intuía qué le aguardaba en aquella cita, pero el deseo por averiguarlo superaba el miedo por lo que podría encontrar.

No estás sola

La nota la había llevado hasta uno de los lugares naturales más asombrosos de la zona. La cueva de Boyu se encontraba justo antes del pueblo de Caso y al lado de la carretera principal.

Las dudas son necesarias. Cuando la soledad está tan presente la desconfianza se vuelve única compañera, mentora, consejera. Y los consejos que Paula recibía de su propia mente, en su trayecto hacia la cita con Sonia, eran todos de precaución.

Aquella zona, aunque turística y muy visitada, se encontraba desierta en esa época del año. La cueva se hallaba en una pequeña hondonada, cubierta por unos enormes muros de rocas naturales. Paula esperaba sentada sobre un peñasco junto al río Nalón, que cruzaba la cueva colándose por una pequeña grieta que ésta tenía. Una imagen que transmitía tanta paz como belleza a quién osaba visitarla.

El reflejo de una joven aterida por sus emociones se desdibujaba en el agua clara que resbalaba entre las rocas. La hora ya se había cumplido y un río revuelto de dudas seguía allí, con ella. Las dudas son necesarias.

Al fin, pasados una decena de minutos desde la hora acordada, Paula escuchó el ruido de unas ruedas removiendo la tierra. De un motor dejando de rugir. Pronto la sombra de Sonia apareció en lo alto del camino y entendió por qué aquel lugar. Era una zona de difícil acceso, pero amplia vista a su llegada, perfecto para observar si alguien te está siguiendo. Y sumado a eso, la cueva se situaba unos metros por debajo del camino, en un espacio pequeño y cerrado. Cualquiera que quisiera espiar debía acercarse demasiado, pero también pedir ayuda no era una opción fácilmente asumible.

Algo había cambiado en aquella joven que en anteriores encuentros se había mostrado seria, misteriosa. Ahora un pelo rubio y largo ya no se recogía en lo alto de su cabeza sino que se dejaba ver libre, atrapando la luz de un atardecer temprano en aquella zona. Todavía vestía el uniforme, pero ya no parecía la misma. Sus ojos oscuros intentaban leer el alma de Paula, que había silenciado al verla, dejado incluso de respirar al sentir el olor dulce de su perfume. Estuvieron unos segundos una frente a la otra, en silencio, diciéndose todo entre miradas que pretendían gritar, aunque apenas quedaban en susurros ligeros.

—¿A qué has venido? —preguntó sin más y Paula por fin oyó de nuevo su voz, silenciada desde aquel primer encuentro. Una voz firme, seria, libre de mentiras.

—No lo sé —respondió Paula con nuevas dudas en su mente—. Cuando llegué aquí pensé que venía a conocer a mis seguidores más pequeños, pero después descubrí que todo era mentira. No puedo decirte a qué he venido hasta que no sepa quién me ha traído.

Sonia torció el gesto, dibujando una silueta de asombro ante las palabras extrañas de Paula. Por un momento volvió su vista hacia el camino y Paula pensó que iba a huir. Que saldría corriendo en cuanto escuchara el motivo por el cual ella estaba ahí, pero no tenía más remedio.

—Alguien me mandó unos dibujos hace tiempo. Eran simples papeles que habían llegado a mi buzón. Al principio deduje que eran de alguno de mis seguidores, pues en mi habitación tengo decena de dibujos como estos. —Decidió mostrarle los tres dibujos que guardaba con ella. Sonia los observó sin decir nada, atenta a sus palabras. Por un momento aquellos tres papeles parecieron romper la calma de la joven, que no pudo negarse al pequeño temblor que surgía en sus manos y que apenas duró un instante—. Hace unas pocas semanas recibí el último —dijo señalando aquel dibujo oscuro lleno de trazos furiosos que casi rasgaban el papel—. Desde entonces empecé a tener unos sueños extraños.

Sonia devolvió cada uno de los papeles y se alejó de ella, dándole la espalda. Había vuelto a silenciar, a encerrarse en un largo mutismo como un monje en penitencia, castigándose en un insatisfecho voto de silencio.

—Pero eso no explica que estés aquí. ¿Qué pinta Óscar en todo esto? —dijo al fin, rompiendo esa efímera y corta promesa.

—Eso es lo que estoy intentando averiguar. En mis sueños un demonio intenta atraparme. También veo cómo lo que parecen ser ramas o raíces me persiguen. Pero desde que llegué aquí... —Nuevas dudas. En este caso de si debía o no continuar. Decidió esperar.

Sonia reaccionó a su historia a medio acabar. Reaccionó volviéndose de nuevo hacia ella con el rostro sereno, la mirada calmada y sin apenas síntomas de debilidad. No parecía tener miedo alguno, tampoco se mostraba tensa. Era como si Paula le estuviera dando un nuevo soplo de aire. Una escapatoria.

—No estás sola —adujo Sonia mostrando de nuevo su voz, que rebotaba en el fondo de la cueva y volvía a Paula en un susurro débil.

—¿Cómo dices? —repuso la joven ignorando las intenciones de aquellas palabras.

—Desde que empezaste a hacer preguntas alguien más te acompaña. Debes tener cuidado. Estás removiendo una historia que ya se cerró hace años y que seguramente hay gente que no quiere que se vuelva a abrir.

—¿Qué quieres decir con eso?

Sonia suspiró y volvió a darle la espalda a Paula, caminando unos pasos más hasta llegar al borde del río. Allí, mirando cómo el agua fluía libre se mantuvo un instante. El silencio era un amigo fiel para Sonia, que guardaba en secreto cada una de sus palabras. Quizá las dudas en ella también surgían. Tal vez dudas de si debía o no hablar con Paula. Al fin y al cabo, las dudas son necesarias.

—Estás haciendo muchas preguntas y eso no gusta a la gente. Estos son unos pueblos en donde todo el mundo se conoce y que llegue una forastera a remover la historia sólo puede traer problemas. Te aconsejo que vuelvas a casa y olvides todo cuanto has visto aquí.

De nuevo aquel mismo consejo. Su madre, Óscar, el alcalde y ahora ella. Paula supo que si algo la había llamado era porque necesitaba saber qué fue lo que pasó.

—No voy a marcharme. No al menos hasta que descubra por qué esa niña me reclama.

—¿Que esa niña te...? —La sorpresa hizo volver a Sonia, que la miró con un rictus extraño, arrugando la cara y entrecerrando los ojos.

—Sueño con Nuria. La he visto en mis sueños. La vi la noche que murió. Necesito entender por qué se aparece en mis sueños. Por qué me llama. Fuera quién fuese quién me mandó esos dibujos, sabía que yo podría ayudar con esto. Y no pienso irme sin saber, al menos, quién me ha hecho venir.

Sonia caminó hacia ella. Se detuvo a escasos centímetros de su cara y fijó su mirada en su rostro, como si quisiera leer la mentira en ella, escrutar su alma, oler su miedo. Pero Paula se mantuvo firme, guardando silencio.

—¿Y qué has averiguado? —preguntó al fin manteniendo ese corto espacio entre las dos. Apenas un metro de distancia. Un espacio tan corto que Paula podía oler de nuevo su perfume.

—Poco. Sé que la historia en torno a Óscar no es del todo cierta. Sé que él quería a Verónica, pero ella parecía no corresponderle. Según me contó el padre Meana, Óscar pudo prender fuego a la casa tras una discusión con Verónica. También que la mujer que cuidaba de las niñas se marchó una semana antes del incendio y que poco antes le había encontrado hogar a una de las niñas. No sé mucho más. Intenté hablar con Óscar, pero es imposible.

Sonia, que había escuchado atenta todo lo que Paula dijo, rebuscó entre los enseres de su bolso negro, con unas manos todavía enfundadas en sus guantes de cuero y sacó una pequeña carpeta azul. En ella una serie de papeles se aglutinaban perfectamente en un mazo casi uniforme.

—Quizá el cura debería recordar bien las cosas. Sobra decir

que esto no puede salir de aquí. Voy a ayudarte —dijo Sonia, y Paula sintió que un mundo nuevo se abría a sus pies. Su corazón comenzó a latir con fuerza—. Siempre he creído que Óscar no lo hizo. Que le tendieron una trampa. Pero él no va a hablar.

Paula fijó su vista en la joven de mirada pausada y labios carnosos, humedecidos para poder afrontar su declamación.

—Unos días antes de la muerte del incendio, Óscar denunció que estaban acosando a Verónica. Que un coche negro la perseguía. Decía que la habían encontrado y que tenían que huir. Pero nunca llegaron a hacerlo. No sé a quién se refería, pero la encontró antes de que se marcharan.

—Entonces si fue así, ¿por qué nunca investigaron quién pudo ser?

Sonia apartó la vista, acariciando sus dos manos, apretándolas con fuerza. Cerró los ojos y volvió a mirar a Paula.

—No quiso declarar. Firmó su declaración como que él había sido el causante y aceptó el castigo. Veintidós años por el homicidio de Verónica, Nuria y Elena. Aunque por buena conducta quedó en menos.

—¿Y por qué iba a firmar una declaración si no lo hizo? No lo entiendo.

—Ni tienes por qué hacerlo —respondió mostrando un ápice de furia. En sus palabras no había consuelo, había rabia, dolor—. Si quieres descubrir la verdad, ésta no pasa por él.

Paula asintió temiendo dar una respuesta inválida de nuevo, que causara una reacción quizá peor que la que acababa de presenciar. Desde luego no lo había entendido.

—Bien. Entonces por dónde seguimos. No sabemos dónde está Rosario, tampoco Cristina. Ni sabemos quién perseguía a Verónica.

—Quizá tú sepas quién puede ayudarte en eso. —La voz de Sonia había vuelto a la normalidad, recuperando también su rostro sereno.

—El padre Meana —respondió Paula.

Ambas asintieron, quizá estando de acuerdo en que toda la verdad pasaba por aquel hombre. Si alguien sabía el pasado de Verónica ése era el padre Meana.

—Todo lo que sé es que el informe del forense deja muchas cosas sin aclarar. No dice si le hicieron el reconocimiento al cadáver. Tampoco habla de los restos que se encontraron. Lo único que nombra es que se encuentran restos que podrían pertenecer a varias personas. Entre ellas huesos que se asemejan al de un niño de entre 3 y 6 años. Obviamente, el estado del cuerpo de Verónica... —Suspiró tras aquellas palabras, como si el dolor latiera con fuerza en su alma al evocar en su mente el suceso—. Su cuerpo estaba irreconocible. Lo poco que sé es que un testigo afirmó que vio salir un coche negro con una mujer en su interior minutos antes que el incendio se produjera. O al menos, que se detectara.

—Eso quiere decir que esa mujer pudo ser la causante del incendio.

—Nunca se supo. Ni siquiera tomaron declaración formal al testigo. Tan sólo está reflejado en el informe que hicieron previo al reconocimiento forense.

—¿No dice nada más? Una prueba dental al menos, algo que sirviera para reconocer el cuerpo.

—Nada, el reconocimiento lo hace el propio cura, afirmando que es ella. No tenemos nada más. Tú ocúpate de buscar en el pasado de Verónica.

Guardando el secreto de su nueva amistad se marchó primero Paula, dejando a una Sonia que la había relevado en aquella roca perfecta para pensar. Cuando la joven llegó al camino no pudo evitar llevar su vista a su nueva compañera, que permanecía contemplando su reflejo dibujado en el agua, ajena a todo cuanto le rodeaba.

Al fin Paula se marchó, observando cómo el cielo se ocultaba bajo un manto oscuro de nubes furiosas y viento indeciso. Los árboles comenzaban a sacudirse y el temporal aullaba, a lo lejos. Las primeras gotas se dejaron caer antes de que Paula llegara al hostal. Como un presagio de lo que se avecinaba.

Una falsa impresión

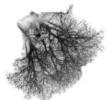

En toda nuestra vida siempre dispondremos de una única oportunidad para hacer algo por primera vez. Y de nosotros mismos dependerá cómo afrontamos dichas oportunidades sabiendo que jamás volverá a ser lo mismo. Nunca tendrás dos opciones para conocer el primer amor, ese que te nubla la vista, que al final te rompe el corazón. También habrá una primera vez para traicionar y que nos traicionen, para perder seres queridos o traer al mundo otros a quien querer. Una única oportunidad. Después ya nada será igual. Aprenderemos a amar de otra forma, quizá con más verdad, con menos locura. También nuestras mentiras serán más efectivas mientras que las de los demás menos. Sabremos despedirnos de aquellos que jamás volveremos a ver cuando todavía tengamos tiempo. Por mucho que todo esto se repita a lo largo de nuestra vida, sólo habremos tenido una oportunidad para hacerlo por primera vez.

Paula, perdida en sus propias cavilaciones, contemplaba desde la ventana de su habitación cómo la lluvia que la noche anterior amenazaba con desatar su furia había cumplido su promesa. El paisaje apenas podía intuirse tras el telón gris que lo ocultaba casi en su totalidad, dejando olvidadas a todas las montañas que rodeaban a los pueblos de aquella zona. El agua castigaba con fuerza el cristal, dejando un repiqueteo constante al tiempo que un continuo desfile de gotas de agua se deslizaba por la ventana, distorsionando más si cabe todo cuanto se presentaba en el exterior.

Aquella noche no volvieron las pesadillas. Los sueños le ofrecieron una pequeña tregua, una paz que sabía que no iba a durar pero agradecía el hecho de permitirle descansar aunque fuera una noche. En cambio, todos los acontecimientos del día se proyectaban en su cabeza, mostrando de nuevo a Sonia y esa reticencia a confiar en alguien desconocido. Si de algo estaba segura Paula, era de que la confianza gratuita siempre acaba saliendo cara. También Adelina, Escudero y aquel coche fantasma tuvieron su momento. Al final, olvidando todo detalle, decidió seguir adelante con su plan.

Antes de salir, se aseguró de que tenía todo lo necesario y no dejaba nada atrás: su teléfono con la batería cargada, documentación, los dibujos, un bolígrafo por si necesitaba apuntar algo. Con todo alistado, faltaba un último detalle, despedirse de una Adelina que observaba desde la distancia, precavida, como un animal hambriento y asustado contempla un plato de comida, ignorando si es para él.

—¿No desayunas? —preguntó la mujer.

—Lo cierto es que tengo algo de prisa.

—Vamos, *fía, ties* que tomar algo. Anda —dijo de nuevo volviendo a la Adelina edulcorada en exceso pendiente siempre de Paula—. No voy a *dexar* que salgas a la calle con la que cae, sin al menos tomar un buen café *calentín*.

Se acercó hasta ella y la obligó a sentarse. Apenas dos minutos después volvió con dos tazas de café y, sin pedir permiso, optó por acompañarla.

—¿*Tai* segura de que *vas salir* con el *tiempu* que *fai*? —Su voz amilanada acariciaba con suavidad los tímpanos de Paula, el temor podía leerse en sus labios.

—Estaré bien, Adelina. No te preocupes. Además, voy a ver al padre Ernesto y en poco rato espero estar de vuelta.

—¿Y qué quiés preguntar al padre? Recuerda que *ye* un *home* mayor.

Paula asintió condescendiente, intentando ignorar los consejos sinceros de la anciana. El temporal que se avecinaba no parecía tener fin y esperar un desenlace que ni siquiera podía presentirse era una tarea que a Paula nunca le había gustado.

—Nada más le quiero aclarar una duda que tengo de la noche del incendio.

Cuando ella duerme

—Eres igual de cabezota que mi Sofía —adujo con un deje melancólico en su voz—. Esa noche sólo va a traer desdicha sin intentas revivirla.

Paula miró a la anciana y entendió en su mirada un rastro de nostalgia, de pena almacenada, guardada en el tiempo. Una pena que traspasaba su alma, que se dibujaba en sus ojos brillantes y casi sin alma.

—¿Qué sabes de aquella noche, Adelina? —preguntó al fin Paula, que no pudo contener más las dudas.

La mujer no respondió. Se limitó a extender su mirada más allá de la presencia de ambas, hasta atravesar con ella la cristalera que se encontraba justo detrás de Paula. Tras unos segundos meditando, sin cambiar la expresión nublada de su rostro, dio un último sorbo al café y se levantó.

—Yo sólo sé que el fuego trajo un dolor que jamás habíamos visto en este pueblo. Por eso te pido que no revivas aquello, que no nos castigues de nuevo.

Se marchó dejando aquellas palabras suspendidas en el aire, con tanto peso que acabaron hundiéndose en el pecho de la joven que apenas pudo rematar su café. Cargada de un remordimiento que hasta el momento no había tenido, se marchó ignorando por obligación el consejo de Adelina.

El agua casi helada caía con rabia intentando convencer de su error a cualquiera que osara enfrentarse a ella. El siseo que dejaba en su trayecto hacia el suelo acompañaba a los pensamientos de Paula, que esperaba una señal para avanzar rauda a su coche, protegida por la estructura de hormigón del hostal. Al fin, convencida de que la tormenta no iba a amainar por arte de magia, se lanzó en una precipitada carrera cubriendo su cabeza con la capucha de su chaqueta para evitar mojarse. Pero no fue una decisión acertada. El agua se colaba por las partes donde la tela no cubría, dejando su rastro frío al contacto con la piel de la joven, que sentía la humedad en su cuerpo, en sus prendas, más pesadas. Pero nada de eso importaba, pues su meta estaba clara.

El agua se descolgaba desde el tejado de la iglesia, cayendo por el pórtico en firmes columnas de agua que estallaban contra el suelo. El exterior era un terreno olvidado, un yermo solitario obligado por el temporal, dando a la iglesia un aspecto de abandono prematuro. Sin luces en su interior, sin movimiento que pudiera intuirse al menos. Todo parecía desierto, tétrico. El frío se hizo más intenso en la piel de Paula mientras dudaba de si entrar o no. Prefirió alertar de su presencia usando el claxon del coche. Pero nada ocurrió. Volvió a intentarlo. Nada.

Tras unos minutos de nervios a flor de piel, de espera nerviosa, de que nadie saliera a recibirla, decidió entrar ella. De nuevo con una precipitada carrera que la llevó desde el coche hasta la entrada de la iglesia. Cuando llegó el agua había empapado todavía más sus prendas, ahora castigadas por la humedad y el frío. Llamó a la puerta, pero no respondieron por lo que decidió entrar.

—¿Padre Meana? —preguntó al silencio del interior, a la oscuridad, pues apenas entraba luz por los pequeños ventanales que decoraban sus paredes. La oscuridad se hacía más fuerte en el altar, tanto, que el retablo que reposaba tras él se mostraba desdibujado, triste y solitario—. ¿Hola? —insistió, pero de nuevo su voz se proyectó sobre el vacío.

Siguió hasta el interior al entender que aquel extraño silencio no significaba nada bueno. Caminó por la nave central, pasando junto a las filas de butacas, inspeccionando todo cuanto le rodeaba y, justo antes de llegar al altar, un sonido la alertó. Procedía del interior del cuarto del cura. Paula se acercó y volvió a insistir golpeando con suavidad la puerta.

—¡Largo! —gritó una voz desde el interior. Una voz que, aunque conocida, sonaba distinta.

Paula ignoró la exigencia y abrió, preocupada ante actitud extraña del cura. Cuando la puerta dejó de ocultar lo que su guarecía en su interior, descubrió a un decrépito Ernesto Meana, vestido de oficio. La casulla y estola morada cubrían un alba raída y amarillenta, lejos del blanco religioso que solía verse en cualquier pastor. Estaba sentado y parte de su cuerpo se dejaba caer sobre el pupitre, en donde una copa dorada yacía volcada junto a su mano casi inerte. El brillo de aquella dorada pieza destacaba entre toda la oscuridad que los rodeaba.

—¡Padre! —Exhaló, angustiada, Paula al ver el estado del cura. Su rostro níveo apenas podía mantener los ojos abiertos, que bailaban en sus cuencas sin orden alguno. Su cuerpo, helado como un témpano de hielo, no dejaba de tiritar.

—¡Márchate! —volvió a rugir. Sacudió una de sus manos intentando zafarse del contacto de Paula, que retrocedió ante la agresividad del sacerdote—. ¿Qué has venido a hacer?

—¿Está usted bien? Voy a llamar a una ambulancia.

—No. No. Sólo... —dijo, e intentó incorporarse, pero en el estado que se encontraba apenas podía localizar un apoyo para sus manos. Finalmente fue Paula quien decidió ayudarlo. Se levantó y, con un esfuerzo desmedido, recorrió el eterno metro que lo separaba de su cama. Allí volvió a tumbarse—. Sólo necesito dormir un poco.

El olor a sudor, vino barato y encierro hacían de la habitación una sala de tortura. La joven apenas podía respirar sin taparse la nariz con las manos o incluso ocultando su cabeza entre las prendas como una tortuga usa su caparazón para protegerse. Analizó cada rincón de la estancia. En el escritorio, varias biblias reposaban junto a la copa de oro volcada y una pequeña mancha de vino reseca. También un flexo apagado y una botella de vino casi en su último trago acompañaban al resto de objetos. Alrededor, todo estaba siniestramente vacío. Paredes desconchadas, abofadas por la humedad y el decurso del tiempo y un hornillo de gas que hacía de cocina para el cura, seguramente.

En apenas un minuto el padre Meana se había dormido, dejando unos estertores casi epilépticos como única muestra de vida. No era el momento por lo que Paula decidió acompañarlo hasta asegurarse de que su salud no corría peligro. Vagó durante minutos, quizás horas por la iglesia, recorriendo cada metro del interior. Observando de vez en cuando el exterior empapado y castigado por una tormenta que no parecía amainar.

El reloj se consumía lento, la luz en el exterior apenas podía atravesar las nubes negras que oscurecían el cielo. En el interior, Paula también se perdía en su mundo, analizando cada detalle que encontraba.

Volvió hasta el cuarto del padre Meana, donde todavía descansaba plácidamente. Allí revisó una última vez todo lo que a su vista se hallaba. Junto a la cama, un pequeño baúl se encontraba entreabierto, insinuando su contenido a media luz. Lo abrió. Sabiendo que no debía. Entendiendo que su intromisión iba más allá del respeto, de la educación, de lo correcto. Pero a pesar de todo lo abrió. Y lo hizo porque una parte de ella entendía que sólo tendría una oportunidad para hacerlo, cuando el cura despertara, ya no podría.

En su interior un sinfín de papeles reposaban sin orden alguno. Papeles manuscritos, documentos firmados y otra serie de hojas que desde la lejanía apenas podían distinguirse.

Comenzó a rebuscar. A sacar uno a uno cada papel y a analizarlo, pero no hallaba nada más que documentos religiosos. Escritos desordenados que quizá tuvieran cierta importancia, pero para el cura no parecía lo mismo. Al fin, tras unos minutos del traqueteo incansable de las hojas al arrugarse, pudo percibir algo. Era un libro pequeño, en apariencia se asemejaba a un álbum de fotos, rectangular, forrado. El fulgor de su tapa llamó la atención de Paula que rauda se apresuró a capturarlo. Cuando lo abrió, un pequeño sobre se escurrió de su interior. Las páginas transparentes del álbum estaban vacías por lo que Paula dejó el pequeño libro y recogió el sobre. Era un sobre amarillo, tan desgastado por el tiempo que apenas conservaba algo del color original. Un sobre con el nombre de Kodak grabado en negro y que Paula entendió que se trataba de un sobre con fotos. Pero su interior también estaba vacío. Desesperada intentó buscar de nuevo en el baúl, sin embargo un golpe seco hizo que se cerrara, como un cocodrilo que intenta atrapar bajo sus fauces a una presa. Paula apartó las manos casi sin tiempo mientras liberaba un grito por la tensión acumulada.

—Es de mala educación fisgonear —aseveró el cura, que había recuperado la consciencia, aunque todavía su rostro no se mostraba en condiciones.

Lejos quedaba el Ernesto amable y educado de la primera cita. *Una falsa impresión*, pensó Paula al ver al nuevo padre Meana. Su actitud indolente, ácida, se mezclaba con el olor intenso que de su cuerpo manaba. Un aura de pestilencia que dañaba incluso a la vista.

—¿Qué has venido a buscar? —insistió el cura.

—¿Cómo se encuentra? —preguntó ella, intentando suavizar la tensión que se había generado.

—Eso no te importa. —Su cuerpo todavía se tambaleaba. Apenas podía mantener la mirada fija y su voz salía arañada de su garganta—. ¿Qué quieres?

—He venido porque necesito saber por qué me ha estado mintiendo.

El cura suspiró, cansado, llevándose las manos a la cara e intentando borrar su expresión con ellas. Se incorporó sobre la cama.

—No vas a dejarme en paz, ¿cierto?

—No hasta que me diga la verdad. Tengo entendido que los curas no pueden mentir. ¿No es un pecado?

El padre Meana rio, irónico, ante la osada pregunta de la joven que no pretendía seguir alargando más aquel teatro.

—Tantos actos son pecados hoy en día —dijo con una voz carrasposa, casi distinta—, que mentir creo que es casi una virtud.

Paula miró con el cuerpo todavía gelatinoso, desde la distancia, a un anciano atribulado, preso de unos miedos que únicamente le pertenecían a él.

—Y por lo que veo es más fácil que afrontar la verdad. Quizás decir lo que pasó suponga una penitencia mayor. ¿No es así?

—Creo que ya te dije lo que pasó. ¿Cuántas veces necesitaré repetirlo?

—Lo que no me dijo fue que usted había reconocido el cadáver. Tampoco que esa noche vieron salir a una mujer de esta iglesia, minutos antes de que el incendio se propagara. ¿Qué oculta, padre?

La expresión del padre mutó, dibujando la culpa en sus ojos. La mentira se leía en el trémulo fulgor de sus labios y sus manos, sudadas, no encontraban destino, arañándose las palmas sin cesar.

—¿Quién te ha dicho eso? —inquirió, preocupado. En su voz se denotaba el miedo. Su mirada bailaba hacia la puerta todo el tiempo—. ¡Vete! Vete, muchacha, antes de que sea tarde.

—¡Basta! —gritó la joven, llegando casi al límite—. Basta de repetir lo mismo. Todo el mundo amenaza con que me marche, pero ninguno es capaz de arrojar algo de verdad a toda esta historia. ¿Qué oculta, padre? Dígalo ahora antes de que las muertes de esas niñas ya no sean más que un recuerdo triste de lo que pasó.

—No... no... No vi nada. No... —Los nervios del cura se convertían en sudor, en una lágrima que se escurría por su mejilla—. Vete —dijo empujando a la joven.

—¿Quién era esa mujer, padre?

—¡Que te largues! —estalló el cura, embistiendo a Paula con tanta fuerza que ésta cayó de espaldas contra la puerta.

El dolor volvió a recordarle que la vida y la muerte juegan la misma partida y siempre ambas querrán ganar. Se levantó y salió corriendo. Atrás quedó el cura, que había vuelto a apoderarse de la botella y recuperado la copa. Sus gritos seguían resonando aun cuando Paula ya se encontraba fuera de la iglesia.

¿Quién era aquella mujer? Una pregunta que, aunque no encontró respuesta, sí sirvió para entender que algo más pasó aquella noche. Mientras salía del camino, cogió el teléfono dispuesta a llamarla.

Con otros ojos

Como cada día, Sonia ejecutaba el mismo ritual cuando llegaba a casa o al despertarse. Se acercaba hasta el baño y allí se enfrentaba a su propio reflejo. Un espejo cruel y sádico que se empeñaba en mostrarle cada uno de sus dolorosos recuerdos. Esos que ya apenas tenía, pero que sabía por aquel cristal ponzoñoso que jamás podría borrarlos de su cuerpo.

Los minutos resbalaban de un reloj que, sin prisa, dejaba escurrir su manecilla mientras la joven apenas lograba centrarse en la muchacha que le devolvía esa mirada casi sin expresión. Apretó con fuerza sus manos contra el mármol del lavabo sobre el que las tenía apoyadas, sintiendo el tacto rugoso del cuero de los guantes por su cara interna. Y se marchó.

Hacía horas que Escudero la había dejado en casa tras una noche más silenciosa de lo habitual. Ella, porque meditaba sobre la extraña aparición de aquella *Youtuber* de rara apariencia y preguntas que nadie hizo en mucho tiempo. Landino, como muchas otras jornadas, perdido en un mundo que sólo él conocía, pues era un hombre de pocas palabras. Las justas para ofender. El típico hombre que nunca pregunta, sólo cuestiona.

Tras unas horas de sueño y despertarse con la llamada de Paula, decidió emprender un pequeño viaje para recaudar nueva información necesaria. Se había citado con un viejo amigo que trabajaba en la comisaría de la Policía Nacional en Oviedo, a una hora escasa de su hogar.

El temporal no parecía querer marcharse, ni siquiera dejando atrás la zona interna de las montañas. Al otro lado de aquel mar verde de colinas castigadas por el viento y el agua, el paisaje era el mismo. El cielo parecía no terminar jamás, reflejándose en el agua que se posaba sobre las calzadas, en los cristales empapados de los coches.

En el interior de la comisaría, el flujo de uniformes era constante, el ruido de voces hablando al unísono causaba un molesto galimatías. El sonido de los pasos sobre un embaldosado impoluto, salvo por las marcas de esos zapatos que, mojados, habían dejado la muestra inequívoca de su paso por allí. Todo aquello era un estímulo constante para Sonia, que esperaba paciente la llegada de su cita.

—Llegas pronto —dijo una voz que procedía de su espalda.

Un hombre apenas dos años mayor que ella —veinticinco años exactamente— sonreía ante la expresión tímida de Sonia. Vestía con uniforme y en una de sus manos portaba una pequeña carpeta marrón.

—No podía dormir. Ya sabes que soy un poco inquieta. —Ambos se abrazaron sintiendo de nuevo aquella amistad de años.

El agente Merino y Sonia se conocían desde pequeños, ambos fueron juntos al colegio, aunque, tras opositar, cada uno lo hizo para un cuerpo diferente. Sonia prefirió un servicio algo más militar, Samuel Merino, poder ascender en el cuerpo de policía.

—El uniforme te hace más alto —bromeó ella tras el nostálgico abrazo—. ¿Has podido conseguir lo que te pedí?

Él sonrió de medio lado. Parecía dudar de las palabras de Sonia o tal vez no se atrevía a contestar todavía esa pregunta. Miró a su alrededor antes de contestar, como si buscara el beneplácito del silencio.

—Sigo sin entender por qué quieres un informe de hace más de quince años. ¿Qué ocurrió?

—Te dije que no preguntaras. Es lo mejor.

—Y yo, en un principio, te dije que no pienso comerme un lío si no sé por qué lo estoy haciendo.

Sonia resopló furiosa e hizo un gesto para salir del recinto. Junto a la comisaría había una pequeña cafetería, allí podrían guardar mejor sus secretos.

—Tengo sospechas de que la persona que culparon por aquel incendio, en realidad, es inocente.

Samuel la miró sorprendido. La mesa en la que estaban sentados era la ideal para poder hablar sin ser cuestionados; una mesa apartada, en una esquina, lejos de los baños y miradas críticas.

—¿Realmente piensas lo que estás diciendo?

—Sin dudas.

—Sonia. No es por meterme donde no me llaman. En primer lugar y apenas recuerdo ya aquello porque yo era pequeño, según este informe —dijo Samuel dando un par de golpes con el dedo sobre el cartón marrón de la carpeta. Una carpeta que firmaba con la fecha de lo ocurrido—. El caso estaba claro. Óscar presentaba quemaduras de tercer grado en la cara, brazos y espalda. A parte de eso el agente que acudió al incendio testificó que vio un hombre salir de la casa. ¿Cómo puedes decir que no fue él?

Sonia, escuchó pacientemente mientras sentía cómo su piel se encendía ante las palabras subjetivas de su compañero.

—¿Y eso demuestra que lo hizo él? —inquirió manteniendo una calma que se perdía poco a poco. Su cuerpo temblaba ante la rabia contenida, pero Sonia ya estaba acostumbrada a lidiar con sus sentimientos—. Lo que dice el informe es que Óscar presentaba quemaduras. También que lo vieron. Pero nadie dice que el fuego lo provocara él. Por eso te he pedido ayuda. Porque quiero saber qué dice realmente ese puto informe.

Samuel sonrió de nuevo, mostrando unos dientes irregulares, amarillentos. Una mancha dentro de un lienzo perfecto, eso era su boca. Su rostro de mandíbula cuadrada, barba pronunciada y ojos negros y penetrantes quedaba ensombrecido por una boca marcada por la desidia. Tras un segundo de silencio, analizándose entre miradas, arrastró la carpeta por encima de la mesa hasta dejarla junto a sus manos.

—Tienes razón. No dice que fuera él. Eso simplemente se deduce, como lo hubieras hecho tú si investigaras el caso. En el informe se dice poco, pues se cerró al día siguiente.

Sonia comenzó a analizar cada una de las páginas de las que se componía el caso, prestando especial atención a las partes de los agentes que llegaron en primer lugar. En ella apenas nombraban lo ocurrido. Sonia avanzaba rápido leyendo sus páginas.

El fuego pudo darse por extinguido a las 02:32 horas.

El agente David Sopena Castrejo, presente durante el incendio, afirma haber visto salir corriendo de la zona a un hombre que vestía con chaqueta vaquera, de aproximadamente 1,85cm de alto.

El testigo: Don Ernesto Meana Cuevas afirma haber visto una sombra, quizá de un hombre, en la zona. No es capaz de proceder a una descripción.

Todo cuanto rezaba en aquel informe era una sentencia clara hacia Óscar. Incluso ella dudaba de la veracidad de sus palabras tras leer aquello. Junto a los informes rellenados por la Policía que se presentó en la zona y los propios rellenados por los jueces en la instrucción, se encontraba el informe del médico forense. Apenas prestó atención a las palabras.

Cuerpo hallado en posición decúbito ventral.

No se aprecia rastros de tela visible. El cuerpo presenta alteraciones visibles en sus partes blandas. Se aprecia carbonización en el cuerpo.

El cráneo se encuentra abierto, posiblemente debido a las altas temperaturas. No se encuentran restos orgánicos. El cráneo está completamente seco.

Posible hora de la muerte: no procede.

Causa de la muerte: pendiente de autopsia.

Sonia cerró el informe, firmado con el nombre del doctor Espiruela, al sentir las náuseas recorrer todo su cuerpo. Samuel la miraba consternado, inquieto ante los gestos extraños de su compañera.

—¿Por qué quieres este informe? ¿Qué tiene de especial?

—Porque creo que hay alguien más detrás de todo esto. Y quiero saber la verdad.

Cuando ella duerme

Merino se encogió de hombros y tomó un sorbo de su refresco casi consumido, volviéndolo a dejar sobre la mesa cuando acabó con su contenido.

—Yo he estado revisándolo y es cierto que hay algunos aspectos extraños en su informe. Está claro que fue un caso duro y muy sonado. No obstante, fue todo muy prematuro. En apenas una semana ya se había encerrado al culpable, enterrado los cuerpos y olvidado la historia. Todo tan rápido.

—Según dicta el informe, el padre Meana, una vez reconocido el cuerpo por él mismo y más tarde por su familia, decide solicitar los restos y darle una misa en su iglesia y enterrar los restos en el cementerio de Tanes.

—Es decir, que los padres de ella llegaron hasta aquí —adujo el policía.

—Eso parece. No entiendo por qué no quisieron llevarse los restos. Pero eso no es lo importante. El informe también dice que se vio a una mujer salir en coche de la zona. Sonia había extraído de la carpeta una hoja donde explicaba todos aquellos pormenores de la investigación.

—Según tengo entendido por alguna pregunta que he hecho, eso es cierto. Y se investigó a la mujer que vivía con ella. Pero según parece, su rastro se pierde en el País Vasco en donde paga con su tarjeta en varios locales. El informe tiene los detalles. Al parecer el testigo, que afirma que ve a una mujer, al día siguiente se retracta. Es más el testigo queda en el anonimato por eso no se pudo dar por válida su declaración.

Sonia, furiosa, empezó a analizar cada uno de esos nuevos detalles con otros ojos, ahora que tenía en sus manos el informe del que tan sólo había podido leer pequeñas anotaciones en capturas de pantalla y fotocopias hechas. Por fin era suyo. Ahora tenía más nombres. Otros caminos por donde seguir.

—¿Vienes? —preguntó la joven a Samuel. Éste, con el rostro desdibujado torció el gesto para obviar las palabras de una típica respuesta—. Voy a ver al forense.

—No puedo, estoy de servicio ahora. Ten cuidado. Sabes que no puedes estar haciendo eso. No es competencia tuya.

Sonia asintió y se levantó de la mesa. Tras un último abrazo marchó de nuevo hacia su coche. Anduvo con premura bajo un manto de agua fría infinito, que no pretendía agradar ni tenía intención de detener su marcha.

Condujo entre las calles de una ciudad oscura, empapada, triste. Dormitando entre los vapores de tubos de escape, chimeneas y demás sistemas para mantener un calor que cada vez necesitamos con más ansiedad, con más egoísmo.

El Instituto de Medicina Legal de Oviedo se encontraba a escasos diez minutos y el doctor Diego Espiruela la esperaba en su despacho, o eso le había dicho minutos antes cuando llamó por teléfono.

Como le había prometido, Espiruela aguardaba en un pequeño despacho de paredes prefabricadas. Ajeno a la presencia cada vez más cercana de Sonia, fijaba su mirada en un ordenador que reflejaba el brillo de su pantalla sobre los cristales de sus gafas. Sonia lo observó desde la distancia. De un perfil caucásico: piel clara, orejas grandes, cabello descolorido, que en su día debió de ser rubio y cientos de casos analizados por sus manos arrugadas. Por sus ojos claros.

Sonia llamó a la puerta y esperó la aprobación del doctor para acceder.

—Buenas tardes —adujo el doctor sin apartar la mirada de su ordenador—. Bien, cuéntame, ¿a qué se deben estas prisas? —concluyó apartando la mirada del monitor.

—No se preocupe, seré breve. Me gustaría saber más detalles sobre el caso del incendio de Tanes. Creo que el informe que dejó es bastante breve y sin aportes concluyentes.

—¿De dónde me ha dicho que viene? —Espiruela observaba a Sonia por encima de sus gafas, con ojos de juez y presencia estática, tranquilo. Incluso con una sonrisa disimulada que parecía querer burlarse de la joven.

—Ya se lo he dicho por teléfono. Pertenezco al cuerpo de la Guardia civil.

—Cierto. Disculpa. Entre la edad y que ando un poco atareado. ¿UCO o servicio de criminalística?

—No me gustaría entretenerlo mucho, doctor Espiruela. — Sonia restó importancia a esa pregunta, consciente de que incurriría en un delito si mentía—. Si es tan amable de mirar el informe y decirme lo que recuerde.

El forense aceptó los papeles y comenzó a revisar, una por una, las anotaciones que él mismo había dejado impresas en aquel informe con casi una vida de antigüedad. Su rostro se tensaba, su cuerpo se inclinaba sobre el escritorio, adoptando una postura de filósofo pensador de Rodin. Tras unos minutos entre silencios evocadores de momentos efímeros, pensamientos fugaces dibujados en miradas furtivas, lo cerró de nuevo.

—Ha llovido mucho desde entonces. Tengo entendido que el hombre que provocó el incendio salió hace poco de la cárcel.

—¿Recuerda el caso?

—Algo recuerdo de aquello. Todavía mi mente está lúcida, pero no es que tenga una memoria de elefante.

—Bueno, con poco que recuerde, seguro que ya me puede ayudar. ¿Sabe si los padres identificaron el cadáver? —Inició Sonia, mirando un pequeño papel que escondía en su mano y en donde archivaba todas las preguntas que quería hacer.

—Sólo por los objetos personales que sobrevivieron al infierno. Si has visto las fotos, el cuerpo quedó totalmente irreconocible.

Sonia no había querido mirarlas. Sabía que el informe contenía imágenes del cuerpo de Verónica y los supuestos restos, pero optó por ignorar aquellas morbosas fotografías.

—¿Sabe por qué se devolvieron los restos a la iglesia, en lugar de a sus padres?

—Creo recordar que fue el propio cura quien solicitó los restos. El día que acudió la familia yo estaba aquí, rellenando otro informe y los pude ver. Justo allí. —Espiruela alzó la mano, dirigiendo su dedo enhiesto hacia una zona común repleta de sillas negras de plástico, incómodas—. No tengo tanta memoria para recordar lo que escuché, pero sí que después de aquello el cura suplicó que le entregaran los restos cuanto antes.

La joven fruncía el ceño ante las respuestas del doctor. Recibiendo aquella información como un soplo de viento fresco una tarde de verano, escuchaba atentamente cada palabra del forense. Analizaba cada gesto.

—¿Le comentó el motivo de tanta urgencia?

—Pues lo cierto es que... —El doctor apartó la vista un segundo, se quitó las gafas y comenzó a frotarse los ojos. Tras unos segundos de meditación volvió a mirar a Sonia, con un vacío en su mirada que no ofrecía consuelo. Negó con la cabeza antes de decir—: no consigo recordar qué dijo, pero sí sé que tenía prisa.

—¿Qué puede decirme del cuerpo?

—Muy poco. Si no has visto las fotos... —respondió, escueto, Espiruela—. Poco quedó de cuerpo. Apenas un montón de huesos casi carbonizados. No pudimos tampoco certificar con exactitud las causas de la muerte, ya que el cráneo había estallado y no quedaban apenas restos orgánicos que sugirieran hematomas o contusiones. Quizá de haber encontrado algo más, el culpable seguiría entre rejas.

—Es decir, que no se pudo esclarecer las causas de la muerte.

—De forma exacta no. Supimos que seguía viva cuando el foco del incendio se inició. Los niveles de carbohixemoglobina analizados en un resto de tráquea que sobrevivió al fuego, revelaban unas cantidades superiores al treinta por ciento.

—Respiró el humo —afirmó Sonia entendiendo lo que el forense le estaba explicando.

—Exacto. A parte, el tejido interno de la tráquea presentaba ligeras quemaduras. Lo que querría decir que seguía respirando cuando el fuego llegó a ella.

Cuando ella duerme

Sonia no pudo disimular el dolor que aquella información le había causado. Sus ojos comenzaron a brillar y en el pecho una losa se aferraba a sus pulmones. El vacío era eterno en su mente en aquel instante.

—¿Recuerda algo más que pueda ser importante?

—Fue un caso que se cerró muy rápido. Apenas tuvimos tiempo para nada.

—Si recuerda algo no dude en comentármelo.

—Descuide. Pero siendo algo entrometido, ¿hay algo que pueda sugerir un final distinto?

—Todavía es pronto para decirlo —adujo Sonia sintiendo en su voz la ironía de sus palabras. Era pronto para definir un castigo que hacía casi dos décadas que debió fijarse. Sonia se despidió del forense, dejando atrás rápidamente el recinto. Pronto el edificio no era más que una miniatura dibujada en el espejo de su coche.

El viento, afilado, convertía la lluvia en finas agujas que se clavaban en la piel y el cielo plomizo se oscurecía poco a poco dejando nubes de alquitrán y tejados vaporosos. También sus pensamientos se confundían con el tiempo. Marcó su número y tras dos timbres, la voz de Paula resonó al otro lado.

—Tenemos que hablar de nuevo con el padre Meana.

Un miedo ajeno

Paula todavía sentía en sus manos el hedor del fracaso. El sabor amargo de la derrota, mezclado con un ácido regusto a vino barato y deshonra. Había huido sin plantar cara, sin intentar, al menos, encontrar una aclaración. Dirimir el motivo por el que el padre Meana se encontraba en aquel estado. Pero se marchó.

Se marchó asustada.

Se marchó sin mirar atrás ni pensar siquiera.

Ahora ya era tarde. Sentada en una de las solitarias mesas del hostal, con la mirada crítica de Adelina, que observaba tímida desde la distancia. Entre sus manos temblorosas reposaba la foto que poseía de ellos tres. De Verónica, Óscar y Nuria. En la mesa se esparcían los tres dibujos.

—¿Te encuentras bien? Estás pálida. —Se preocupó Adelina, desde la distancia.

Paula asintió sin apenas pronunciar palabra. Sólo dibujó una sonrisa apretada, como la cremallera de un pantalón que no llega a cerrar del todo y siguió perdida en la instantánea.

No miraba nada en concreto. Tampoco sabía qué buscar.

Sencillamente se limitaba a ahogarse entre pensamientos inoportunos dentro de un papel que había congelado el tiempo en sus manos. La conversación con Sonia seguía latente en su mente.

«El padre fue quién identificó el cuerpo. Lo he corroborado». «El padre no está en disposición de hablar», respondió ella. «No podemos dejarlo descansar ahora». «No puedo, no habla. Me ha agredido». Silencio. Tras aquello se hizo el silencio. «De acuerdo, márchate de ahí. Volverás mañana».

También le contó toda la información que tenía respecto al cuerpo y al caso.

Emi Negre

«¿Cómo es posible que el testigo se retractara?», había dicho Paula sorprendida. «Es todo muy raro». «Estamos cerca».

Paula seguía enfrascada en sus pensamientos. Abotargada de miedos e inseguridades. De una frustración que la hundía en un pozo oscuro en donde la luz se convertía en un mero punto azulado al final de un oscuro telón.

—Deberías descansar. *Nun te ta faciendo* bien. Apenas comes. —Adelina se acercó a ella, viendo la foto que guardaba con recelo entre sus manos—. Vamos, *fía. Nun* te castigues más.

En ese instante, en que la sombra que proyectaba el cuerpo de Adelina acarició la instantánea, Paula descubrió algo nuevo. Algo a lo que aferrarse.

Aproximó el papel a sus ojos, intentando así definir mejor un aspecto de la imagen. Centró su mirada en el libro que compartían ambos. Ese poemario de Pablo Neruda. Fijó su mirada en el pequeño libro como buscando que éste le ofreciera la verdad. Y al parecer sí lo hizo.

—Creo que tengo algo —dijo, y comenzó a recoger a gran velocidad todos los papeles que había depositado en la mesa.

—¿Qué dices?

—Me marcho.

Adelina apenas pudo reprochar su decisión. Paula se alejó en silencio mientras la anciana observaba con el rostro desdibujado entre sombras de dudas y temores.

Ya en el coche volvió a revisar la fotografía mientras la lluvia distorsionaba la realidad que el exterior mostraba. El agua golpeaba con fuerza las chapas del coche haciendo que la joven apenas pudiera concentrarse en sus pensamientos. Esos que la estaban llevando de nuevo a la biblioteca donde trabajó Verónica.

Recordó las palabras de Rubén: "Le encantaba la poesía".

En la foto ambos sujetaban el libro de Pablo Neruda y en la tapa de este, podía verse el sello de la biblioteca de Caso. Tenía que encontrar ese libro. Entender un poco más a Verónica.

El cielo embravecido cabalgaba a lomos de blancos destellos que dejaban nubes de sombras, penumbras reveladas y un fulgor nervioso en el agua, que caía sin piedad.

Apenas veinte metros fueron suficientes para dejar el cuerpo de Paula envuelto en un frío que se aferraba a su piel. Que penetraba hasta sus huesos. Sus marañas mojadas retenían más si cabe el agua, dejando un rastro de gotas destacando sobre un embaldosado impoluto.

Entró en la biblioteca, silenciosa, desierta. Allí un Héctor sumido en el interior de un libro de Carlos Ruíz Zafón, apenas había detectado la presencia de la joven, que entró carraspeando la garganta.

—¡Oh! Vaya. Estaba tan absorto con este libro que ni me había dado cuenta. Disculpa —dijo, y en ese instante miró su reloj—. Son casi las ocho. Me parece que llegas un poco justo. Estoy ya a punto de irme.

—Será un momento. Vengo buscando algo en concreto.

Héctor dudó un instante. Miró de nuevo el reloj y llevó su vista hasta el libro, que reposaba abierto con el interior centrado en la madera de su escritorio, ocultando los secretos de su trama al resto.

—Bueno, pero sólo porque el libro está entretenido. Acabo el capítulo y cierro. Tienes cinco minutos —amenazó con educación.

Paula corrió en busca del pasillo correcto. Pasó junto al indicado como "Histórica". También dejó atrás el de "Enciclopedias y cultura general". Y por fin llegó al que buscaba. Compartía zona con los libros de narrativa antigua, como eran los títulos de El Quijote, Tirante el Blanco o La Ilíada, entre otros muchos.

Buscó sin cesar entre todos los libros de poesía, pero no parecía encontrar el que necesitaba. El tiempo corría. Podía ver a Héctor alejar la vista de vez en cuando del libro, para buscar a

Paula, perdida en aquel laberinto de libros. El minutero no se detenía. Los nervios de Paula crecían al sentir la frustración de quién intenta enhebrar una aguja con los ojos tapados. Nada, no encontraba nada.

—Me quedan dos páginas —informó a lo lejos Héctor.

Los nervios eran ahora un mero recuerdo. El agua empapaba su cuerpo debido al sudor que, incansable, crecía sin control deshidratando a la joven.

Observó de nuevo en perspectiva. Necesitaba relajarse, mirar con claridad en vez de revolverlo todo como una bola en un bingo. Miró desde lejos, uno por uno hasta que un pequeño lomo, semioculto sobre una pila de poemas de Becker, llamó su atención. Allí, cubierto de un polvo que le dotaba de una textura distinta, reposaba el libro. El mismo que en la foto.

"Veinte Poemas de Amor y una Canción Desesperada".

El título revolvió la calma casi extinguida de una Paula ajena al tiempo. Ignorando que Héctor la había vuelto a llamar y ella no respondió. Ignorando también que se había levantado y ahora caminaba en su dirección, dejando atrás varios de los pasillos que ella recorrió en su trayecto. Demasiado tarde. Podía verlo a través del espacio que las distintas alturas de las estanterías dejaban. Ya era tarde. Estaba junto a ella.

—¡Eh! Te estaba llamando —reclamó Héctor, con el semblante serio—. Es hora de cerrar.

—Perdona, estaba absorta con este libro.

—¿Rimas y Leyendas, de Becker? —preguntó volviendo a su estado pacífico.

Paula sonrió. Dejó el libro y comenzó a desandar los pasos que ya había hecho un instante atrás. Caminaba temerosa, sintiendo el peso del libro en su pecho, oculto a la vista del bibliotecario, que caminaba detrás de ella.

—Oye. —Héctor la detuvo justo cuando Paula ya superaba el marco de la puerta de acceso a la biblioteca. Ésta se giró temiendo el desenlace—. ¿Qué es poesía? —preguntó sonriendo.

—¿Perdona? —Paula, que no entendía la pregunta, miró con recelo todo lo que la rodeaba, buscando al cómplice de aquella broma. Pero no parecía haber nadie más.

—¿Que qué es poesía? Dices mientras clavas en mis pupilas, tu pupila azul. ¿Qué es poesía? ¿Y tú me lo preguntas? Poesía eres tú —recitó, solemne, Héctor—. Bueno, si mal no recuerdo, era algo así.

Paula rio ante la osada intervención del anciano que se quedó apagando las luces y dejando todo listo para su retirada. Paula marchó con los brazos aferrados a su pecho, protegiendo con fuerza su más preciado secreto.

Llegó de nuevo al exterior, en donde el tiempo seguía castigando con inclemencias funestas y malos augurios. El ruido del agua evitó que Paula pudiera adelantarse a la sombra que tras ella se había colocado. No fue hasta que sintió sobre su hombro un contacto ajeno que hizo que se girara, sobresaltada.

—Perdona, no pretendía asustarte —dijo aquella voz que Paula reconoció de inmediato. Era David Sopena quien estaba junto a ella, sonriendo sin limitaciones. Vestido con traje y corbata, reloj de pulsera radiante y olor a perfume caro, miraba desde la altura que su físico proporcionaba a los ojos de una Paula asustada, huidiza. Tras eso miró a lo lejos—. ¿De visita?

—Sí, venía a la biblioteca. Pero ya me iba, no ha habido suerte.

David no dijo nada. Se limitó a seguir sonriendo. Escrutando a Paula, como si quisiera detectar la mentira en sus ojos. Pero ella no cedía, mantenía el pulso de miradas inquisidoras, de gritos en silencio.

—Una lástima. Si puedo ayudarte en algo, no dudes en pedírmelo. ¿Tienes el coche cerca?

Paula afirmó y señaló su Seat, que aguardaba bajo la lluvia junto a otro coche. Un flamante Mercedes negro que estaba estacionado junto al suyo. Todavía con las luces prendidas, el vapor escapando del motor, que al contraste con el frío y la luz de los faros tomaba forma y un hombre que esperaba bajo un paraguas junto a la puerta trasera.

—Vamos, te acompaño hasta tu coche.

Paula no objetó. Se dejó seducir por la voz embaucadora de David, siempre tan serena, tan plácida. Su porte seductor era un complemento más de todo su conjunto.

Caminaron en silencio, Paula sintiendo el contacto continuo del cuerpo de David. Éste, protegiendo con su paraguas a la joven de la lluvia. Ambos, acercándose a su destino.

—Bueno, ten cuidado con la carretera. Es peligrosa con el temporal este.

Paula asintió y corrió hasta su coche, notando las miradas críticas tanto de David como del hombre que había abierto la puerta del coche a su llegada.

El Mercedes quedó atrás. Impreso en el espejo retrovisor del coche de Paula, que se marchaba nerviosa de la zona. Bajo sus prendas todavía el libro reposaba, clavando el peso de la historia en su piel. Tras unos minutos y creyendo que ya todo estaba en paz, sacó el libro y lo dejó en el asiento del acompañante. Fue en ese momento. En ese instante en que el libro dejó de estar bajo la presión de las manos de Paula que una pequeña hoja de papel se deslizó de su interior.

Paula intentó no mirar aquel papel que la llamaba. Por seguridad propia sobre todo. Su atención debía estar en la carretera. La noche ya había mostrado sus fauces y el temporal no amainaba. Fijó su vista en el asfalto, pero no pudo evitar analizar el trozo de papel que sobresalía del libro. Un escrito a mano rezaba:

"*TENGO MIEDO*".

Miedo, esa palabra impregnada en cada rincón de aquella zona. Miedo era todo cuanto sentía ahora Paula. Un miedo ajeno, inusual. Un miedo que no era suyo, sino de ella. De Verónica.

Cuando llegó al hostal, sin más peligro que el que la carretera suponía a esas horas, cogió el papel y empezó a leerlo. Cada palabra descubría un nuevo mundo a Paula. De nuevo el miedo volvió a pertenecerle.

Vlog Paula 11/12/2018

La Paula de risa contagiosa y manos repletas de pintura ha desaparecido. En su lugar ya se puede leer a la nueva Paula. Más perdida entre miradas que no dicen nada, vacuas en contenido.

«Hola a todos.

Sé que hace mucho tiempo que no subo un vídeo, pero es que no siento las fuerzas necesarias para hacerlo. De todas formas quiero seguir aquí. Quiero gritar a los cuatro vientos todas las injusticias que vea. Denunciar los robos y manipulaciones que estos, nuestros políticos, hacen para callarnos la boca.

Somos unos títeres en sus manos. En su juego de estrategia por ver quién tiene el mejor número de votos. Porque al fin y al cabo, somos eso, un voto. La empatía que puedan tener por nosotros no será más que el reflejo de la necesidad por buscar en nuestra pena, su aprobación. Pero yo no voy a permitirlo. Aunque sea una gota la que aporte, haré que sea una gota de aceite, suspendida en la superficie, visible.

Y no va a pararme nadie».

Tras su diatriba, sigue pendiente de la cámara, adoptando distintas posturas. Mostrando recortes de periódicos en los que se pueden ver titulares de todo tipo: corrupción, malversación, tráfico de influencias. Todos los pecados políticos comunes en la actualidad.

Muchos de sus seguidores no son capaces de evitar la comparación, sabedores de que su padre está íntimamente ligado a la política. Las críticas llegan sin cesar. La mirada de Paula vuela rápido entre la cámara y algún punto del escenario que utiliza para las grabaciones y que parece ser su habitación. Unos segundos después se levanta, coge un par de cajitas pequeñas de pastillas y las tira. La cámara no registra dónde. Sólo el gesto de Paula, tras ese movimiento, el vídeo finaliza.

Sinsentidos

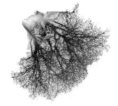Sonia apretaba con furia cada tecla de su ordenador, buscando en él las respuestas que habían surgido tras la última jornada. El reloj apenas superaba las ocho de la mañana, pero ella, decidida, se había presentado en el puesto unos minutos antes. Necesitaba el resguardo que la soledad permite para poder buscar con tranquilidad más información. En este caso de Rosario Oblanca.

En la pantalla se mostraba su rostro. Un rostro que Sonia había estado observando durante varios minutos sin pestañear, presa de sus pensamientos.

Unos ojos negros se hundían en la cara de Rosario, haciendo que apenas se distinguieran sus siluetas, ocultas bajo las sombras de la instantánea. Lo que sí se apreciaba con claridad era su nariz aguileña, sus pómulos huesudos y una frente prominente cubierta, en parte, por un flequillo mal cuidado de pelo negro.

En el informe podía leerse que se había lanzado una orden de búsqueda contra ella en el año 2002. También que se registraron movimientos de sus tarjetas en varias zonas del País Vasco. Pero poco más. Todo aquello formaba parte de un sumario al que Sonia no tenía acceso

—¿Quién es esa? —La voz ronca de su compañero alertó a la joven, que con una agudeza poco delicada había ignorado la presencia de Landino, tras ella.

—Joder, Escudero, qué susto me has dado —dijo, mientras que con astucia y disimulo cerraba la página.

—¿Qué buscabas?

—Nada, simple curiosidad.

—Venga, nos vamos. Tenemos un conductor que se ha llevado por delante una vaca en Riusecu.

Sonia lo siguió sin mediar palabra. Su compañero caminaba tres metros por delante, sereno, con pasos meditados y cortos, aunque para él eran los pasos típicos de un día anodino. No dijeron nada hasta llegar al coche patrulla. Una vez dentro, Landino sí se dirigió a Sonia.

—Tengo unos cuantos años más que tú en todo esto. Y sé que la tipa esa que estabas mirando era la señora que desapareció en el incendio de Tanes. Así que o me dices la verdad o tendré que dar parte al teniente. —La voz de Landino sonaba seria, sin tintes de mentiras ni falsas apariencias. Su voz era verdad, era castigo.

Sonia guardó silencio un tiempo. El justo para permitirse buscar una buena explicación. Sincera a la par que creíble. Pidió con la cabeza que iniciara su marcha, gesto que el cabo entendió y aceptó, alejándose del cuartel.

—Creo que pasó algo más aquella noche. Me resulta extraño que esa mujer desapareciera sin más y que no tenga nada que ver.

—Tú también ahora con esas conjeturas locas. No me digas que esa piojosa te ha lavado el cerebro. ¿A qué viene ahora todo eso?

—¿Nunca te lo has preguntado?

Landino miró a Sonia apartando para ello la vista de la carretera durante un segundo. Una mirada rápida, fugaz, como si quisiera buscar alguna definición en el gesto de ella. Aunque el rostro de Sonia era firme, férreo. No pestañeaba, apenas respiraba. Resopló resignado.

—Rosario era una mujer extraña. Seria, de pocas palabras. Según me dijeron, se marchó días antes del incendio. Desde que llegó Verónica, su presencia allí era más un estorbo.

—¿Las conocías?

—Hija, llevo más de veinte años patrullando estas carreteras. Conozco a todo el mundo. Las conocí, a todas ellas. A las pequeñas no tanto porque nunca llegué a entrar a la iglesia. Pero sí a Verónica y a Rosario. Nunca las vi juntas. Pero sé de buena mano que no se llevaban bien.

—¿Estuviste la noche del incendio? Nunca me lo habías dicho.

—Nunca te dio por ponerte a investigar.

La mente de Sonia viajó por un instante hasta su habitación en donde una carpeta repleta de recortes sobre el incendio desmentía la afirmación de Escudero. Aunque sólo en parte. Ciertamente, nunca preguntó.

—Pues ahora te lo estoy preguntando.

—No, esa noche yo estaba en casa, con mi mujer. —Al terminar su frase, un ligero suspiro se escapó de sus pulmones. Un suspiro que olía a dolor y Coñac. Un suspiro que acompañó a una mirada de soslayo posada sobre su teléfono móvil—. De todas formas, todo se sabe al final. Y el hecho de que Óscar apareciera completamente quemado al día siguiente, ¿no dice algo?

—Sólo que Óscar estuvo ahí. También hubo un testigo que afirmó ver a una mujer salir de la zona. Un testigo que luego se retractó y no quiso dar su nombre. ¿Eso no es sospechoso?

—No con una confesión por delante. Deja ya todo esto, hija. El caso se cerró y todos decidimos aceptar el resultado. Un asesino entre rejas, aunque no el tiempo suficiente. Esa es la finalidad de esto, encontrar y encerrar a los malos. Los detalles no nos incumben.

Sonia no respondió. No lo hizo porque a lo lejos se veía la zona del accidente. Se podía observar al pastor alterado discutiendo con un hombre mientras sacudía los brazos sin orden alguno. Un coche destrozado a un lado de la calzada y una vaca que luchaba con pocas fuerzas ya, por ponerse en pie. La sangre se podía ver en las chapas del coche, con el frontal destrozado. También en la boca del animal que con la mirada asustada, sabía que su vida se extinguía poco a poco.

—Pocas desgracias como ésta ocurren. Mira que ya les he

dicho que vayan varias personas alertando de los animales. No aprenden. No... —Su voz se perdió al bajar de la furgoneta, dejando a Sonia en el interior.

Contemplaba absorta, la presencia que acompañaba al pastor. Apoyado junto a un Mercedes negro, David hablaba con el hombre que, sacudiendo las manos, respondía a los gestos del primero. Al otro lado, el conductor accidentado hablaba por teléfono.

Un cuarto hombre se hallaba detrás de David. Un hombre algo más alto que el alcalde, de enormes brazos que podrían levantar el coche y expresión firme. Vestía unos vaqueros ajustados y una americana gris y cruzaba sus brazos sobre el pecho, guardando las distancias. Un golpe en el capó del vehículo devolvió de nuevo la lucidez a Sonia. Escudero reclamaba su presencia.

Caminaron hacia el alcalde, que observaba las figuras cada vez más cercana de los agentes.

—¿Cómo ha sido? —preguntó Escudero, con su típico carácter agrio.

—Nosotros veníamos como siempre. Cuando el hombre ese ha pasado como un tiro. Se ha llevado a la vaca por delante casi sin frenar. Un desastre, Escudero. Un desastre.

—¿Dónde está tu compañero? ¿Quién avisaba que estaban las vacas en la calzada?

El pastor negó con la cabeza, asumiendo que la culpa pronto recaería sobre él, pues había agachado la cabeza para esperar que el filo metálico del reproche cayera sobre su cuello.

—Vamos, Landino. Bastante tiene con ver agonizar al pobre animal —dijo el alcalde, condescendiente.

—Me trae sin cuidado lo mal que lo esté pasando ahora con la muerte del animal. No es la primera vez que pasa esto. ¿O me equivoco, Grijaldo? —El pastor no respondió—. Pues eso. La próxima vez que te vea paseando solo a las vacas, te voy a atropellar yo a ti.

David rio ante la amenaza del Guardia Civil, que con el rostro encendido no parecía encontrar la gracia. Un instante después le hizo un gesto mientras se alejaba del pastor, que seguía mirando de lejos a la vaca, cada vez menos activa. Sonia siguió tras ellos.

—Cambiando de tema. Anoche llamó, muy preocupado, el padre Meana. Decía que la chica que ha llegado al pueblo está volviéndolo loco. Lo vi realmente mal. Esa muchacha sólo está trayendo problemas.

Escudero miró a Sonia antes de proceder a ofrecer nada. Ella se limitó a fijar sus ojos sobre los de su compañero.

—Ya la avisé de que si volvía a cometer alguna tontería la iba sacar del pueblo a empujones. Se va a enterar.

—Me conformo con que la tengas controlada.

—¿Acaso dudas de mi trabajo, Sopena? —preguntó visiblemente ofendido.

—Para nada. Simplemente me preocupo por los vecinos, creo que igual que haces tú. Sé que eres todo un profesional —respondió David dándole un par de palmadas en el pecho, gesto que el cabo recibió como una medalla honorífica, inflando pectorales como una paloma que es cortejada.

Landino observó al alcalde y asintió con la cabeza. Tras eso se marchó de nuevo hacia el todoterreno, dejando atrás a Sonia, que observaba atenta los movimientos de David.

—Lo cierto es que la chica esta ha hecho preguntas muy extrañas. Preguntó, por ejemplo, por qué enterraron aquí al cuerpo, si sus padres vinieron a identificar el cadáver. ¿No es raro que unos padres no quieran tener a su hija cerca? Así poder llorarla siempre que lo necesiten.

David sonrió ante la pregunta de la joven, sin mostrar cambio alguno en su rostro color canela y respondió:

—¿Para llorar a un ser querido hay que ir hasta donde reposan sus restos? Cuando morimos sólo dejamos un cuerpo aquí, nada más. Quienes nos quieren nos lloraran en su mente, en su recuerdo. Es ahí donde pasamos a estar tras dejar este mundo.

—Eso es cierto. Pero mucha gente quiere llevar flores a una tumba. Necesitan seguir creyendo que están ahí. Para nosotros. Que nunca se han ido.

—Bueno, en el caso de los padres de Verónica, pudieron desprenderse de esa forma de ver el mundo. Ellos lloran a su hija desde su corazón. A parte de eso, hay que sumar que el traslado de un cuerpo, que está pendiente de un juicio, aparte de retrasarse mucho, puede ser muy costoso. El padre Meana, en su infinita bondad, se ofreció a oficiar su entierro en Tanes. También le proporcionamos un nicho en el cementerio. Al menos pudieron ofrecerle un entierro digno, lleno de ancianas plañideras que ofrecieron sus lágrimas a la joven para al menos dotar al momento de cierta humanidad. Hubiera sido muy triste un funeral sintiendo sólo el eco del propio cura. ¿No crees?

El teléfono móvil de Sonia eliminó de su mente cualquier rastro de duda que pudiera quedar. Era Samuel quien la solicitaba por lo que la joven se despidió del alcalde con un movimiento rápido y se marchó de nuevo hasta su coche.

—¿Qué necesitas, Samuel? —preguntó la joven intrigada por la llamada de su amigo, dejando atrás al alcalde, que con una sonrisa delicada, volvió a su vehículo.

—De ésta nos echan a los dos. ¿Lo sabes, no?

—¿Qué has hecho?

—Lo cierto es que desde que estuviste aquí ayer me surgieron muchas dudas respecto al caso. Así que empecé a buscar a ese testigo secreto que no reveló su identidad.

—Dime que lo has encontrado.

—No, pero he encontrado algo todavía mejor. —La voz de Samuel se apagó durante un instante, mientras de fondo, el ruido de un teclado informaba de los movimientos del joven policía—. Estaba mirando los datos de todos los que aparecen en el informe y siguiendo sus movimientos. Nadie tiene nada salvo uno.

Sonia se detuvo frente al vehículo con el que había llegado.

Cuando ella duerme

En su interior Landino ignoraba la presencia de su compañera, absorto en su teléfono móvil.

—Se trata de David Sopena —continuó Samuel—. Cuando llegué a él, pude ver que al poco de entrar en su partido, su nivel de vida aumentó considerablemente. Mucho más de lo que cabría esperar. A eso, le sumamos que su ayuntamiento ha estado recibiendo el beneplácito a todos los proyectos que ha presentado, por absurdos y caros que parecieran. Todos aceptados desde el partido central y saliendo el dinero de la misma cuenta. Que es, al fin y al cabo, lo más raro, que todo se pague del mismo fondo.

—Puede ser algún tipo de donación al partido —adujo ella buscando una explicación.

—Quizá alguien que le interese que David esté calladito. ¿Puede ser?

—Ni idea, pero sigue investigando a ver qué sacas.

Cuando Samuel colgó, Sonia ya estaba a punto de entrar en el todoterreno. Escudero todavía no se había percatado de su presencia. Lo hizo cuando oyó el crujido de la puerta al abrirse.

—Bueno, pues cuando puedas me llamas, cariño. Papá te quiere —dijo hablando al micrófono de su teléfono. Cuando soltó el dedo y lo dejó sobre el pequeño espacio que había junto al cambio de marchas, Sonia pudo ver un chat vacío de respuestas. Numerosas barras de audio se repartían a un lado de la pantalla, mostrando la aplicación de Whatsapp abierta—. Nunca entenderé esta basura de tecnología —sentenció cerrando tan rápido como pudo la aplicación.

En la pantalla de su móvil se podía ver el rostro de una joven rubia de fondo. De edad similar a Sonia y un aspecto muy parecido. Ella no dijo nada.

El silencio de nuevo duró un instante.

Un sonido rompió una vez más la tensa calma generada en el habitáculo. Era el móvil de Sonia de nuevo. Pero esta vez no se trataba de Samuel. Un número se mostraba ante ella, desconocido para el terminal, pero no para Sonia.

—¿Qué quieres? —contestó entre susurros borrando la amabilidad de su mente—. Ahora no puedo hablar.

Unos angustiosos sollozos surgían del otro lado. Apenas podía entenderse lo que quería decir así que agudizó el oído un poco más. Sus ojos crecieron cuando al fin logró entender lo que la otra voz decía.

La noche no se acaba

Tac.

Tac.

Tac.

Un traqueteo constante despertó a Paula en mitad de la noche. Un ruido sordo, insidioso, había roto su calma. Miró hacia la ventana, lugar de origen de aquel sonido, pero tras ella la oscuridad lo poseía todo.

De vez en cuando, un destello azulado iluminaba la habitación, dejando sombras que parecían moverse con cada furioso estruendo que rompía el silencio. El agua seguía golpeando con saña el cristal de la habitación y el frío dominaba el cuerpo de la joven, que sin entender el motivo de aquellos escalofríos, decidió incorporarse. Pronto supo que había vuelto de nuevo a ese mundo paralelo al suyo.

Una ligera niebla acariciaba sus pies desnudos. Los ocultaba en su manto blanco y espeso. Bajo él, sentía el tacto rugoso de un suelo limoso, húmedo y áspero. Podía sentirlo adherirse a las plantas de sus pies, acompañarla en cada paso.

El viento helado también se acercaba a ella con peligro y tras la puerta, unas voces dulces, casi angelicales, parecían cantar.

Abrió la puerta sin saber qué había detrás.

Sin comprender el peligro de aquella pesadilla.

En ese momento las voces infantiles se acentuaron. El pasillo del hostal no existía. Se había trasladado de nuevo a la casa junto a la iglesia. Podía reconocer las paredes. Oler la vegetación que se colaba del exterior. Comenzó a caminar. Seguía el sonido de las voces que sin pausa, parecían reclamarla.

A medida que avanzaba sobre aquel pasillo cargado de niebla, las voces se oían todavía con más fuerza, con más realidad. Un susurro de hielo la acariciaba con intensidad mientras se acercaba al foco del sonido. Las canciones se volvieron risas. Las risas de varias niñas que, tras una puerta, se oían libres, firmes.

Los nervios de Paula se convertían en losas sobre sus pies, aferrándolos al suelo e impidiendo que diera un solo paso más. Sus pulmones se encogían. Por su espalda un cosquilleo recorría toda la piel hasta llegar a la nuca. Y de sus manos, un sudor incontrolable amenazaba con apoderarse de su voluntad. Dio dos pasos más. En contra de su voluntad, de esos gritos que pedían que se fuera. Volvió a dar dos pasos y se presentó frente a la puerta que iba a descubrir la procedencia de esas voces. No pensó. Porque si lo hacía seguramente acabaría huyendo de allí. Abrió sin más.

Al otro lado de la puerta tres niñas se encontraban sentadas, adoptando las tres la misma postura. Formando un perfecto triángulo, las pequeñas, de edades similares, juntaban sus pies sobre el suelo, mientras que apoyaban sus manos sobre las rodillas, en una perfecta postura de monje tibetano, meditando en silencio.

Sus voces se silenciaron en cuanto la puerta crujió, alertando de la presencia de Paula tras ella.

—¿Vienes a jugar? —preguntó una de ellas girando la cara de medio lado.

Las niñas se cobijaban bajo la sombra de la nada, ocultas entre penumbras que sombreaban sus rostros, pintados de muerte. De piel pálida y aspecto siniestro, las tres se mostraban de perfil. Por mucho que quiso, Paula apenas pudo distinguir una leve silueta de las niñas perfiladas por la luz que se escapaba por varios recovecos.

—¿Quién eres?

—¿Vienes a jugar? —repitió la misma niña, sin cambiar un tono su voz.

—Vengo a llevarte conmigo. ¿Quieres venir? —respondió Paula, sin entender el motivo de aquel sueño.

Cuando ella duerme

Silencio de nuevo. La niña que había hablado y que Paula no tenía duda alguna de que se trataba de Nuria, volvió su vista hacia las otras dos.

—No te va a dejar —susurró tras haber vuelto a mirar de perfil a Paula.

—¿Eres Nuria? —Se aventuró a preguntar Paula.

—¿Y tú quién eres? —respondió ésta. Una pequeña risotada escapó de la voz de alguna de las niñas que aguardaba con ella.

—Me llamo Paula. ¿Me conoces?

—Ella sí. —Tras aquellas palabras la pequeña levantó su dedo, señalando a Paula. O a algún punto tras ella.

Cuando la joven se giró pudo ver la sombra de un ser tras ella. No pudo distinguir nada. Lo único que hizo fue retroceder hasta tropezarse con un objeto que reposaba en el suelo. En su caída perdió de vista a aquella sombra que no se había movido durante la huida precipitada de Paula. Las niñas tampoco estaban ya. Otro ser resurgía ahora al fondo de un tercer pasillo. Aquel ser de ojos blancos que aguardaba oculto en la noche. Una noche que no se acababa nunca. Una noche que seguía con ella en cada pesadilla.

El sudor recorría la cara de Paula cuando abrió los ojos, asustada. La claridad de un día todavía triste se adueñaba de su cuarto. El frío empañaba los cristales. Al otro lado, el agua seguía resbalando por la superficie traslucida. Y un detalle ajeno a todo eso. Su teléfono móvil registraba un mensaje en la pantalla.

Tiene un nuevo mensaje en su buzón de voz.

«¿Todavía ex*iste eso del buzón de voz?*», pensó Paula al ver aquel mensaje de texto. Pero pronto lo ignoró. Bajo el teléfono se encontraba el papel que se había escurrido del libro que sustrajo la noche anterior de la biblioteca. Ese papel con un doloroso texto manuscrito. Recordó haberlo leído. También la sensación que le provocó. Pero no pudo ignorar la necesidad de volver a repasar cada letra que ahí se hallaba. Quizá buscaba en ellas una nueva respuesta. De nuevo repasó las primeras palabras.

«Tengo miedo.

Siento que he quedado a su merced. Que ha esperado hasta que no tuviera nada ni a nadie a quien recurrir para cargar contra mí.

Ha esperado todo este tiempo, paciente, analizando mis movimientos. Persiguiendo mis pasos, como una sombra que apenas podemos percibir o tal vez llegamos a ignorar.

Hace una semana se presentó en la que creía que era un hogar. Se presentó para amenazarme. Quería a Nuria. La quería para ella. Me la quiere robar. Pero no se lo voy a permitir. No voy a dejar que me la quiten.

Óscar va a ayudarme. Nos vamos a fugar. Está todo planeado y será en unos días. Mientras todos duermen, él me recogerá y los tres juntos empezaremos una nueva vida lejos de aquí.

Pero tengo miedo. Desde su visita, siento que me persiguen. Me siento observada. Todos los días veo un coche negro cerca, vaya donde vaya. Si voy a comprar, ahí está. Cuando salgo del trabajo, lo veo también. Tengo mucho miedo así que por eso voy a escribir esta nota.

Si alguien la encuentra, significa que algo malo me ha pasado. La idea es dejarla en este cuaderno y pedirle a Rubén, por teléfono, que la retire y la guarde cuando ya nos hayamos marchado.

Sólo espero que todo salga bien. Por mi pequeña, que no se merece vivir en un mundo de mentiras y falsas creencias. Ella se merece lo mejor. Y voy a hacer lo que esté en mis manos para poder dárselo.

En una semana, si todo va bien, estaremos lejos de aquí y ésta *habrá sido la última nota que escriba desde mi ventana, observando ese precioso rosal que da luz y color a mis amaneceres.*

A pesar de todo, no puedo evitar tener miedo».

Una lágrima escurridiza cayó sobre el papel, dejando un círculo perfectamente dibujado sobre el texto, subrayando una de las letras.

Paula guardó aquel papel como un tesoro que todo el mundo ansía y se marchó del hostal. Adelina intentó detenerla, pero apenas logró soltar un ligero bufido como súplica. Un grito que la joven decidió ignorar.

El viento castigó su piel cuando se presentó en el exterior. Un viento amenazador que soplaba con fuerza, que intentaba empujar a Paula, hacer que perdiera el equilibrio. Con algo de esfuerzo llegó al coche y se dispuso a llamar a Sonia. Quería contarle lo que había encontrado, pero en ese momento el mensaje despertó en ella la curiosidad. Marcó el número que figuraba en el texto del mensaje y en apenas unos segundos, estaba aceptando la recepción del archivo que habían guardado para ella.

El audio empezaba con unos sollozos incontrolables. Desconocidos. Un llanto que era envuelto por unos estertores casi epilépticos y que distorsionaban la voz de quien se hallaba tras la otra línea. Tras unos segundos pudo identificar de quién se trataba. Era el padre Meana quien suplicaba al otro lado.

«Hola.

No... No sé si debo... Pero... Tienes que venir.

No aguanto más esta situación. No puedo soportarlo más. Esta culpa quiere acabar conmigo. Tengo que decirte todo lo que pasó aquella noche. Tienes que saberlo. Alguien tiene que saberlo de una vez.

Juré que no diría nada. Lo juré y un buen pastor debería callar ante una promesa. Pero la culpa es más grande que todo silencio. Y mi silencio me está matando. Me ha matado noche a noche desde aquello.

Soy un buen hombre... Soy un buen hombre... Yo no hice nada. No... No... Pero lo tengo todo guardado. Una parte de mí siempre supo que no podría callar eternamente. Sé que no merezco el perdón de nadie. Sus ojos... Sus ojos... Todas las noches los veo. Todas las noches la oigo respirar. Y me duele. Me duele escuchar sus latidos. Ahí, olvidada. Pero no... No he podido olvidar... No.

Tienes que saber qué pasó. Ven a verme, por favor. Ven ya a

verme. No puedo dejar pasar un minuto más.

Ven ya... Paula. Por favor. Lo siento».

Paula colgó. Pero su mirada, su cuerpo, sus brazos se habían convertido en piedra. Apenas era capaz de pensar, de analizar lo ocurrido. Cuando al fin volvió en sí, revisó de nuevo el mensaje. "Recibido a las 01:25". Ya habían pasado horas de aquello. Quizá ya no querría hablar. Arrancó su coche y aceleró dejando atrás el hostal.

Dejando atrás sus miedos.

Cuando llegó, el agua había dejado una imagen deteriorada de la iglesia. El agua formaba enormes charcos por aquellas zonas por donde no podía filtrarse hacia el suelo. Por las zonas en donde sí lo hacía, todo era un lodazal. El barro ensuciaba los pequeños muros que separaban la hondonada de la zona construida. Paula bajó del coche con el temor todavía en sus venas y caminó los pocos metros que separaba su coche de la entrada a la iglesia. Como el último día, esperaba encontrarse de nuevo con la vesania de un cura histérico. A pesar de ello, guardaba una mínima esperanza de que, al ser él quien la reclamaba, tuviera cierto control en su comportamiento.

Anduvo hasta situarse frente a la puerta de acceso y llamó dos veces. Nadie contestó al otro lado. La escena del último día se repetía de nuevo.

Volvió a llamar. Nada.

No intentó una tercera vez. Abrió sin más. Lanzándose a la oscuridad que custodiaba el interior de la iglesia. Ignorando lo que encontraría tras aquella puerta.

Su respiración, sus latidos y la sangre que estos hacían correr por todo el cuerpo se detuvo. Se detuvo en seco. Con la mirada fija en aquella sombra que se balanceaba como un péndulo bajo el ábside, en el altar.

Rápidamente sus ojos anegados, dejaron escapar cada una de las lágrimas que había contenido desde que llegó. Su cuerpo no lo soportó más, derrumbándose junto a uno de los bancos, observando el cuerpo del cura. Las puntas de sus pies llegaban a rozar el suelo y su balanceo era casi hipnótico.

Todavía vestía el mismo atuendo con el que Paula lo encontró el día anterior, aunque más sucio. Sobre su pecho un pequeño rosario rodeaba su cuello, compartiendo la piel del párroco con una gruesa soga que se extendía hasta un enorme candelabro que colgaba del techo. Sus ojos seguían abiertos, observando a Paula. Mirándola fijamente, cuestionando su alma.

Tras él, la imagen de Cristo en la cruz juzgaba su imagen, triste ante la resolución de un conflicto que acabó con su vida. Como un macabro símil, Paula agachaba la mirada, igual que lo hacía Cristo. En su interior buscaba la súplica correcta que la ayudara en ese momento. Una súplica que jamás supo formular, pues nunca quiso formar parte de toda aquella parafernalia.

Tardó unos minutos más hasta que decidió correr en su auxilio. Una ayuda que llegaba tarde. Su cuerpo, rígido, carecía ya de calor humano. Sin color, sin vida. Ahora no era más que el reflejo de la culpa, del dolor.

Paula lloró desconsoladamente mientras se negaba a aquella funesta imagen. Lloró sentada en el altar. Lloró, desgañitándose sin control. Sintiendo el peligro en su piel. No pudo más que coger el teléfono y marcar su número de teléfono.

—¿Qué quieres? —contestó ella al otro lado.

No podía hablar. Su voz se había escondido en algún paraje de su cuerpo. Amarrado a cualquier rescoldo para evitar resurgir. Paula se esforzó para articular sus primeras palabras, pero al fin, tras unos segundos interminables, pudo pronunciarse.

—Ha muerto. El padre Meana. Está muerto.

—¿Cómo?

—Se ha colgado. Está en la iglesia. No se mueve.

—¿Estás ahí?

Paula afirmó y volvió a mirar en derredor, buscando con unas casi agotadas esperanzas, algún último movimiento en el cuerpo del cura. Pero sólo encontró muerte. Ausencia total de vida en sus ojos vacíos.

—No te muevas. Ya vamos para allá.

El peligro de un pasado

En muchas ocasiones, ignoramos el poder que tiene una mentira. Dejamos de valorar el peligro que ellas conllevan. A veces, la necesidad por conservarla nos lleva a situaciones desesperadas. A momentos dolorosos.

A finales tristes.

Las mentiras son armas cargadas por un diablo que no es otro que nosotros mismos. Armas que llegado un momento se disparan. Y somos nosotros, con nuestras decisiones, los que debemos elegir a quién va a afectar ese disparo. Si dejamos que nos atraviese el pecho y saque a la luz todo aquello que no hicimos, o sí. O si por el contrario, elegimos cargar contra lo que amenaza con descubrir nuestra mentira. Es en ese instante cuando una mentira acaba destruyéndolo todo. Una mentira se convertirá en verdad cuando nadie más que tú sepa de ella. Sólo entonces tú podrás decidir sobre esa verdad.

Sonia meditaba erguida frente a la iglesia. Con la mirada perdida, observaba cómo el viento mecía las briznas húmedas de la hierba, arrancando de sus puntas las gotas que se perdían en la tierra. Arrebatando a los árboles las hojas que ya no soportaban más en sus ramas, acariciando su piel, que recordaba el calor de otra época. Su mirada viajó por toda la zona, pasando por la iglesia acordonada. También por el paisaje triste de nubes grises que se descolgaban del cielo, escurriéndose por las laderas de las montañas y cubriéndolas. Algunas de las nubes ya se posaban sobre el lago y amenazaban con ocultar a todos bajo su manto helado.

También observó la casa. Los rastros de la desgracia todavía palpitaban en sus muros, dejando en el recuerdo lo que allí se vivió.

Un ligero dolor punzante recorrió sus brazos, intentó acariciarse las manos, pero pronto el tacto áspero de sus guantes le recordó la necesidad de no hacerlo.

—Creo que tu amiguita se ha metido en un buen lío —dijo Escudero tras salir de la zona acordonada—. Me parece que va a tener que acompañarnos al cuartel y contarnos bien lo que ha pasado.

—¿No te lo ha contado ya?

En ese momento recordó la mirada perdida de Paula cuando llegaron a la escena. Se encontraba todavía sentada frente al altar de la iglesia, con el cuerpo de Ernesto Meana colgando por detrás de ella.

Recordó los ojos blancos del padre.

También su cara amoratada y las marcas de la soga utilizada para acabar con su vida. Todo seguía impreso en su memoria como una imagen congelada de una película.

—Yo procuro no creerme todo lo que me dicen. Me gusta que me lo repitan varias veces. No sé, cosas de viejo se podría decir —dijo con ironía mirando a Paula con cierto desprecio impregnado en sus ojos—. Y por ahora lo único que sé de buena mano es que, desde que la vi, sabía que íbamos a tener problemas con ella.

—Por favor, Escudero. ¿De verdad crees que esa muchacha podría levantar al cura? —respondió tras resoplar, Sonia.

Ambos miraron en ese instante a la joven, que seguía en un estado casi vegetativo, alejada de todo aquello, con la mirada todavía puesta en el suelo de la iglesia, pues desde su llegada, apenas había reaccionado. Tan sólo se limitaba a decir que le había pedido ayuda y ella lo ignoró.

El sentimiento de culpa a veces es el peor de los compañeros posibles. Te arrebata el sueño, el hambre. Se cuela en tu cabeza y susurra cada noche las mismas palabras. Cada mañana. En todo momento presente para recordar lo que hiciste. O lo que no.

—Si vas a defender a la tipa esa, será mejor que empieces a respetar los galones y me hables como el cabo tuyo que soy. —El enfado se respiraba en sus palabras. La rabia se descomponía en el aire con cada palabra que se escurría de sus labios.

—Sí, señor.

Landino miró a Sonia con despecho y, sin mediar palabra, se marchó hacia el coche patrulla, pasando por al lado de la joven. Sonia supo que algo le había dicho, pues Paula alzó la vista y, casi al instante, sus ojos comenzaron a brillar. Decidió pasarlo por alto y volver a la iglesia.

El forense de guardia al que habían avisado acababa de dar la orden para levantar y llevarse el cuerpo, tras elaborar sus cábalas y se disponía a salir de la zona.

—¿Qué has averiguado? —preguntó ella con verdadera curiosidad.

—Poca cosa, todo apunta a que se ha quitado la vida. Aunque... —Miró en derredor antes de continuar—, es todo un poco raro.

—¿A qué te refieres?

—Pues que todo apunta a un suicidio, pero es una situación muy extraña. Normalmente en los suicidios el individuo tiende a dejarlo todo preparado, como si fuera una puesta en escena. En este caso es todo demasiado precipitado. Pero eso no es lo que me llama la atención. Tengo que hacerle la autopsia, obviamente, pues no hay nada claro, pero he visto una serie de marcas en su cuello. Como hubiese intentado arrancarse la soga.

—¿Insinúas que pudo no haber sido un suicidio? —Sonia prestaba atención a cada palabra del forense, que no parecía muy alegre de compartir aquello.

—Yo no insinúo nada. Sólo digo que es raro. Es cierto que cuando una persona se suicida, llegado el momento final, se arrepiente. Pasa por ejemplo con aquel que se lanza de un edificio o el que se corta las venas o lo hace con pastillas. Todos muestran síntomas de haber intentado revertir la situación. O casi todos. Salvo el que se lanza de un edificio, esos poco pueden hacer tras saltar al vacío. Pero si hay algo curioso en la mente de un ser humano desesperado, es justamente en los casos de ahogamiento. Cuando una persona es estrangulada, en un movimiento traumático, rara vez busca la forma de conseguir respirar sino recuperar ese aire que poco a poco se escapa de sus pulmones. Por ejemplo, cuando una persona es estrangulada con una bolsa, pocos intentan agujerear la bolsa. Lo que hacen es buscar la forma de liberarse de la presión de su cuello. En casos de ahorcamiento pasa de forma similar, pocos buscan la soga. Quieren de forma desesperada volver a colocar la silla o aquello que usaban como soporte para recuperar la presión. Nunca intentan deshacerse del nudo. Eso en los casos en los que el golpe seco no les rompe el cuello. Otra de las cosas extrañas. Dada la envergadura del cura, me resulta sospechoso que haya soportado el golpe.

—¿Y dónde quieres ir a parar con todo esto? —preguntó Sonia, confundida por lo que aducía el forense.

—El cuerpo del cura presentaba heridas en el cuello. Arañazos concretamente. Lo que quiere decir que seguramente se los hizo antes de quedar suspendido en el aire. —Volvió a hacer una pequeña pausa para corroborar que todavía estaban solos y prosiguió—. Un poco raro si pretendía suicidarse. Pero es una pequeña conjetura. La autopsia revelará nuevos detalles. Por la temperatura del hígado, falleció de madrugada, entre las dos y las tres.

—Muchas gracias, Palencia —dijo Sonia mirando a los ojos al forense. Unos jóvenes ojos verdes que decoraban un rostro pálido y de barba espesa y castaña.

Antes de seguir otros planes, miró una última vez la iglesia. El cuerpo del cura ya estaba en una camilla y siendo trasladado al vehículo adaptado que lo iba a llevar al Centro de Medicina Legal en Oviedo. Allí el doctor Palencia se encargaría de la autopsia.

Cuando liberó de su mente todas las dudas sobre lo que había ocurrido, puso rumbo hasta Paula, que seguía inmóvil sobre un pequeño muro junto a su coche. Pero de nuevo un reclamo frustró sus planes. La vibración del teléfono móvil hizo que se detuviera en su trayecto. Era Samuel quien llamaba. Nuevas noticias quizá.

—¿Qué has descubierto? —dijo ella tras descolgar.

—Vaya. Hola para ti también.

—Vamos, Merino. Hoy es un día bastante malo.

—Bueno, bueno. Entonces no voy a robarte mucho tiempo. He estado investigando y tengo varios puntos abiertos. Por un lado estoy a la espera de localizar el origen de los movimientos de la cuenta del partido de David. Por otro, un colega está a punto de mandarme el informe laboral de Verónica. Quizá por ahí podamos encontrar algo. Pero seguro ya tengo algo que te puede interesar. Tengo una buena y una mala noticia. ¿Cuál quieres oír primero? —La voz de Samuel sonaba triunfal, altanera.

—La mala. Prefiero escuchar la buena al final.

—Pues te voy a decir la buena primero.

—No me jodas, Samuel. ¿Para qué preguntas?

—Por si decías lo contrario, dejar que te salieras con la tuya. Pero siempre has sido terca. La mala va solapada a la buena y ésta tiene que ir primero. Así que no hay otra manera. Ahí va.

Sonia miró a Paula, que parecía estar en otro mundo, uno en el que todo era distinto. Sus ojos no decían nada. Sus manos, en cambio, sí. Bailaban sin control sobre sus piernas gritando en silencio todos los miedos que ella no podía definir. Llorando el peligro de un pasado que volvía de nuevo a sacudir aquella iglesia.

—Vamos, Merino.

—Bien. Tengo el nombre del testigo que se retractó de su confesión y no quiso testificar.

Sonia abrió los ojos al escuchar a Samuel. Por un momento sintió la necesidad de gritar, de soltar toda esa tensión que atenazaba sus músculos. Por un momento vio una salida. Pero recordó enseguida que había otra noticia más.

—¿Y la mala?

—Que está muerto.

De nuevo en la casilla de salida.

Sin dados.

Sin aliento. Sin nada de todo aquello que sirviera para luchar contra una verdad que se negaba a escapar.

—Dime su nombre. —Sonia necesitaba saberlo. A pesar de que ya nada pudiera hacer.

—No es del todo malo. Quizá su mujer pueda ayudarte. Su nombre es Manuel Castelo. Si no me engaña este informe, su viuda sigue en el pueblo. Regenta un pequeño hostal.

—Adelina —dijo Sonia, adelantándose a las palabras de su compañero.

—Veo que la conoces. En efecto. Pues fue su marido quien dijo haber visto a una mujer en un coche. Te informo cuando tenga más datos.

Cuando colgó, Sonia volvió a retomar sus pasos, pero esta vez sin consistencia. Su cuerpo se deslizaba por el asfalto terroso como un fantasma en una película antigua. Caminaba hacia Paula, en silencio. Su mente también se había alejado, extinguido. Justo antes de llegar hasta la joven, una mano se posó en su hombro, deteniendo su avance.

—Yo me ocupo —dijo Escudero con la mirada fría y los labios tensos, ocultos bajo su cuidado bigote.

—¿Piensas que no voy a ser profesional?

—Yo ya no pienso nada. Sólo obedece.

Se acercó a Paula, que seguía en un estado de completa lejanía. Absorta en una postura estática y sin percatarse de la presencia de ambos junto a ella.

—Paula, ¿estás bien? —dijo Sonia anteponiendo su preocupación a las órdenes del cabo primero.

Cuando ella duerme

—Seguro que lo está —respondió Landino por ella—. Pero ahora nos vas a tener que acompañar, jovencita.

Paula alzó la mirada hasta chocar con la de Sonia primero. Una mirada que encogió su corazón. Que nubló su vista. Después miró a Escudero.

—¿Dónde quiere que vaya?

—No es donde yo quiera. Es donde tienes que ir. Te vienes con nosotros al cuartel. Tendrás que declarar.

El terror se apoderó de la mirada de la joven, que enseguida se levantó con los ojos llorosos. Negaba con la cabeza mientras miraba a ambos agentes sin pronunciar palabra alguna.

—Pero no he hecho nada. El cura...

—Sí, sí. Pero te vienes. Vamos —dijo de nuevo Landino cogiendo del brazo a la joven. Acto seguido comenzó a conducirla hasta el todoterreno, aparcado unos metros más adelante.

—¿Y mi coche?

—Yo lo llevaré —se adelantó a decir Sonia elucubrando un nuevo plan.

Paula la miró aterrada, quizá sintiendo el miedo por ir con Landino sola en el coche. Él, en cambio, no mostró un ápice de sentimiento alguno en su rostro.

Un momento después Sonia estaba circulando por la trocha que cruzaba el cementerio y salía a la carretera general. En unos pocos minutos había aparcado frente al hostal. Con la necesidad de buscar respuestas que aquella noche quedaron sin decir. Pero la mentira es reacia y pocas veces reflota sin arrastrar consigo toda la mugre que ha ido almacenando con el paso del tiempo.

Adelina se encontraba en la barra, con la vista puesta en la pantalla de la televisión que colgaba de una de las paredes, justo al final del salón. Su rostro se iluminó al ver a Sonia.

—Oye, qué sorpresa. Siéntate, hermosa. ¿Qué *faces* aquí?

—Hola, Adelina —dijo, agotada, ella. Su voz se ahogaba en

su garganta, sintiendo la perfidia en el rostro de Adelina—. No traigo buenas noticias.

El semblante de la anciana se derritió de golpe. Su mirada se apagó un instante y volvió a resurgir para fijar la vista en el exterior. Tras eso volvió a mirar a la agente.

—¿La muchachita? —susurró con pesar.

Sonia negó con la cabeza y se sentó en un pequeño taburete junto a la barra. Dejó su gorra sobre la fulgente madera impoluta y miró a los ojos a la hostalera.

—El padre Meana se ha quitado la vida esta madrugada.

Adelina, en un acto casi impulsivo se llevó las manos a la boca y soportó como pudo una lágrima rebelde que buscaba escapar de sus ojos.

—¿Cómo ha sido?

—Creo que no es bueno entrar en detalles, Adelina. No he venido por eso.

De nuevo el mutismo se convirtió en compañero acérrimo de la vieja Adelina, atesorando cada silencio, guardando todos sus secretos.

—¿Recuerdas la noche del incendio? —volvió a decir Sonia.

—Lo *faré* hasta el día que *morra*, *fía*.

—¿Puedes acordarte de lo que hizo tu marido aquella noche?

Adelina no contestó. Se limitó a mirar fijamente a Sonia, que tampoco apartaba la suya, dejando un tenso momento de miradas en silencio. De silencios del pasado.

—Mi marido murió hace mucho tiempo. Y no me gustaría hablar por él. También creo que es de mal gusto nombrar a personas que ya no tienen voz para defenderse —contestó visiblemente ofendida.

—Sé que mintió, Adelina. —La voz de Sonia era firme, cortante. Era una sentencia irrevocable hacia una mujer incapaz de soportar la tensión del momento. De su rostro las primeras lágrimas caían dejando un surco brillante sobre su piel. Con un movimiento rápido se las enjugó para volver a su gesto neutro, censurado de sentimientos.

En el exterior una bocina alertaba a Sonia que su tiempo escaseaba. Apenas disponía de unos pocos minutos antes de que Landino entrara. Debía ser directa.

—Esa acusación es muy grave, jovencita.

—Adelina. No voy a juzgarte. No estoy aquí para eso. Sólo quiero saber por qué se retractó. Qué le llevó a decir primero que vio a una mujer para luego desmentirlo.

—Hay detalles que es mejor no conocer nunca. Aquella noche fue muy dura para todos. Y créeme que Manuel tuvo un motivo. Por favor, confía en eso.

Sonia, que no entendía lo que Adelina estaba queriendo decir, empezó a sentir los nervios bajo su piel. El calor crecía en sus extremidades y sus labios empezaban a secarse.

—No puedes decirme eso, Adelina. ¿Qué pasó? ¿Lo amenazaron? ¿Fue el mismo que compró a David?

—¿A David? No por el amor. Deja esto, cielo. David no tuvo nada que ver. —Adelina suspiró con dolor y se derrumbó sobre uno de los taburetes que ella guardaba tras la barra. Sacó de la zona de la barra un vaso y vertió en él un buen trago de Coñac. El dorado líquido apenas duró un instante en el interior del vaso. Después de haber engullido el primer trago, volvió a servirse otra copa más. No dudó en ofrecer una copa a Sonia, pero ésta se negó, tajante.

»Manuel todas las noches, tras cerrar el hostal, tiraba la basura y salía a caminar por el pueblo. Le *incantaba* andar de noche, mientras todos dormían. Decía que estar muerto debía ser algo parecido. Sentía paz cuando lo hacía. Aquella noche, cuando desperté y vi el incendio, salí a buscarlo, preocupada. Pero no lo vi. No hasta un buen rato después. Llegó asustado, agitado, tenía *mieu* por algo. Nunca lo había visto así. Dijo haber visto un coche negro salir del camino que lleva a la iglesia. Y que le pareció ver a una *muyer* conduciendo. Al poco de eso pudo ver las llamas creciendo sin control. Se asustó mucho y vino corriendo al hostal a llamar a emergencias, pero cuando llegó alguien se había adelantado.

—¿Cuánto tiempo pasó desde que vio a la mujer hasta que llegó al hostal?

—Querida, eso no puedo saberlo. Han pasado casi veinte años.

—No lo entiendo, Adelina. ¿Por qué mintió? —Esta vez eran los ojos de Sonia los que no podían soportar el dolor de una cruel verdad.

—Hay cosas que no se necesitan entender. Hay momentos que quedarán almacenados en nuestro recuerdo. Momentos que sólo traen dolor y que compartirlos es un acto de crueldad.

—Tengo que saberlo. ¿Por qué se desmintió? Su testimonio hubiera podido evitar que Óscar entrara en prisión. Que lo culparan sin motivo.

Adelina volvió a suspirar. Engulló una vez más otro trago de Coñac y, tras dejar el vaso vacío sobre la barra, miró con dolor a Sonia y dijo:

—¿Por qué quieres saberlo?

—Porque lo necesito. Necesito entenderlo.

—Está bien. Óscar se lo pidió.

Demasiado cerca

Con los años, Paula encontró en su propio carácter la fuerza necesaria para afrontar todos los inconvenientes que iban presentándose en su vida. Aprendió pronto que sus sentimientos no eran los que una chica debía tener. Que ella se fijaba en otro tipo de personas. En gente como ella. Aprendió también a soportar las burlas y ataques de los demás niños que la trataban de acomodada y consentida. Pero lo que nunca aprendió fue a lidiar con la muerte. Esa tarea había sido, hasta ahora, un asunto pendiente.

Sus manos todavía temblaban.

La imagen del padre Meana, víctima de la ingravidez que aquella cuerda provocaba en su cuerpo, seguía clavada en sus retinas.

Su voz se reproducía una y otra vez. Lo podía oír suplicar por un perdón que nunca llegó. "Soy un buen hombre". Esas palabras no se iban de su cabeza. "Soy un buen hombre".

Llevaba varias horas sola, castigándose entre pensamientos funestos y tristes elucubraciones que no hacían presagiar nada bueno. Varias horas tras el agresivo interrogatorio de un Landino Escudero encendido, que se había limitado a increparla de todas las maneras posibles, intentaba que confesara que ella lo había obligado a colgarse. O incluso llegó a insinuar que ella misma llevó a cabo todo el proceso.

«Lo hiciste tú, dilo y acabemos con todo», recordaba Paula. «¿Por qué ibas a estar allí si no tuviste nada que ver?». «Vamos, sé sincera y ahórrame toda esta parafernalia».

Al final se había marchado, ofuscado. Dando un golpe en la mesa mientras Paula se limitaba a arrojar lágrimas como puños. Tan grandes que podía oler la sal del líquido. Sentir su sabor aun sin haberlo probado. Pero la dejó sola. Se marchó y, tras varias horas de castigo, seguía sin aparecer.

Fueron muchos minutos. Tantos que perdió la cuenta. Pero al final escuchó cómo al otro lado de la puerta de madera, Sonia hablaba con Escudero. No podía entender lo que decían, pero al cabo de unos minutos entró ella. Al abrir la puerta, con el típico chirrío acusatorio que anunciaba la presencia de otra persona, Paula alzó la vista. Sonia se encontraba frente a ella. Fuera pudo ver a Escudero, marchándose en silencio.

—Vamos, te llevo al hostal —dijo Sonia con una forzada sonrisa que apenas llegaba a mueca alegre.

No volvieron a hablar hasta que llegaron al coche y emprendieron la marcha. Habían dejado atrás el pueblo, sus luces y toda la vida que éstas aportaban. Ahora una carretera solitaria y oscura se presentaba ante ellas. La noche había teñido el cielo de negro carbón y borrado de él todo rastro de estrellas. La luna tampoco podía encontrarse tras aquel enorme manto negro que amenazaba con desplomarse en cualquier momento.

—¿Tienes hambre? —preguntó de nuevo Sonia. Seguramente era consciente de que Paula llevaba muchas horas encerrada en aquel cuarto, sin comer y apenas sin beber.

La joven negó con la cabeza. Su mente se perdía en algún punto oculto de la naturaleza, alejada de aquel vehículo y ajena al sentimiento que Sonia despertaba en ella. Un sentimiento de protección. Un vínculo extraño que nunca había sentido.

—Quería pedirme ayuda. Pero yo lo ignoré.

Sonia la miró, desviando para ello la vista de la carretera. La miró con el rostro triste durante un instante. Y volvió a posar su vista en la calzada que apenas reportaba atisbo alguno de vida. La oscuridad era todo cuanto rodeaba el coche que Sonia conducía.

—No puedes reprocharte nada ahora. El padre Meana, al parecer, llevaba mucho tiempo soportando una culpa que nadie pudo conocer. No hubieses podido hacer nada. Su final estaba marcado.

Cuando ella duerme

—Pero si no hubiese venido a este pueblo. Si esos jodidos dibujos no me hubiesen traído hasta aquí, quizá seguiría vivo.

—Es posible. Pero si has venido es porque alguien te quiere aquí. Porque alguien quiere que encuentres algo más. Y quizá le debas ese esfuerzo. El padre Meana era un hombre consumido por su dolor. Y tu presencia, en el peor de los casos, sólo adelantó lo inevitable.

—Quería contármelo. Y ahora está muerto. ¿Por qué?

—Quizá tendríamos que empezar a pensar que quién está detrás de nuestros pasos va uno por delante. Y tal vez los tengamos más cerca de lo que pensamos.

«*Demasiado cerca*», pensó Paula sintiendo de nuevo el miedo que aquellos ojos le habían trasmitido la noche que se encontró con Óscar. Aquellos ojos que la espiaban, ocultos tras las penumbras de una noche que no podía olvidar.

—¿Quieres decir que no se quitó la vida? —preguntó Paula aligerando parte de su culpa al entender que aquella teoría podía tener sentido.

—Cuando hablé con el forense dijo que tenía unas marcas extrañas que no encajaban con un suicidio. Voy a investigar sobre eso. Además... —Sonia silenció un momento. Miró a Paula y volvió su vista de nuevo a la carretera—. He encontrado al testigo que se retractó la noche del incendio. Fue el marido de Adelina.

Paula dejó caer un suspiro, sorprendida por aquel hallazgo disparado sin ningún tipo de miramiento.

—No puede ser. Me lo habría dicho. ¿Por qué iba a mentir?

—Me dijo que Óscar se lo pidió. No sé qué creer ya. Es algo... —Sonia entrecerró los ojos. No porque las palabras no quisieran salir. Tampoco porque sintiera la necesidad de acallar su voz. Entrecerró los ojos porque un enorme destello iluminó la carretera frente a las muchachas.

Un haz blanco volvió a dar vida al monte en aquella zona. Un fulgor casi angelical cegaba a Sonia, que intentó cubrirse los ojos con las manos para reducir el daño que esta luz provocaba en sus retinas. Cada vez se acercaba más, a una velocidad peligrosa. Paula gritó al sentir que si no lo hacía se desmayaría. Gritó por miedo, por temor. Gritó para alertar a Sonia que aquel coche se dirigía hacia ellas, con unas intenciones nada buenas.

—¡Joder! —exclamó Sonia. Pero ya era demasiado tarde.

El coche invadió su carril, haciendo que ésta tuviera que corregir su dirección para evitar colisionar de frente contra aquel kamikaze que apenas se inmutó cuando ambos coches se cruzaron.

Con un ruido desgarrador y dando bandazos debido a lo irregular del terreno, el Opel Frontera verde de Sonia comenzó a crujir víctima de todas las pequeñas plantas que iba arrancando del suelo, en su trayecto hacia ningún sitio. Pudo eludir el impacto contra el otro vehículo, aunque no logró mantener el suyo en la calzada. Paula escuchaba las ramas crujir a su paso acelerado por los matorrales. Unos ruidos que se mezclaban con sus propios gritos ciegos, pues había cerrado los ojos para evitar observar su propio final. Eso pensaba ella, que siempre fue muy dramática. Sintió cómo los cristales aullaban al rozar las ramas de los árboles, cómo sus brazos dolían por la fuerza aplicada al soporte que tenía junto a su cabeza, cómo su cuerpo se tambaleaba víctima de las sacudidas del vehículo. Cuando al final pudo detener el todoterreno, Sonia abrió la puerta, que gimió de dolor, para intentar descender del vehículo.

—¡No! Espera —suplicó Paula, y la asió del brazo.

En la carretera, dos intensos y pequeños destellos rojos ignoraban la oscuridad que pretendía ocultarlos. Detenido justo en mitad de la calzada, rompía el silencio de la noche con el ruido del motor en reposo. El humo cobraba vida al paso frente a la luz de los pilotos.

—Quédate aquí —respondió Sonia. En su mano portaba su arma reglamentaria, y, tras sujetarla con fuerza, cerró la puerta.

Paula, atemorizada, vio cómo Sonia se acercaba, con pasos febriles, a aquel coche que permanecía inmóvil.

Cuando ella duerme

En la silueta del automóvil no parecía encontrar rastro alguno de movimiento. Y por un momento, pudo intuir el incandescente brillo del cigarrillo, reflejado en el interior. Un segundo después el coche se desvaneció.

Desapareció cuando las dos luces rojas se extinguieron. Pronto se escuchó el rugido del motor y Paula entendió que estaban solas, cuando aquel ruido se alejó tanto que dejó de sentirse su presencia.

—Hijo de puta. No he podido ver la matrícula.

—¿Quién crees que puede haber sido? —preguntó Paula cuando vio que Sonia se acomodaba en el asiento.

—No lo sé. Pero, desde luego, lo de esta noche no ha sido un despiste.

Con el miedo todavía en el cuerpo y el silencio que se apoderó de ambas durante todo el trayecto, Sonia dejó a Paula justo al lado de su coche. Apenas se despidieron con una sonrisa apretada. Esas que dicen quiero, pero no sé si debo. Una sonrisa que se quedó suspendida en el aire y que tanto Paula como Sonia habían dibujado con cierto pesar.

El hostal estaba tristemente iluminado. Con lámparas titilantes y luces naranjas que denotaban la clara estacionalidad que allí dentro el tiempo había creado, deteniéndose en los años noventa. Un olor a café recién hecho salía del salón-comedor, atrayendo a Paula hasta allí.

Sentada en una mesa, Adelina hundía sus codos en la madera, mientras que, de vez en cuando, deslizaba su mano sobre un pequeño cuaderno que tenía bajo su rostro. Paula pudo ver la tristeza en su semblante, presentir el dolor en la copa vacía que tenía frente a ella. Y oler el remordimiento en la taza de café que todavía dejaba escapar algo de calor de su interior.

La anciana alzó la mirada hasta encontrar a Paula, estática frente a la entrada del salón. Esta vez no sonrió, como hacía siempre. Simplemente volvió a fijar su vista sobre el cuaderno.

—Ven, pasa —dijo con la voz quebrada, casi susurrando.

Paula obedeció. Sentía que no podía dejar a la mujer allí, sola. Se acercó y se sentó frente a ella. En ese momento comprobó que aquel pequeño cuaderno no era otra cosa que un álbum de fotos, que Adelina contemplaba con lágrimas en los ojos.

En el cuaderno se veía a una Adelina joven, radiante, sonriendo a Paula, que observaba pesarosa.

—Éste era mi marido —dijo arrastrando el cuaderno y dándole la vuelta hasta colocarla frente a Paula—. Siempre fue un buen hombre —dijo dando unos pequeños golpes con el dedo sobre su imagen. Un hombre de pelo negro y rizado, gafas oscuras y rostro serio.

—Adelina. No tienes que darme explicaciones.

La mujer volvió a suspirar, dejando escapar varios estertores. Siguió pasando las páginas. En todas, tanto Manuel como ella eran los protagonistas.

—Cuando el cáncer me lo arrebató, creí que iba a morir sin él. Mis hijos ya eran mayores y pronto se marcharían. Me quedé sola al mando de este hostal. Me dejó sola.

—¿Qué pasó aquella noche? —investigó Paula, intentando sonsacar algo nuevo.

—Mira, ésta es mi niña. Mira cómo te pareces a ella.

Ciertamente, la muchacha que se mostraba en la imagen se parecía a Paula. De rostro dorado, pelo oscuro y mirada penetrante. Paula sonrío sin temor.

—Manuel nunca quiso *dolei* a nadie. Todo lo que *fizo*, *fízolo* por bien. *Dende* aquella *nuechi*, algo cambió en él. *Dexó* de mirar con buenos ojos al resto del pueblo. *Dexó* de hablar. Incluso *olvidóse* de sus paseos nocturnos. Le encantaba *pasiar* por la *nuechi*.

Paula acarició la mano temblorosa de Adelina, que se apoyaba en la mesa y se limitó a sonreír. Dejó dibujada en su rostro una sonrisa sincera.

Cuando ella duerme

—Manuel seguro que fue un gran hombre.

Adelina asintió, triste, y pasó una página del libro que congelaba el tiempo en sus manos. Un pequeño libro lleno de imágenes alegres que rememoraban un triste recuerdo. En la siguiente página volvía a aparecer su marido, la luz se reflejaba en sus gafas redondas, que apenas podían mostrar los ojos tras ellas.

—Mi Manuel siempre quiso el bien.

—No lo dudo —respondió Paula, convencida, al ver la pena plasmada en los ojos trémulos de Adelina—. Vamos, tienes que descansar.

—Quiero seguir un rato más, *fía*.

No dijo nada más. No hizo falta tampoco. Las lágrimas de Adelina hablaban por ella y el silencio respetuoso de Paula respondía. Se limitaron a dejar pasar el tiempo en aquel salón, mientras repasaban cada una de las fotos que el pequeño álbum conservaba.

Paula había salido. Necesitaba respirar el aire frío de una noche que comenzaba a avanzar. Todavía era relativamente pronto, pero hacía varias horas ya que Paula había llegado al hostal. También que había dejado a Adelina acostada en su cama desierta. Pero ella necesitaba despejarse.

Descendió hasta el borde del lago. Hasta el camino que conducía a la iglesia y allí meditó. Todo lo ocurrido durante el día pasaba de nuevo frente a sus retinas. La imagen del cura, la de Sonia en su coche, sonriendo. También la del coche que intentó sacarlas de la carretera. Pero sobre todo la grabación que escuchó del padre Meana. Decidió volver a escucharla, viendo a lo lejos la silueta de una iglesia ahora desierta, escenario funesto de demasiadas tragedias. Se puso de nuevo el teléfono en el oído y dejó avanzar la grabación.

Mientras lo escuchaba, un detalle destacó sobre el resto. Un detalle que no había percibido la primera vez. O quizá no le dio importancia.

«Lo tengo todo guardado». Y cuando aquella frase volvió a sonar recordó su primera visita. Esos secretos que siempre tenemos guardados. Paula sintió la necesidad de buscar aquello que mencionaba el cura, pero la noche era oscura. Y el miedo duerme en la oscuridad.

No le importó.

Recordando a aquella niña entrometida, curiosa que siempre se metía en líos comenzó a caminar por el sendero en dirección a la iglesia.

Caminó con temor. Con un dolor en el pecho que crecía con cada paso que daba acercándose a la iglesia. Fueron más de veinte minutos. Eternos minutos de dura travesía. Pero al fin llegó.

Esta vez la iglesia se mostraba tristemente vacía. Su aspecto era tétrico, con el cordón policial todavía cercando la zona donde se encontró al padre. La penumbra era más intensa en el interior, desdibujando cada objeto hasta transformarlo en imágenes siniestras cargadas de miedo.

El cuerpo de Meana todavía ejercía su presencia en la iglesia. Su voz seguía presente en la mente de Paula, que con los nervios traducidos en un escalofrío constante en su espalda y una intensa sensación de estar siendo vigilada permanentemente, avanzó por el interior. Podía escuchar cada paso que daba, reverberando en un siniestro eco que quedaba suspendido en el ambiente.

Dejó atrás el altar y llegó hasta el cuarto que Ernesto usaba como vivienda. Allí todo se encontraba extrañamente revuelto. Ella sabía lo que buscaba. Sabía también dónde debía hacerlo y por eso fue directamente al baúl que el día anterior el cura evitó que investigara. Vacío. Estaba completamente vacío. Fue en ese momento cuando Paula entendió que la muerte del padre Meana no había sido un acto causado por la culpa. Sino una represalia por el valor que iba a demostrar.

Con la derrota de nuevo acariciando su piel, volvió a salir del cuarto. Necesitaba huir de allí cuanto antes. No estaba cómoda. El miedo era demasiado intenso y hacía que su cuerpo apenas pudiera contener los temblores que se originaban en sus piernas. Decidió irse, pero justo en el momento en que volvía a pasar por el altar, la imagen del retablo profanado trajo a su mente nuevos recuerdos.

«Lo bueno es que ahora tengo un escondite perfecto. ¿Quién va a buscar detrás de una simple madera?».

Ella.

Encontró, semioculto tras el altar, un pequeño hierro que le podía ayudar en su objetivo. Lo usó para forzar la madera del retablo hasta que ésta cedió. Sus ojos se iluminaron, sintiendo que algo nuevo emergía frente a ella. En el pequeño hueco que surgió al arrancar la madera que se anclaba en la estructura, unos papeles reposaban ajenos a todo lo que ocurría en el exterior. Paula se apoderó de ellos y sin mirarlos, decidió salir. La necesidad por escapar ganaba a la que sentía por descubrir qué guarecía entre sus manos. Intentó escapar tan rápido como sus piernas le permitieran, pero no siempre lo que uno quiere, es lo que consigue.

Pero al fin antes de llegar a la puerta no pudo resistirse en comprobar cuál era el tesoro del cura.

Revisó todo lo que había obtenido del pequeño hueco y pronto comprendió por qué lo tenía ahí. Recordó el sobre de fotografías vacío cuando supo que su contenido lo tenía ahora ella. Decenas de fotos se repartían entre sus manos. Fotos de todo tipo, en algunas se veía a Verónica, a lo lejos, siempre en posturas disimuladas, como si no fuera partícipe. Y lo que más revolvió sus entrañas. Fotos de varias niñas, que supuso serían las pequeñas, durmiendo. Todas fotos de ellas de perfil, en sus camas. Algo en su interior quiso gritar, pero no había tiempo.

Hay momentos en que uno descubre que cuando se reta al miedo, éste suele aceptar el desafío.

Una ráfaga de luz cruzó por la puerta por la que había accedido Paula, la que daba a la parte trasera de la iglesia. Una puerta que había dejado abierta.

El miedo volvió a recordarle que debía escapar cuanto antes, así que decidió volver por el cuarto del cura. Allí una pequeña puerta daba a la zona delantera. Quizá si no hacía ruido, podría alejarse sin ser descubierta.

Sus pasos resonaban por la estancia, en un suelo arenoso, irregular. Abrió con cuidado la puerta y se aseguró de que pudiera salir sin peligro. Cuando el silencio fue suficiente, volvió a correr en dirección al camino, pero la sombra de un vehículo que no pudo distinguir, a lo lejos, hizo que detuviera su avance. Se volvió y de nuevo pudo presenciar el destello blanco unos metros más abajo. No tenía opciones. La única escapatoria era esconderse en la casa abandonada que tenía justo al lado. La casa donde vivió Verónica. La casa que todavía olía al dolor de aquella noche.

Pero no tenía otra salida.

Entró en el pequeño edificio, frío, sucio. La humedad era más intensa en su interior, se colaba en el cuerpo de Paula hasta llegar a sus huesos. Ella siguió caminando, buscando una zona para esconderse. Pero en el piso inferior era imposible. Decidió entonces subir a la siguiente planta. Allí los rastros del fuego seguían presentes en sus paredes negras, guardando el secreto de lo que ocurrió en realidad.

De pronto, un dolor agudo cruzó la cabeza de Paula, que sujetándose con fuerza las sienes, apenas pudo soportar la presión. Era capaz de escuchar la risa de la niña, sentir sus pasos veloces recorrer toda la estancia. Al fin se repuso y continuó escrutando el interior. Llegó hasta una de las habitaciones. Justo al final de ésta, una ventana ennegrecida dejaba pasar parte de la luz que en el exterior se extendía.

No fue consciente de su error hasta que ya fue demasiado tarde, como siempre pasa, una mala decisión cobra ese significado cuando la finalidad no se puede llevar a cabo. En su caso era no ser descubierta. Se acercó hasta la ventana, como si ésta reclamara su presencia, hipnotizada por aquel fulgor opaco que se adhería a los cristales. En ese momento en que su frente rozó el cristal y sintió el frío en su piel, entendió su error. En el exterior, junto a los rosales, una silueta negra se erguía sobre la tierra. Paula lo miró fijamente y sintió que su corazón quería escapar de su pecho.

La había visto. Estaba segura de ello. Estaba segura por qué el haz de luz recorrió su rostro durante un breve segundo. Breve, pero suficiente para congelar el tiempo.

Aquella sombra se había quedado paralizada, mirando hacia la posición de Paula y sin apenas moverse.

Un ruido, procedente del interior del edificio hizo a Paula volverse. Fue una fracción de segundo, pero el suficiente para que cuando volviera a mirar al exterior, aquella silueta hubiese desaparecido.

Aunque era tarde. Lo había reconocido.

Una rosa eterna

Existen momentos en los que el miedo puede paralizar cada músculo de tu cuerpo. Anular tus sentidos. Es capaz de convertir a una persona repleta de vida y esperanza en un ser sin alma. Pero en otras ocasiones, pueden dotarnos de una fuerza o valor inusitado. Puede darnos alas o una voz que nos permita levantar el mundo de un grito. El miedo no siempre es algo malo.

Eso sintió Paula cuando vio aquella sombra detenida frente al rosal que había mencionado el padre Meana.

Miedo.

Pero no un miedo que pudiera borrar sus pensamientos. Sintió un miedo puro, que le dio energía. Que le mostró que no siempre en la noche se oculta el temor. A veces, también hay esperanza. Esperanza por ver esa luna llena oculta tras una nube. Esperanza por un reencuentro prohibido o por un nuevo amor secreto. La noche es portadora de magia y dolor. La noche lo es todo, a veces.

Apenas había dormido, aguardando en el coche su llegada. En esta ocasión decidió esperar en un punto fijo, deteniendo su vehículo con la decisión de que fuera él quien la encontrara. Y no falló.

El reloj se acercaba a las cuatro de la madrugada y los ojos de Paula se debatían entre la vigilia obligada y un sueño necesario. Pero debía aguantar. Se movía, nerviosa, sobre su asiento de vez en cuando. En ocasiones resoplaba o cantaba para eliminar la sensación de cansancio de su cuerpo.

Casi a las cinco vio unas luces acercarse a ella y de inmediato entendió que había llegado la hora. El pequeño camión o furgoneta grande, pues seguía sin saber definirla, aparcó junto a la entrada de un pequeño garaje con el escudo del ayuntamiento de Caso.

Paula llevó su vista hasta el asiento del acompañante, en

donde reposaba una rosa roja, arrancada del mismo rosal en el que había visto aquella sombra. Sus pétalos parecían refulgir en la oscuridad que el vehículo otorgaba. Su tallo, firme y resguardado por numerosas espinas denotaban la fragilidad y resistencia de su presencia. Una rosa es vida, es amor. También es sangre y dolor. Una rosa, como todo en esta vida, sólo será aquello que quieras ver en ella.

La cogió antes de bajar del coche y comenzó a caminar en dirección al camión, todavía con el motor en marcha. Óscar estaba abriendo una enorme puerta de metal dejando un interior repleto de vehículos y sombras a media luz.

Cuando se volvió para poner rumbo hacia su camión o furgoneta, encontró a una Paula erguida frente a él, con el rostro endurecido y la rosa semioculta en una mano. Torció el gesto un instante, pero pronto volvió a su expresión de sincera ignorancia. No dijo nada. Sencillamente, volvió a recuperar su marcha, alejándose de Paula.

—¿Por qué quisiste ocultar que hubo una mujer la noche del incendio? —espetó sin piedad Paula.

Óscar se volvió hacia ella con el rostro deformado. Su expresión, rodeada de un mutismo extraño, gritaba palabras que sus labios no pronunciaban, pero sus ojos sí afirmaban aquella teoría.

—No zé de qué hablas. Piérdete, que no tengo ganas de charla.

—Si no fuiste tú, ¿por qué cargar con la culpa?

—¿Cómo zabes que no fui yo? —dijo alzando la voz, mientras se apartaba de su camión. Se acercó unos pasos hasta Paula, pero seguía estando a varios metros todavía.

—¿Fuiste tú?

No contestó. Miraba fijamente a los ojos de ella. Una mirada en la que podía leerse el dolor. Pero no contestó.

—Márchate. No tengo ganas de verte por aquí.

—No hasta que me digas qué pasó realmente.

—¡Yo la maté! —gritó cargando de furia su voz—. ¿Eso querías oír? Yo la maté. Yo prendí fuego la casa y la maté. Yo lo hice. —Su voz temblaba casi tanto como su cuerpo mientras pronunciaba cada palabra.

Paula no pudo decir nada. Sentía su pecho cargado de la angustia que la voz de Óscar trasmitía.

—Y si tú lo hiciste, por qué sigues yendo hasta la iglesia —sentenció mostrando la rosa.

Óscar se deshizo en una mueca de una pena tan grande que lo obligó a apoyarse en la parte trasera de su extraño vehículo. Con los ojos cerrados apoyó la nuca contra el metal frío del camión y, tras unos segundos, los volvió a abrir, dejándolos perdidos en un cielo cenizo en donde una franja dorada anunciaba el fin de la noche.

—La he visto —respondió Óscar tras un eterno minuto de meditación, pero sin apartar su mirada del cielo—. En tu rostro. La he visto a ella.

Paula torció el gesto sin entender lo que Óscar había querido decir.

—¿Qué hacías ahí? ¿Me estabas siguiendo?

Óscar soltó una carcajada sonora. Aquello que Paula había dicho no sólo le hizo reír, también hizo que volviera a mirarla de nuevo.

—No digas tonterías. A mí, tu presencia me importa bien poco.

—Entonces, ¿por qué estabas en la iglesia? —insistió Paula con una mezcla de miedo y furia en su mirada. Sus puños se tensaban a la vez que todo su cuerpo desprendía un débil temblor apenas perceptible.

Óscar la miró guardando un silencio que ya había hecho suyo. Un silencio que era su propia firma desde que la joven lo conoció. Pero cuando parecía que se iba a marchar, algo que se escurría del ojo que se salvó del incendio atrapó la poca luz que se imponía en esa zona. Una tenue luz azulada procedente de una noche cansada y un día todavía dormido. Una lágrima cayó solitaria por su rostro.

—Por un momento, cuando te vi en la ventana, la vi a ella —dijo sorprendiendo a una Paula que había dado su lucha por perdida.

Ella mutó su expresión y se centró en sus palabras. Palabras que eran escasas. Pero no volvió a decir nada, hizo un gesto a la joven para que lo siguiera y antes de subir a su camión, observó todo cuanto le rodeaba. Luego puso en marcha el vehículo y entró en el garaje.

Su interior estaba repleto de polvo en suspensión, un olor tan espeso a combustible que incluso llegaba a calentar el ambiente y varios vehículos parecidos al que Óscar manejaba.

Paula entró tras él y, aunque su mente le exigía que se fuera, que huyera de allí tan rápido como pudiese, su corazón le pedía calma. Necesitaba confiar. Necesitaba creer que la persona que tenía enfrente no era el monstruo que todos pintaban. Pero ¿Y si realmente lo era?

Las dudas apenas se habían desvanecido cuando comprendió que ya era tarde. Óscar había cerrado la puerta y ahora la oscuridad dibujaba tan sólo la silueta de su cuerpo, inmóvil junto a un pilar. El pecho comenzó a dolerle, su piel a sudar y su mente a reprocharle aquella temeraria inacción. Pero un pequeño chasquido devolvió la luz al garaje. De nuevo todo cobraba vida.

Su corazón se aceleró cuando vio cómo se acercaba a ella, dando pequeños pasos sin levantar la mirada del suelo. Ella no se movió. Sus nervios impedían materializar cualquier pensamiento. Cuando se hubo situado frente a ella, miró su mano y, agarrándola por la muñeca, le arrebató la flor. Varias espinas del tallo de la rosa se habían clavado en la palma de la mano de Paula, dejando pequeñas heridas circulares rodeadas de sangre ya reseca. Heridas que Óscar detectó.

—No deberías haber roto el tallo. Ahora no volverá a crecer —recriminó. Con suavidad pasó su mano por las heridas de la joven, con precaución. Paula pudo sentir su piel herida, arrugada, víctima de aquella noche—. Vamos, tengo alcohol en la oficina. Las heridas hechas por plantas *zuelen* infectarse fácilmente.

Ambos caminaron apenas unos metros hasta una pequeña habitación acristalada, donde dos simples butacas y un escritorio con un ordenador apagado reposaban en el interior.

—Dime qué has visto hoy —exigió ella con una voz desleída.

Óscar suspiró y se dejó caer en una de las sillas negras de oficina.

—Le encantaban las rosas —respondió al fin apartando la mirada hasta alejarla de Paula. Incluso podría decirse que se perdió en aquella época—. Yo planté aquel rosal.

»Esta noche, cuando te he visto asomada a la ventana, por un momento la vi a ella. Vi *zu* rostro contemplándome como lo hacía *ziempre* que iba a visitarla. Muchos te dirán que mi amor por ella no era correspondido, pero mienten. Ella me quería, pero tenía esa parte de *zu* corazón destruido. Alguien *ze* lo arrancó *zin* compasión y ni yo pude recomponérselo.

Paula escuchaba atenta cada palabra del joven. Tanto que no pasó desapercibido lo que dijo.

—Has dicho que tenía esa parte de su corazón roto. ¿Y la otra parte?

—Esa le pertenecía a Nuria. *Zu* amor por ella iba más allá de lo personal. El amor que desprendía por *zu* hija estaba por delante de ella misma. Y no estaba dispuesta a dejarla de lado nunca. Aunque yo traté de convencerla de que Nuria para mí era como mi propia hija. —Hizo una pausa. Obligado por la congoja que hacía que su voz se torciese en su garganta. Respiró hondo antes de proseguir y se secó el líquido que rezumaba por la parte de su boca que no atendía a sus razones—. Quería a la mocosa hasta morir yo mismo. Hubiese dado lo que fuera por ella. Me hubiese puesto en *zu* lugar *zin*... —No pudo continuar. En silencio le entregó un pequeño trozo de papel mojado de alcohol. Paula no insistió, se limitó a aceptar el detalle y limpiarse la herida mientras buscaba una salida a su mutismo.

Pasaron varios minutos en un silencio doloroso, cargado de lágrimas tímidas, de suspiros mudos y movimientos lentos que pedían ser ignorados. Minutos de luto en un corazón que no entendía nada y otro que callaba mucho.

—Sé que os ibais a marchar juntos. ¿Qué pasó?

—Que la encontraron.

Paula no pudo insistir. Su mente no estaba preparada para esa respuesta.

26 *de marzo de* 2002

(Óscar Lamuño)

¿Alguna vez has *zentido* que por culpa de confiar en alguien, acabas *zola* y traicionada?

Eso fue lo que le pasó a Verónica.

Recordar aquella noche no es otra cosa que recordar el dolor de lo que pudo haberse evitado. *Zi* nunca hubiese venido a este pueblo, todavía *zeguiría* viva. Y *zí*, *zé* lo que estarás pensando. *Zi* me dieran a elegir entre no haberla conocido nunca y volver a esa época, mil veces volvería a esa época, pero elegiría no haberla conocido. Porque yo podría *zoportar* no conocer a alguien a quien no espero y ella seguiría viva hoy en día.

Nos íbamos a fugar juntos. Verónica me pidió unos días antes que nos marcháramos. Yo en realidad no entendía nada, pero daba lo que fuera por ellas dos. Así que planeamos escaparnos.

Cuando Verónica llegó al pueblo encontró en aquella iglesia su refugio. Esto lo *zé* porque me lo contó ella. Verónica vino a este pueblo huyendo de *zu* vida anterior. Huía de alguien y creo *zaber* de quién. Porque Nuria jugaba un papel fundamental en todo esto. También *zé* que alguien la ayudó a llegar hasta aquí.

Pero a medida que el tiempo pasaba, *zu* dinero *ze* agotaba y con él la paciencia del padre Meana, que *ziempre* había *zido* un poco aprovechado. Muchas cosas ella no me las contó, pero el cura tenía muchos vicios que no declaraba. Y Verónica también callaba mucho.

Días antes de marcharnos, la vi discutir con Rosario. Ella me dijo que Rosario quería buscarle un hogar a Nuria y Verónica enloqueció al entender que querían robarle a la mocosa.

Esa noche.

Esa fue la noche en que todos morimos. Incluso yo, a pesar de estar ahora aquí, viendo estas marcas que me acompañarán hasta volver a reencontrarme con ella. Que me limitan incluso la voz. Que hacen de mí un monstruo. También yo morí esa puta noche.

Alguien la estaba siguiendo. La vigilaban. Ella misma me lo confesó la *zemana* en que me pidió que la llevara lejos de aquí. *Ziempre* había un coche negro persiguiéndola. Y aquella noche yo mismo vi ese coche.

Lo vi cruzar el pueblo en mitad de una noche cerrada.

Algo intuí y me lancé por la *zenda* que conducía a la iglesia. Me lancé porque *zupe* que Verónica me necesitaba. Que tenía que ir hasta ella y corrí con todas mis fuerzas. Pero cuando el destino te ignora, pasan cosas terribles. En mi apresurada carrera hacia la iglesia tropecé con una piedra.

Recuerdo el dolor. Todavía puedo *zentirlo*, aquí, en mi pierna. Es un dolor que no olvido.

No podía caminar, pero no me rendí. Cojeando, continué mientras el malestar, poco a poco, *ze* alejaba. Con cada paso que daba recuperaba algo más de fuerza, sin embargo mi ritmo continuaba *ziendo* lento. Hice un esfuerzo por *zeguir* avanzando a pesar del daño.

Pero fue tarde.

Estaba muy lejos aún, cuando vi las primeras llamas. Unas llamas débiles que apenas destacaban en la noche. Pero que fueron necesarias para entender que tenía que correr más.

Y corrí con todas mis fuerzas. Olvidé todo lo que quería derribarme. Corrí tanto como pude y cuando llegué.

Cuando llegué.

Ese calor a día de hoy está en mi piel y no *zólo* en las marcas que *zon* visibles y denotan mi fracaso. Está en cada nervio. *Zigo* recordando lo que *zentí* en el momento en que vi cómo las llamas casi tocaban el cielo. Y no lo dudé.

Corrí al interior de la casa; aunque no vi nada. O no quise

verlo o *zencillamente ze* me pasó por alto. Pero en el exterior no vi nada. Ni ese coche negro ni al padre Meana, nada. *Zubí* al primer piso e intenté localizarla. La llamé muchas veces, demasiadas quizás. Pero no respondía. Fue entonces cuando me acordé de *zu* rostro mirando por la misma ventana que lo hacías tú hoy. Todas las noches contemplaba el rosal que yo dejé para ella.

Así que fui hasta ese cuarto, pero el fuego allí era insoportable. Nada podía hacer por ella. Allí dentro ya no había vida.

El fuego derretía mis prendas, mas yo no me atrevía a huir. Necesitaba aunque fuera, comprender que ya no podía *zalvarla*. Tenía que asegurarme antes de huir, pero ella no *ze* mostraba. Y el calor cada vez era más intenso.

¿*Zabes* qué es lo peor del fuego?

Esa *zensación* de calor insaciable. Al principio notas el fuego cerca de ti, *zientes* cómo te lame en la cara primero que nada. Te duelen los ojos, el aire *ze* hace más denso, menos respirable. Y el poco oxígeno que puedes consumir está cargado de humo y calor. Te duelen los pulmones, el pecho, las manos. Las piernas pesan. La cabeza deja de *zer* tuya. Y va a peor cuando las llamas *ze* acercan primero a tus brazos, pero todavía no te tocan. Y tus uñas comienzan a calentarse y ese dolor *ze* hace insufrible. Un dolor que no puede detenerse, pues cuando notas el calor de la uña ya es demasiado tarde. Aunque puedas enfriarla ya ha penetrado en la piel.

Pero hay algo peor.

Y es entender que tienes que escapar de allí y no puedes. Yo lo comprendí tarde. Cuando ya *zupe* que todo estaba perdido, decidí *zalir* a pedir ayuda. Pero entonces, en otra habitación vi un cuerpo cubierto.

Cuando crucé las llamas ya no pude hacer nada. El cuerpo estaba envuelto en una manta de la que no encontraba dónde acababa la tela y dónde empezaba la piel.

Mi osadía me costó cara, aunque volvería a hacerlo. Podía *zentir* mi piel desprenderse de la carne, pero apenas dolía ya. *Zalí* de allí tan rápido como pude. Y *zí*, cuando lo hice vi *zu* coche. Aparcado en el exterior.

Era el coche de David, pero él no estaba. O no recuerdo que estuviera. *Zólo* recuerdo haber corrido mientras mi cuerpo todavía era una masa humeante de carne quemada y remordimientos.

Ahora quizás te preguntes, como ya lo has hecho, por qué no dije la verdad.

Pues porque tras haber perdido a Verónica nada me quedaba ya por lo que luchar.

Aquella noche el fuego acabó con todo. Y *zólo* quiero que esa noche continúe en cenizas. No necesito a nadie para demostrar que yo no lo hice. Lo que el fuego destruye no *ze* recupera jamás. Y *zino* mira mi rostro para comprenderlo.

Está en tu cabeza

—¿Por qué saltaste si sabías que ya no podías hacer nada? —preguntó Paula haciendo suyo el dolor de Óscar.

Éste no respondió. Sentado en la silla miraba a la nada en particular. Era su respiración lo único que demostraba que seguía vivo, pues ni sus músculos se movían. No respondió. No al instante. Tardó todavía más de un eterno minuto en donde cada segundo era un pensamiento nuevo para la joven, que intentaba dirimir cuál de sus dudas podría lanzar primero.

—Y volvería a *zaltar*, aunque el fuego me devorara por completo. Hay veces que debemos actuar por algo más grande que nosotros y eso nos lleva a *zituaciones* complicadas. Pero *zi* haces algo, hay que aceptar las consecuencias de ello. Hasta el final. Pase lo que pase.

Paula no entendía bien lo que quería decir, pero dedujo que se refería a que volvería a pasar por aquello y, si lo hiciera, volvería a dejar que le atribuyeran la culpa.

—No lo entiendo. Dices que no viste nada cuando llegaste. Pero el marido de Adelina dijo que él sí vio salir a una mujer un momento antes de que el fuego se apreciara. ¿Por qué se retractó después? —Paula intentó tender una trampa a Óscar, buscando un detalle que ya conocía.

—Manuel era un buen hombre. No merecía estar involucrado en todo eso.

La muchacha pudo deducir, por el deje doloroso de la voz de su compañero, que intentaba siempre evitar palabras que supusieran un dolor innecesario a su rostro. De vez en cuando se pasaba de nuevo el pañuelo por la boca, que era incapaz de controlar el líquido que rezumaba por los pequeños resquicios donde la piel había quedado destruida.

—¿Por eso le pediste que se retractara?

—Ya conoces las respuestas, ¿para qué haces preguntas? —Su voz parecía furiosa, sus ojos, cansados, pedían calma.

—Sólo intento atar cabos. Me cuesta creer que tú, siendo inocente, pidas a otra persona que no hable, sabiendo que su testimonio puede ayudar en tu caso.

—¿Mi caso? —rio con desprecio—. Mi caso estaba perdido desde el momento en que entré en esa casa. Pero al menos, con la ayuda de Manuel podría cuidar... —Sus ojos crecieron justo un instante antes de callar por completo, como si hubiese hablado más de la cuenta. Tras aplacar su voz, cerró los ojos y apretó con fuerza las manos.

—¿Cuidar a quién? —inquirió ella con astuta agilidad, sabedora del desliz de Óscar—. ¿A quién querías cuidar, Óscar?

—Eso no importa ahora.

—¿Cómo que no importa? Si hay algo que no has dicho siempre podrás retractarte. Mientras vivas, estarás a tiempo.

—Mira, chiquilla —dijo elevando su tono de voz, que se acompasaba a sus movimientos, en una creciente furia desmedida que parecía que iba a desembocar en tragedia—. *Zi* piensas que fue fácil para mí callar durante tanto tiempo, porque era lo que quería, es que eres muy insensata. Estás jugando a un juego muy peligroso que yo ya tuve oportunidad de entender. Elegí que iba a proteger a todos los que no murieron en el incendio y Adelina y Manuel fueron uno de ellos. No hay nada más de que hablar.

—¿Pero no te duele saber que el verdadero culpable sigue suelto? —intentó defenderse Paula.

—En el fondo de mi alma. No hay noche que no me despierte entre *zudores* fríos pensando en eso. Pero, por mucho que diéramos con esa persona, Verónica *zeguiría* muerta. Y con ella todo lo demás.

—Pero tú podrías lavar tu imagen.

—¿Qué imagen? —preguntó cargando de rabia sus palabras. Giró su silla y miró fijamente a Paula, que tragó saliva nerviosa por aquella inesperada reacción—. ¿Esta imagen? —dijo señalando la piel de su cara. Esa piel que ya nunca volvería a ser lo que era. Que le recordaba y recordaría lo que pasó. Unas secuelas que jamás podrían borrarse mientras siguiera vivo.

—Esas marcas son las marcas de un héroe —respondió convencida Paula—. Las marcas de alguien que trató de luchar por salvar la vida de la persona que amaba, pero no lo logró. No es un castigo, es un recuerdo de valor, de orgullo.

Óscar dejó caer una lágrima que cubrió con un grácil movimiento tan rápido que apenas llegó a descolgarse por su mejilla y volvió a darle la espalda.

—Aquella noche está plagada de mentiras. La mía es la que menos importa ahora mismo. Yo continúo mi camino, durmiendo cuando todos viven, viviendo cuando todos duermen. Es lo que tengo que hacer. Ahora la penumbra es mi familia y no espero que eso vaya a cambiar. Ni quiero tampoco.

—Y si no esperas que cambie, ¿por qué sigues yendo todas las noches a cuidar el rosal? —Paula comenzaba a entender algunas palabras que el padre Meana le dijo antes de morir. Por ejemplo, recordó cómo lamentaba el pequeño recinto de plantas que tenía y cómo no se explicaba que el rosal siguiera vivo.

Óscar sonrió con disimulo. Pero insuficiente para que Paula detectara el movimiento de sus labios. Una pequeña sombra que se dibujó en la comisura de sus labios fue la culpable.

—Ya te he dicho que le encantaban las rosas. Verónica *ziempre* me contaba que aquel lugar era muy triste. Que cuando tenía que asomarse por la ventana *zólo* veía esos dos tejos enormes que casi ocultaban el paisaje y hacían que todo fuera tristemente oscuro. Por eso, una noche, decidí plantar un rosal frente a *zu* ventana. De esta forma, cuando ella decidiera mirar por ese pequeño espacio, vería algo de color junto a ella. Nunca lo dije, ella pensó que había *zido* el padre Meana. Pero una noche me descubrió. Estaba cuidando las plantas y cortando los tallos podridos, cuando, al alzar la vista, la vi a ella. Vi esa sonrisa, esos ojos iluminados.

—Por eso hoy, cuando me viste a mí, te acordaste de aquella imagen.

Óscar asintió inclinando su espalda y apoyando sus brazos contra las piernas. Parecía cansado, triste, derrotado.

—Por un momento volví a esa noche. Te vi y la vi a ella. Quizás ese rosal es lo único que me queda de ella. Por eso voy todas las noches antes de iniciar mi jornada y lo cuido. *Zabía* que a esa hora el cura dormía por eso, con cuidado, todas las noches la visitaba. Cuando regresé al pueblo descubrí que estaba todo abandonado. Los árboles habían desaparecido, las plantas ya no existían. Creo que fue lo que más me dolió, ver el rosal convertido en abono para la tierra.

—¿Nunca has querido saber qué pasó? —insistió Paula—. No creo que una persona que ama tanto a otra deje que el culpable siga libre mientras él carga con toda la culpa.

—Hay cosas que no es necesario que entiendas. Todo lo que hice lo hice porque era lo que debía hacer. Claro que me gustaría conocer quién fue y que caiga todo el peso de la justicia sobre él. Pero ahora lo que tengo que hacer es esto.

—¿Por qué? ¿Qué te ata a una mentira? —Paula sentía cómo su voz se deshacía. Por un lado por la pena de saber que Óscar se había convertido en un ser sin vida, que dejaba pasar los días esperando a que la muerte lo llamara. Por otro, por la rabia de entender que algo no quería decir—. ¿Qué pasó realmente esa noche?

—Creo que ya hay demasiadas cosas que quieres comprender. ¿Quieres *zaber* lo que pasó? —Se volvió de nuevo para mirarla a los ojos—. Pues entonces encuentra tú la verdad. Ahora quiero descansar. —Y con aquella despedida, dejó a la joven sumida en sus propias elucubraciones, mientras ignoraba su lenta retirada, como un soldado que apresta sus utensilios, sabiendo que marcha hacia un futuro incierto.

Cuando ella duerme

Paula llevaba más de diez minutos conduciendo. Lejos ya del garaje donde Óscar guardaba su camión. Lejos también del pueblo de Caso. Pero de algo no se había alejado; de esa historia. Intentaba analizar cada una de las palabras que Óscar le había dicho, buscando en ellas verdades que no había intuido la primera vez. ¿Qué quería decir con que hizo lo que tenía que hacer? ¿Qué más ocultaba?

La bocina de un coche al pasar por su lado le hizo entender que circulaba a una velocidad tan lenta que podía causar un accidente. Aceleró. Aceleró no por el hecho de sentirse incómoda, tampoco por la necesidad de circular más rápido. Aceleró porque necesitaba escapar de sus falibles pensamientos derrotistas, que la avocaban a un destino triste, casi funesto.

Un detalle cruzó fugaz por su mente justo antes de entrar en Tanes. Un detalle que despertó una nueva pregunta. Rosario, ella debía tener la información.

Cuando aparcó junto a un coche oscuro, buscó en su pequeño bolso negro su teléfono móvil y decidió mandar un mensaje a Sonia.

«Hay que buscar a Rosario. Ella nos puede dar algo más».

Abrió la puerta de su turismo y sintió que el aire fresco acariciaba su piel. Las nubes seguían cubriendo el cielo con una cortina gris que se extendía allende las montañas. Un mar calmo de nubes grises, portadoras de frío y miedo.

El cansancio de la joven llevó a ignorar la sombra que emergía tras ella. Una sombra delgada que se acercó veloz. Paula dio un respingo, sobresaltada, cuando sintió que una mano se posaba sobre su hombro.

—Perdona, cielo, pensé que me habías visto.

—¿Mamá? —dijo Paula con una mezcla entre susto y desconcierto.

Su madre se erguía frente a ella, con el pelo rubio y largo ondeando al viento, sus ojos céreos y una sonrisa apretada algo disimulada. Tras ella, el Audi negro que había pasado desapercibido para Paula cuando aparcó. El Audi propiedad de su madre.

—¿Qué haces aquí?

—¿Quieres que hablemos aquí? —preguntó Lucía torciendo el gesto en una mueca de amistoso reproche.

Paula asintió, dejó su mente en blanco un instante y dibujó una difícil sonrisa antes de pedir a su madre que la acompañara.

—Quiero que conozcas a Adelina. Te va a encantar.

—Mejor vamos a otro lado. Te invito a desayunar —respondió Lucía mirando de reojo el interior del hostal.

La joven se encogió de hombros y acompañó a su madre hasta el coche. No recordaba la ostentosidad de ésta, siempre rodeada de lujos innecesarios. En el interior del vehículo incluso el olor denotaba clase, lujo, soberbia, vanidad. Paula se limitó a ver cómo el paisaje se desdibujaba en la ventanilla, como una mancha verde en un lienzo oscuro.

Los minutos pasaban, el paisaje seguía en movimiento y Paula comenzaba a dudar de las intenciones de su madre, que no parecía dispuesta a detener su marcha.

—¿Dónde vamos? —preguntó, confundida.

Ella no respondía. Su rostro ya no era el dulce rostro de una madre cariñosa. Ahora un semblante firme posaba su mirada en la carretera, sin prestar atención a la pregunta de su hija que comenzaba a sentir los nervios en su piel, como un leve cosquilleo fijado en sus piernas y brazos.

—Creo que éste es buen lugar —dijo Lucía unos minutos después, mientras aparcaba junto a un restaurante solitario, a pie de la calzada.

Un restaurante con la fachada acristalada y una terraza resguardada de la lluvia por un toldo que fue blanco en su origen. Ahora el tiempo había dotado de un color amarillento la tela que protegía las mesas. Sobre él, una fila de enormes árboles apenas dejaba pasar unos débiles y afilados dardos de luz que dibujaban diminutos rombos clareados en el suelo, casi imperceptibles debido a un sol castigado por el manto de nubes grises.

Madre e hija se sentaron en una mesa, alejadas de todo contacto humano como si estos fueran a trasmitirle alguna rara enfermedad. Pero Lucía siempre había sido así. Era la típica mujer a la que el dinero había vuelto materialista, superficial. Siempre elegía mesas apartadas, lejos de la algarada propia de locales repletos. Lejos de murmullos incompresibles o miradas ociosas. Lejos de olores que no fueran los suyos. Lejos, en general.

—¿Por qué has venido? —inquirió Paula sintiendo la necesidad de encontrar respuesta a esa pregunta que ya había pronunciado.

Lucía miró apesadumbrada a su hija, que no parecía inmutarse con la condescendencia de su madre. Ella posaba la vista en el camarero que se acercaba con el pedido que ya habían hecho. Un té rojo con sacarina para Lucía y una taza grande de café con leche para Paula.

El sueño se imponía en los ojos de la joven, cansada de una noche de vigilia y sorpresas. De sobresaltos y mentiras. Sus ojos comenzaban a desangrarse entre gritos de un necesario descanso.

—Tienes mala cara, hija. ¿De dónde venías tan temprano?

Fue Paula quien no respondió esta vez. Su mirada se posaba en un reloj que todavía marcaba las nueve y media de la mañana. Con toda la razón, la preocupación de su madre estaba bien fundada. Cuando Paula llegó al hostal apenas serían las ocho o nueve, a lo sumo. Con tanto cansancio, no podía ser consciente de la velocidad de las manecillas de un reloj que no pretendía avanzar. Pero de vez en cuando daba saltos importantes.

—Cariño, en casa estamos preocupados. Por eso he venido. Sé por qué estás aquí y creo que es hora de que sepas toda la verdad. —Lucía miraba a los ojos a su hija, que sorprendida, se limitó a aferrarse a la mesa.

—¿Qué quieres decir?

—Tu padre y yo estamos dispuestos a olvidar todo, cielo. Pero vuelve conmigo. Hoy mismo. Es más, yo misma mandaré a alguien a pagar la factura del hostal y a recoger tus pertenencias si aceptas.

—No, mamá. ¿Estás loca? —respondió la joven arrugando el rostro—. ¿Qué te hace pensar que voy a volver?

—Cielo, no está bien lo que estás haciendo. Y ya ha habido una muerte. ¿Crees que no estamos al corriente? Lo sabemos todo. No voy a permitir que mi hija se entrometa en un asunto que no le concierne.

—¿Cómo sabes que no me concierne? —Sentía la rabia recorrer sus venas, calentar su cuerpo.

—He visto todo lo que has colgado en redes. Sé lo de los dibujos. Créeme, cielo. Lo mejor es que vuelvas con nosotros.

—Entonces —dijo cargando con rabia sus próximas palabras—. ¿Cómo explicas que hayan aparecido los dibujos en mi propia casa? Si estás tan segura, ¿por qué me mandaron eso? Alguien quiere que esté aquí. Y no voy a irme sin saber quién es.

Lucía desvió la vista un instante, posándola sobre su caro bolso negro de Prada y volvió a mirar a su hija, pero con la vista cambiada. Ahora la tristeza se había multiplicado. Incluso un ligero fulgor se descolgaba de sus ojos.

—¿De verdad quieres saber quién te mandó esos dibujos?

Paula miró a su madre con el rostro nublado, casi tanto como el cielo. Sus manos repiqueteaban sobre sus rodillas como un tamborilero en la romería de San Mamés. Sintió que aquella pregunta iba acompañada de una respuesta dura.

—¿Tú sabes algo de todo esto?

—¿Nunca te has preguntado por qué esos dibujos venían sin sobre ni remite?

En aquella guerra de preguntas, que ganaba con ventaja Lucía, la última hizo que Paula analizara cada uno de sus recuerdos. Al fin, tras entender que no encontraría esa ansiada verdad, se limitó a negar con la cabeza. Su madre recogió el bolso de la silla vacía que tenía a su lado y comenzó a rebuscar en él.

—Nunca quise tener que llegar a esto; es más, tu padre y yo hemos hecho lo imposible. Pero era algo que teníamos asumido —dijo Lucía con el rostro apagado, sin apartar la mirada de su bolso. Al fin, tras unos segundos revolviendo el interior, se detuvo, antes de seguir hablando—. Fuiste tú, hija. Tú los dibujaste.

La joven, paralizada y con sus pulmones intentando volver a la normalidad, recibió aquella información como si un puñal atravesara su pecho.

—Es... —intentó decir. Pero algunas palabras se obligaban al silencio de un secreto guardado con recelo—, imposible. Eso no puede ser.

Lucía la miró de nuevo con ese gesto triste y protector.

—Es cierto, hija. Todo lo que te digo.

—Mientes —espetó con furia Paula—. Estás mintiendo. Me acordaría si fuera así.

Lucía arrugó el semblante y con cierta tristeza, se dispuso a hablar.

—Hace algunos años, tu padre se despertó en mitad de la noche. Habíamos escuchado ruidos dentro de casa. El miedo se apoderó de los dos cuando vimos que tu habitación estaba vacía. Álvaro enloqueció y te llamó. Gritaba tu nombre mientras corría por toda la casa. El miedo que pasamos aquella noche fue tan grande que a día de hoy lo recordamos.

»Cuando llegamos al piso de abajo, pudimos ver la puerta principal abierta. Creímos que te habíamos perdido para siempre. Salimos corriendo al exterior y ahí estabas tú, caminando por el parque, dormida. Fue la primera vez que te levantaste. Es cierto que muchas noches hablabas en sueños o te movías mucho, pero aquella fue la primera noche que llegaste a levantarte. Podríamos haberte perdido. Desde ese día, pusimos varias seguridades a las puertas. Al menos para evitar que salieras a la calle.

—¿Qué tiene eso que ver con lo que pasó aquí? —Para ella todo lo que estaba escuchando era nuevo. No era algo que desconociera, pues aquellas pesadillas que ella vivía podían ajustarse a lo que su madre decía. De todas formas esa información era nueva.

—Todo. Tiene que ver todo. Está todo en tu cabeza. —Lucía sacó de su bolso unos recortes de periódico. Recortes doblados en varios pliegues y que apenas dejaban intuir su contenido—. Tras tu primer caso de sonambulismo, volvió a repetirse varias noches después y siguió yendo a peor. Cada vez con más frecuencia. No sólo eso. Todo lo que veías por el día, lo usabas inconscientemente por la noche, manifestándose en duras pesadillas o en apacibles sueños. Pintando, dibujando o simplemente hablando dormida. La noche en que el primer dibujo llegó a casa habíamos visto esto durante la mañana. —En ese momento Lucía entregó a Paula el trozo de papel.

La sorpresa se convirtió en temor cuando la joven descifró aquello que se hallaba en ese gris y áspero trozo de papel. Un titular que hizo que todo se descontrolara en su cabeza.

Tanes llora de nuevo

«Los vecinos del pequeño pueblo asturiano se muestran preocupados ante la situación que se avecina.

Todos somos conscientes de la desgracia que hace quince años se vivió en este pueblo de apenas unas decenas de vecinos —son menos si contamos los que viven todo el año—. Hace poco más de un mes se cumplieron quince años del trágico crimen que costó la vida a una mujer y dos niñas de apenas 5 y 7 años.

Ahora, se ha sabido que el autor de aquel crimen está a punto de salir de prisión. Y no sólo eso. Según ha podido confirmar este periódico, el hombre, que podrá salir en apenas unos meses, volverá al pueblo, pues no se ha interpuesto ninguna orden de alejamiento. Según el juez, el preso se encuentra totalmente recuperado y arrepentido de lo ocurrido. Y consideran que está preparado para iniciar de nuevo su vida en el pueblo donde se crio. Obligarlo al destierro podría suponer su incapacidad para reinsertarse en la sociedad.

Muchos vecinos ven esta decisión como un ataque hacia la memoria de la joven que falleció en la casa que la iglesia ponía a disposición para gente sin recursos.

Quince años después, Tanes revive su peor noche».

Junto al titular y destruyendo toda la calma de la joven, numerosas fotos acompañaban al texto del artículo. Fotos de la iglesia, de la casa días después del incendio. Y lo que hizo que su cabeza no soportara tanta presión. Fotos de los dibujos. Varios dibujos quemados casi idénticos al que ella había dibujado del pueblo, enmarcados en aquel trozo de papel, con varias notas a pie de foto "dibujos de una de las víctimas: Nuria Puentes". Un dolor agudo se localizó en su cabeza tan fuerte que tuvo que cerrar los ojos obligada por aquel puñal que atravesó su cerebro. También fotos de Verónica y las niñas con el rostro difuminado se mostraban en el periódico.

—Al principio decidimos no hacer caso. Pero las pesadillas cada vez eran más fuertes. Eras muy pequeña para hacer nada así que el psiquiatra nos recomendó esperar un poco. Pero cuando vimos el dibujo, supimos que había llegado el momento. ¿Recuerdas esas pastillas que has dejado de tomar? Eran para controlar tus trastornos.

Paula, con el corazón acelerado, no entendía nada. Sentía que no era protagonista de su historia. Se sentía lejos, ajena a su propio cuerpo.

—No. No te creo. —Era todo lo que su cabeza podía alegar. Su mente se negaba a una realidad que parecía responder a la única pregunta que todavía no había logrado hallar.

—Trastorno de pesadillas. Siempre has asimilado todo lo que veías. No tienes que creerlo. Nunca hemos querido hacerte daño, pero tienes un problema y lo mejor es que no sigas aquí, hija.

—No, no. —Paula negaba cada una de las acusaciones que su madre profería sin compasión alguna. Negaba la realidad de un acto que ponía esa revelación que ella buscaba—. No es posible. La veo, veo a la niña en sueños. En mis sueños.

Lucía sonrió con desdén, como si supiera que aquella pregunta fuera a ser formulada. Sonrió como si tuviera ya preparado su alegato, como un abogado justo antes de declarar en la vista para sentencia de un juicio. Esas declamaciones tan populares en películas americanas.

—¿Le has visto la cara? —investigó arañando el alma de su hija. Paula sintió en su pecho un dolor tan grande como sincero. Su madre parecía que pudiera entrar en su cabeza. Era como si ya supiera todo—. Imagino que no. No has visto su rostro porque nunca se mostró y tu mente sólo reproduce lo que puede ver. Por eso nunca has visto la carita de esa niña. Olvida todo, hija. Hazme caso.

—Pero es que no quiero olvidar. Puede que esta historia llegara a mí por casualidad, pero ahora soy parte de ella. Y no pienso irme, mamá. No voy a dejarlo. —Las lágrimas pedían escapar de un confinamiento al que no se habían propuesto, pero Paula intentaba contenerlas.

—No se trata de lo que pienses, Paula. No puedes seguir aquí, no te hace bien.

Paula negó con la cabeza, convencida de sus decisiones.

—Quiero volver al hostal.

Lucía suspiró, derrotada. Miró de nuevo el periódico y con un rictus serio, dejó el dinero de la cuenta en la bandeja, diez céntimos de propina y caminó hacia el coche, dejando atrás a Paula, que tuvo que seguir sus pasos con prisa para no quedarse atrás.

Cuando ella duerme

—Al menos sigue tomando las pastillas. Haz eso por mí —dijo antes de subir al coche.

Paula ignoró la petición de su madre, algo había llamado su atención. Un mensaje en su teléfono móvil, de hacía varios minutos, de Sonia, descansaba en su aplicación. Era una captura de pantalla en donde podía verse una imagen.

Una imagen que paralizó a Paula.

Mentiras

 La capital todavía dormía mientras Sonia vagaba soñolienta entre unas calles que se desperezaban con tibios bostezos de niebla y frío. Su cuenta atrás se debía, sobre todo, a su jornada con Landino, que no toleraba retrasos ni faltas. Era un hombre congelado en el tiempo, en un tiempo de guerras y sangre.

Aún, cobijada al amparo de su vieja furgoneta, sintió cómo su teléfono vibraba en el interior de su chaqueta. Ni siquiera miró quién la reclamaba, contestó sin más.

—Veo que te estás acostumbrando a pedir favores. —La voz de Samuel hizo reverberó en el auricular de su terminal. Una voz ronca debido a la necesidad temprana de tener que usar las cuerdas vocales, que seguían relajadas—. ¿Qué quieres saber de ese nombre?

—Rosario Oblanca. Necesito que me digas todo lo que puedas. Sobre todo su dirección, vehículo, teléfono. Todo lo que esté a su nombre.

—Bien, dame un par de horas. Tendré que hacer varias llamadas. ¿Cómo piensas agradecerme todo esto? —preguntó, atrevido.

Las risas de Sonia aliviaron un poco la tensión que ya estaba soportando desde hacía unos días.

—Ya que estás puesto, averigua también algo sobre este nombre. —Guardó durante unos segundos un silencio meditativo, intentando dirimir si era o no correcto lo que pretendía—. Paula Serna Robles.

—Recibido. ¿Algo más? Licencia para matar, algo de armamento. Si necesitas cualquier cosa... —bromeó, irónico.

Sonia colgó observando su destino frente a ella. De nuevo volvía al Instituto de Medicina Legal, pero esta vez quien le esperaba era otro doctor. En este caso el médico forense que llevó a cabo el levantamiento del cuerpo del padre Meana.

Recorrió los pocos metros que separaban su coche del instituto bajo un manto de niebla que se abrazaba a su piel, compartiendo el frío del ambiente que reinaba a esas horas. El interior no era muy distinto.

Una temperatura necesaria para la conservación de un clima apropiado, el olor a formaldehído que sobrecargaba los pasillos y las luces blancas artificiales hacían ver que aquel centro no era muy distinto al resto. Embaldosado brillante, casi reflectante, paredes blancas y puertas de contrachapado. Mirara donde mirara, todo era idéntico.

El doctor Palencia esperaba fuera de uno de los despachos. Sonia ya le había avisado de que iría a visitarlo. También le explicó el motivo del encuentro.

Cuando la joven se presentó frente a él, éste no pareció inmutarse. Miró a Sonia como si quisiera recordar su presencia o memorizar cada detalle y sonrió en forma de saludo.

—Buenos días. —El rostro de Palencia mostraba tranquilidad, paciencia a un nivel casi de soñolencia—. Llegas pronto.

Sonia sonrió ante aquella pregunta. No necesitó decirle que le gustaba la puntualidad. Pero ella siempre habías sido así. Como se sabe en todos los pueblos pequeños, la gente es muy puntual.

—¿Ha podido averiguar algo más? —investigó la joven con una necesidad real por esclarecer la muerte del cura.

—Creo que demasiado. Pero éste no es el lugar.

El forense indicó a la joven el camino a seguir avanzando unos pasos por delante. Recorrieron varios pasillos, todos idénticos, hasta llegar a una pequeña oficina oculta tras una puerta blanca. En su interior un escritorio con un ordenador y todo tipo de archivadores y papeles decoraban la estancia.

Cuando ella duerme

Una vez en el interior, el médico se sentó en su sillón y empezó a rebuscar entre las hojas de una carpeta que descansaba en la mesa. Mientras, Sonia guardaba expectante, imbuida en un silencio metódico.

—Esto es —dijo un minuto después. Sacó una hoja y se la entregó a Sonia—. Aquí está lo importante. ¿Recuerdas que en el levantamiento te dije que el cadáver tenía unas marcas extrañas en el cuello?

Sonia asintió.

—¿Has encontrado algo? —preguntó después.

—Más de lo que creía que iba a encontrar.

Desplegó sobre la mesa varios papeles más. Algunos eran simples informes que llenaban de tinta páginas blancas. Otros, en cambio, estaban repletos de fotografías y anotaciones sobre el estado del cuerpo de Ernesto Meana, así como de la zona en donde fue encontrado.

—No sólo he podido averiguar que esas marcas son marcas de esfuerzo, sino que también había más cosas que en la primera revisión no pude ver —continuó Palencia, acercándole la página donde se mostraban las fotografías.

Sonia analizó el informe, centrándose en la página que el doctor Palencia le había indicado. En ella se mostraba varias instantáneas del cuerpo del cura. En una de ellas, se podía observar el cuello y la marca que la soga había dejado en él. Las otras se centraban en sus manos y pies.

—No entiendo lo que veo aquí —expuso Sonia con el rostro arrugado.

—Me da la impresión de que tú no eres de la Policía Judicial —acusó Palencia. Miraba a la joven con los ojos entrecerrados, como juzgando su comportamiento.

—SEPRONA.

—¿Y tienes competencias aquí? —Con un mal disimulado movimiento, retiró el papel que Sonia había estado investigando.

—Palencia, esto es algo extraoficial. No voy a usarlo para nada y tu nombre nunca saldrá a la luz. Lo único que quiero es cerrar un caso que lleva mucho tiempo plagado de mentiras.

Mentiras. Aquella era la definición perfecta de todo lo que rodeaba al caso de Verónica. Sonia sabía que estaba muy cerca de desempolvar todo el caso y lo que el doctor Palencia le dijera podría suponer un nuevo punto de inflexión.

El forense no reaccionó. Se limitó a mirar por detrás de la joven como si esperase a que alguien más apareciera y se la llevara de allí. Pero con el paso de los segundos todo seguía igual. Resopló y volvió a acercarle el documento.

—Bien. Voy a negar cualquier información que salga de aquí. Por lo que será tu palabra contra la mía.

—Seré una tumba. Puedes confiar en mí.

Palencia suspiró.

—Cuando estuve observando el cuerpo y como te dije, vi unos arañazos raros en su cuello. No me parecía la forma habitual de alguien que quiere suicidarse. Pero, cuando empecé a realizar la autopsia, todo fue a peor. Y ahora puedo decirte que el padre Meana no se suicidó. Estoy casi convencido.

Sonia palideció ante aquella acusación. Las palabras del forense eran claras, convincentes. No había rastro de duda en su voz y menos en sus ojos, que afirmaban cada una de sus palabras.

—¿Estás seguro?

—Al noventa por cien.

—¿Qué te hace pensar que no se suicidó?

El doctor Palencia repartió sobre la mesa tres hojas. En dos de ellas se veían distintos tipos de fotografías. En la tercera, un informe detallado con varias columnas y números que, desde la distancia, no podía comprender.

—En primer lugar y creo que el más importante, he encontrado tanto alcohol en la sangre, que dudo que ese hombre pudiera mantenerse en pie. Pero, suponiendo que tuviera un metabolismo tan acelerado que pudiera procesar todo ese alcohol y mantenerse en plena forma, hay más cosas. —Movió una de las hojas, dándole unos repetitivos golpes con el dedo índice—. Al principio lo extraño de esto fue que tenía arañazos en la zona donde la cuerda erosionó la piel. A parte de esto, la presencia de la marca de estrangulamiento duplicada ya muestra que el cuerpo fue alzado.

Palencia se levantó y se apoderó del pequeño cable que tensaba la única cortina que tenía el despacho. Una cortina que ocultaba un cielo plomizo y triste. Cogió el extremo del cable y haciendo un nudo, preparó la cuerda sin llegar a tensar.

—Cuando alguien pretende suicidarse, primero hace el nudo y cuando deja caer su peso, ya sea tirando una silla o saltando de una altura pequeña, pasan dos cosas—. Puso su dedo en el pequeño espacio por donde había preparado el nudo y tiró con fuerza. Con rapidez, el dedo quedó atrapado por un nudo que enseguida hizo que la parte del dedo que quedaba tras él se tornara de un color morado—. Como ves, lo primero es que la fuerza que ejerce la cuerda al tensar corta casi al instante el flujo de sangre. Después, el nudo apenas se ha movido una vez tensado.

—Es decir, que el padre Meana no se dejó caer.

—Exacto —afirmó Palencia—. Eso explicaría la marca duplicada. Que alguien lo alzara.

—Pero de ser así, querría decir que el cura o estaba ya muerto o inconsciente —adujo la joven intentando entender al forense.

—Aquí es donde quiero ir a parar. —Volvió a golpear, pero esta vez sobre otra imagen. En ella se veían los arañazos del cuello—. Yo supongo que estaba despierto cuando lo alzaron. Por un lado por los arañazos del cuello. Como te dije, si hubiese caído de golpe, su mente querría buscar el apoyo en vez de quitarse el nudo. Sin embargo de esta manera, él sabía que lo iban a ahogar, por eso intentó quitarse la cuerda. Pero hay más—. En ese momento golpeó otra de las imágenes, centrada en sus pies. Concretamente en sus talones—. ¿Ves estas petequias? En el talón. Son pequeños hematomas producidos por el arrastre o al golpearse, quizá contra el suelo o alguna superficie rugosa.

—Entonces puede que lo arrastraran y él pataleara para defenderse.

—Es probable. Y todavía tengo más pruebas. —Mostró la tercera hoja. Nuevas fotos de sus manos y brazos—. He encontrado varias hemorragias en los brazos. Son hemorragias *antemortem*, producidas quizás por sujeción. También un pequeño esguince en el cuello que se lo pudo hacer durante el forcejeo.

—¿Se ha encontrado alguna huella?

—Ni huellas ni rastros orgánicos ni nada que pueda servir para colocar a otra persona allí. Sé que lo encontró una chica así que, por ahora, la única sospechosa será ella, quiero imaginar.

Sonia torció el gesto, preocupada. Sabía lo que eso significaba. Más vigilancia, nuevos controles y quizá alguna visita a la comisaría de la Policía Nacional. Pues dudaba de que aquel caso fuera a parar a la Guardia Civil.

—Muchas gracias, doctor Palencia. Si encontrara algo más. No dude en avisarme.

—Lo cierto es que hay una última cosa. No he querido incidir mucho en ella, pues no le he encontrado un motivo que pueda servir al caso —dijo justo en el momento en que Sonia se levantaba, dispuesta a marcharse—. He encontrado tierra en sus uñas y manos.

—¿Tierra? —preguntó, desconcertada, ella.

—Mucha tierra. Demasiada creo yo. Es como si hubiese estado excavando con sus propias manos. Es más, al lavarlo, he podido ver heridas de abrasión. Es como si intentase remover la tierra con tanta fuerza que acabó por destrozarse las yemas de los dedos. Algo muy extraño.

—Puede ser que lo arrastraran y él, en un intento por defenderse apoyara en el suelo y eso provocara las heridas —adujo Sonia intentando buscar una respuesta plausible a todo ello.

—Lo dudo. De ser así, tendría también marcas en el abdomen

o en la espalda. Estoy seguro de que eso lo hizo voluntariamente. Tal vez por culpa del estado en que se encontraba. Vete tú a saber qué estaría imaginando.

—Ha sido de mucha ayuda, doctor Palencia.

Sonia se marchó con toda esa información rondando por su cabeza, consciente de que en cualquier momento recibirían la visita de algún agente, investigando el caso.

Marchaba tan ensimismada, víctima indolente de su propia desidia, que no se percató de que la puerta de su todoterreno estaba abierta. Lo hizo cuando vio una sombra salir del interior.

—¡Eh! —gritó, alertando a aquella silueta enorme que con agilidad comenzó a correr. Sonia intentó salir tras ese sujeto, pero pronto supo que no podría hacer nada. Aquel sujeto subió a un coche negro que había cruzado frente a él y, en apenas un segundo, había desaparecido.

Sonia no se atrevió a seguirlo. Con el miedo surcando todo su cuerpo, analizó cada detalle del interior de su Opel, pero no encontró nada que pudiera suponer un peligro. Tampoco bajo el chasis había nada sospechoso. Subió al vehículo y puso la llave en el contacto. Respiró hondo y pensó en todo aquello que perdería si, cuando accionara el motor, su mundo acabara. Pocos serían los que la echaran de menos. Suspiró y giró la llave.

El motor arrancó sin sobresaltos. Ella respiró aliviada y aceleró. Tarde, pues sabía que nada podría hacer para encontrar a aquella persona que había estado ahí. Su teléfono la devolvió de pronto a ese mundo del que trataba de huir inútilmente.

—Seguro que estabas impaciente esperándome como un feo a su primera cita.

—Vamos, Samuel. Dame algo bueno.

—Como siempre, niña. Tengo lo que me has pedido. Te lo mando por Whatsapp.

—Recibido. ¿Cómo llevas lo de los ingresos al partido?

—Ahí voy. Estoy cerca de aislar la cuenta que usan. Está a

nombre del partido, pero sabemos que tiene un beneficiario que es quien hace las aportaciones. Estoy cerca.

Sonia colgó, pero en apenas un segundo, su terminal volvió a vibrar, alertando del archivo que Samuel le había prometido. Detuvo a un lado el todoterreno y analizó con ansias el contenido.

El primer informe que leyó era el correspondiente a su nueva compañera, Paula. Poca información se hallaba en él. De familia acomodada. Su primer ingreso a un colegio lo hace en primaria, sin haber pasado por preescolar o guardería, aunque algo común en niños de bien. Poco más que añadir a un informe vacuo en interés.

El segundo era el de Rosario y lo que halló en él hizo que su corazón se detuviera.

No pudo esperar para comunicárselo a Paula. Aceleró, pues por primera vez llegaba tarde a su turno, pero con la necesidad de encontrar a su compañera para analizar aquel descubrimiento.

Un pasado algo turbio

Nunca llegamos a entender lo que nuestra mente pretende reflejar en aquellas situaciones a las que llamamos sueños. ¿Qué son? ¿Una realidad paralela que nos muestra un mundo que tal vez tengamos frente a nuestros ojos? Puede ser. ¿Un sinfín de situaciones que sirven para explicar aquello que no hemos hecho en la realidad? Es posible. Sea lo que sea, algo sí sabemos. En ocasiones, esas pesadillas nos pueden hacer tanto daño como la peor de las sacudidas formadas en nuestra propia realidad.

Paula despertó agitada, sabiendo al instante que no lo había hecho del todo. Había despertado, sí, pero en otro de sus sueños. Esos sueños tan recurrentes desde su llegada al pueblo.

El frío hacía que su aliento tomara cuerpo al salir por su boca en cada vaharada que desprendía. La humedad mojaba su piel, arañándola sin cuidado.

Intentó descifrar dónde se encontraba, pues había deducido, desde el primer momento, que no se hallaba en su habitación, en el hostal. Su mirada, algo cansada todavía, intentaba ajustarse a la escasa claridad que entraba por una pequeña ventana sucia, repleta de polvo y telarañas. Una ventana con el marco de madera desgastado, carcomido igual que los peinazos que sujetaban las hojas de cristal. Del exterior apenas se intuía un conjunto de nubes negras casi ocultas en un cielo apagado. Tras unos segundos, reconoció dónde se encontraba.

Era la casa junto a la iglesia. Comprendió que estaba en la habitación de Verónica y, por un momento, sintió que era ella. Analizó sus manos, su cuerpo. Nada era distinto a lo que recordaba de su vida real, pero le parecía estar en el cuerpo de Verónica.

Decidió levantarse, sintiendo el frío del suelo áspero en sus pies desnudos. Una suave brisa que acariciaba su batín y procedía de un resquicio que la ventana había dejado la reclamaba. Su pulso se aceleraba a medida que acortaba la distancia que la separaba del pequeño cristal. Su respiración se hacía más fuerte. Sus piernas temblaban. Llegó junto al marco.

El exterior mostraba los dos enormes tejos alzándose hacia el cielo. El rosal reluciendo entre todo el gris que la noche devoraba con su presencia. Sus flores dormidas parecían llamarla. Sus espinas seguían recordándole que no estaba del todo dormida. Y junto a los árboles, una sombra que permanecía inmóvil.

Paula se tensó en el mismo instante en que sus ojos percibieron aquella silueta junto a los tejos. No se movía. Se mantenía firme justo entre los dos árboles, mientras un manto oscuro rodeaba su cuerpo. Pero de todas formas lo reconoció. Era él, el padre Meana.

Su figura permanecía impávida, erguido justo entre los dos enormes tejos. Miraba hacia la ventana y de sus ojos, dos pequeños destellos blancos parecían refulgir entre la penumbra de la noche más oscura.

Todo comenzó a temblar cuando Paula sintió que el miedo llegaba a su punto álgido. Cuando sabía que a pesar de estar inmersa en una pesadilla, aquellos ojos querían gritarle. Las paredes gruñeron mientras se desquebrajaban ante la presencia estática de una Paula incapaz de mover un solo músculo. Varias raíces comenzaron a surgir del suelo, de las grietas abiertas en las paredes. Raíces que se acercaban a ella y acariciaban sus pies. Intentó gritar; y gritó. Pero nada parecía surtir efecto. Estaba sola. Sola en un mundo en que le pertenecía tanto como el real.

Volvió a observar por la ventana, intentando de forma desesperada pedir auxilio a aquella sombra que no parecía estar dispuesta a moverse. Y cuando sus ojos pudieron centrarse de nuevo en el cura, lo que vio la horrorizó todavía más.

El padre Meana seguía sin moverse a pesar de tener medio cuerpo enterrado. La tierra no parecía estar saciada y seguía engullendo de forma lenta al cura, que no mostraba signos aparentes de vida. Era como una estatua víctima del devenir de su destino, como un símbolo de lo ocurrido. Todo se calmó cuando su cuerpo desapareció bajo tierra.

Paula, todavía alterada, aunque liberada de las ataduras de las raíces, se volvió para correr, pero se detuvo sin apenas haber dado un paso. Su corazón se infartó, deteniéndose por completo. Su respiración se condensó en el aire en un último hálito de vida. Junto a la puerta, los dos ojos blancos que siempre había visto cobraban de nuevo vida, tomando una forma que creyó conocer. Despertó cuando sintió que el peligro estaba cerca.

Demasiado cerca.

—Hoy me has asustado cuando no te he visto, *fía* —dijo Adelina en cuanto sirvió un café caliente a la joven.

El día había transcurrido rápido, inmersa en aquel nuevo sueño al que trataba de encontrar significado. La tarde se consumía tras un telón que ocultaba todos sus movimientos, dejando un cielo incapaz de distinguir entre el día y la noche. Un cielo oscuro cargado de temores.

—Anoche tuve que salir un rato y al final todo se descontroló —confesó aspirando el aroma intenso del café.

—Non aprendes. —El gesto de la anciana era la definición del reproche: labios arrugados, expresión seria, ceño fruncido—. Mi Sofía *yera* igual. Pero ten cuidado, *fía*. El *fueu* siempre *ye peligrosu*.

Paula no pudo evitar recordar de nuevo aquella tarde, tantos años atrás. Y en el momento en que su recuerdo retrocedió en el tiempo, un dolor se asentó en su cabeza.

La pequeña Paula había escuchado sollozar a su madre, rebuscando en una pequeña caja de cartón. Y sintió que esa caja no era más que un objeto cargado de horror, de pena; por lo que decidió, de forma prematura e inocente, investigar el motivo que llevaba a su madre a llorar. El contenido de esa pequeña caja de cartón tenía la respuesta a sus dudas.

Esperó por más de dos horas rezagada entre las dos alturas del adosado, semioculta en el descansillo de la escalera. Vigilaba, de vez en cuando los sonidos que procedían del interior de la vivienda, sabiendo que estaba sola con su madre.

Por fin, tras unos interminables cuarenta minutos, escuchó cómo Lucía salía de la cocina con la caja entre las manos. Pasó por delante de ella, que en un torpe intento por ocultarse, se acurrucó en una de las esquinas de la escalera. Torpe, pero surtió efecto. Paula escuchó abrir la puerta que conducía al garaje y decidió correr para no perder de vista los detalles necesarios para encontrar la caja cuando su madre se fuera.

En el armario junto a la mesa de trabajo. En el garaje. No había podido elegir peor ubicación. En lo más alto del mueble, a una distancia que casi duplicaba la altura de una Paula de apenas metro veinte de altura.

Aguardó otros cinco minutos, esta vez hasta ver alejarse a Lucía de nuevo hacia la cocina. No pudo apreciarlo con claridad, pero creyó reconocer la pena en su rostro.

Corrió, adentrándose en el garaje, concretamente hasta el armario. Y sin apenas pensarlo, escaló por las pequeñas estanterías de madera que tenía a diferentes alturas. Perfecta estructura para escalar. Al fin, desafiando a la gravedad, se apoderó de la caja, que se escurrió de sus manos y cayó al suelo. Asustada, saltó para evitar perder tiempo y cogió la caja, que se había abierto en la caída. Parte de su contenido se esparcía por el suelo. Papeles, todo eran copias de documentos que la niña no comprendía y fotos. Fotos que, aunque no pudo definir bien, sí que entendió de qué se trataba.

Cuando ella duerme

Cogió una de las pequeñas y cuadriculadas fotografías y se dispuso a analizarla, pero en ese momento, los pasos de su madre la alertaron. Devolvió todo al interior y con una despreocupada agilidad, escaló de nuevo para devolver la caja a su posición. Sin embargo cuando juegas con la suerte, no siempre ganas. Mientras intentaba dejar la caja en el techo del armario, sintió cómo éste se inclinaba. El suelo se acercaba hacia ella y el miedo traspasó el tiempo para llegar a la Paula actual en forma de recuerdo. Pudo saltar antes de que el mueble llegara a caer del todo, pero cuando el armario impactó en el suelo, Lucía ya estaba observando todo.

—¡Paula!

Aquella Paula atrevida no había cambiado. Amante del peligro y seducida siempre por la imprudencia, regía sus impulsos sin ningún tipo de lógica. Pero todo lo que se proponía, acababa por conseguirlo.

—Anoche volví a ver a Óscar —dijo Paula en voz baja. Aunque no fue suficiente para que Adelina captara su comentario. Se volvió hacia ella con mirada acusatoria.

—No voy a decirte que me extraña.

—Me habló de tu marido. Dijo que le pidió que no dijera nada porque no quería poner a más gente en peligro. ¿Sabes lo que eso significa?

Adelina asintió pesarosa. Asintió dejando caer sus hombros y parte de su cuerpo sobre la butaca que tenía tras la barra.

—Que lo mejor es dejarlo ser, *fía*.

—Mientras, el verdadero culpable sigue ahí fuera —dijo la joven señalando la ventana que pintaba el paisaje triste tras ella—. Quizá fue el mismo que acabó con el padre Meana. Me lo iba a contar, Adelina. Me iba a contar qué pasó aquella noche.

—Pues por esa misma razón. Si alguien acabó con él *ye* porque te *tán* vigilando. *Nun* quieras *facer* de policía.

—Óscar me habló de Rosario Oblanca —continuó Paula ignorando todas las advertencias de la anciana—. ¿Qué puedes decirme de ella?

Adelina cerró los ojos en una ostensible muestra de derrota ante la insistencia de la joven, que no iba a darse por vencida.

—*Sábelo* Dios que *advertítelo. Non* soy quién para *falate* de esa *muyer*. Sólo sé que *yera* extraña. Aunque siempre iba a la tienda de *Casu*. Si alguien podrá hablarte de ella es Loli, la *muyer* que regenta la panadería.

Paula entendió en sus palabras la nueva ruta que debía tomar y, agradeciendo su gesto, marchó del hostal sin contemplaciones. Ni el sueño era ya compañero de Paula, que convivía con la muerte desde que entendió el significado de su vida.

Todavía faltaban unos minutos para las ocho de la tarde cuando Paula llegó al pueblo de Caso. El pueblo que en los últimos días había visitado en demasiadas ocasiones y todas con un mismo propósito. Ahora el objetivo era localizar a la mujer de la que le había hablado Adelina.

Se adentró por una de las pequeñas calles y se topó de frente con un edificio, cuya panadería se asentaba en la planta baja.

Gran parte del interior se hallaba en completa penumbra, mientras que otra parte, la iluminada, mostraba unas sombras que se movían por el interior. La puerta principal estaba cerrada y a pesar de los numerosos intentos de la joven por llamar la atención, golpeando el cristal, no parecía que nadie se interesara en abrir. Decidió, entonces, recorrer la fachada en busca de una segunda entrada. Tras girar en una pequeña esquina, una gran puerta metálica se encontraba entreabierta y por el pequeño espacio que ésta dejaba podía verse el obrador de la panadería en su interior.

Paula golpeó con cuidado la chapa metálica que componía el portón. Unos segundos después salió una mujer con la mirada extraña. De pelo rubio rizado, cubierto por una redecilla blanca de tela, ojos marrones y aspecto serio.

—Estamos cerrados —dijo sin apenas interés.

—No venía a comprar.

—Entonces seguimos cerrados. Si quieres algo, mañana a partir de las ocho de la mañana.

—Verás, busco a Loli. Me gustaría poder conversar con ella a solas si es posible.

La mujer miró a Paula con el ceño fruncido y sin apenas moverse de la puerta metálica. Antes de hablar revisó el interior como si buscara una ayuda a la que recurrir en caso de necesitarla.

—Mira, no quiero parecer maleducada. Pero no te conozco, así que como comprenderás, no tengo nada de que hablar contigo.

—Sólo voy a robarte unos minutos. No quiero hacer nada raro. Estoy intentando averiguar qué pasó con el incendio de Tanes.

—¿Eres periodista? —Se extrañó la mujer que no se apartaba de la puerta.

—No, sólo quiero saber la verdad. Sé que hay muchas mentiras al respecto y quiero saber qué pasó realmente.

La mujer guardó silencio durante un instante para después analizar todo lo que la rodeaba. Unos segundos después soltó la puerta metálica y se sentó en el pequeño muelle de carga que tenía aquella entrada.

—Lo que pasó aquella noche es que un loco prendió fuego a la casa, con dos pequeñas y una mujer encantadora en su interior. Ya está, no hay más que saber.

—Yo no estoy de acuerdo —rebatió Paula ofendida al ver el desafecto que mostraba hacia ella—. Se sabe que Óscar cargó con la culpa. Pero también sé que un hombre vio salir a una mujer con un coche negro —comenzó a decir sacando su teléfono móvil.

Tras hablar empezó a recuperar el archivo que había recibido de Sonia—. También sé que días antes de la muerte de Verónica, Rosario y ella discutieron. Y si a todo esto sumamos lo que he encontrado, dime a ver qué te parece ahora.

Cuando Paula mostró la pantalla de su teléfono a la mujer que la había recibido, ésta no pudo sino torcer la mirada. En la imagen se podía ver el rostro de Rosario así como sus datos. Junto a todos los datos aportados, se adjuntaba una fotografía de un coche, un Seat Toledo negro.

—¿Cómo explicas entonces que Rosario condujera un Seat Toledo negro? El mismo tipo de coche que declararon ver. Y podemos sumar que tras el incendio desaparece sin dejar rastro. Los últimos datos la sitúan en el País Vasco. ¿Eso no la convierte en sospechosa, al menos? —sentenció, furiosa, Paula.

La mujer cerró los ojos y se levantó, haciendo un gesto a la joven para que la siguiera. Una vez entraron, cerró la puerta, dejando el obrador en un silencio tenso cargado de un olor a harina y chocolate. A aroma de limón y vainilla, a pan tostado.

—Sé lo que puede parecer. Pero Rosario nunca hubiese hecho daño a esas niñas. A Verónica no lo sé, porque lo cierto es que no tenía muy buenas palabras para ella. Pero sí que puedo asegurarte que se desvivía por las niñas.

—¿Qué me puedes decir de ella, Loli?

La mujer, que sonrió al escuchar su nombre, no dijo nada. Se acercó a un pequeño escritorio y sacó una fotografía de él. Cuando se la dio a Paula, pudo ver a ambas. Ella de aspecto más rejuvenecido, Rosario tal y como la había visto en otras imágenes.

—Rosario siempre fue muy protectora de las niñas. Sé de buena mano que, unas semanas antes del incendio, pudo encontrar refugio para una de las pequeñas. A veces, cuando hablábamos, decía que las niñas corrían peligro allí. Tenía miedo del cura. Había algo en ese hombre que no terminaba de convencerla.

—¿El padre Meana? —investigó la joven con una mezcla de sentimientos que se movían entre la pena y el temor.

—Siempre ha sido el mismo. Al poco de llegar la chica esa a la iglesia, Rosario empezó a mostrarse más preocupada. Decía que Verónica había entrado en un juego muy feo y que había despertado a un demonio. No sé, siempre hablaba con mucha metáfora y secretismo.

—¿Nunca te dijo por qué?

—No. —Loli apoyó la espalda sobre una mesa de acero inoxidable, dejando sus manos también sobre la estructura metálica—. Ya te digo que hablaba con mucha metáfora. Le pregunté varias veces por la muchacha y siempre decía lo mismo. Que estaba cavando su propia tumba. Al final resultó tener la razón.

—¿Habló con ella durante esas últimas semanas?

—Apenas. Vino un par de veces a comprar y me comentó que había podido sacar a una de las niñas. Que iba a tratar de encontrar hogar para las demás.

Paula torció el gesto sintiendo que aquellas palabras, tan sinceras, ocultaban un pasado algo turbio. Un pasado que, aunque lleno de pesquisas que la acercaban a lo que pasó realmente, encontrar cada una de ellas se hacía un eterno suplicio.

—Pero, si Nuria era la hija de Verónica, ¿por qué iba a necesitar encontrarle un hogar? Ya tenía una madre.

—Eso nunca me lo comentó. Tampoco me interesó preguntar. Nunca he sido una mujer entrometida.

—¿Sabes dónde puedo encontrar a la niña que consiguió encontrar un hogar?

Loli negó con la cabeza y se incorporó de nuevo para acercarse hasta un pequeño horno que tenía encendido. Cuando lo desconectó, la luz que manaba de su interior se extinguió, dejando el obrador todavía más oscuro.

—Lo único que sé es que el mismo día del incendio vino a verme. Vino a pedirme algo.

Paula se sorprendió al escuchar aquello. Era imposible lo que decía Loli. Rosario había desaparecido días antes del incendio.

No podía ser que estuviera en su local el mismo día que murió Verónica.

—¿El día del incendio? No es posible. ¿Puede ser que estés confundida y lo que recuerdas pasó días antes?

—Chica, yo me equivoco bien poco. Fue el último día. Y me dijo que iba a necesitar algo importante, que no podía decirme por qué. Me preguntó si todavía tenía la casa en la playa vacía.

—¿Y para qué iba a querer saber eso? ¿Qué quería hacer?

—Ya te he dicho que nunca he sido entrometida. Le dije que la tenía a su disposición. No la volví a ver nunca más.

Siguen los secretos

Landino Escudero esperaba serio en el interior del coche patrulla la llegada de Sonia, que por primera vez, falló a su promesa de puntualidad.

—Nunca te había pasado esto. Estás empezando a preocuparme —dijo Escudero sin mirar siquiera el rostro de su compañera cuando ésta entró en el vehículo.

—He tenido un percance. Necesito ir a Caso. Tengo que ver a David —respondió ella con las manos todavía temblorosas. En su cuerpo quedaba aún restos de la sobredosis de adrenalina que había sufrido. Sentía en su cabeza un cosquilleo doloroso que apenas le dejaba pensar, sus músculos todavía atenazados, nauseas.

—¿Sopena? ¿Qué se te ha perdido con el alcalde?

—Creo que su matón ha forzado mi coche —dijo sin miedo a lo que Escudero pudiera pensar. Al fin y al cabo, era su compañero desde hacía más de un año y no tenía secretos para él.

—¿Cómo que ha forzado tu coche? —preguntó con la voz firme y una mirada acerada que mostraba su más que claro asombro—. Eso que dices es muy serio, Sonia. ¿Estás segura?

—Si estuviera segura ya estaría detenido. Pero me ha parecido que era él.

—Entiendes que no puedo permitir que hagas investigaciones paralelas que no nos conciernen. Estás de servicio. —El semblante serio de su compañero daba la credibilidad suficiente como para entender que lo que decía, era totalmente consensuado con sus propios criterios.

—Escudero, sabes que yo haría lo mismo por ti. No quiero que te involucres. Sólo que esperes en el coche.

El agente no volvió a responder. Se limitó a hundirse en su asiento mientras observaba el paisaje pasar por su ventanilla. De vez en cuando desbloqueaba su terminal y abría una ventana de Whatsapp vacía. Sólo varios mensajes suyos descansaban a un lado de la pantalla. Sonia pudo reconocer rápidamente con quién trataba de comunicarse. La foto de su hija custodiaba una esquina del terminal.

El alcalde observaba los movimientos de Sonia cuando ésta, en un acto totalmente consciente y premeditado, aparcó delante de su despacho.

Sus miradas se cruzaron cuando ella bajó del vehículo y comenzó a caminar en dirección al ayuntamiento dejando en el interior del coche a un Landino poco convencido de sus actos. Observaba con mirada crítica la parsimonia de Sonia mientras marchaba hacia el ayuntamiento.

En el despacho contiguo, su secretaria golpeaba las teclas sin cuidado, como si quisiera arrancarlas de su base. Al ruido insano de las teclas se unía el del chicle siendo víctima de sus más que inapropiados modales. La goma danzaba entre los dientes de la joven. Se deformaba mientras Sonia contemplaba asqueada ese ritual de bucólica actitud.

—Vengo a ver a David Sopena —dijo Sonia ahorrando palabras en su saludo.

—¿Tiene cita previa? —La voz seca de la secretaria salía atropellada por su boca a causa de una lengua rebelde que luchaba contra aquel chicle de fresa. O al menos así olía.

—Soy la agente de la Guarda Civil Sonia Garrido. Dile que quiero verlo.

La joven apartó la mirada de la pantalla del ordenador y, mirando por encima de las gafas a Sonia, dijo:

—Sin cita previa el señor Sopena no atiende visitas.

Cuando ella duerme

Sonia, que a pesar de haberse puesto el uniforme cuando llegó al cuartel, no parecía haber causado la más mínima impresión en una muchacha insufrible a la par que insensata.

—No vengo a pedir cita. O llamas tú al señor Sopena o entro sin más. Tú decides.

La secretaria frunció el ceño y, por un instante, dejó de masticar su más que consumida goma de mascar. No parecía contenta, pero al fin, después de unos segundos, descolgó el teléfono. La conversación apenas se limitó a decir: «Señor Sopena, está aquí Sonia Garrido, de la Guardia Civil». «Está bien». Para dedicar un «Puede pasar», tras colgar.

En el interior del despacho, David esperaba a Sonia tras su escritorio, sentado en su silla de oficina negra y con las manos cruzadas sobre la madera del mueble.

—¿Qué puedo hacer por ti? —preguntó cordial el alcalde.

Sonia aguardó unos segundos para responder. No por miedo ni respeto, sino porque intentaba elucubrar unas correctas palabras para investigar lo ocurrido. Si no lo hacía, podía acabar lanzando cualquier tipo de injusto improperio hacia el hombre que la había recibido. Fueron apenas unos segundos de silencio.

—Venía a comentarte algo extraño que me ha pasado hoy. Verás. —Se preparó ella. Se sentó en una silla destinada a las visitas, al otro lado del escritorio y cruzando las piernas continuó—. Esta mañana he ido a hacer unas gestiones con respecto al cuerpo del padre Meana, a Oviedo. Y te parecerá extraño, pero cuando he salido, un hombre, de gran porte y envergadura, estaba en mi coche. No sé si robando algo o cotilleando. Pero cuando he ido a increparlo ha salido huyendo en un coche negro.

David mantenía la compostura. Con un rictus serio en su semblante, la espalda recta y la mirada fija en los ojos de Sonia.

—Extraño es que vengas a comentármelo a mí. Parece que estés intentando decir algo entre líneas —adujo el alcalde con una astuta voz de zorro viejo, acomodando la frase y arrastrándola hacia su propio campo. Era un partido y las apuestas daban como justo vencedor a David.

—Viéndolo desde tu punto de vista quizá sí resulte extraño. Pero desde el mío, creo que era lo más obvio. Venir primero aquí.

David no contestó de inmediato. Como si intentara manejar con maestría las palabras, meditar su respuesta, paladeando cada palabra que expulsaba. Saboreando el regusto que dejaba su argumentación.

—Creo que ahora mismo sólo encuentro un punto de vista y es el mío. Por eso, si no me das más detalles. Aquí poco podemos hacer, si ha sido en Oviedo, tendrías que denunciarlo allí.

Sonia sonrió, y nada más.

—No pretendo denunciar. Arreglaré el daño de la puerta, pero no voy a denunciar. El caso es que creo saber quién es el que ha entrado en mi coche. Por eso estoy aquí.

David asintió antes de hablar. Y de nuevo volvió a encerrarse en el obligado silencio al que se aferraba tras cada palabra de Sonia.

—No es mala decisión. A veces las denuncias no traen nada más que problemas. Quizá querían robarte el coche y tú lo has impedido. ¿No lo has pensado?

—Pues de hecho sí lo he pensado. Lo que pasa es que de ser así, el maleante debería tener muy mal gusto. Mi coche es casi más viejo que yo y apenas tiene valor. Pero lo más extraño de todo no es eso. Lo extraño es que el coche en el que huyó era un coche idéntico al que manejas tú. ¿No es raro?

Sopena soltó una sonora carcajada ronca que reverberó en toda la habitación. Después, sin risa, pero con un semblante gracioso impregnando su faceta, miró de nuevo a Sonia.

—¿Quieres decir que crees que fui yo el del atraco?

—No. Tu hombre. Eso creo —dijo ella sin que se resquebrajara su voz en ningún momento.

—Bueno, al menos eres directa. Pues no puedo asegurarte que no haya sido él. Lo que sí puedo decirte es que, si ha sido él, no ha sido con mi coche. Eso es algo segurísimo.

Cuando ella duerme

—¿Y cómo puedes estar seguro? —inquirió Sonia, preocupada. La frialdad mostrada por David podía ser por dos cosas. O bien porque no tenía nada que ver. O porque no tenía sentimientos.

—Porque el coche se guarda en el almacén y sólo puede cogerlo cuando yo estoy aquí. Y yo no he estado en toda la mañana. Por lo que, él no ha usado mi coche. Si ha sido él, tendrá otro socio.

Sonia dudó por un momento, siendo testigo en silencio de las palabras de David, que no parecía estar demasiado errado.

—¿Y puedo saber dónde estabas esta mañana?

—Creo, Sonia, que eso es preguntar demasiado. Igualmente no tengo problemas en decírtelo. Primero desayuné en el bar de Cristian. Después fui a dar un paseo, solo, me duché en casa y cuando acabé de comer vine aquí.

—¿Y cómo puedo saber que tu coche no estaba en Oviedo mientras tú hacías todo eso?

De nuevo esa sonrisa triunfal de David surgió en sus labios. Una sonrisa que dibujaba la superioridad que pretendía tener. Que denotaba confianza, soberbia.

Se perdió unos instantes en su ordenador, manejando el ratón con una gracilidad típica de funcionario y, unos pocos segundos después, se detuvo de nuevo.

—Imaginaba que no te ibas a contentar con mi palabra. Mi coche, igual que cualquier coche que forma parte de este ayuntamiento, descansa en nuestro garaje municipal. Allí tenemos varios equipos de vigilancia que nos informan de todo lo que pasa con los vehículos. También varios departamentos para guardar los distintos elementos que disponemos.

El alcalde giró la pantalla hacia Sonia, que se mostró interesada en lo que aquel monitor mostraba.

Una imagen azulada, de bastante mala calidad. En ella un garaje con dos entradas podía verse con bastante claridad. De una de las puertas, abiertas, salía el coche que conducía el hombre de David.

—El coche salió sobre las tres de la tarde. Como puedes ver en las imágenes —dijo David.

—Eso no me dice nada —respondió Sonia. Pudo haber entrado antes. Pudo sacar el coche por la mañana y volver a guardarlo.

—¿A qué hora viste a ese hombre en tu coche? —preguntó Sopena moviendo de nuevo el ratón.

—Sobre las diez de la mañana.

Inició entonces un retroceso en las imágenes de la grabación, en donde podía observarse cómo el coche volvía al interior y el hombre que protegía a David salía marcha atrás, con pasos tan rápidos que incluso resultaba cómico. O al menos lo hubiera sido en otro momento. Las horas retrocedían y no se apreciaba movimiento en el garaje. Al fin, se detuvo a las 09:30. No se vio nada.

David volvió a Sonreír.

—Ya te he dicho que no ha podido ser él. Y si ha sido él, no se ha llevado mi coche.

—¿Dónde está ahora tu hombre?

—Esperándome en el coche, por si decido salir. Que será en breve, tengo una reunión en un par de horas.

—Bien, David. Si necesito algo te volveré a llamar —se despidió Sonia con el rostro tenso.

—Espero que si vuelves sea con una orden o un equipo preparado para llevar a cabo una investigación. A no ser que haya hecho algo que sea competencia tuya —sentenció él con un tono agrio en su voz, sin borrar la sonrisa fúnebre de su rostro. Una sonrisa que dolía en el alma.

Sonia apretó los dientes para evitar contestar al alcalde, que había vuelto a perderse de nuevo en su ordenador, al igual que Marisa. La secretaria tampoco se percató de la presencia alejada de Sonia, que se marchaba con más ira que alegría. Al fin todo se reduce a dos sentimientos. Dos sentimientos que incluso en momentos puntuales, llegan a ser uno solo. El amor y la ira, tan opuestos que pueden tocarse. Así funciona la vida, siempre regimos nuestros pasos por un sentimiento que, aunque no rezume, está ahí. Siempre amor, y es éste el que domina nuestras decisiones. El amor se viste de mil prendas distintas, de cariño, de amistad, de fraternidad. Pero todo lo envuelve el mismo sentimiento, el amor. Es el amor el que nos maneja con determinación, sin control, sin esperar nada a cambio. Pero a veces todo cambia.

A veces algo nos rompe. Por un instante o incluso para siempre.

Y es cuando la ira asume el control.

Al igual que el amor, también ella se disfraza. Nos muestra su cara en la traición, la mentira. En ocasiones, incluso se esconde tras un atisbo de amor incondicional. Pero la ira no atiende a razones, no es crítica ni valora consecuencias. Ella actúa movida por un solo principio; hacer daño.

Sonia era mitad amor, mitad ira. Aunque durante mucho tiempo, fue todo ira.

Cuando llegó a la patrulla pudo corroborar que el hombre que protegía al alcalde estaba en su coche. Miraba a Sonia con ojos desafiantes, sin apartar las manos del volante. Sin negar la evidencia del contacto visual con la mujer que todavía guardaba cierto temblor en sus manos.

Pudo percibir una mueca alegre en su rostro mientras se dirigía a su vehículo. En el interior, Escudero llevaba a su boca lo poco que quedaba de un cigarrillo consumido.

Una nube de un pestilente humo se escurrió hacia el cielo en cuanto Sonia abrió la puerta del conductor. Landino arrojó lo que quedaba de cigarro por la ventana, mientras manipulaba, nervioso, su terminal.

—¿Ya has acabado? —investigó él, con la mirada puesta en la ventana del despacho de David. Éste observaba con las manos ocultas tras la espalda, de pie.

—No del todo. Sólo por hoy. Te he dicho que odio que fumes dentro del coche.

—Y yo que no soporto que te hagas la heroína. No se te ha perdido nada en esta historia como para andar metiendo las narices.

—Alguien mató al cura, Escudero —espetó sin remordimientos.

La expresión de su compañero mutó en un gesto inconformista de estupor. No dijo nada durante casi un minuto. Pero al fin, pasado el tiempo, habló:

—¿Cómo lo sabes?

—Me lo ha dicho el forense. Hay indicios de que pudo ser provocado.

—La zorrita esa... —gruñó con furia Escudero—. Sabía que nos iba a traer problemas.

—No digas tonterías, Landino. ¿Cómo iba a poder levantarlo ella sola?

—¿Yo he dicho que estuviera sola?

Sonia miró a Escudero preocupada, pensando en las palabras que su compañero acababa de arrojar. Era un plan absurdo, pero no por ello debía renegar de él. Meditó en silencio.

La tarde avanzó mientras dedicaban la jornada a su típica rutina, recorriendo los pueblos y caminos. Las trochas estrechas y senderos casi prohibidos. Avanzó entre nubes de temor y miedo. El cielo no era más que una paleta de varios tonos simples de grises, una triste paleta de colores apagados. Avanzó entre los silencios de ambos y los pensamientos de ella, acercándose a una respuesta que no llegaba.

Cuando apenas restaban minutos para finalizar su turno y con la oscuridad abalanzándose sobre ellos, su teléfono volvió a reclamarla. Sonia aparcó a un lado de un viejo camino y descendió para atender la llamada en la soledad que en ese momento necesitaba. Era Samuel quien la reclamaba.

—Te estás acostumbrando a que haga horas extras. Te las voy a acabar cobrando a ti.

Sonia sonrió ante la voz amiga de su viejo compañero. En ese momento necesitaba escuchar una voz de consuelo. Necesitaba un nuevo empujón.

—Dime que tienes algo.

—No te llamaría si no fuera así.

Sonia cerró los ojos, sintiendo a su lado cada palabra que Samuel profería. Se concentró para escuchar lo que tenía que decir.

—¿Una mala y una buena? —dijo ella mofándose de su amigo.

—Una buena y otra regular. Dejémoslo ahí.

—Tengo casi localizado el titular de la cuenta que está financiando a nuestro querido alcalde. Supongo que entre esta noche y mañana podré decirte algo.

—Genial. ¿Esa es la buena o la regular?

—Esa es la regular —respondió Samuel con un irónico tono de enfado—. La buena te va a encantar. Cuando me diste el segundo nombre, me puse a indagar un poco. Y lo que he encontrado de tu nueva amiguita te va a sorprender. Te lo mando por Whatsapp.

El pulso de Sonia se detuvo cuando las palabras de Samuel atravesaron sus tímpanos. Se quedó congelada a merced del ambiente cargado de una noche helada, sintiendo cómo el mensaje que había prometido su amigo llegaba.

Lo abrió sin demasiadas esperanzas. Lo que encontró en él la dejó sin habla. De nuevo un cúmulo de mentiras resurgía en torno a la joven que había aparecido de la nada. *Siguen los secretos*, pensó, furiosa, antes de marcar su número.

Vlog Paula 04/03/2019

«Hola a todos.

Hacía tiempo que no me pasaba, pero las pesadillas han vuelto. No recordaba cómo eran, pues la última fue hace mucho tiempo, aunque de nuevo las estoy viviendo.

Son tan reales que me despierto sudada, con el miedo en el cuerpo y la piel blanca. Son pesadillas que me envuelven en un halo de realidad tan profundo y siniestro que me parece estar en ellos.

Ahora necesito descansar, pero prometo anotar todas las pesadillas que sufra para ir comentándolas con vosotros.

La de esta última noche ha sido la más común. He soñado que unas raíces escalaban por mi cama y me abrazaban. No podía moverme, no podía gritar. Me faltaba el aire e incluso podía notar el sabor a tierra mojada».

Paula tiene que acercarse a la cámara para poder dar por finalizado el vídeo. En ese momento se puede apreciar sus ojos devorados por unas ojeras tan ostensibles que apenas atrapaban la luz, dejando una sombra casi eterna sobre sus párpados.

La grabación se apaga, dejando como firma la decrepitud del rostro de la joven y su más que palpable falta de ánimo.

Algo que nunca supo

La noche se presentaba intensa en la mente de Paula. Como  todas desde que llegó. Incluso se atrevería a decir que desde tiempo atrás. Una noche envuelta entre chirridos de muelles desgastados, pensamientos fugaces y sueños cargados de temor. Una noche refugiada bajo su techo en el hostal, pues había comenzado a garuar de nuevo.

El agua golpeaba con suavidad la ventana, ocultándose gracias al manto oscuro de una noche que envolvía todo en su negro y frío telón.

Revisó, antes de sentarse sobre la cama, una pequeña libreta de anotaciones que guardaba con recelo en su bolso. Numerosos textos impregnaban cada una de las páginas:

"Pesadilla. Veo dos ojos en la oscuridad".

"Sueño. Voy caminando por un jardín de flores. Puedo sentir el olor fresco del ambiente".

"Pesadilla. De nuevo esos ojos".

"Pesadilla. Unas ramas intentan atraparme. No me dejan mover".

"Pesadilla. Las ramas".

"Sueño. Estamos papá, mamá y yo jugando en el parque".

"Pesadilla. Otra vez los ojos".

"Pesadilla...".

"Pesadilla...".

"Pesadilla...".

Cerró los ojos antes de centrarse en otros asuntos. Los cerró para evitar ser víctima una vez más de todos los malos augurios que vaticinaban aquellas pesadillas.

Un pequeño destello surgía de su teléfono, bloqueado y con la pantalla apagada. Un destello que informaba de algún mensaje, llamada o correo que seguía sin ser atendido. Lo revisó.

Varias llamadas perdidas de Sonia, llamadas que ella no escuchó o, al menos no se percató de ellas. Y un mensaje. Un único mensaje: *"Tenemos que hablar".*

Tres simples palabras.

Tres palabras que encerraban un miedo cerval a lo desconocido. Paula, que había entendido la urgencia de aquel mensaje, no se percató de que ya eran las diez de la noche y el frío comenzaba a aferrarse a los cristales de las casas, a sus paredes y a todo aquel que osara desafiarlo.

—¿Dónde estás? —dijo Sonia con una voz dura y seria. Una voz que Paula no supo interpretar. O estaba dormida o cargada de odio y rabia. Por las horas que eran, la segunda opción cobraba más relevancia.

—En el hostal. ¿Qué ocurre?

—En media hora estoy allí. Tenemos que hablar.

De nuevo esas tres palabras, acompañadas de un intenso sonido que informaba que Sonia había dejado de estar al otro lado. ¿Qué podía querer con tanta urgencia? ¿Qué era eso tan importante?

Se preparó. Por primera vez en mucho tiempo se miró al espejo e intentó descifrar, en su cuerpo, la belleza que creía perdida. Se preparó tan bien como pudo, con unos pantalones más ajustados de los que normalmente solía llevar, un jersey en lugar en de su típica sudadera ancha. Perfume y maquillaje. Todo por primera vez desde que reconoció que su mundo era distinto.

Una nueva Paula resurgió de sus propias cenizas, más bella, más simple. Pero con el mismo espíritu inconformista que le pedía indagar sobre la acritud en la voz de Sonia.

Cuando ella duerme

Cuando bajó al salón, Adelina esperaba con una copa de coñac sobre la barra.

—No te esperaba a estas horas aquí. ¿Qué haces, cielo? —preguntó la anciana golpeando la madera para indicar a Paula que se acercara.

Ella no respondió, se limitó a sentarse frente a ella y mirar fijamente los ojos de quien, hasta el momento, había ejercido de madre durante unos días. Adelina sonrió al observarla y alargando su mano para acariciarla, dijo:

—Estás hermosa. Aunque esos pelos no te favorecen. Y las chapas esas que llevas en la piel. No, *fía*, eso no.

Paula rio escuchando en la voz de Adelina, los mismos reproches que su madre hizo cuando lo vio. En ese momento de risas distendidas, unas luces cruzaron el salón. Paula supo de quién se trataba.

—Tengo que irme, Adelina.

La anciana negó con la cabeza, pero no respondió. Se limitó a dejar marchar a Paula mirando cómo la joven se alejaba.

En el exterior, el Opel Frontera de Sonia esperaba bajo el manto de lo oculto. Las gotas de agua revivían, en su trayecto hacia el suelo, al pasar frente a los faros amarillentos del vehículo. El vapor del motor se elevaba dando valor al frío que la noche les tenía preparado. Paula entró en el coche con movimientos torpes, nerviosa, extraña.

Sonia, seria y aferrada al volante, no dijo nada.

—¿Ocurre algo? —preguntó Paula al sentir un frío más intenso en el interior de aquel vehículo, que antes de haber entrado.

—Vamos a dar un paseo —respondió cortante ella.

Paula se acomodó en el asiento y aguardó a que el todoterreno iniciara la marcha. Todo seguía en silencio. El único sonido procedía de los limpiaparabrisas en movimiento y del agua impactando contra la chapa.

Los minutos pasaban.

La carretera quedó olvidada cuando Sonia se introdujo por un pequeño camino que ascendía por la ladera de una de las montañas. Un camino donde apenas se intuían las curvas, alumbradas por unos ojos que, cansados, no podían llegar más allá de un par de metros. Sonia conducía con cuidado, despacio.

—¿Vas a decirme a dónde vamos? —investigó, nerviosa, Paula.

—¿No lo sabes? —Sonia desvió un segundo la mirada para clavar sus ojos sobre su compañera. Unos ojos que gritaban de rabia.

—Si no me lo dices. Obvio que no lo sé. ¿Qué está pasando? ¿Por qué esta actitud?

Sonia volvió a ignorar las preguntas de la joven, que cada vez más nerviosa, se preparaba para saltar del vehículo si hiciera falta.

Las curvas se sucedían una tras otra. La velocidad apenas era moderada. De saltar, como mucho se arañaría un poco la piel. El olor de su perfume invadía el habitáculo. Sus nervios hacían el resto.

Al fin, tras varios minutos más en tenso silencio, Paula pudo apreciar que entraban en un pequeño pueblo. Un pueblo apagado, sin vida. Un pueblo de apenas unas pocas casas. Detuvo el vehículo frente a una de las casas. No había luz en el interior de la casa ni tampoco en el exterior.

El motor se detuvo, las luces se olvidaron del paisaje y de pronto, todo se apagó. Un minuto después Sonia descendió del coche, haciendo que el frío invadiera el habitáculo. Obligando a Paula a seguirla. Avanzó unos pasos por un camino mal asfaltado, lleno de pequeños socavones y de un aspecto arenoso. Junto al arcén, un paragolpes avisaba de que si decidías cruzar, te esperaba un descenso precipitado durante decenas de metros. Un descenso bastante limpio, pues lo único que crecía en esa ladera era hierba blanda.

Cuando ella duerme

Sonia se detuvo junto al protector metálico y se limitó a observar el paisaje. Un paisaje casi negado por la oscuridad, pero en el que se podía observar las siluetas perfiladas de las montañas a lo lejos. Los árboles meciéndose por el viento bajo ellas y el ruido de la soledad. Un ruido que conduce el viento entre susurros débiles de calmado frío.

—Siempre he pensado que el mejor lugar para guardar un secreto es la montaña —dijo Sonia, ajena a la compañía de Paula, que la miró desconcertada—. Cuando era niña y me enfadaba por algo, siempre salía corriendo a perderme por el bosque. Él siempre me protegía, me ocultaba.

»A veces, incluso subía a lo alto de aquella montaña—. Señaló una sombra a lo lejos. Una sombra perfilada por una luna oculta entre nubes negras que apenas dejaban intuirla—. Desde allí podía ver todo el lago, los pueblos. La montaña es un guardián imprevisible, tan pronto puede ocultar tu secreto por siempre, como desatar la peor de las furias contra ti. Si a algo hay que temer, es a ella.

—No entiendo qué hacemos aquí —preguntó, nerviosa, Paula.

—Aquí, si quieres guardar un secreto, tienes que enterrarlo en el bosque. Él los protege con sus raíces. Como en tus sueños. Si no lo entierras, tarde o temprano, acaba saliendo todo a la luz.

Paula negaba, aturdida, sin comprender el sentido de las palabras de Sonia. Pero aquella duda apenas soportó más encierro. Tras la siguiente pregunta, supo que lo entendería todo.

—¿Te suena de algo esa casa? —inquirió Sonia mirando por detrás de ella. Su vista se posaba unos metros más atrás, en una pequeña morada hecha de piedra.

Paula negó con la cabeza volviendo a la realidad de la que su compañera había escapado un momento atrás. Analizó cada uno de los muros exteriores de la vivienda. Una casa construida sobre rocas.

—¿Quién vive ahí? —preguntó ésta al sentir que aquel pequeño edificio era importante.

—Deja de mentir de una puta vez —espetó de golpe. Sus manos se tensaban junto a sus piernas y por fin la miró a los ojos—. Sabes perfectamente quién vivía ahí.

A Paula le dolió aquella mirada más incluso que cualquier golpe. Un dolor en el pecho, en el alma. Un dolor que atraviesa paredes, que derriba mentiras.

—No sé de qué me estás hablando —se atrevió a decir, intentando defenderse.

—No sigas. Sé que tu madre estuvo aquí hace un día apenas. ¿Qué más ocultas? ¿Qué es lo que estás buscando?

Paula, que apenas comprendía nada, se limitaba a negar con la cabeza mientras era víctima de los reproches angustiosos de una Sonia fuera de sí. El frío se hacía intenso en su piel al sentir las hirientes palabras de su compañera.

—Ya te dije por qué estoy aquí. No sé a qué viene todo esto —gritó en un desesperado intento por volver a una situación normal. Una lágrima comenzaba a escurrirse por su mejilla, llevándose consigo parte del maquillaje y haciendo más intenso el frío.

Sonia suspiró con fuerza y pasó por al lado de la joven, dirigiéndose a su coche. Abrió la puerta trasera y perdió parte de su cuerpo en el interior del coche. Sustrajo de su bolso el teléfono móvil y tras manipularlo, se lo entregó, casi lanzándoselo sobre su pecho, a Paula.

En la pantalla podía verse una captura de un informe en donde su nombre figuraba en una de las casillas. Junto al suyo el de su madre.

—¿Has pedido que me investiguen? —dijo al ver aquello.

—Pasa a la siguiente imagen.

Su corazón latía con fuerza y a la primera lágrima rebelde se le unieron varias más. Lágrimas que escapaban sin control alguno, como pequeñas gotas que caen de un grifo que no termina de cerrar su válvula.

En la siguiente captura ya no figuraba su nombre, pero sí el de su madre. Junto a ella, los nombres de varios familiares más y una dirección, subrayada para hacerla resaltar. Su respiración se detuvo al entender lo que allí se exponía. La dirección correspondía a Bueres, el mismo pueblo en el que se hallaban detenidas en ese momento. Todo el cuerpo de Paula se congeló al instante, como si el frío hubiese ganado, al fin, la batalla. El teléfono se bloqueó en sus manos.

—¿Cuántas cosas más estás ocultando? —preguntó, mordaz, Sonia.

—No... No sé qué significa esto —dijo Paula con un temblor que se iniciaba en sus piernas. Decía la verdad.

Esa casa, pertenecía a su familia. Pero ¿por qué nunca había sabido de ella?

—Ya. Y me dices que tu madre nunca te dijo nada.

—Te juro que yo no sabía nada de esta casa. Sé que tenía familia fuera de Madrid, pero nunca me dijeron dónde. Tampoco hemos venido jamás aquí ni mucho menos me ha hablado de esto. No sé qué está pasando.

Sonia guardó, durante un breve espacio de tiempo, un silencio tan denso que se condensó en el ambiente, escapando de vez en cuando de su boca. Un silencio lleno de reproches, de miedos e inseguridades. Un silencio que gritaba de dolor, de traición.

—Esa es la casa, según dice ahí, de tu bisabuela. ¿Nunca te habló de ella? No te creo.

—Ahora mismo me importa bien poco que no me creas —dijo, y sin pensar siquiera en sus actos, se encaminó a la casa. El frío le golpeó con fuerza en la cara tras los primeros pasos veloces, sobre todo en la zona todavía húmeda a causa de las lágrimas. Respiró con fuerza y caminó hacia la entrada.

Sonia intentó detenerla, siguiendo sus pasos, pero sin decir nada. Se limitó a asirla por el brazo, aunque cuando sus miradas chocaron la fuerza con la que la sujetaba disminuyó. Los ojos brillantes de Paula pronto mostraron la verdad a Sonia, que optó por dejarla ir.

—Lo que estás haciendo no es legal. Aunque sea de tu familia.

—No me importa. Si mi madre vivió aquí, quiero saber por qué nunca me lo dijo.

Intentó forzar la puerta principal, pero le resultó imposible, por lo que decidió buscar otra alternativa. Comenzó a deambular por los aledaños de la casa, hasta que encontró una pequeña ventana cerrada en el piso superior.

—Ayúdame —pidió a Sonia. Ésta se acercó y usando las manos, aupó a Paula hasta que pudo alcanzar la ventana.

Cedió al forzarla un poco, permitiendo a la joven acceder a su interior. Tras pedir a su compañera que esperara en el piso inferior, ella empezó a vagar por la oscuridad de la vivienda.

El olor a encierro se apoderaba de todo el recinto. El tacto áspero del polvo adherido a los muebles, las numerosas telarañas acomodadas en cada rincón fresco, así como el silencio tenso de recuerdos que jamás tuvo se reproducían por todas las habitaciones.

Activó la luz que su teléfono tenía para poder ver con una mayor claridad y fue entonces cuando todo se mostró. Muebles viejos y todavía bien conservados, sofás raídos y polvo por todas partes. Millones de partículas en suspensión que cobraban vida tras el haz de luz del teléfono.

—Has tardado —dijo Sonia en cuanto Paula abrió la puerta—. Hace frío aquí.

Paula no dijo nada. Ni siquiera se disculpó. Su mente se centraba en buscar en cada rincón oculto de la vivienda.

—¿Qué estás buscando? —preguntó de nuevo Sonia, con la mirada perdida entre los muebles del hogar.

—No lo sé —contestó ella desde otro mundo—. No lo sé.

Se acercó a varios muebles y abrió todos sus cajones, pero no encontró nada. Sólo ausencia. Ausencia de vida, incluso de muerte. Total ausencia de todo. Nada más que una casa vacía. Siguió revisando en cada mueble hasta que no supo dónde más buscar. Entonces pasaba a la siguiente habitación y repetía las mismas acciones.

Mientras rebuscaba en una tercera habitación, en el interior de un mueble repleto de sábanas, mantas y almohadas, escuchó la voz de Sonia, al otro lado de la vivienda. La joven acudió a su llamada tan pronto como pudo y se encontró a la joven de pie, frente a una pequeña chimenea de metal. Sujetaba algo en sus manos. Frente a ella pudo ver un mueble con un cajón abierto.

—Tienes que ver esto —dijo mostrando lo que portaba en sus manos.

Paula se acercó con el corazón latiendo con fuerza en sus muñecas, en su cuello. Podía sentir la presión de la sangre recorriendo su cabeza, sus ojos queriendo explotar, su cuerpo sudando sin parar.

—¿Qué es? —preguntó antes de revisarlo. Pero pudo ver que se trataba de un pequeño marco de fotos, con una imagen en su interior.

—Míralo.

Paula extendió su mano y cuando Sonia le dio aquello por lo que la había llamado, su corazón se detuvo por completo.

—No puede ser —dijo sintiendo cómo su pecho no podía contener el dolor que esa imagen lanzaba contra ella.

En el retrato, una Lucía más joven incluso que la actual Paula sonreía a la cámara abrazada por un hombre que reconoció de inmediato.

—¿Vas a decirme ahora qué haces aquí? —preguntó Sonia con las manos —que seguían embutidas en sus guantes negros— apretadas.

—Te juro que no sé nada de todo esto. No entiendo por qué mi madre iba a ocultarme algo así.

Volvió a revisar la fotografía, intentando negarse a la evidencia de que era David Sopena quien acompañaba a su madre.

—Entonces tendrá que explicarte de qué conoce a Sopena y por qué nunca te lo dijo.

Paula asintió siendo cómplice en silencio del dolor que estaba produciendo algo que nunca supo, algo que ahora desataba un pesar tan grande en su pecho que se transmitía a su cabeza. De pronto, la presión se intensificó con tanta fuerza en su cabeza que necesitó sujetarse las sienes al sentir que el fuego la destruía por dentro.

Sonia enseguida se acercó hasta ella intentando consolarla, pero el daño era demasiado intenso. En su mente una serie de imágenes pasaban fugaces por su cabeza. Imágenes de ella de pequeña, jugando en el parque, de su madre llorando la tarde que encontró aquella caja repleta de papeles. En pocos segundos se detuvo, volviendo todo a la normalidad.

—¿Qué te ha pasado? —preguntó, extrañada, Sonia.

Paula negó con la cabeza. Ni siquiera ella sabía qué le había pasado. Lo único cierto era que nunca había sentido algo tan intenso. Tan doloroso.

—Tengo que hablar con David. Necesito que me lo explique todo.

—Ahora no es el mejor momento. Hoy mismo he hablado con él. Vamos a esperar un par de días, hasta que todo se calme. Tengo la manera de averiguarlo.

Durante unos minutos más, siguieron investigando en el interior de los muebles de una casa que había guardado ese secreto por mucho tiempo. Pero apenas encontraron un par de fotografías más, de la abuela de Lucía y su marido, así como de sus padres.

Decidieron, cuando el frío ya era demasiado intenso, marcharse de aquella vivienda. Dejaron todo como lo habían encontrado, cerrando la ventana y la puerta. Como si ellas nunca hubiesen aparecido por allí.

La noche había dejado de llorar, pero la humedad seguía abrazada a los árboles y edificios, a sus prendas y más allá. Se introducía por cada poro de su piel. Aceleraron el ritmo hasta llegar al coche y, una vez dentro, Paula percibió algo distinto.

Algo peligroso que antes no había sentido.

Sonia había arrancado ya el motor y se disponía a cambiar de marcha cuando Paula detuvo sus movimientos agarrando su mano.

—¿Hueles eso? —preguntó con el miedo atrapando cada una de sus palabras.

—Gasolina —respondió ella revisando sus pies—. Quizás se haya escapado un poco. Éste coche ya está viejo.

Aunque el olor era demasiado intenso. Se colaba por las ventanillas y se aferraba a la nariz de Paula, que antes de que Sonia arrancara, supo que no era algo fortuito. El miedo se hizo eco de su desesperación cuando, en mitad de la oscuridad, pudo ver ese destello incandescente. Pudo ver sus ojos tomando fuerza con cada calada.

—¡Ahí! —gritó Paula, aterida por el frío que suponía el temor de esos ojos blancos atravesando la oscuridad.

Sonia entendió lo que Paula había intentado decir y aceleró con furia. Cuando las luces violaron la calma que la penumbra provocaba una silueta resurgió de la nada. En una mano portaba un cigarro encendido elevando su humo evanescente. En la otra un mechero de gasolina.

Los ojos de Sonia crecieron cuando se toparon de frente con los ojos blancos de aquel ser, amparado por una noche cruel que atestiguaba sus movimientos. El coche volvió a rugir antes de que Sonia cambiara de marcha y en ese instante, una débil llama apareció en la mano de aquel ser.

—¡Cuidado! —Paula advirtió que el sujeto había lanzado el mechero contra el coche. Pronto todo desapareció bajo el abrazo intenso de las llamas, que enseguida envolvieron en vehículo.

El todoterreno aceleró emprendió la marcha a pesar de que el cristal estaba cubierto por un fuego que amenazaba con colarse en el interior del vehículo. Pronto un golpe detuvo en seco la marcha del todoterreno.

—Sonia, tenemos que salir —exigió Paula, asustada. Veía cómo el fuego cada vez se apropiaba más del vehículo. Cómo el calor se introducía dejando a la noche en un mero detalle.

Sonia no se movía. Sus ojos se habían congelado observando las llamas. Sus manos temblaban aferradas al volante y su cuerpo parecía congelado en el asiento.

—¡Sonia! —gritó de nuevo Paula. Pero no respondía. No se movía. Sonia no era más que una estatua sin vida en el interior del coche.

Paula, desesperada, intentó sacudirla y al hacerlo, pudo ver en sus ojos el terror. Sus labios gelatinosos intentaban pronunciar algo que apenas salía en forma de susurro. Paula acercó el oído a su boca para intentar entenderla.

No pudo esperar más. Alzó su mano y golpeó con rabia la cara de su compañera, que al sentir el golpe reaccionó. Con la cara encendida debido al golpe de Paula, se quitó el cinturón y saltó del vehículo. Paula hizo lo propio por el lado del acompañante.

Las llamas se extendían a lo largo del capó y las puertas del todoterreno, pero todavía no llegaba al resto del coche.

—En el maletero —dijo Sonia.

Paula corrió, intentando confiar en las palabras de Sonia. No quiso escuchar más, abrió la puerta del maletero y allí encontró un extintor, aferrado a un lateral. No sin esfuerzo se apoderó de él y comenzó a rociar todo el coche con una espuma blanca que pronto devolvió la oscuridad que la noche intentaba propagar.

Unos minutos más tarde, todo el miedo no era más que un regusto amargo en una noche insípida, destinada al recuerdo, como todo lo malo en esta vida. El coche todavía desprendía humo por el metal corroído repleto de la espuma del extintor. La noche volvía a descargar sobre ellas parte de su lamento y la oscuridad crecía por momentos.

—¿Qué coño te ha pasado? —increpó Paula a una Sonia que

seguía ajena a lo ocurrido. Sus ojos se centraban en las chapas todavía humeantes. Cuando al fin volvió en sí misma, revisó todo en derredor, buscando al ser que había intentado acabar con ellas.

—Aquí no estamos a salvo —dijo volviendo a su coche—. Vamos.

El motor arrancó sin esfuerzo y pronto habían dejado atrás el pueblo. En silencio, rebuscando en cada esquina oculta donde la luz no llegaba para ver si aquel personaje seguía por allí.

Cuando el coche estuvo lo suficientemente lejos, Sonia detuvo su marcha a un lado y apoyando la cabeza sobre el volante comenzó a derramar varias lágrimas contenidas.

—¿Qué ha pasado ahí arriba?

Suspiró antes de continuar. Y lo hizo sin responder a la pregunta de su compañera. Aquello que hubiese visto esa noche, despertó en Sonia algo que Paula no pudo identificar.

—¿Has podido verle la cara? —preguntó dejando atrás la curiosidad de Paula.

Ésta negó. No había visto su cara. No lo hizo la primera vez que lo vio y ahora tampoco lo había logrado. Pero había algo que sí tenía claro. Que no quería que estuvieran allí.

Pudo ver cómo los brazos de Sonia temblaban, aferrados al volante. Acercó su mano hasta tocar el cuero negro de su guante. En cuanto Sonia se percató, intentó apartar la mano, pero sólo logró hacer un pequeño movimiento, como un espasmo. Y en ese momento, lo que el mundo se empecinaba en gritarle dejó de importar. Ambas se miraron, traspasando la oscuridad que la noche había dejado. Un cruce de miradas sensibles, necesitadas, gritando las profundas heridas que almacenaban en sus almas. Dos almas en silencio que se desangraban por un dolor único.

Paula pudo sentir el calor en su rostro. La sangre moviéndose veloz por su cuerpo. Su corazón, acelerado, marcaba los movimientos que su mente no podía indicar, haciendo que la joven acercara con cautela sus labios hasta los de Sonia. Fue un movimiento lento, deteniendo el tiempo entre ellas. Sintiendo el olor dulce de su piel. El intenso pulso de su corazón que no quería revelarse.

Al fin sus labios se rozaron.

Y olvidó quién era ella.

Olvidó todo el dolor de un pasado que siempre renegó de sus sentimientos.

Y volvió a ser quien fue en alguna época. Esa niña traviesa y consentida, feliz. Esa que correteaba por casa buscando nuevos retos sin miedo a lo que pudiera pasar. Pero todo lo que volvió a ser se derrumbó de golpe en cuanto sintió el rechazo en su rostro. Se había dejado llevar. Pero en cuanto los labios de Paula presionaron un poco los suyos, cuando su mano buscó la de ella, todo se torció. Se apartó de golpe, como si alguien hubiese llegado para perturbar la necesitada paz que ambas ansiaban.

—Creo que es mejor que te deje en el hostal —dijo acomodándose en el asiento. Puso de nuevo en marcha su vehículo y todo el frío que había desaparecido, volvió.

Paula se limitó a retomar su posición, avergonzada, herida. No quiso decir nada. Tampoco era necesario indagar en una llaga que se acababa de abrir. Sabía que lo que había sentido era real. Tan real como consentido.

Al final se dejó llevar por todas las dudas que seguían impregnando sus noches desde que llegó allí. Aunque ahora, por su inocente osadía, se había añadido otra nueva.

No volvieron a hablar.

¿Quién eres?

Había pasado un día entero sin tener noticias de Sonia. Dos noches sin saber nada más de ella.

Desde su llegada al hostal, no había vuelto a salir, temiendo que aquel ser que las atacó la noche anterior siguiera ahí afuera. El día se dejó caer pronto entre conversaciones amenas con Adelina, pequeños paseos por el pueblo bajo la suave lluvia que seguía encharcando aceras, empapando edificios y removiendo la tierra.

Un día eterno envuelto en pensamientos díscolos y recuerdos dolorosos. Recuerdos que se mostraban en imágenes funestas de aquellos ojos devorando la penumbra. De ese cigarrillo contaminando el aire. De esas llamas rugiendo furiosas sobre las chapas del coche de Sonia.

Y de Sonia.

Sus ojos aterrados frente a las llamas furiosas también surcaron por su mente. Su beso prohibido, su mirada celosa.

Ahora, dos amaneceres después, seguía absorta en el paisaje que se ocultaba tras nubes bajas que reptaban sobre el lago, serpenteando entre las montañas y ocultando parte de ellas.

Como todas las mañanas, Adelina aguardaba para su ración de charla matutina, a una Paula que siempre amanecía con desánimo.

—¿Cuándo vuelves a Madrid, *fía*? —preguntó la anciana con un deje melancólico en su voz. Su mirada mostraba realmente la preocupación que su voz reflejaba.

—Pronto, Adelina. Muy pronto. —Paula se convencía de sus palabras. Sus ganas de seguir allí disminuían con cada día que pasaba, pero la fuerza de su interior todavía resistía, obligándola a cumplir con sus exigencias. Tenía que resolver sus dudas primero.

Ocultaba entre sus manos la imagen que consiguieron en la casa de su familia, la última noche que salieron. Paula la observaba con la mirada crítica, como un periodista busca en una rueda de prensa, la pregunta perfecta. Veía a su madre, joven, de apenas dieciocho años, tal vez menos. Junto a ella, el rostro casi idéntico de David Sopena, abrazando por el hombro a su madre, sonriendo con picardía.

¿Qué significaba todo eso?

Decidió averiguarlo.

Acercó la foto hacia la anciana, que no se percató de ella hasta que Paula le hizo un gesto con la mano, indicando su existencia.

—¿Reconoces a estas personas? —investigó, guardando cierta información.

Adelina revisó la instantánea durante un corto espacio de tiempo para acabar deduciendo al fin, con un entrecejo fruncido, los ojos achinados, la mirada fija.

—Pues el *nenu ye nuesu* alcalde, David. Y ella... —Dudó durante un instante. Arrugó de nuevo la vista acercando su rostro a la fotografía y volviendo a destensarla después—. Pues *non toi* segura. Pero parezme la Luci, la nieta de la Pepiña. Vivían en un *pueblu* cerca de aquí, pero desde que la Pepi *morrió*, *non* volví a ver a la *guaja*. *Haz* muchos años, pero suerte que tengo buena memoria.

Paula demudó su rostro en un mero compendio de sentimientos inconexos, alejados unos de otros. Sentimientos que iban desde la rabia hasta el temor, pasando por la pena y el dolor. Traición, engaños. Mentiras, secretos. Algo ocultaba.

—¿Dónde puedo encontrar un ordenador con internet? —preguntó tras habérsele ocurrido una idea.

—Tengo uno en el despacho. Si quieres usarlo.

Paula aceptó de inmediato y acompañó a la anciana, que la dejó en su pequeño habitáculo de apenas diez metros cuadrados. Allí un sencillo escritorio con un ordenador viejo encendido, varios armarios con archivadores debidamente clasificados por fechas y un calendario del año en curso era toda la decoración. Acompañada por una bombilla colgada del techo, transportando con su luz amarilla a aquella sala a través del tiempo hasta los años noventa.

Su objetivo estaba en el buscador de Google, allí encontraría todo lo necesario. Comenzó intentando rescatar información acerca de las noticias del 26 de marzo de 2002. Varios titulares destacaron en la pantalla.

"El FBI ayuda a Perú en las investigaciones sobre el atentado cometido en Lima en vísperas de la visita de Bush".

"Una pistola requisada al 'comando Donosti' fue utilizada para asesinar al edil Juan Preide".

Amplió la búsqueda a dos días más tarde y añadiendo en sus palabras claves el nombre del pueblo en cuestión. Pronto el titular que buscaba resurgió.

"El único sospechoso del incendio de Tanes ha declarado esta noche ante la Guardia Civil, que instruye las diligencias del caso. Al parecer, el autor confeso del crimen habría prendido fuego a la casa tras una discusión con la mujer. Según fuentes de este periódico, no se conoce que mantuvieran ningún tipo de relación, pero de todas formas, se ha considerado la opción de que se tratara de algún tipo de venganza.

Junto a la mujer, de 28 años se encontraba su hija de cinco y otra niña de seis años. Las tres perdieron la vida en un trágico suceso que ha conmocionado a las localidades colindantes, que jamás habían vivido un acto semejante.

El detenido pasará a disposición judicial a lo largo del día y se espera que en breve se inicie el juicio."

Una lágrima rebelde se escurrió por su mejilla, deslizándose sin control por la piel hasta caer desde su barbilla. Paula seguía revisando día tras día las noticias que ocupaban los titulares de prensa, pero no había nada que le sirviera. Decidió entonces reducir la búsqueda a tres palabras claves; Lucía Robles Prieto.

Varios titulares aparecieron en la pantalla. Su nombre, así como la foto del rostro de su madre surgieron en la pantalla. Por un momento Paula sintió un ligero sentimiento de cariño al ver la sonrisa eterna de su madre congelada tras el monitor. Pero cuando las mentiras volvieron de nuevo, su rostro también se desdibujó de golpe.

"La boda más esperada del año: Lucía Robles y Álvaro Serna contraen matrimonio en una de las ceremonias más multitudinarias del año".

"La pareja del año. Álvaro Serna y Lucía Robles nos muestran una de sus fábricas por dentro".

"La unión hace la fuerza. Álvaro pasará a formar parte de la cúpula del partido que lidera Juan Robles, padre de Lucía Robles".

Eran todo titulares sensacionalistas y pseudonoticias que para nada tenían como finalidad la de instruir, sino despertar el morbo innecesario de una sociedad sedienta de información banal. Pero no se rindió, siguió avanzando hasta que una noticia congeló su alma.

Sus ojos crecieron cuando el titular de aquella noticia se presentó frente a ella.

Con el corazón detenido y los músculos atenazados, no pudo hacer nada más que observar la pantalla sin hacer movimiento alguno. Fueron segundos de horror, condenada a un letargo involuntario que la mantenía aferrada al ratón, con la mirada fija en el ordenador.

Al fin, tras soltar un suspiro doloroso pudo volver a recuperar sus movimientos y con cautela, desplegó la información de aquel artículo.

Las lágrimas desataron en su cabeza un dolor tan intenso que tuvo que apartarse con una energía nunca vista del escritorio.

Se levantó casi de un salto, arrojando la silla contra la pared, que no soportó el envite y desprendió varios pequeños trozos del yeso que a ella se adhería. Varios fragmentos cayeron con la fuerza de lo involuntario al suelo; y tras esos pequeños fragmentos, una lluvia de polvo blanco bailaba en su delicada travesía. Adelina se percató enseguida de aquel sonido y acudió en su auxilio.

—¿Qué pasa? —preguntó, aterrada, la mujer—. Nena, estás blanca.

Paula no respondió. Sus ojos, perdidos, no observaban nada en concreto. Al menos nada que se atara a su presente, iban más allá del tiempo hasta un momento que se había ido reproduciendo a cuentagotas en su cabeza, pero ahora se mostraba completo, intenso. Miles de agujas ardiendo atravesaban su cabeza mientras el recuerdo pasaba por sus retinas a tanta velocidad que apenas pudo percibir imágenes sueltas. Pero cuando acabó, había recordado todo.

Se volvió sobre sí misma y acudió al ordenador para imprimir aquel titular. Cuando el aparato expulsó el papel ella se apoderó de él y salió del despacho.

Se detuvo un instante frente a un espejo que Adelina tenía junto a la cafetera industrial y no pudo evitar hacerse esa pregunta: ¿Quién eres?, dijo mirando su propio reflejo atrapado en un frío cristal de mentiras y engaños.

¿Quién eres?

Esa pregunta quedó flotando en el ambiente mientras recuperaba su recuerdo una vez más.

Había vuelto a su niñez. A esa tarde en que escuchó a su madre llorar. A ese momento en que había intentado atrapar la caja que tanto daño le hizo. Y recordó lo que de ella se desprendió.

Pequeñas fotografías completamente negras con el marco blanco que ella no supo identificar. Como si alguien hubiese hecho un mal dibujo de manchas blancas ininteligibles.

Lucía entró en el garaje y con unos nervios más que visibles, levantó de nuevo el armario y recogió con velocidad la caja. Todo el contenido se había esparcido por el suelo por lo que Paula trató de ayudarla.

—*¡Quieta! No toques nada* —*respondió, con rabia, su madre.*

Recogía los papeles y los volvía a meter sin cuidado alguno dentro de la caja, arrugando algunas fotografías, rasgando otras. Sus nervios iban en aumento mientras buscaba por el suelo y guardaba lo que encontraba. Paula divisó varios papeles a una esquina y se acercó para recuperarlos.

En ese momento lo vio. Una de esas imágenes. Una fotografía que en aquel momento le recordó a ella, pero a su vez desató un dolor terrible en su cabeza. Lucía se percató de aquello y acudió al instante hasta ella, arrebatándole de las manos el papel con tanta fuerza que el filo agudo de la hoja rasgó la fina piel de los dedos la niña.

—*Largo de aquí, entrometida* —*gruñó de nuevo antes de darse cuenta de que la pequeña comenzaba a derramar alguna lágrima contenida mientras se llevaba el dedo a la boca.*

Guardó todo en la caja y lo dejó en el armario de nuevo. Tras eso cogió la mano de Paula y analizó la herida que dibujaba su dedo. Todavía sangraba.

—*Vamos a curarte eso* —*dijo intentando disimular su enfado. Sonreía, pero en su rostro se describía la furia.*

Cuando su mente volvió a mostrarle la Paula adulta, reflejada en el espejo, trajo consigo la imagen que vio aquella tarde. Recordó a la perfección la foto que vio y quién había en ella.

Sacó de su bolso el dibujo de la familia y en su mente se reprodujo aquel recuerdo. Era tal y cómo se describía en el dibujo.

Verónica sonreía a una cámara extraña, estirando su mano sobre la cabeza de una Nuria de ojos oscuros y sonrisa traviesa. De pelo recogido y manos pequeñas. Junto a Nuria, una niña que no miraba a la cámara, sino a su amiga, rubia y con el rostro alegre. Y al otro extremo, una niña de pelo castaño y ojos marrones que miraba a cámara con unas manos sobre sus nombres. Las tres niñas de estatura similar y un porte parecido. Sobre la tercera, el rostro serio de Rosario que se aferraba a la tercera niña.

Ese dibujo le hizo recordar la tarde en que encontró algo que nunca debió encontrar. Y ahora entendía el motivo por el que su madre se mostró tan enfadada. Esa tarde había despertado en Paula algo distinto.

Y con aquel recuerdo surcando su mente salió del hostal, con un propósito claro. Ahora entendía el porqué.

La muerte vigila

Sonia había pasado dos días meditando sobre lo ocurrido la última noche que se encontró con Paula. Ocupando su mente de cavilaciones derrotistas en donde todo eran mentiras.

Esa mañana amaneció distinta, intentando dirimir la causa del engaño que gravitaba sobre Paula. Dibujando distintos mapas para poder explicar ese sentimiento extraño que inundó su alma cuando ambas se encontraron en una noche oscura. Acarició sus manos ocultas bajo sus guantes negros sintiendo el dolor bajo ellos mientras observaba el paisaje triste tras la ventana.

La calma en su hogar duró apenas un suspiro. El mismo corto espacio de tiempo que tardó el sonido en cruzar la entrada de su casa, el salón, para acabar en la cocina, donde estaba sentada. Alguien tras la puerta requería su presencia.

Se levantó y caminó hacia la entrada con calma, contando cada paso que daba y pensando en quién podría necesitar verla a esas horas tan tempranas. Tanto ella como Landino habían entrado en su semana de descanso por lo que fuera quién fuera, no estaba relacionado con su trabajo.

Recordó antes de acercarse a la puerta la sombra que las atacó dos noches atrás. Por un momento ideó una estrategia simple para reaccionar si se daba el caso. La pistola reglamentaria en la mesita junto a la puerta. El seguro puesto. Cargada.

—¿Quién es? —preguntó para evitar usar la mirilla. Cualquier precaución era poca.

—¿Sonia Garrido? —Una voz ruda, áspera y calmada respondió al otro lado de la madera.

—¿Quién lo pregunta?

—Abra por favor. Sólo queremos hablar.

"Queremos". Una palabra que incluía a dos personas como poco. "Queremos", esa es la coletilla que usan los asesinos o policías. Así que la duda se reducía a dos mínimas variantes. Revisó una vez más la pistola, calculando la distancia hasta ella y el tiempo que podría tardar en disparar. No más de dos segundos, ya que la había quitado de la funda. Con el pulso controlado gracias a una lenta cadencia en su respiración, decidió mirar por la pequeña mirilla que tenía la puerta.

Una mirada rápida, intentando que la luz no traspasara para evitar que se dieran cuenta al otro lado.

Dos hombres se erguían frente a la puerta.

Dos hombres vestidos con elegantes, pero sencillos vaqueros oscuros. Uno cubría su pecho con una chaqueta negra mientras que el otro había optado por una americana del mismo color. Ambos con una envergadura similar: altos, espalda ancha, brazos definidos.

De nada sirvió la precaución de Sonia para evitar ser descubierta. En cuanto miró por el pequeño agujero acristalado, uno de los hombres, sonriendo, mostró lo que parecía ser una placa, levantándola a la altura de sus ojos. Una placa que colgaba por un pequeño cordón metálico, de su pecho.

Un metal dorado refulgió desfigurado frente a sus ojos. A pesar de ello, Sonia reconoció de inmediato ese emblema.

Ése era el emblema más temido dentro del Cuerpo Nacional de Policía, pues si aparecían ellos, significaba que alguien estaba de barro hasta el cuello.

El ángel custodio que vigila a los malos que se esconden tras su placa. Que vela sobre el escudo de la Policía. La Unidad de Asuntos Internos.

«¿Qué mierda hacen aquí?», pensó antes de abrir.

—Buenos días. ¿Había algún problema? —inquirió con el rostro serio uno de ellos.

No era el mismo que había hablado la primera vez. Esa voz sonaba más dulce, más cercana. Los dos agentes eran de una estatura similar, las únicas diferencias se encontraban en sus rostros. Uno moreno y de ojos color miel y el otro con el pelo más claro y los ojos más oscuros.

—No esperaba visita. ¿Qué ocurre? —preguntó, solícita, Sonia.

—Si no es molestia, hace un poco de frío. —Esta vez fue su compañero quien habló. El primero que lo hizo cuando ella se acercó a la puerta, el moreno—. Soy el agente Navarro y aquí, mi compañero, el agente Serra. Como habrá podido observar, venimos de Madrid. Del departamento de Asuntos Internos.

Sonia se hizo a un lado todavía reacia a sus acciones, pero teniendo en mente su plan de escape. Un plan que detectó el primero de los agentes en cuanto entró.

—¿Siempre guarda su arma ahí?

—Sólo cuando recibo visitas tan tempranas.

El agente navarro la observó con el rostro serio, dudando sin disimular de sus palabras hasta que una indolente sonrisa confirmó su gesto.

—¿Y las recibe a todas así?

Sonia no respondió. Se limitó a guardar en la funda el arma y esconderla de nuevo en el cajón. Su plan había fracasado.

Avanzaron hasta el salón en donde cada uno tomó su posición. Los dos agentes algo separados, atentos a Sonia, que se había mantenido de pie junto a la escalera que ascendía al piso superior. Siempre como manda el protocolo en situaciones de declaraciones en territorios no habituales. Dos agentes, nunca juntos, guardando mínimo dos metros de separación entre ellos. A cuarenta y cinco grados del interrogado. Siempre observando todo cuanto les rodea, arma sin seguro, funda desbloqueada, posición cómoda para desfundar —en caso de emergencia— de forma rápida. La distancia no es sólo por la visibilidad, también para impedir que si el sospechoso guarda algún arma, no tenga fácil acertar a dos objetivos en el tiempo correcto, que suelen ser dos segundos. Los agentes necesitarán uno para reaccionar. Todo está estudiado y Sonia lo sabe.

—Bonita casa —dijo el compañero. El agente Serra.

—¿Qué es lo que ocurre? Que yo sepa, los de Asuntos Internos no pintan nada en el cuerpo de la Guardia Civil.

—Creo que debería instruirse algo mejor. El departamento de Asuntos Internos es el órgano de consulta del Ministerio del Interior, por lo que cualquier cuerpo nos debe colaboración. Y es por eso que estamos hoy aquí. Nos gustaría hacerle algunas preguntas.

Sonia temía que su fantástica investigación sobre el caso de Tanes había llegado a su fin. Alguien la habría denunciado por estar investigando fuera del marco de la ley, utilizando su posición para recabar información. Suspiró esperando el momento final.

—Voy a por agua entonces.

Se perdió un segundo en su cocina, pero no de la vista de uno de ellos, meditando sobre sus siguientes movimientos. Si ellos estaban ahí, seguramente Paula estaría bajo vigilancia también. No pudo hacer otra cosa que pensar en ella con una pequeña aguja clavada en su pecho. Volvió un minuto después con varios vasos y una jarra de agua fresca.

Cuando los tres se acomodaron en sus asientos, el agente Navarro extrajo de un pequeño maletín unos cuantos papeles.

—Bien, aquí mi compañero, en calidad de testigo, será el encargado de estar presente y colaborar en todo lo que sea necesario. Si lo prefiere puede no responder y optar por buscar un abogado. Lo que supondría seguir esta conversación en cualquier cuartel cercano.

—Estoy bien así —respondió Sonia.

—Bien, vamos allá. Señorita Garrido, nos consta que está usted llevando a cabo una investigación ilegal de un caso que se supone cerrado. ¿Es eso cierto?

Cuando ella duerme

—No estoy llevando a cabo nada ilegal. Es cierto que estoy indagando sobre lo ocurrido hace años en un pueblo cercano, pero de manera individual y sin usar, de forma coercitiva, mi posición. Todo lo que consigo lo hago por la voluntad de quien se ofrece.

Navarro asintió tras las palabras de Sonia y comenzó a rebuscar entre sus papeles.

—Pero, si no me equivoco, ha estado visitando a distintos forenses para hacerle algunas preguntas. ¿Les comentó a ellos que era de manera extraoficial?

Sonia negó. Por un momento la angustia se volvía un amargo reflujo que arañaba su garganta. Sus nervios se aferraban a sus piernas y brazos. Sus ojos brillaban a causa de la tensión.

—¿Conoce al agente Samuel Merino? —volvió a preguntar el agente Navarro.

—Sí, es un amigo mío de la infancia.

—¿Ha estado pidiéndole favores?

—Alguna información me ha proporcionado. Siempre sin violar ninguna norma.

—Eso, señorita Garrido, permita que lo decida un juez. En caso de que sea necesario. ¿Qué tipo de información le pedía?

—Lo único que le pedí fue información sobre unos nombres.

—Pues eso, agente Garrido, no es legal. No sin una autorización. ¿Dónde estuvo ayer entre las seis de la madrugada y las doce del mediodía?

Esa pregunta levantó un dolor demasiado intenso en su pecho. Solía entender que, cuando alguien hacía esa pregunta, algo oscuro se ocultaba tras cada una de esas palabras.

—Estuve en casa. ¿Por qué?

Navarro dudó un momento. Volvió a perderse entre los pocos papeles que se repartían por su regazo.

—Voy a darle un voto de confianza. Voy a creer todo eso que

me dice de que lo hacía por su cuenta y respetando la ley. Pero sólo a cambio de que me diga a quién estabais investigando.

Sonia dudó un instante. Sentía que si se sinceraba estaría en completa desventaja por lo que prefirió ocultar ciertas verdades. Como en todo ser humano, una mentira sólo es tal si dos personas conocen la historia.

—Le pedí información sobre una mujer desaparecida la noche del incendio que hubo aquí en Tanes. ¿Ahora vas a decirme que ocurre?

—Su amigo ha aparecido muerto esta mañana.

Un disparo a bocajarro fue para ella escuchar esas palabras.

Todo se volvió oscuro de repente. El corazón de Sonia comenzó a latir con tanta fuerza que podía incluso sentir su pecho moverse. Su mirada se perdía en puntos abstractos de una habitación que se vació de golpe. Quedó sólo ella, hundiéndose en un pozo de lamentos que ahogaba a su ser.

—No... —intentó decir—. No es posible. No... Hace dos días me llamó. ¿Quién...?

Navarro no respondió. Tragó saliva con fuerza como si una parte de él se compadeciera de Sonia. Aunque sus ojos no parecían creerla. Quizá esa gente, curtida en mil batallas, conocían distintas formas de hacer sincero un llanto. Por eso no se sorprendió.

—Vuelvo a repetirle. ¿Dónde estuvo ayer entre las seis de la mañana y las doce del mediodía?

—¿Crees que he sido yo? —preguntó con un brote de rabia que amenazaba con estallar.

—Nosotros no estamos en posición de creer nada. Nos limitamos a hacer las preguntas que tenemos que hacer. Y todavía no ha respondido.

—Te he dicho que estuve en casa. ¿Quién ha sido?

—Una pregunta un poco trivial, ¿no cree?

Cuando ella duerme

—Vete a la mierda —estalló al fin. Se levantó de un salto haciendo que los dos agentes llevaran sus manos a las fundas donde guardaban su arma—. Vienes a mi casa, a informarme de la muerte de mi amigo y te atreves a acusarme. Fuera de mi casa.

—Señorita Garrido, cálmese. Sé que parece un ataque hacia usted. Pero lo único que queremos es encontrar al responsable de todo esto. —El agente Navarro se mantenía firme, intentando, con su voz calmada, consolar a una Sonia perdida en su mundo en ese instante.

—¡No me jodas! —bufó ella, furiosa—. Vienes hasta mi casa, a llamar al timbre a unas horas que ni siquiera el sol está despierto y pretendes acusarme de la muerte de mi propio amigo. Tú no quieres encontrar a nadie, lo que quieres es cargarme el muerto e irte pronto a tu casa. —La saliva que se derramaba por las comisuras de sus labios parecía espuma rabiosa, bilis segregada por un cuerpo herido, que buscaba en la ira, la forma de proyectar su dolor. A fin de cuentas, desde hacía un tiempo, Sonia se componía principalmente de ira.

—Señorita, le ruego que se tranquilice. No nos obligue a llevarla a una comisaría. Entendemos, por su reacción, que no tenía constancia de lo ocurrido, pero debe tener en cuenta que debemos atar todos los cabos sueltos en cuanto a la investigación. Y por ahora, por lo que sabemos, usted es la última persona que habló con él.

—¿Y qué es lo que sabéis?

Los dos agentes se miraron, conversando en silencio, con pensamientos conectados a pesar de que la conexión inalámbrica estaba cifrada. Pero los de Asuntos Internos son así; místicos, especiales. Unos segundos más tarde, volvieron a mirar a una Sonia derrotada, ojerosa. Hundida.

—Eso es información clasificada. Sólo puedo decirte que quien lo hizo, sabía muy bien el procedimiento policial de investigación.

Sonia se mantenía erguida, con los puños apretados y los

brazos tensos pegados a su cuerpo. Su mirada encendida en fuego se clavaba en los ojos de Navarro, que sin demudar su rostro, intentaba calmarla.

—Por eso pensáis que he sido yo.

—No pensamos nada. Le he dicho, señorita Garrido, que la conducta del asesino indica experiencia en el campo de investigación. A todo esto hay que sumar que no hay ningún indicio de violencia ni se ha forzado la entrada. Por lo tanto, deducimos que podía tratarse de alguien conocido. No han robado nada. Todo muy extraño.

Sonia seguía envarada a causa de las palabras del agente Navarro. Intentó calmarse, pero apenas consiguió enardecer más su ira.

—¿Tienen una orden de arresto contra mí?

—Nosotros no funcionamos así, señorita.

—Pues entonces fuera de mi casa.

Los dos agentes se miraron sin decir nada y acto seguido se levantaron de sus asientos. El primero de ellos tomó un sorbo de agua y guardó todos menos un papel en su carpeta. Cuando se acercó a Sonia le entregó la hoja y, antes de salir, dijo a modo de despedida:

—Esa es la única prueba que tenemos. ¿Tiene idea de lo que puede ser?

En la hoja que el agente le había entregado se podía ver un casquillo de un arma de nueve milímetros. Miró al agente que enfilaba la puerta y sintió que su sangre dejaba de fluir.

—No se vaya muy lejos, señorita Garrido. No creo que sea necesario decirlo, pero por si acaso. Es posible que en unos días necesitemos de su colaboración de nuevo.

Cuando abrió la puerta y su cuerpo llegó al exterior, se volvió de nuevo con el rostro arrugado y una expresión más seria todavía.

—Por cierto, ¿qué le ha ocurrido a su coche? Veo que está medio calcinado.

Sonia no podía articular palabra. Su mente se había fijado en el cajón en donde reposaba su arma reglamentaria. Algo en su cabeza le había hecho volver al pasado. A varios días atrás.

—Buenos días —dijo antes de cerrar con furia la puerta, dejando un golpe seco como última despedida.

Se apresuró a abrir el cajón y recuperar su arma. Recordó justo en ese instante que ella nunca guardaba su pistola junto con el cargador, para evitar posibles problemas. Pero sí guardaba un cargador en la guantera del coche.

Se apoderó de su arma y cuando sacó el cargador su respiración se detuvo. Todo se volvió negro cuando los latidos de su alma desangrada resonaron en el interior de su pecho.

Faltaba una bala.

Recordó entonces aquella figura dentro de su vehículo. Volvió a verlo correr por la calle y subirse a un coche negro.

Cuando la muerte vigila, nada escapa a sus brazos. Siempre al amparo de la noche, oculta entre las sombras y aguardando para lanzarse a tu cuello.

Necesitaba salir de ahí. Cogió su teléfono y marcó el único número que sabía que podría hacer algo.

—Qué... —contestó escueto. Su voz era más ronca y distorsionada que de costumbre. Algo perdida y atropellada.

Sonia miró la hora: las 11:24. ¿Era posible?

—Escudero, ¿estás bien?

—¿Teresa? —preguntó, y su voz pareció cobrar un nuevo color.

—Soy Sonia. Necesito verte. Estoy en un lío.

—Ah, no puedo ahora. Estoy ocu... ocupado. —Su voz se arrastraba por el auricular. Podía olerse el alcohol a través del teléfono.

—¿Dónde estás?

—No, no... Eso da igual —intentó decir. Una voz gutural, rasposa, dolorida. Y colgó.

No necesitó pensar. Sabía dónde lo podía encontrar.

Cuando Sonia llegó al único bar que Tanes tenía abierto, ya era mediodía. La lluvia no cesaba, aunque no parecía que fuera a molestar. Caía suave desde el cielo dejando pequeños susurros helados en la piel.

El interior del bar estaba desierto. Rubén miró a Sonia y ambos sonrieron cómplices.

—No está bien —dijo él mirando de reojo a Landino, que apoyaba su cabeza sobre la barra. No parecía estar vivo, aunque sí respiraba.

Sonia se acercó hasta él y apoyó la mano en su hombro. De inmediato, Escudero reaccionó alzando la cabeza. Buscó con la mirada algo que Sonia no supo apreciar, pero cuando sus ojos encontraron los de la joven, una pequeña sonrisa resurgió de la nada. Acarició el rostro Sonia y se incorporó sobre su butaca.

Ella pudo ver su teléfono, desbloqueado, de nuevo en esa pantalla de Whatsapp con varios comentarios que no recibían respuesta, audios que no eran escuchados. Ni siquiera llegaban a su destino, dejando un solo tic gris acorde a su rostro en ese instante.

—¿Cómo estás?

Escudero suspiró profundamente. Por su rostro se escurría el dolor de un silencio. El silencio que siempre guardaba tan adentro que sólo le dolía a él. Un silencio que al final fluyó por su cuerpo, incapaz de ser contenido.

—¿Crees en el karma?

—Lo que creo es que es demasiado pronto para que estés así. Vamos, te acompaño a casa.

—A casa no. Odio estar en casa. Es fría, solitaria.

Cuando ella duerme

—Bueno, yo me quedaré contigo.

El reacio hombre se volvió a apoyar en la barra y miró con unos ojos inquietos a Sonia, que sonreía dolorida. Pero un dolor distinto, de esos que no pueden tratarse con medicamentos. Esos dolores que el tiempo aleja, pero no del todo. Un dolor seco, sordo, aunque profundo.

—¿Soy un buen hombre? —preguntó con un hilo de voz.

—Claro que lo eres. El mejor.

—No. No lo soy. Soy un monstruo —respondió dejando a su compañera sin voz. Se limitaba a pasar su mano por la espalda de Escudero, intentando consolarlo—. Quizás el karma esté devolviéndome todo lo que le hice. Puede que me merezca su olvido. Pero duele, duele que te olviden, ¿sabes?

—Vamos, Escudero. Te acompaño.

Al fin el hombre se dignó a obedecer y accedió a dejarse llevar.

Con pasos torpes y desubicados comenzaron a dirigirse hacia la salida, pero antes de abrir la puerta Sonia se volvió hacia Rubén y con una voz casi susurrante le dijo:

—Tenemos un problema.

—Te dije que esa chica no iba a traer nada bueno.

Lo cruel del recuerdo

 Que cruel puede ser, en ocasiones, un recuerdo. Desatando tempestades tan grandes en nuestra alma que acaban por destruirnos. Es capaz de sacar del rincón más profundo de nuestra mente situaciones tan remotas que apenas llegábamos a ignorar. Pueden abrir viejas heridas, regalar bellas sonrisas o devolver el dolor de un pasado triste. Lo cruel del recuerdo no es su capacidad para hacer daño. Es su necesidad por aparecer cuando menos se lo espera.

Paula salió del hostal ignorando los reclamos tristes de Adelina.

Salió con lágrimas en los ojos, con el corazón destrozado y su cuerpo preso de unas trémulas piernas que apenas se dignaban a obedecer.

Se dirigió a su coche, pero en el justo instante en que iba a acceder a él, pudo ver, a lo lejos, a Sonia. Cargaba sobre sus hombros parte del cuerpo de Landino, que se arrastraba casi sin fuerzas por el asfalto mojado, de un gris oscuro debido a la lluvia que pintaba las calles.

Sus ojos se encontraron en un punto concreto; antes de que ella subiera a su coche y de que Sonia llegara al suyo. Escudero también pareció verla, pues su rostro demudó en una figura desdibujada de rabia contenida.

No dijo nada. Al dolor que le había producido recordar lo que encontró aquella tarde, se acababa de sumar el de la última noche juntas. Subió al coche y se marchó, viendo cómo Sonia hacía lo propio sin decir nada.

Marcó el único número que quería localizar en ese momento y en apenas unos segundos su voz resonó en el interior del coche.

—Qué alegría me has dado. No esperaba tu llamada, hija.

—¿Dónde estás?

—¿Qué pregunta es esa, Paula? ¿Ocurre algo? —El tono cordial y dulce de su madre cambió radicalmente—. Estoy recogiendo. En dos horas salgo del hotel para Madrid, no puedo quedarme más tiempo.

—En el bar del otro día.

No dijo nada más. Se limitó a colgar y a diseñar en su mente todo lo que necesitaba decirle. Toda la rabia almacenada iba creando en su cuerpo un fuego descontrolado, que se extendía hacia sus brazos, piernas. Su mente no dejaba de reproducir una y otra vez aquel maldito recuerdo, destruyendo un poco más su alma tras cada sesión. Como un vagabundo desconsolado que apura las últimas gotas de su botella de vino, continuó sin pena ni gloria hacia el bar donde se reunieron las dos.

Tuvo que esperar poco más de media hora hasta ver aparecer el Audi de color oscuro de su madre. No era negro, sino más bien un azul cambiante. Dependiendo de la luz, era más o menos oscuro.

Vio a Lucía descender del vehículo, sonreír cuando su mirada chocó con la presencia firme de Paula, en la terraza del local y torcer el gesto al no recibir respuesta. Se acercó con cautela fingiendo una sonrisa displicente que apenas creaba arrugas en su rostro.

—¿A qué se debe tanta urgencia?

Paula clavó su mirada encendida en los ojos de Lucía, guardando silencio, manteniendo distancias. Apretó los dientes y cerró las manos. Pronto sintió sus propias uñas clavándose en su piel, pero la furia era imposible de contener.

—¿Así que mis sueños eran por algo que vi en un periódico? —preguntó con el odio dibujado en su mirada.

El trozo de papel que había impreso antes de salir y ahora se encontraba arrugado en uno de los bolsillos de su chaqueta gritaba con furia. Quería escapar de allí, ver la luz.

Cuando ella duerme

—Ya te lo conté. ¿Por qué insistes de nuevo? —Su mirada hablaba de miedo, de sentimientos encontrados, de mentiras eternas.

—Eres una embustera. Me has mentido. Llevas toda la vida haciéndolo. Por eso querías que me fuera de aquí. Tenías miedo a que lo descubriera. ¿No es así? —adujo con el rostro arrugado, descompuesto. Simplificado a una facción de odio derramado por cada poro de su piel—. ¿Mamá? —Aquella pregunta, lanzada tras un tiempo prudencial, dijo más de lo que Paula callaba.

El semblante de Lucía cambió por completo. Se alejó de aquella forma agradable con la que había llegado y se transformó en un gesto serio, contenido. Un rostro sin expresión alguna. Guardaron silencio ambas. Un silencio que duró hasta que el camarero se alejó tras dejar varias tazas de café. Ninguna hizo caso a sus pedidos.

—No te entiendo, Paula. ¿A dónde quieres ir a parar?

—Lo sé todo, mamá. Lo sé todo.

Sus palabras parecieron clavarse en lo más profundo del alma de Lucía. No hizo falta entenderlo, pues sus ojos se volvieron blancos, su mirada comenzó a bailar por todo el local, como si buscara en él algo o a alguien. Y tras un incesante pestañeo nervioso y una sonrisa apretada, volvió a mirar a Paula.

—¿Qué sabes, hija? No sé a qué viene tanto secretismo.

—Sé quién soy —dijo sin miramientos. Lucía cambió de pronto. Su sonrisa desapareció y en su mirada resurgió un siniestro halo de oscura calma.

—¿Y quién eres?

—Por eso las veía. —Paula se alejó un instante del tema, el corto espacio de tiempo que tardó en sacar el papel de su chaqueta y prepararlo—. No entendía por qué esa niña se aparecía en mis sueños. Por qué me hablaba. Y sobre todo por qué parecía que todo fuera tan real. Yo soy la tercera niña —dijo sin compasión.

La expresión de Lucía se desdibujó por completo. Sus manos

comenzaron a temblar sobre la mesa con tanta fuerza que tuvo que esconderlas.

—Eso... —intentó decir con una falsa sonrisa en su rostro—. Eso es una locura, Paula.

En ese momento la joven arrojó el trozo de papel sobre la mesa. En él se podía leer un artículo de un periódico que tenía la fecha del 02 de abril de 2002. El titular fue suficiente.

"Lucía Robles y Álvaro Serna al fin confirman el rumor sobre su posible adopción. Tras una entrevista ofrecida por ella, ha confesado sentirse orgullosa.

—Es una nueva oportunidad que nos brinda la vida —ha dicho, refiriéndose al accidente que la condenó de la forma más cruel posible. Se demuestra así que la pareja ha decidido pasar página y, tras esta adopción, consagrar su idílico matrimonio. Se trata de una pequeña de cinco años. Lucía ha confesado que le hubiese gustado adoptar un bebé, pero como ella dice "todos los niños merecen el mismo cariño". No son juguetes.

—¿Vas a seguir mintiendo ahora? —dijo Paula preparando el segundo de los papeles que incriminaban a su madre. El odio ya no permitía indulgencia. Ahora no había nada más que dolor.

—Todo esto tiene una explicación, hija.

—No me llames hija, no soy tu hija.

Esas palabras dolieron tanto como parecía que lo hacía cuando lo muestran las novelas. Se presentó en su mirada brillante. Un dolor que se desprendía de sus ojos.

—No digas eso. Está bien, es cierto. Pero que seas adoptada no quiere decir que tengas relación con todo esto. Por Dios, Paula, reacciona.

—¡Basta! —gritó con rabia dando un golpe con la mano sobre la mesa—. Deja ya de mentir. Deja de tomarme por esa cría ingenua a la que puedes conformar con una simple sonrisa. Habla, dime la verdad o será él quien me la diga.

Cuando lanzó sobre la mesa la foto de ella con David, su expresión mutó por completo. La mentira ya no era una opción y el hecho de saberlo destruyó todo lo que la mantenía sujeta a la calma. Su cuerpo comenzó a temblar casi sin control. Miró a Paula y por un momento pareció que sus ojos gritaban de odio.

—¿De dónde has sacado eso?

—¿Acaso importa? Dilo ya. Dime la verdad. Di que yo soy Cristina. Vamos. —Paula gritaba cada vez más, presa de unos sentimientos descontrolados y casi erguida por completo. Por momentos parecía que fuera a devorar a su madre.

—¿Que eres quién? —preguntó arrugando el rostro.

—No sigas, mamá —dijo sin poder evitar la alusión—. Sé que una niña se salvó del incendio. Sé que fue Rosario quien le buscó un hogar. Y sólo me falta atar el último cabo. Pero creo que ya está todo claro.

Lucía suspiró por un momento, alejando consigo el temblor que se aferraba a sus músculos. Cerró los ojos y se deshizo en un largo silencio.

—Sólo quiero saber qué pasó —insistió Paula.

—No es algo fácil de contar, hija. Pero bien, te mereces saberlo. Si de algo soy culpable es de haber querido protegerte todo este tiempo, cielo. De nada más. Es cierto que eres adoptada. Es cierto todo lo que dices —adujo con calma. Su voz pausada envolvía a Paula, alejándola de todo el odio que amenazaba a su espíritu—. David no tuvo nada que ver. Él sólo me informó de la situación. Pero creo que te mereces conocer toda la historia.

»Si has encontrado la foto es porque sabes que tenía una abuela que vivió aquí. Recuerdo los veranos que pasaba en el lago, paseando por los montes. Fue algo maravilloso que nunca debí olvidar. Pero lo hice. David fue un muy buen amigo de mi infancia y parte de la adolescencia. Cuando tu padre y yo nos casamos, queríamos tener familia y bueno, me quedé en estado. Pero tras un accidente, un desgraciado accidente, todo se truncó. Perdí al bebé y con él la posibilidad de tener otro. —Su mirada se perdió en la madera de la mesa. Una mirada triste, apagada—. Pero con el tiempo decidimos buscar otras vías. Y ahí apareciste tú. Fue David quien me informó que podíamos tener acceso a una niña. Pero no era un bebé. Las adopciones son lentas y David lo sabía, sabía que estábamos pasando por un mal momento. Así que recurrimos a la opción que nos presentó.

Lucía se levantó de la mesa y caminó unos pasos, alejándose de Paula. Luego volvió y sentándose en la silla de al lado, le intentó coger la mano, pero ella la rechazó, tomando de nuevo cierta distancia entre ambas. Una vez más, Lucía suspiró.

—Sé que ahora te puede doler. Pero lo hice con todo el amor del mundo. Nunca imaginamos que todo eso pudiera pasar. Aquella desgracia creó en ti una especie de rechazo. No sé cómo explicarlo. Pero te volviste distinta, como si siguieras conectada a esa iglesia. No podíamos permitirnos que recordaras nada de aquello. Por ti, por tu salud. Hija, todo lo que hicimos fue por amor. Por no hacerte daño. Cuando decidiste venir sabía que sería cuestión de tiempo. —En ese momento rebuscó en su bolso y sacó un papel. El mismo que Paula recordaba. La imagen de todos juntos en la iglesia—. Nunca quisimos que olvidaras. Pero todavía no estabas preparada para recordar.

—¿Quién era? ¿Quién era mi madre? —preguntó Paula con lágrimas en los ojos.

—Eres Paula Serna Robles. Y lo has sido siempre. Tu pasado no es más que el que nosotros te hemos dado. No busques en tu mente algo que no puedas recordar y deja que lo que sí guardas te diga quién eres.

La joven apartó la mirada, intentando analizar cada palabra de Lucía, cada gesto. Y volvió a centrarse en ella.

—¿Por qué David? ¿Por qué este pueblo?

—Ya te lo he dicho, cielo. Las adopciones eran lentas y costosas, incluso para nosotros, que podríamos haber mantenido y criado un bebé desde el principio. Pero en cuanto a adopciones, los núcleos ausentes, en los que se depende de asistentes, no gustan nada. Prefieren familias medias, que vayan a cuidar al cien por cien del bebé. Nosotros no podíamos hacer eso. Era o lo que David ofreció o recurrir a un vientre de alquiler. Pero... —El silencio se apoderó de ella durante un momento, quizá al recordar toda esa época. Es lo cruel del recuerdo. En su caso afloró en el instante en que se reunía con su hija.

—¿Cuánto valió mi vida?

—Esa es una pregunta muy cruel, Paula. Tu vida vale más que la mía propia. Y ninguna tiene un precio.

—¿Cinco, seis mil euros? ¿Quién te cobró? —Paula no atendía a razones. Se dejaba llevar, engullida por un lobo hambriento de dolor, que saboreaba las lágrimas que desteñían el rostro de Lucía.

—Hubiese dado todo lo que tenía. No era cuestión de dinero. Cuando me quedé vacía, dejé de encontrar sentido a la vida. Cuando decidimos optar por esta vía, tenía que ser rápido. Y David conocía la forma de hacerlo rápido. Mi vida dependía de ti y desde que te vi estamos ligadas. Entiéndeme, hija.

Pero las respuestas ya no eran necesarias. Las preguntas se habían acabado.

Paula miró desafiante a Lucía, que respiraba con rapidez, como un corredor tras una maratón, exhausta en apariencia. Recogió todos los papeles y se marchó. Con la mirada perdida, con el alma rota y las esperanzas extinguidas. Lucía marchó tras ella reclamándola.

—Paula, hija, no te vayas. Volvamos a casa.

—Ahora no es el momento. Quiero estar sola —dijo, y se encaminó hacia su coche.

Lucía se quedó erguida observando cómo se marchaba, sin hacer nada. Paula pudo verla hacerse pequeña en el retrovisor de su coche mientras volvía al hostal.

Cuando llegó, su cuerpo no era más que un saco vacío de pensamientos inconexos. De recuerdos extraños y elucubraciones misteriosas.

Entró como una exhalación con los ojos anegados de lágrimas y subió, sin detenerse, a su habitación. Pudo escuchar a Adelina reclamarla en el piso de abajo.

Cuando entró en su habitación todo se derrumbó sobre ella. Los recuerdos, los pensamientos, su madre, Sonia, el padre Meana y su cuerpo sin vida. Todo pasaba veloz por su mente mientras ella, en un tonto intento por alejar esos dolorosos pensamientos de su cabeza, se frotaba con fuerza las sienes. Luchó contra sí misma en una batalla perdida antes de empezar. Luchó por recomponerse, pero pronto entendió que no era ella quien luchaba. Sino su otra parte, que pedía salir.

Encendió un cigarro que lo único que hizo fue consumirse entre sus dedos y se sentó en el borde de la cama, con los codos apoyados en las rodillas y su cabeza sobre las manos. En ese modo de pensador erecto de Rodón, conjuró todo tipo de funestas situaciones, hasta llegar a la que tomó relevancia.

Pudo ver, al otro lado de la habitación, parte de su reflejo congelado en el espejo del baño y como un alma sin pena comenzó a caminar hacia él.

Su rostro apareció al otro lado, famélico, descompuesto. Sus ojos rojos e hinchados, sus labios blancos y una expresión alejada de todo cuanto fue. Observó cada detalle, entendiendo que ninguno le pertenecía y con la furia instaurada en su cuerpo rebuscó entre los enseres del pequeño armario que se anclaba a la pared. Sacó de su interior unas tijeras y volvió a desafiarse ante un espejo cruel que mostraba todos sus defectos. Todas sus mentiras.

—¿Es esto lo que quieres? —se dijo alzando el filo metálico hasta colocarlo frente a sus ojos—. Lo que todos quieren —confirmó antes de romper a llorar definitivamente, mientras se aferraba con fuerza a las tijeras, como un niño a su madre el primer día de colegio; triste, angustiada.

El dolor de la verdad era tan intenso que se transformaba en calor.

Con el odio en su cuerpo, las lágrimas en su rostro y la indecisión en sus manos, acercó el filo de las tijeras hasta sus muñecas, mientras se desafiaba frente al espejo.

Cuando ella duerme

Cobarde, eres cobarde. Nunca has podido hacerlo, ¿por qué ahora sí? Ríndete y hazlo de una vez. Sabes que es la única salida.

Esa voz interna que gritaba en su cabeza se alejaba poco a poco hacia su garganta, obligándola a derramar un aullido que se llevó todas sus energías.

Alejando las tijeras de sus manos, decidió que era el momento de volver.

Se quitó la goma que anudaba sus mechones duros de pelo y se quedó en silencio. Analizando su rostro, desprendiéndose de su dolor entre lágrimas desbordadas en un cuerpo sin fuerzas. Llevó su mano a una de las trenzas y sin piedad la cortó. Hizo lo mismo con todas las otras que colgaba de su cabeza hasta que no quedó ninguna.

Esparcidas bajo sus pies, todas ellas se aglutinaban unas encima de otras, olvidando por un momento que fueron parte de Paula. Quedando para siempre como un recuerdo de lo que no quería volver a ser.

Sus lágrimas ahogadas se escurrían por el mármol del lavabo, dejando pequeños surcos fulgentes en su recorrido hasta formar un diminuto charco junto al desagüe. De pronto, un golpe en la puerta hizo que se distrajera por un momento. Apenas un segundo.

—*Fía*, ¿estás bien? —dijo Adelina al otro lado de la puerta—. Abre, cielo.

Paula hizo caso omiso y siguió odiando ese reflejo que ahora se mostraba distinto, con el pelo corto y liso, pero todavía sin pertenecerle. Arrancó de su cara todos los pendientes que perforaban su piel, sin delicadeza, entre gritos de rabia y dolor.

Al fin se desnudó por completo, devolviendo, por un momento su verdadera identidad. Aunque siguió llorando desconsolada en un rincón del baño.

—Ay, Dios mío. —Adelina, que había entrado usando su propia llave, se encontraba de pie justo frente a la entrada del baño. Sus ojos empañados observaban a una Paula alejada de toda realidad—. ¿Pero qué has hecho?

Paula ya no podía verse. Desde el suelo, acurrucada, lloraba en silencio toda la desazón que su cuerpo ya no podía soportar. De su rostro un fuego intenso crecía en los agujeros que habían quedado libres de pendientes, dejando caer gotas de sangre por su cara.

La anciana se acercó y arrodillándose junto a ella intentó levantarla. Pero la joven no respondía, ni siquiera la miraba. Se limitaba a llorar en silencio, derramando lágrimas por unos ojos perdidos, olvidados.

—Vamos, *fía*. Vamos a arreglar este desastre. No te preocupes que yo estoy aquí.

La anciana recogió las tijeras e intentando sonreír, abrazó a Paula.

Ambas lloraron en un silencio desconsolado de lágrimas ocultas. Lágrimas que hablaban por ellas, que no se dejaban convencer de la realidad que rodeaba a la joven. Esas lágrimas tenían su propio destino, su propio fin. Y no era otro que el de buscar las contestaciones a una verdad que había guardado durante tanto tiempo.

Una voz amiga

Sonia todavía seguía guardando en sus retinas la imagen de una Paula descompuesta, marchándose sin ni siquiera mirarla. Recordaba sus ojos anegados en lágrimas, su rostro desfigurado, su presencia lejana.

Había barajado la idea de llamarla, pero en un acto de orgullo repentino prefirió esperar. En ese momento otro asunto requería de su atención. Escudero seguía en un estado bastante deplorable, con la mirada perdida y un cuerpo gelatinoso que apenas podía mantenerse en pie.

Lo acompañó hasta su casa, situada a un par de minutos de Tanes circulando en coche. Lo acompañó cargando con parte de su cuerpo al hombro, pues todavía seguía en un estado casi moribundo, derrochando palabras inconexas con un fétido aliento a remordimientos.

Cuando entraron en su casa Sonia pudo comprobar el pésimo estado en el que vivía Escudero. El olor a encierro y desidia que percibió al entrar era tan sólo el presagio de lo que iba a encontrar en su interior. Muebles repletos de polvo, periódicos viejos sobre la mesita, junto a un sofá raído. En la mesa todavía un plato con restos de comida perfumaba el salón y en la cocina el resto de la vajilla a la espera para ser lavaba, reposando en la pica.

—Por el amor de Dios, Escudero —dijo Sonia a su compañero, reprochando con energía su comportamiento autodestructivo—. No puedes vivir así.

Él la miró con unos ojos inquietos sin llegar a proferir palabra alguna; en su mundo, quizá luchaba con miles de respuestas posibles a juzgar por su rostro. Intentó librarse de ella, pero apenas podía ejercer un mínimo de fuerza.

Fue ella, la que tras entender que ya estaba a salvo, lo dejó ir.

Escudero caminó ayudándose de la mesa hasta una silla y se dejó caer en una de ella.

Sonia se perdió en la cocina con el rostro arrugado. Al instante, al ruido de las persianas levantándose le acompañó una corriente de aire fresco que comenzaba a depurar la casa. Poco después se sumó el aroma del café caliente que la joven preparaba en la cocina. Cuando volvió, Escudero se encontraba con parte del cuerpo sobre la mesa, los brazos apoyados en ella y la cabeza oculta en el pequeño espacio que estos dejaban.

—Vamos, esto te despejará —dijo tras apoyar una humeante taza a su lado.

Escudero alzó la cabeza, frotándose las sienes y miró a su compañera. La inocencia de sus ojos pedía clemencia. Un perdón que no necesitaba y así lo demostró la sonrisa cómplice de Sonia, que cuidaba de él como una hija a su padre. Tomó la taza sin apenas esperar y sorbió el café caliente. Tan pronto como el líquido descansó en su boca, éste tragó con velocidad rompiendo la calma con un gruñido ronco, seguido de un gesto arrugado y descompuesto.

—¡Qué leches! ¿Qué has puesto a esto? —preguntó tras limpiarse de los labios parte del líquido que había derramado al rechazar el primer sorbo—. Sabe a rayos.

Sonia rio.

—Es una vieja receta. Café solo, bien caliente, amargo, con una cucharada de sal y ceniza de tabaco.

—¿Ceniza de...? Estás loca.

Ella volvió a sonreír y acercó la taza de nuevo a sus labios, mientras ella lo acompañaba con su propia taza. Pronto la sonrisa desapareció, cuando volvió a pensar en Paula y en el extraño estado en el que se encontraba.

El tiempo pasaba entre miradas arrepentidas y palabras que no querían salir. Ella perdiéndose en el paisaje triste que se mostraba tras la ventana. Él en su café amargo.

Cuando ella duerme

—Siento que me hayas visto así —dijo tras unos minutos de un silencio que se extendió hasta que la normalidad volvió con ellos. Sus manos habían dejado de temblar y, aunque todavía su voz sonaba bastante atropellada, se acercaba ya a la calma que precede una tormenta—. ¡Por Dios! Esto es una tortura —insistió tras volver a tomar un sorbo del compuesto preparado por Sonia.

—Somos compañeros. Si tienes algún problema puedes confiar en mí.

Él la miró con una sonrisa medio oculta tras un bigote abandonado. El olor a sudor que desprendía su cuerpo de vez en cuando recordaba a Sonia que no sólo necesitaba compañía.

De nuevo volvió a hundirse en un silencio espeso, triste. Acariciaba el borde de la taza como si pretendiera que de ella saliera un genio mágico para concederle algún deseo.

—Normalmente es Rubén quien me acompaña. No esperaba que aparecieses tú. Ha sido un poco extraño.

—¿Desde cuándo llevas haciendo esto?

Escudero negó con la cabeza y se encogió de hombros. Tras eso, llevó su vista al techo, como intentando evadirse.

—Hace algún tiempo. A veces, la vida nos castiga de la peor manera posible. Dime, ¿alguna vez te has enamorado?

Sonia, extrañada ante su pregunta, no supo contestar. Pero en ese momento su mente retrocedió a través del tiempo hasta su adolescencia. Y comenzó a avanzar con rapidez ante sus recuerdos hasta llegar a Paula. Un sentimiento extraño surgió en ella al detenerse en su imagen.

—No he tenido la oportunidad todavía. Pero ¿a qué viene eso? Me vas a decir ahora que te has enamorado —dijo con una risa mesurada entre sus labios.

—Siempre lo he estado. Pero a veces, una mala decisión nos acaba castigando toda la vida.

Sonia frunció el ceño. Entendió lo que decía su compañero, pero, desde que lo conocía, nunca habló de una mujer. Dedujo entonces que hacía mucho tiempo que arrastraba esa situación.

—Los castigos son nuestros, Escudero. De nosotros depende superarlos o no. Podemos cometer mil errores, pero siempre y cuando nos arrepintamos de ellos podremos pasar página. Castigarnos nos mantiene atados a ese error. Lo que debes hacer es continuar con tu vida.

Landino la miró con los ojos empapados en unas lágrimas a las que se negaba a dar permiso para salir. Se enjugó aquellas que habían intentado escurrirse y, con una sonrisa en los labios, se encendió un cigarrillo.

—Me recuerdas tanto a ella.

—¿A Teresa? —preguntó Sonia entendiendo la afirmación de su compañero.

—¿Cómo sabes su nombre?

—Hace un rato me has confundido con ella.

Él asintió, como si hubiese recordado lo que Sonia le había dicho. Dio una profunda calada y volvió a apoyar su codo sobre la mesa. Desbloqueó el teléfono móvil y comenzó a manipularlo.

—Teresa es mi hija —dijo arrastrando el móvil por la madera hasta entregárselo a Sonia. En la pantalla se veía una joven rubia, de ojos negros y rostro dulce—. Se parece mucho a ti.

—¿Qué pasó?

Escudero miró de nuevo la pantalla y acarició su rostro congelado tras ella mientras una lágrima se revelaba a su voluntad y caía sobre la mesa dejando su impronta marcada en ella.

—El peor castigo que puede recibir un padre que quiere a su familia es que sus hijos lo odien. Y eso es lo que pasó. Ella me odia. Pero no puedo negar que lo merezca. Me merezco todo lo que me pasa.

—Nadie merece el odio de sus hijos y menos si los quiere. ¿Qué pasó, Escudero?

Landino suspiró.

—Yo siempre he sido así —dijo mirándose las manos—. Ella me conoció siendo así. Pero no soy un mal hombre. No busco hacer daño. Conocí a Yolanda unos años antes del incendio de Tanes y pronto nos casamos. He de reconocer que no fui un buen marido, no la sacaba a cenar mucho, no hacíamos grandes viajes. Pero eso no implica que no la quisiera. Poco a poco fui olvidándome de ella, fuimos apartándonos cada vez más.

»Pero todo empeoró cuando caí enfermo un tiempo. Mientras trabajaba todo al menos se mantenía. Pero en esa época, que apenas salía de casa, todo se fue a pique. Ocurrió una noche y ni siquiera a día de hoy consigo recordar el porqué. Había preparado la cena, como siempre hacía. Pedí una cerveza y me dijo que no quedaban. —Escudero cerró los ojos con una real muestra de dolor—. Fue una vez sólo. Esa vez. Recuerdo que discutimos. Yo le recriminé que no hubiese comprado, ella me respondió que no iba comprar más. —Se miró la mano—. No sé qué pasó. Nunca me había pasado. Y nunca me volvió a pasar. Soy un hombre de los de antes, lo sé, de los de la mujer en casa y el hombre a trabajar, pero juro que no soy un maltratador. Antes me corto una mano que volver a hacer algo así. —El dolor se respiraba en su voz, se olía el pestilente aroma de alcohol y remordimientos que brotaba de sus labios.

Sonia tensó los labios al escuchar las palabras de su compañero y por un momento sintió la necesidad de huir de allí. Si algo no soportaba era la actitud machista y más habiendo tenido que lidiar con ellas durante tanto tiempo. Pero el rostro desangelado de su compañero infundía tanto arrepentimiento que no pudo más que compadecerse de él, sentir su pena.

—Teresa, que ya tenía una edad, me vio. Fue una vez, pero ahí se acabó todo. Yolanda se marchó y mi hija con ella. Hace ya cinco años que no sé nada de ellas. —De nuevo una lágrima se escurrió por su mejilla—. Ni siquiera sé si éste sigue siendo su número de teléfono —dijo abriendo la aplicación de Whatsapp y mostrando aquel chat sin respuestas.

—No sé qué decir, Escudero —respondió Sonia con sinceridad. No podía aprobar aquel comportamiento, pero sentía que el dolor de su compañero era real.

—Me merezco todo lo que me pasa. Merezco su odio, su olvido —sentenció él.

—También te mereces al menos que te escuchen. Todos merecemos el perdón. Nadie está exento de cometer errores, pero hay castigos que son desproporcionados.

Escudero sonrió con pesar al escuchar a Sonia, que devolvía una sonrisa cómplice acariciando su mano. Ambos guardaron un necesitado silencio de reconciliación. Pero apenas duró unos segundos.

—¿Por qué has venido a verme?

—Quizás más tarde —dijo ella entendiendo que no era el momento para seguir aumentando el dramatismo a toda esa escena. Decidió que era hora de afrontar su batalla sola, como siempre había hecho—. Tengo que marcharme, prométeme que vas a descansar.

Su compañero asintió y la dejó ir sin levantarse de la mesa. Todavía necesitaba un tiempo para recuperarse del todo. Se quedó en silencio ahogándose en una taza amarga de consuelo mientras sus ojos se redimían de todos los recuerdos que lo habían amenazado.

Ella se marchó sin saber qué debía hacer. Cuando entró en el coche, su teléfono parpadeaba mostrando una notificación pendiente.

Varias llamadas perdidas de un número que no tenía memorizado se habían repetido con pocos minutos de margen. Tres llamadas concretamente.

Se extrañó.

No pudo evitar pensar que serían esos dos agentes que la habían visitado esa misma mañana así que prefirió ignorarlas. Aunque eso no iba a ser posible. Antes de arrancar el vehículo su teléfono volvió a sonar. De nuevo era ese número anónimo.

Descolgó.

—¿Señorita Garrido? —preguntó una voz dulce y masculina al otro lado.

—¿Quién lo pregunta?

—¿Es usted Sonia Garrido?

—¿Con quién hablo? —insistió ella con las dudas reflotando en su mente.

—Verá, prefiero no decirle mi nombre y, si es posible, no memorice este número cuando acabe de llamarla. Soy el contacto con el que hablaba Samuel. Tengo entendido que alguien... Bueno.

Sonia miró a su alrededor buscando alguna pista. Por un momento pensó en la posibilidad de que alguien más estuviera vigilándola.

—¿Qué contacto? No sé de qué me estás hablando —mintió. Mintió al sentir el miedo de un posible ardid orquestado para obtener alguna falsa confesión que pudiera implicarla en todo lo ocurrido.

—Sé lo que estás intentando hacer. Tranquila, no soy de Asuntos Internos. Estoy al tanto de que estás siendo investigada y es casi seguro que a estas alturas tienen pinchado tu teléfono móvil. Pero Samuel sabía que corría peligro y me dijo que si algo le pasaba me comunicara contigo directamente.

—¿Qué es lo que encontró Samuel?

—Pues por lo visto, algo que no debe salir a la luz, así que por eso es tan importante que nadie sepa nada. Hasta ahora creo que tu línea es segura, pero como no puedo estar del todo convencido, lo mejor es que nos veamos.

—¿Y cómo sé yo que no es algún tipo de trampa?

—Pues no lo sabes. Igual que yo no puedo saber que realmente no seas tú la que se cargó a mi amigo. Porque por lo que he oído, el casquillo encontrado pertenece a un arma reglamentaria.

Y casi todo indica que es la tuya.

Sonia tragó saliva y sintió el dolor bajo su piel. Un dolor intenso que recordaba lo fútil que puede llegar a ser la vida.

—Yo no maté a Samuel —dijo con una mezcla de temor y rabia—. Era mi amigo.

—Eso ya lo sé. Él también lo sabía por eso me dijo que hablara contigo. Pero quien te ha tendido la trampa lo ha hecho muy bien. Dejaron el casquillo, pero se llevó la bala que mató a Samuel, por lo tanto no podrán investigar las estrías que el cañón pudo dejar en la bala. Así que estás en un aprieto.

Sonia, que había comprendido lo que dijo esa voz, recuperó su arma y sacó el cargador. Volvió a vaciar toda la munición hasta dejar el cargador desierto y arrojó por la ventana las balas. Si algo era sabido es que si la policía encontraba que le faltaba una bala, podrían atar cabos.

—¿Qué es lo que necesitas? —preguntó Sonia.

—Tengo algo que puede interesarte. Pero no te lo voy a decir por teléfono. Lo mejor es que nos veamos en la dirección que voy a mandarte ahora por mensaje. Asegúrate de que nadie más te esté siguiendo.

La voz colgó sin esperar la respuesta de ella, dando por entendido que acudiría a la cita. En pocos segundos llegó el mensaje.

«*En la Plaza Luis Estrada de Oviedo en dos horas*».

La dirección que le había dado estaba a más de una hora de distancia. Decidió no perder el tiempo y aceleró, alejándose de la zona. Pudo ver a Landino asomado a la ventana antes de salir.

El retrovisor de su vehículo se convirtió en aliado durante todo el trayecto. Necesitaba conocer lo que aquella voz amiga tenía que decirle. Marchó con prisas.

Vlog Paula 27/04/2019

La imagen muestra una habitación vacía. Las cortinas ocultando el paisaje y una tenue luz atravesando sus telas hasta dejar un color apagado y triste frente a la pantalla.

Los segundos pasan mientras el directo va reclutando visitantes. El contador crece veloz y los comentarios preocupados de espectadores anónimos se suceden. Tras un minuto y pocos segundos una sombra predice la aparición de Paula, que aparece frente a la pantalla creando una reacción en masa de su público. Los emoticonos vuelan por la pantalla y los comentarios de sus seguidores, sorprendidos, se cuentan por decenas.

Cuando Paula se sienta frente a la cámara, todo ha cambiado. Sus ojos todavía hinchados e inyectados en sangre. Su nuevo cabello, corto, liso, brillante. Un rostro con un color distinto, alejándose del metal que decoraba su piel, ahora se muestra liberado, hermoso, de labios carnosos y tersa piel rosada. Su mirada de pestañas infinitas traspasa la pantalla antes de hablar.

«Nunca pensé que pudiera sentir tanto dolor.

Siempre creí que mi cabeza no era como la del resto de personas. Que había algo en mi interior que no estaba bien conectado. Pensaba que acabaría volviéndome loca entre pesadillas raras y crueles presagios de mi final. Pero me acostumbré. Me acostumbré a tener pensamientos derrotistas, a creer que todo acabaría sin pena ni gloria.

Hoy me he encontrado con la verdad. Una verdad que me ha demostrado que todo lo que mi mente pretendía era mostrarme un pasado que me había sido negado. Un pasado que me ocultaron por no sé qué motivo. Un pasado que nunca me abandonó y hoy soy testigo de todo.

Al fin he encontrado el motivo por el que mi cabeza se resistía a dejarse vencer ante la abyecta intención de mi familia.

Siempre ocultamos nuestros pestilentes actos bajo una manta oscura de protección y humanidad, cuando en realidad lo que hacemos es un acto egoísta para evitar mostrar nuestras verdaderas intenciones.

Ahora sé que todas mis pesadillas son una forma que tiene mi cabeza para mostrarme un pasado que me ha sido negado por mi familia. Pero es mi mente la que es reacia a aceptar que todo quede así. Voy a descubrir la verdad que hay detrás de toda mi historia y os la haré saber. Tanto vosotros como yo merecemos conocer todo lo que pasó.

Juro que os la haré saber».

Antes de finalizar el vídeo, su rostro serio derrama rabia, dolor. Deja caer una pequeña lágrima que cae sin control por su mejilla. Mantiene su silencio unos segundos más, perdiendo su mirada por detrás del dispositivo que reproduce el directo.

Cerca de la verdad

Nunca la distancia se había hecho tan intensa para Sonia. Eterna la carretera y sus curvas. Conducía con el miedo aferrado a su mirada, dudando de cada coche que se acercaba a su parte trasera. De cada patrulla que parecía estar esperándola. Incluso del tiempo que pretendía ensañarse con ella y había comenzado a descargar parte de su furia en forma de lluvia constante, suave, pero ganando intensidad a medida que se acercaba a Oviedo.

Nunca le enseñaron que tendría que enfrentarse a este momento. Es más, todos le advirtieron de que no lo hiciera. Que dejara el pasado en paz. Quizá ellos sabían que el infierno que se desató aquella noche despertó demonios que aguardaban para volver a actuar. Ahora comprendía la gravedad de todo lo que ocurrió esa noche.

Por un momento se permitió la licencia de derramar varias lágrimas en honor a su amigo, algo que hasta ahora no había podido hacer. Lloró en silencio, sin gestos. Se desahogó en un mar de lágrimas sinceras que convertían la carretera en un paisaje borroso, como si mirara a través de unas intensas cataratas.

Al fin llegó a Oviedo, minutos antes de la cita acordada por lo que decidió comprobar que nadie más siguiera sus pasos. Comenzó entonces a circular sin rumbo fijo, girando casi en cualquier calle para comprobar si algún vehículo seguía sus movimientos.

Tras el primer cambio de dirección, un Opel negro siguió sus pasos unos metros por detrás de ella. Sus nervios comenzaron a palpitar en su pecho al ver los pasos de aquel vehículo.

Decidió volver a tomar otra dirección.

De nuevo el Opel siguió por el mismo camino que ella había

tomado confirmando casi que alguien más la acompañaba en ese trayecto. Con el miedo creciendo en sus ojos giró por una tercera calle y cuando el coche desapareció de su campo visual, aceleró. Aceleró con ira, esa que siempre había sido parte de ella, aceleró hasta que la avenida permitió otro desvío y sin dudarlo se aventuró a tomarlo. Consiguió hacerlo antes de ver la silueta del Opel y siguió acelerando.

Tras cuatro cambios de dirección más ya no había nadie aferrado a su espejo retrovisor. Fue entonces cuando optó por seguir el camino correcto hacia la cita que aguardaba con detalles nuevos. En el silencio que sólo la soledad comprende.

Antes de entrar en la última calle que llevaba hasta su destino, comprobó de nuevo que nadie más siguiera sus pasos. Tras confirmarlo se adentró en esa calle sin salida, que concluía en un pequeño jardín en forma de rotonda. Justo en el interior de aquel diminuto parque reposaba un único banco que vigilaba los movimientos de los vehículos al pasar por allí y sentado en él, un hombre de aspecto sereno.

Sonia lo observó desde la distancia mientras detenía su vehículo junto a la acera, entre dos coches ya aparcados. Lo vio manipulando un teléfono y pronto comprendió que se trataba de la persona con la que había contactado, justo en el momento en que su teléfono vibró y él le dedicó una mirada desde la distancia. El mensaje decía:

«Deja el teléfono en el coche y espera dos minutos. Luego ven».

Obedeció, pues entendía lo que su confidente quería. Por una parte, si llevaba consigo el móvil corría el riesgo de conversaciones grabadas, excesos de confianza. Por otro lado, tenía que esperar para comprobar que no había movimiento alguno y aquella calle era perfecta, ya que la recta que se extendía por más de doscientos metros podía ofrecer un amplio campo de visión. No apareció nadie. Sonia apagó la posición de GPS, los datos y salió de su coche.

Cuando ella duerme

Nadie dijo nada cuando ella se sentó junto al hombre que la esperaba. Moreno y de estatura justa para pasar las pruebas mínimas de acceso. A pesar de ocultar su físico bajo una chaqueta gruesa de plumón, éste se intuía delgado, sencillo. Con ojos marrones y labios resecos, miró a Sonia antes de dedicarle palabra alguna.

—¿Te han seguido? —preguntó, y ella reconoció en su voz al hombre con el que había hablado.

—Hasta aquí no. Aunque creo que sí me estaban siguiendo.

—¿Un Opel negro?

Sonia frunció el ceño y no necesitó asentir. La sonrisa maliciosa del hombre fue suficiente para comprender que realmente aquel coche iba tras ella.

—Lo he despistado.

—Por poco tiempo. Así que seré breve —dijo el hombre que no portaba uniforme alguno—. No sé en qué historia rara estás metida. Sólo sé que le ha costado la vida a un buen amigo mío, así que tiene que ser algo gordo.

—También era mi amigo —repuso Sonia con la voz doblada por el dolor gratuito que había infringido aquel individuo.

—Sí, ya lo sé. No estaríamos aquí si no supiera que tú no tienes nada que ver. Ahora, también te digo que se van a poner feas las cosas si no consigues más pistas pronto. Todo apunta a que en unos días tendrán las pruebas suficientes como para tomarte declaración formal. Y bueno, ya sabes cómo funciona esto.

Sonia tragó saliva ante la situación que ya había dado por asumida.

—¿Qué es lo que has averiguado? —preguntó sin tapujos.

—Samuel me llamó extrañado preguntando por un nombre concreto. Sabía que yo, al dedicarme a delitos telemáticos, podría ayudarlo mejor. Y así fue. Había encontrado movimientos extraños en la cuenta del alcalde del pueblo en que vives. Y es cierto. Todos los años desde que se postuló para alcalde, un año y medio después del incendio, ha estado haciendo propuestas de todo tipo, rondando siempre los mismos presupuestos. Y todos son aprobados casi al instante. Todos son sufragados por la misma cuenta, algo realmente extraño en un partido con tantos movimientos.

El hombre sacó de una pequeña cartera un papel repleto de números. Se lo entregó a Sonia, que lo revisó por encima. Se trataba de los movimientos de una cuenta a nombre del partido que dirigía David. Sonia guardó la respiración un instante al revelar el nombre del mayor colaborador de aquella cuenta. Algo en su interior no pareció sorprenderse, pero su rostro no opina igual. Un rostro descompuesto, pálido, sin gesto alguno.

—Al ser considerado donativo, el partido nunca preguntó por el dinero, pero puede que sea el motivo por el que siempre David ha estado al mando de esos pueblos.

—Lleva comprado desde aquella noche —dedujo Sonia con la mirada perdida, mirando el otro nombre que aparecía en el papel.

—Sea como sea, he mirado en los movimientos de esa cuenta y gran parte de ese dinero se destina a pagar el sueldo de un hombre que por lo visto trabaja para él desde el mismo día que entró en el partido.

—Tiene una especie de guardaespaldas —confirmó Sonia con la mirada todavía nublada.

—¿Un guardaespaldas? Vaya, eso es aire de grandeza. Ni siquiera el alcalde de Oviedo lo tiene. Pero bueno, visto lo visto, creo que le hace falta. Si quien está detrás de todo esto es capaz de hacer lo que ha hecho con Samuel, un guardaespaldas no viene mal.

Sonia derramó una lágrima en honor a su amigo y otra de rabia al encontrarse de nuevo con otro secreto. Cada vez se hallaba más cerca de la verdad. Pero con cada paso que daba, más dolor sentía al desvelar todos los misterios. Revisó de nuevo el papel para confirmar el nombre de quién había comprado al alcalde.

Álvaro Serna Prado

Cuando ella duerme

Y pronto localizó la relación que tenía ese nombre. Paula Serna. No hacía falta deducir que la joven que investigaba junto a ella tenía mucho más significado para toda la historia de lo que se había propuesto hacerle creer. El miedo volvió a ser su aliado.

—¿Qué más hay? —se interesó Sonia, esperando encontrar un nuevo detalle que pudiera desvelar más pistas.

—Por ahora eso es todo lo que tengo. Ahora estoy intentando averiguar la relación que tenían las dos mujeres con David o con Álvaro. Samuel me contó que Rosario se fugó poco antes del incendio, pero no hay nada más de ella. Si tuvo algo que ver, ya no se llama Rosario, de eso estoy seguro.

—Si tienes algo, dímelo, por favor. —El ruego de la joven ablandó la mirada de su confidente, que asintió en silencio antes de levantarse y perderse entre los dos edificios que ocultaban parte de su presencia.

Sonia aguardó unos minutos más analizando todo lo que había descubierto.

Álvaro, el padre de Paula estaba pagando a David todos los años. ¿Por qué? ¿Quería comprar su silencio? ¿Pagar por sus servicios?

Eran preguntas que no estaba dispuesta a dejar en el olvido. Se levantó al fin unos minutos más tarde. Cuando llegó volvió a desbloquear el teléfono, un mensaje resurgió de la nada. Un mensaje del mismo hombre con el que había hablado.

Quizás quieras despedirte de él.

Junto al texto una dirección. La del cementerio local y una hora. Faltaban escasos minutos para que el cuerpo de Samuel fuera enterrado.

Sonia observaba desde la distancia, la multitud agolpada junto al féretro del que fuera su amigo. Decenas de amigos y compañeros daban su último adiós a Samuel, acariciando la madera brillante de su ataúd, abrazándose entre ellos y derramando lágrimas que incluso desde la distancia podían percibirse. Sonia no pudo evitar hacer lo propio.

Apretando con fuerza el volante a causa de la incipiente rabia que crecía en su ser, veía cómo su amigo se perdía en el interior de un frío nicho. Pronto olvidaría su voz, su perfume. Pero jamás dejaría que sus recuerdos se esfumaran. Juró, antes de salir de allí, que haría pagar a quién le había hecho eso.

Se enjugó las lágrimas y, en el momento en que prendió el vehículo, pudo ver, junto a la entrada del cementerio, el mismo Opel que había estado siguiéndola.

Su corazón se detuvo en el instante en que sus ojos chocaron con los del hombre que aguardaba en el interior del otro coche. Todo su cuerpo comenzó a temblar y casi sin aliento, se alejó de allí.

No la siguieron.

Antes de salir de Oviedo y con una siniestra sensación emergiendo en su espíritu, no pudo contenerse a dudar sobre la persona que había estado junto a ella en todo el momento en que empezó la investigación.

Recordó también las palabras de Rubén, advirtiendo de la presencia de la joven y sus predicciones. Pero sobre todo recordó su rostro cuando la vio salir del hostal. Fue entonces cuando detuvo su vehículo y decidió aquello que había estado barajando durante todo el trayecto.

Marcó su número de teléfono y espero a que ella atendiera. Tras unos segundos un pequeño sonido la alertó de la presencia de Paula al otro lado de la línea. Guardaron silencio ambas durante un segundo.

—¿Estás bien? —preguntó Sonia al entender que era ella quien tenía que hablar.

—¿Qué necesitas? —respondió ella mostrando lejanía en su voz. La apática presencia de la joven, al otro lado de la línea, denotaba la tristeza en la que estaba sumergida.

—Tengo algo importante.

Dejó un suspiro como respuesta.

—Yo también.

Sonia dudó ante la reacción extraña de su compañera en esos momentos, pero decidió no indagar más de lo necesario.

—¿Mañana podemos vernos?

—Sobre las diez en el hostal —respondió. Sin ánimo ni esperanzas.

Paula colgó antes incluso de que Sonia pudiera dedicarle alguna palabra más. Aunque al menos le prometió un próximo encuentro.

Sonia marchó decidiendo cómo iba a afrontar el siguiente paso para encontrar la verdad. Volvió a acelerar.

Una nueva visita

Una delicada sacudida despertó a Paula en mitad de la noche. Apenas tardó en aceptar de nuevo el destino de otro sueño en el que se encontraba imbuida.

Sobre el quicio de la puerta, una silueta menuda se erguía inmóvil, aguardando su momento. Intentó aclarar su vista para dilucidar algo entre toda aquella penumbra espesa de sueños extraños.

El frío siempre estaba presente en todas sus pesadillas, la oscuridad, la sensación de peligro constante. Incluso en la mirada iluminada de aquella sombra que custodiaba su presencia desprendía cierto aroma de alerta. De miedo.

Necesitó unos segundos para poder definir algo entre toda la oscuridad de su habitación, pero cuando lo hizo, descubrió que era una niña quien había roto sus sueños. Quien la había requerido de nuevo en su mente.

—¿Qué quieres? —preguntó. Pero la pequeña no se inmutó. De ojos oscuros y cabello dorado y recogido en una sola coleta pronto dedujo que se trataba de la pequeña Elena.

Al entender que no iba a obtener nada, se levantó por completo para volver a comprobar que la niña se perdía en el pasillo.

De nuevo la puerta de su habitación la trasladaba a la casa junto a la iglesia. El miedo volvió a ser suyo al sentir la humedad de las paredes abandonadas, el frío de un ambiente cerrado, el olor a encierro, a recuerdos.

Caminó a unos metros de distancia de la niña, que guiaba sus pasos a través de un eterno pasillo que no recordaba que existiera en la vida real. Un pasillo de adustas paredes repletas de un mefítico olor que arañaba sus sentidos. Un pasillo que la conducía a través de su mente. Al fin llegaron frente a una puerta cerrada.

Emi Negre

Una única puerta de madera vieja, carcomida.

La pequeña Elena sonrió al señalar la puerta y, dejando espacio para que Paula tomara el control, retrocedió hasta que las sombras la devoraron. La joven, todavía asustada, se acercó y con un miedo protector tomó el pomo de la puerta con precaución. Su movimiento lento hacía crujir el metal del accionamiento que constituía la puerta hasta que cedió, mostrando lo que allí dentro se ocultaba.

Se volvió para buscar en la niña la información necesaria para continuar, pero tras ella ya no había nadie. Soledad y nada más. En el interior de aquella habitación desierta lo único que encontró fue un pequeño pupitre con un papel reposando en la superficie. Una hoja colocada justo en mitad de la madera.

Con pasos confusos y dudas internas se acercó hasta el pupitre para comprobar que lo que la hoja contenía era el mismo dibujo que ella recordaba. El dibujo de todas las personas que compartían vivienda. Ese dibujo en que aparecía Verónica, Rosario y las tres niñas. Nada más.

Miró fijamente el papel, sintiendo su corazón latir con fuerza, como si presintiera lo que iba a ocurrir. Pasaron varios segundos hasta que, de pronto, el dibujo que contenía el papel pareció moverse. Del rostro de uno de los muñecos que sobresalían por detrás de las tres pequeñas comenzó a cambiar de color, tornándose de un tono marrón y cobrando fuerza con el paso del tiempo. De repente, una pequeña llama surgió de la hoja ante la mirada sorprendida de Paula, que no podía mover un solo músculo. El fuego devoraba el papel sin compasión y en su mente los gritos se reproducían como pequeños y dolientes susurros agudos. Al fin, tras unos segundos reaccionó y golpeó con la mano el papel haciendo saltar los pequeños trozos incandescentes, que crearon una ligera lluvia de luz que avanzó hasta el suelo, devolviendo la noche cuando se extinguió.

Lo que resultó de aquella llama retornó a Paula a la realidad de forma súbita.

Cuando ella duerme

Cuando despertó había vuelto a su habitación. Una habitación que había recuperado el color apagado de un día confuso con nubes tímidas que seguían cubriendo el sol. En su mente todavía guardaba esa última imagen. Esa en la que el papel quemado había dejado el dibujo roto. Por una parte seguían conservándose las formas de las tres niñas y una de las mujeres. Pero sobre la otra mujer dibujada, donde el fuego se había iniciado, un pequeño agujero resurgió de las llamas, mostrando la fotografía que recordó el día anterior. Una fotografía que descubría el rostro de Rosario Oblanca.

Con esa imagen clavada en su mente insegura, bajó al salón, dispuesta a continuar con una investigación que cada vez tenía menos sentido al entender como suya una respuesta vital. Ahora sólo necesitaba averiguar por qué había ocurrido todo.

Adelina, como todos los días, esperaba tras la barra la llegada de su única inquilina, con el rostro endulzado y su mirada condescendiente, cuidando cualquier gesto extraño que pudiera lanzar. Su rostro se iluminó al ver entrar a Paula por el salón.

—Estás hermosa, muchacha —dijo mirando la nueva Paula. Una distinta, con el pelo medio corto y brillante, su mirada encendida y un aspecto más puro.

Ella sonrió sin ánimos y se sentó frente a ella, en silencio, pensando en todos sus miedos y esperando entre tensos recuerdos el momento de salir del hostal.

La anciana sirvió un café con leche y volvió a tomar asiento frente a la joven, compartiendo su calma, sin decir nada. Simplemente dejaron pasar el tiempo en una necesaria redención. Hasta que al fin volvió a entender que la necesitaba.

—¿Qué puedes decirme de la mujer que te mostré ayer? —preguntó Paula sin levantar la mirada de su taza todavía caliente.

—¿De la Luci y David?

La joven asintió con desdén.

—Pues no recuerdo mucho, *fía*. Ella venía en verano y pasaba por los pueblos siempre. Sé que él estaba loco por ella y siempre estaban juntos. Pero tras un tiempo, dejó de venir. Ya no he vuelto a verla. ¿Por qué preguntas eso?

Paula suspiró dejando escapar el dolor que la verdad causaba en su pecho e intentando liberar el nudo que se había formado.

—Es mi madre —dijo sin más.

El rostro de Adelina no pareció mostrar reacción alguna. Apenas se sorprendió de las palabras que le había dedicado Paula. La miró y con una sonrisa en sus labios llevó su mano hasta las de la muchacha.

—¿Eso cambia algo?

—Lo cambia todo, Adelina. Yo soy la niña que salió de la casa unas semanas antes.

En ese instante sí que su expresión mutó por completo. Su mirada se volvió negra y su rostro palideció hasta tornarse blanco como la taza que reposaba sobre las manos de Paula. Negando con rapidez dijo:

—Eso no es posible, cariño. —Se limitó a jurar intentando sonreír.

—Adelina, me lo ha reconocido. Sé que soy ella. Rosario me vendió antes de que el fuego se produjera. Y creo que todo puede estar relacionado.

La anciana, con el rostro todavía níveo, sacó de la barra un pequeño vaso y vertió en él un profundo chorro de coñac. Sin apenas reaccionar sorbió casi todo el contenido y lanzando un ardiente aliento de fuego volvió a negar.

—No puede ser. No es posible. ¿Por qué sería así?

—No lo sé. Pero pienso averiguarlo. Quizá Verónica descubrió la verdad y por eso decidió quitársela del medio.

La bocina del todoterreno de Sonia rompió la sincera charla que Paula mantenía con Adelina, haciendo que ésta se marchara casi sin despedirse, dejando a la anciana terminando su vaso con el rostro desdibujado.

Al salir vio el coche estacionado al lado de su Seat. Pudo ver su expresión en el interior del vehículo. Sus ojos engrandecidos, la vista fija en su presencia cambiada.

No dijeron nada durante unos segundos cuando ella entró en el vehículo. Se limitó a mirarla con la expresión fija en una mueca de sorpresa contenida.

—Te veo bien —dijo Sonia al fin, volviendo a su estado natural. Ése en el que apenas expresaba sentimiento alguno.

Paula se limitó a dedicarle una sonrisa nerviosa. Todos los recuerdos de su última cita volvían a ella. El olor mezclado de su perfume y la gasolina incandescente, el sabor de unos labios que apenas pudo rozar, el sentimiento que expresó su mirada cuando ambas se encontraron en un mismo punto. Todo volvía a ella.

La furgoneta comenzó a avanzar por una carretera empapada mientras el silencio de ambas se propagaba por el interior.

—Tengo algo que quizá no quieras saber —dijo Sonia sin mirarla siquiera, con la voz calmada y el rostro sereno—. Es sobre tu familia.

—Ya creo saber qué es.

Sonia volvió su mirada, esta vez sí, hacia su compañera. Una mirada que evocaba sorpresa, incertidumbre. No dijo nada, esperando a que Paula decidiera contarle todo lo que había adelantado.

—Ayer descubrí que mi madre me adoptó. —Esperó hasta ver la expresión desconsolada de Sonia, que apenas era capaz de apartar la mirada de ella, ignorando casi por completo el recorrido que hacía con su todoterreno—. Pagó a Rosario por mí. Soy la niña que consiguió salir de la casa unas semanas antes.

El silencio duró un tenso minuto, mientras Sonia se perdía en su conducción y Paula en los recuerdos que en ella surgían. Recuerdos de una infancia que siempre creyó suya y que ahora parecía que era todo una farsa creada por su madre. Una infancia envuelta en unas riquezas que para nada le pertenecían. Y otros recuerdos no tan lejanos.

—No puede ser —se limitó a responder Sonia.

Paula la miró con tristeza. La misma tristeza que desprende un niño al entender que lo han descubierto llevando a cabo alguna mala idea. La misma con la que se afronta la muerte.

—Soy Cristina.

Sonia demudó de nuevo, como si apenas pudiera aceptar lo que su compañera le exponía.

—¿Cómo puedes ser Cristina? Recordarías algo. No es posible.

—Por lo visto, creé algún trauma tras el incendio. Y lo olvidé todo. O me lo hicieron olvidar. Ya no sé nada, no... —Por un momento pareció que fuera a gritar, a descomponerse entre gañidos tristes y necesitados. A pesar de ello, conservó la calma y decidió continuar—. A raíz de aquello, surgieron las pesadillas. Por eso ellas me hablan. No son sueños, son recuerdos —aclaró.

Y con esa sentencia Sonia volvió a esconder su voz entre su pecho y su boca. Silenciando palabras que quizá no pensaba, pensando palabras que tal vez no quería decir. Tras unos minutos recapacitando, expuso:

—Eso lo explicaría todo —repuso Sonia tras un par de minutos más—. He podido averiguar que tu padre, por medio del partido al que representa, está financiando todos los movimientos de David. También pude averiguar que el guardaespaldas que tienen está cobrando un dinero casi escandaloso por su trabajo. Quizá tenemos ahí un posible soborno oculto. Es probable que David supiera todo.

Paula asintió afirmando la teoría de su compañera y sin mostrar sorpresa alguna. Si David había sido el intermediario era completamente lógico que estuviera recibiendo algún dinero.

—Tenemos que averiguar lo que pasó con Verónica. Por qué acabó todo así. Quizá supo todo y por eso Rosario decidió acabar con ella.

—Es posible. Sé quién nos puede ayudar —dijo Sonia aparcando el vehículo frente al ayuntamiento de Caso.

Ambas pudieron ver la presencia de David en su ventanal, observando la llegada de las dos mujeres. Como era costumbre ya en él. Una sonrisa pareció verse desde la distancia.

Las dos mujeres avanzaron en un pasillo impoluto, con sus pasos como únicos estorbos para un silencio necesario. Héctor, el bibliotecario, observó a las dos jóvenes desde la distancia mientras ellas ascendían por la escalera en busca del despacho de David. En busca de esas respuestas que llevaban durmiendo casi dos décadas.

Cuando entraron en su despacho, pudieron ver a Marisa, su secretaria, tan servicial como siempre había sido. Ignorando su presencia golpeaba las teclas con torpeza mientras, de forma descarada, mascaba su ya más que consumido chicle.

Sonia miró a su compañera y, con un gesto de repulsa, siguió avanzando, obviando el filtro al que debía someterse previamente.

—¡Oye! —gritó la secretaria al ver el movimiento de las dos mujeres, intentando detenerlas—. No podéis pasar.

Sonia miró con desprecio a Marisa y, sin decir nada, volvió a dirigirse hacia el despacho de David.

Entró sin avisar, ante los reclamos furiosos de la mujer, que quedó al otro lado de la puerta cuando la agente le cerró casi en las narices.

David se encontraba hablando por teléfono en una conversación que apenas pudo entender Paula. Hablaba casi en un susurro permanente y al ver a las dos chicas, se volvió, dándoles la espalda. Tras casi un minuto de conversación, tomó de nuevo su posición original.

—Vaya forma más sensata de entrar. Cualquiera diría que venís a detenerme —dijo David sonriendo con ironía.

—No me des ideas. Tienes suerte de que esto no tiene nada que ver con nuestras competencias. Pero todo puede cambiar —

amenazó Sonia ante la mirada crítica de Paula, que no era más que una espectadora en ese momento.

David demudó el rostro al entender lo que Sonia le había dicho. Se acomodó sobre su asiento y compuso de nuevo un gesto serio de respiración pausada.

—Bueno, ¿y qué es lo que ocurre ahora? —preguntó con la voz agravada.

—Pues nada nuevo. Sencillamente hemos descubierto todas las sucias mentiras que llevas utilizando desde que llegaste a esa silla.

Paula pudo ver una gota de sudor resurgir de su frente. Sus labios se secaban mientras su rostro apenas sufría cambio alguno. La única expresión que surgía de su semblante provenía de sus ojos.

—Mentiras. ¿Y qué mentiras son esas, si puedo saberlo?

—Pues las mentiras de lo que ocurrió la noche del incendio. —La voz de Sonia se mantenía firme, inquebrantable—. ¿Qué ocurrió realmente? Óscar te sirvió de chivo, pero nunca has contado la verdad.

—Y tú sabes la verdad. —Un David desafiante surgía poco a poco, como la sombra de una montaña que ve su ladera consumida al ocultarse el sol.

—Pues creo estar cerca. Y, con tu ayuda o sin ella, la acabaré sabiendo. Ahora bien, de ti depende cuanto tarde en llegar.

La mirada firme del alcalde sirvió como oposición ante la inquisidora amenaza de una Sonia envarada. El valor a veces surge en los momentos más difíciles, para hacernos ver el poder que tiene la voluntad.

—Sabemos que desde que te presentaste a la alcaldía has estado beneficiándote de todos los presupuestos que has presentado. Presupuestos realmente abultados y casi surrealistas. Un presupuesto que incluso incluye un puto guardaespaldas. Un guardaespaldas para una mierda de pueblo. Vamos, Sopena, no vas a negarme que es una locura eso.

La sonrisa irónica de David iba acompañada de un temblor extraño en sus manos. Un trémulo que disimulaba acariciándoselas de vez en cuando.

—No tengo culpa de que en el partido central aprueben mis propuestas. Eso no creo que sea un delito.

—Nadie ha hablado de delito. Pero bueno, si añadimos a que la principal fuente de ingreso de esa cuenta es Álvaro Serna, quizá eso sea algo más extraño.

—No tengo ni idea de dónde proviene ese dinero. Pero, si hace sus ingresos, será porque él también tendrá sus beneficios. No sé en qué me incluye eso a mí.

Sonia pasó el testigo con la mirada a Paula, que entendió su posición. Recuperó de su bolso la foto de su madre con él, tiempo atrás. Miró a David y éste a su vez le devolvió una mirada extraña. Una mirada que se alejaba de la tranquilidad con la que las había recibido. Una mirada cercana al terror.

—Álvaro es mi padre —inició Paula. Y dudo que tenga que hacerte ninguna explicación, pues no va a ser necesario. Sé que soy la niña que Rosario y tú acordasteis en dar en adopción a mis padres. A Lucía y Álvaro.

La risa nerviosa de David traspasó las paredes. Sus nervios crecieron hasta el punto que necesitó esconder sus manos bajo la mesa. Miró con desprecio de nuevo a las dos jóvenes y arrugando el rostro se atrevió a decir:

—Pero qué burda sarta de mentiras estáis diciendo. ¿Acaso insinuáis que yo vendí a una de las niñas?

—Deja ya el cuento, Sopena. Todo está en tu contra. Y si no hablas ahora mismo paso todo esto a la policía y ya cantarás con ellos. —Sonia se mostraba furiosa, ofendida. Su rabia crecía en su voz, en sus manos apretadas.

—Haz lo que tengas que hacer. Estoy limpio —sentenció él, acomodándose en su asiento.

—Ella ha confesado —retomó Paula viendo la mirada de terror que dibujó el alcalde ante su acusación—. No hace falta que sigas mintiendo. Sé que soy Cristina, la niña que salió unas semanas antes de la casa.

Cuando al fin vio la reacción desmedida de David, lanzó sobre la mesa la foto que había recuperado de la casa de su bisabuela. En ese momento él ya no pudo disimular su terror. Esa nueva visita había desenterrado una cruel verdad. Miró a Paula y tragando saliva dio la vuelta su sillón hasta dejar a las dos muchachas a su espalda.

—¿Y tu madre te ha dicho que yo te vendí? —preguntó con la voz apagada.

—Dijo que tú la pusiste en contacto con Rosario.

Miró su teléfono móvil y guardó silencio, como si meditara sus próximos movimientos. Tras eso, lo escondió en su americana y se levantó, irguiéndose frente a la cristalera, observando el paisaje frondoso de espesa vegetación.

—Es cierto que yo le hablé de Rosario. Pero nunca pensé que ella aceptara dinero por las adopciones. Nunca supe que había pagado por ti. Tan sólo hice de intermediario. Cuando todo lo del incendio ocurrió, realmente llegué a pensar que ella tenía algo que ver, pero si Óscar confesó, por qué iba a sospechar de lo contrario.

»La realidad de mi puesto es otra. Ciertamente la comunión que tengo con tu madre y con el partido que su padre lidera quizá haga de mí un privilegiado. Pero no creo que eso me convierta en culpable de nada. Siento que pienses así, pero me duele saber que dudas de mi lealtad. Nunca he mostrado un solo aspecto de mí que pueda infundir sospechas. Y si tienes algo en mi contra, entonces entrégame a las autoridades.

Se volvió de nuevo hacia Paula y Sonia, que observaban pacientes en sus posiciones. Paula apenas podía creer lo que decía, pero debía obligarse a ofrecerle un mínimo de duda. Sonia tampoco parecía creerlo.

Cuando ella duerme

—¿Y ese guardaespaldas? —preguntó ella—. ¿A quién le tienes miedo?

David tragó de nuevo saliva, pero no respondió. Se limitó a desafiar con la mirada a Sonia, que devolvía la suya. Una mirada acerada cargada de rabia.

—No creo que sea un delito lo que hago.

—Quizá el sueldo desproporcionado sí lo sea. Eso lo tendrán que investigar las autoridades.

—Hasta entonces seguiré esperando. Ahora si me disculpáis —dijo señalando la puerta.

Con la rabia como compañera de las dos jóvenes, se marcharon en silencio de nuevo. Un silencio que duró más allá de la salida del pueblo.

Al fin, cuando el bosque se abalanzaba sobre ellas de nuevo, la mente de Paula comenzó a divagar entre miles de sensaciones que elucubraban el principio de todo. Ya no buscaba un final, se centraba en el inicio.

—Es posible que todo gravite en torno a Rosario —dijo Paula intentando comprender.

—Es muy probable. Todo encaja en esa teoría. Dicen que vieron un coche negro salir de la zona y Rosario conducía un coche negro. La discusión que ambas tuvieron días antes del incendio. Lo tuyo. —Sonia, que se mostraba visiblemente preocupada, silenció tras dedicar una mirada de soslayo a Paula, que se limitaba a observar la carretera, aunque no pudo evitar percatarse del movimiento disimulado de Sonia. Un sentimiento de vergüenza surgió en su pecho de repente.

—Es posible que Verónica descubriera las intenciones de Rosario o incluso que supiera lo que había hecho conmigo y ella tomara medidas.

—Pero si Rosario estaba metida en ese mundo, no debería de estar sola.

—Eso explicaría todo lo demás. Su desaparición del día a la

noche, el miedo cerval de David, que necesita un guardaespaldas. —Paula se detuvo un instante pensando en todo su recorrido desde que llegó al pueblo—. Incluso la fijación de mi madre por sacarme de aquí. Hay un peligro mayor que ronda todo este misterio y que no quieren que sepamos.

Sonia miró a Paula y guardó silencio. Un silencio que Paula desconocía. Un silencio que inundó sus ojos de lágrimas. Un silencio que ahogó el espíritu de Paula, haciendo que perdiera de vista la carretera.

Algo en ella hizo que tuviera que retomar la atención de forma brusca, tarde. Una sombra negra se lanzó contra ellas por un lateral, justo cuando el coche cruzaba por una bifurcación.

—¡Cuidado! —gritó Paula. Pero ya era demasiado tarde.

El estruendo que provocó el impacto hizo que el bosque se precipitara sobre el vehículo.

De pronto, todo se volvió negro.

Lo peor de la tormenta

Sus pasos resonaban por un pasillo lejano, decorado con una densa alfombra de niebla que ocultaba el suelo bajo su manto níveo. Paula se encontró, de repente, de pie en medio de un frío pasillo oscuro. No había dolor. Tampoco Sonia se hallaba con ella. Lo único que la acompañaba era una tormenta desgarradora que pretendía romper el cielo entre furiosos rugidos.

Lo peor de la tormenta no es en sí su potencial, sino el miedo que infunde a todos los que la presencian. El miedo a ser el elegido por ella para recibir toda su furia. En ese momento, Paula sentía que el cielo la buscaba.

El agua sacudía con fuerza el techo de la casa donde había despertado, que entendió que volvía a ser en esa casa. En esa noche. Oteó en derredor todo cuanto sus ojos podían definir, pero no había nada más que un pasillo eterno, sin puertas ni ventanas. Dos paredes de aspecto siniestro conducían hasta una especie de espejo, que la esperaba al final del recorrido.

Con el corazón latiendo con fuerza, dio sus primeros pasos, sintiendo la humedad en sus pies descalzos, ocultos bajo la niebla que acariciaba su piel. Siguió caminando. Los truenos se sucedían casi sin espacio de tiempo entre ellos mientras su sombra emergía cada pocos segundos, entre las paredes, justo cuando la luz de los truenos condenaba a la penumbra.

Se plantó a unos escasos metros del espejo. Un espejo enorme, casi tan alto como ella, recubierto de un polvo que ocultaba su reflejo. Volvió a dar dos pasos más, que resultaron ser los últimos y alzó su mano para eliminar toda la suciedad presente en la superficie.

En ese momento despertó.

Cuando sus ojos se abrieron, un enorme y sonoro suspiro escapó de su alma. Un suspiro condensado a causa del frío que invadía el habitáculo del todoterreno por todos los espacios que se habían abierto a causa del impacto. El dolor comenzó a palpitar en su piel. Un dolor procedente de heridas abiertas, de contusiones ocultas, de miedos profundos.

Sonia, a su lado, no respondía. De su frente se descolgaba un pequeño hilo de sangre que regaba su piel hasta perderse por el cuello de su jersey.

Con el corazón detenido, se acercó hasta sus labios y poniendo el oído, comprobó que su aliento cálido todavía manaba de su alma. La sacudió con precaución esperando en ella una reacción, pero ésta no llegaba. Entonces buscó a su alrededor una salida diferente. Lo que encontró deshizo su calma.

Recordó con el dolor todavía presente, todo lo ocurrido antes de perderse de nuevo en sus extrañas pesadillas. Todo lo que podía visualizar en ese instante era aquella sombra negra embistiendo el vehículo. Recordó el bosque cada vez más cerca, el ruido de la madera desquebrajándose, del metal cediendo, de los cristales estallando. Escuchó su dolor al desgañitarse mientras el todoterreno caía por aquel profundo terraplén. Sintió de nuevo las heridas abrirse en su cuerpo, la tensión insoportable y por último, llegar al pasillo de esa casa, de esa noche.

Tragó saliva al ver, todavía en la carretera, la silueta negra detenida. Un coche que no pudo identificar. Su vista nublada impedía dilucidar nada que ayudara a identificar al causante de su accidente. Tras un minuto contemplando la presencia estática del turismo, Sonia rugió, distrayéndola de su propósito.

—Qué... —intentó decir con el rostro desfigurado por el suplicio. Quiso incorporarse, pero algo en su interior la doblegó, haciendo que lanzara un pequeño grito de dolor.

—No te muevas. Voy a pedir ayuda —respondió Paula con los ojos impregnados en lágrimas que procedían de la angustia de ambas. Se liberó de la prisión que le había salvado la vida y todavía se aferraba a su pecho y salió del coche. Sobre la carretera ya no había nada. Fuera quién fuera, había desaparecido.

Buscó su bolso, sin embargo no estaba en el vehículo. Comenzó entonces a caminar sin rumbo fijo, a través del rastro de madera destruida y vegetación aplastada. Avanzó entre el frío de la mañana, entre la tierra mojada que impedía a sus pies afirmarse en el suelo esponjoso, resbaladizo, entre los árboles de tacto áspero, que arañaban sus manos. Pero no encontró nada.

Tuvo que volver al fin, tras rendirse a la realidad de su mente alejada. Esa que decía que ni su estado era óptimo para centrarse en la búsqueda de un objeto que podía estar en cualquier lugar. Ni podía dejar sola a Sonia, menos en su estado.

La joven se encontraba con la cabeza apoyada en el respaldo, mostrando en su rostro un incipiente dolor que despertaba junto a ella. Su boca empapada en sangre se unía a su rostro teñido y su cuerpo tembloroso.

El vehículo, en cambio, no tuvo la misma suerte. Todas las chapas estaban aboyadas, los cristales hechos añicos y esparcidos por todo el trayecto, la rueda trasera derecha, que fue la que recibió el impacto, incrustada en el chasis. Otra rueda había llegado hasta la orilla del río Nalón, que se transcurría calmado, ajeno a todo.

Bajo el asiento del conductor Paula pudo ver el bolso de Sonia, por lo que sintiendo la necesidad, entró de nuevo y se apoderó de él.

—Voy a pedir ayuda —dijo sacando el teléfono—. Necesito que lo desbloquees.

Sonia cogió el terminal, torció la cara y escupió toda la sangre que su boca había almacenado. Tras eso y, mirando de soslayo, desbloqueó la pantalla. Devolvió de nuevo su móvil a Paula, que con ansia, comenzó a marcar.

—Landino... —susurró Sonia, dolorida. Apoyaba su mano sobre el pecho intentando lidiar con parte del dolor—. Llama a Landino.

Paula miró a su compañera con miedo, con estupor. La imagen del guardia civil volvía a su cabeza atemorizándola una vez más. Marcó su número haciendo caso a Sonia. Pronto su voz ronca sonó al otro lado.

—¿Qué pasa hoy? La semana de descanso te está sentando mal, me parece.

Paula respiró hondo intentando no romperse del todo. Su pecho se comprimía dejando una forzada respiración que apenas escapaba de sus pulmones.

—Soy Paula. Estoy con Sonia. —El silencio se hizo espeso, tenso. Escudero al otro lado no dijo nada—. Alguien nos ha embestido —continuó—. Hemos tenido un accidente, me ha pedido que te llame.

—¿Cómo está? —preguntó con un tono duro en su voz. El reproche se ocultaba tras sus palabras.

—Está despierta, dolorida, pero bien.

—Mándame la dirección. En unos minutos estoy ahí.

Colgó antes de que Paula pudiera siquiera agradecer su voluntad. Volvió con Sonia tras enviar la dirección que el GPS informaba.

Seguía con los ojos cerrados de forma voluntaria, intentando así contener el dolor que parecía surgir en su pecho. Apretaba con la mano esa zona mientras controlaba su respiración.

—Ayúdame a salir —demandó cuando abrió los ojos y vio a Paula a su lado.

Ésta libero el cinturón que todavía tenía puesto y, abrazándola por debajo de los hombros, la arrastró hasta salir del vehículo.

Subieron por la pequeña loma con pasos lentos de tres pies, dos de Paula y uno de Sonia. Y justo antes de llegar a la carretera, el rugido furioso de un motor alertó a las dos jóvenes, que detuvieron su marcha.

Sobre la calzada, un viejo Alfa Romeo gris detuvo su marcha

a un lado. Pronto vieron la silueta pequeña y redonda de Landino, buscando unos metros más adelante los rastros del accidente, hasta que se topó con la presencia de las dos mujeres.

—¡Me cago en la puta! —dijo con el rostro desencajado al verlas.

Corrió hacia ellas casi despeñándose por la ladera, resbalando a causa del pasto aplastado y húmedo.

—Tranquilo, Escudero. A ver si todavía tenemos que bajar a ayudarte a ti —dijo Sonia cuando vio al accidentado compañero suyo.

—¿Qué cojones ha pasado?

—Un pequeño percance, nada más.

Landino miró a Paula con un rastro de odio dibujado en sus pupilas. Una mirada cargada de resentimiento, pero también de indulgencia. Ella no pudo hacer otra cosa que acompañar en silencio a Sonia. Con la ayuda de él, llegaron hasta su coche.

—Hay que llamar a emergencias —insistió Landino.

Sonia no dijo nada, se limitó a apoyarse en el lateral del coche de su compañero, con la mano todavía aferrada a su pecho. Paula, con la excusa de buscar su bolso, volvió a perderse entre el laberinto de árboles que todavía se mantenían en pie.

Cuando la joven estaba lo suficientemente lejos Landino clavó su mirada en Sonia.

—¿Tiene esto algo que ver con el lío en el que estabas metida?

La joven miró sorprendida a su compañero, que con el rostro serio censuraba su actitud negando con la cabeza.

—Pensaba que estabas borracho.

—Por muy mal que me encuentre, suelo tener buena memoria. Así que o me cuentas ahora lo que pasa o llamo a los de Asuntos Internos. ¿O pensabas que no sabía que te habían visitado?

Sonia lanzó una sonrisa derrotada sin responder a su pregunta.

Desde la distancia, Paula escuchaba toda la conversación, escondida tras un árbol.

—Me han tendido una trampa. —Sus palabras causaron estupor tanto en el rostro de Landino, como en el de Paula.

—Ahora lo entiendo, entonces. —Abrió la mano mostrando algo que desde la distancia Paula no pudo distinguir—. ¿Esto tiene algo que ver?

Sonia asintió con pesar mirando fijamente a Escudero, que suspiró, abatido.

—Tenía un amigo que estaba ayudándome. Lo han matado y estoy segura de que han usado una de las balas que sacaron de mi cargador.

El semblante de Landino se deformaba con cada nueva información que recibía por parte de su compañera. Se llevó la mano a la frente y, acariciando su cabeza, arrastró unos pocos pelos que decoraban parte de la zona que más brillaba.

—Pues eso es un gran problema —dijo tras bufar.

—No he podido ni siquiera llorarlo como es debido. Despedirme de él. —En la cara de ella podía leerse el lamento desprendiéndose de sus ojos, lento, dejando un surco por su mejilla.

Escudero, que observaba en silencio, avanzó unos pasos hasta el límite del asfalto. Desde allí sus ojos chocaron con los de Paula, que esperaba el momento oportuno para volver.

—Hace tiempo, cuando nació mi Teresa, algo cambió en mí —dijo tras reunirse de nuevo con Sonia—. Yo siempre he sido un hombre de sueño profundo. De esos que cuando se duermen, mueren durante varias horas. Pero, cuando nació ella, algo cambió. Al mínimo sollozo de la pequeña o cualquier ruido, enseguida me despertaba.

Sonia torció el gesto como si aquello no fuera con ella. Como si ignorara la voluntad puesta en las palabras de su compañero.

—¿Sabes lo que descubrí? —continuó él—. Dicen que el sonido de un bebé; sea llanto o cualquier ruido, es el más desagradable para el ser humano. Al parecer, cuando el bebé llora activa un receptor en el cerebro que lo pone en posición de alerta y nos distrae de cualquier cosa que estemos haciendo, aunque sea dormir. El llanto de Teresa era capaz incluso de despertarme. Pero si te digo la verdad, nunca he estado de acuerdo con eso. ¿Quieres saber cuál es el peor sonido que el ser humano puede oír?

La joven negó con la cabeza, mientras dejaba libres dos lágrimas más que acabaron por perderse en el suelo ya empapado a causa de la lluvia constante, pero lenta.

—Te lo digo. Yo, que he tenido que ver partir a muchos amigos, puedo asegurarte que el peor sonido es el que ofrece un ataúd cuando es llevado al interior de un nicho. Ese ruido a madera arrastrada, esa sentencia irrevocable. Ese es el peor sonido. Un sonido que jamás olvidas. Es el sonido de una despedida obligada, definitiva. Una despedida que, aunque pretendas renegar de ella, jamás se aleja. Es un ruido que se graba en tu mente, ese pequeño crujido intenso, que parece querer devorar tu alma. Así que, créeme cuando te digo, que la mejor despedida que puedes hacerle está en tu corazón, en tu recuerdo. Despedirlo en su entierro no es un acto de amor, sino un castigo que nos imponemos los que quedamos aquí.

Sonia no respondió, nadie lo hizo.

Ambos silenciaron cuando vieron a Paula. Se acercaba desde la distancia, con su bolso entre las manos.

—Seguro que tú tienes la culpa de todo, joven entrometida —acusó el agente con el odio impreso en sus ojos y la repulsión en sus labios arrugados.

—Escudero. Ella está conmigo y no tiene nada que ver.

El hombre lanzó un pequeño gruñido antes de cruzar al otro lado del coche. Abrió la puerta y mirando a Paula, dijo:

—Tú vas detrás y procura no ponerte a la altura de mi espejo. Os voy a llevar a casa y a ver cómo arreglamos esto. Pero eso sí, me tenéis que contar en qué mierda estáis metidas.

Ya en el interior, con el coche en marcha, se acomodó en el asiento y, aprovechando la temperatura cálida del ambiente, miró a Sonia.

—Vamos. ¿Qué estás investigando?

Sonia vaciló durante unos segundos, desafiando con la mirada a un Landino inalterable, inquebrantable. Al fin, tras un corto espacio de tiempo se lanzó a hablar.

—Llevamos unos días investigando lo que realmente ocurrió en el incendio de Tanes. Tenemos la sospecha de que Óscar no tuvo nada que ver.

Landino bufó.

—Y bien, ahora me dirás que se lanzó al fuego porque le apetecía un cambio de imagen. En serio, Sonia.

La expresión de la joven mutó en un gesto de dolor, aunque esta vez sus manos no acompañaron al gesto. En ese momento cerraba con fuerza las manos, apoyadas sobre sus piernas.

—Puedes pensar lo que quieras. Tenemos pistas muy claras y nos llevan a pensar que todo fue una especie de tráfico humano. Sabemos que Paula es una de las niñas que vivía en esa casa. —Landino desvió su mirada hacia la joven, que atemorizada se hacía pequeña a un lado del asiento trasero—. Sabemos también que Rosario, la mujer que cuidaba a las niñas, ocultaba algo. Tenemos pruebas de que discutió con Verónica y es posible que podamos ubicar su coche el mismo día del incendio. Todo encaja, Landino. Y si nos quieren eliminar es porque nos estamos acercando a ella.

Escudero no cambió un ápice su gesto apático, displicente. Miraba a su compañera con la repulsa con la que se mira un plato de comida que no gusta.

—No me creo nada de lo que diga la chiquilla esta. Lo siento, pero no. Sólo te ha traído problemas, Sonia.

—Soy mayorcita ya, Escudero, para poder tomar mis propias decisiones. Nadie te pide ayuda, te estoy informando nada más.

—Te recuerdo que me has llamado hace un rato.

Sonia arrugó la frente dolida por su comentario y con un gesto que recordó que estaba herida, abrió la puerta.

Cuando ella duerme

—Lárgate entonces. Nos las arreglaremos solas —dijo furiosa proyectando su cuerpo al exterior.

Antes de que llegara a salir, su compañero la asió por el brazo, volviéndola a incrustar sobre el asiento.

—No te he dicho que no te vaya a ayudar. No voy a dejarte aquí tirada. Y por consiguiente, tampoco a tu amiguita nueva. Que no me cae bien, eso es obvio desde el primer día. Pero no voy a dejarte tirada. Ahora bien, si dice que es una de las niñas, ¿por qué no lo dijo desde el primer día?

Paula, dándose por aludida decidió contestar a esa pregunta, repasando todo lo que había vivido desde su llegada. Aclaró su garganta e intentó hablar.

—No podía recordar nada —dijo con cierta timidez—. Desde que llegué comencé a tener pesadillas y poco a poco he ido aclarando todo.

—Adivía —dijo Landino recordando a Paula aquella conversación con Adelina. Las brujas que eran capaces de comunicarse con los difuntos, de predecir el futuro o la muerte inminente.

Paula asintió.

—Hemos podido confirmar que mi madre pagó a Rosario por mí, poco antes del incendio.

—No termina de encajarme esa historia. No recuerdo a Rosario de esa forma, tuvo mucho tiempo para hacer algo así y nunca mostró un carácter tan cruel. Pero no puedo asegurarlo.

Sonia miró a su compañero y a Paula tras eso. Parecía estar algo más recompuesta del accidente, aunque todavía se llevaba la mano al costado del pecho de vez en cuando.

—¿Y quién puede haberte hecho esto? —insistió de nuevo Escudero.

—Sea quien sea, es el mismo que acabó con Meana y con Samuel.

—Pues en momentos como este, no puedes ir desarmada —

respondió enseñando de nuevo el contenido que había mostrado un rato antes. Sobre la palma de su mano descansaban varias balas de cabezal cobrizo.

—Si registran mi arma verán que falta una. Y quien lo hizo fue lo suficientemente listo como para llevarse la bala que utilizó. Me van a colgar si revisan mi arma.

—Lo sé —dijo Landino con una sonrisa cómplice—. He puesto una de las mías. Tienes las quince de nuevo. A mí no van a registrarme.

Sonia asintió con una sonrisa y recogió todas las balas, guardándolas de nuevo en su cargador. Cuando acabó, su compañero abrió la puerta.

—¿Qué vas a hacer? —preguntó ella al ver que se bajaba del vehículo.

—Yo quedarme aquí. Vosotras os vais a marchar. Si digo que era yo quien llevaba el coche no harán muchas preguntas. Bueno, los amigos de la capi quizá. Pero ya me las apañaré.

—Escudero, es una locura. El coche está destrozado. No va a colar.

—Tú sal de aquí. Ya me ocupo yo del resto. Ahora bien, vas a deberme una bien grande.

Sonia bajó del coche y cruzó al otro lado para obedecer las órdenes de su compañero. Y fue en el momento en que se cruzaron por delante del vehículo cuando ambos se fundieron en un sincero abrazo. Ella fue la que se lanzó contra él, pero ninguno puso impedimento.

Cuando Sonia aceleró, alejándose de la zona, Paula pudo ver al agente plantándose frente al terraplén. Se encendió un cigarro y tras aspirar profundamente una bocanada de humo, desapareció de un salto.

La carretera se volvió cómplice una vez más. Segura de que no habría un tercer aviso. Estaban demasiado cerca del fuego de aquella noche. Tanto que podía sentir su calor.

Cuando ella duerme
¿Quién miente?

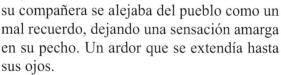Erguida frente al viejo coche de Landino, Paula observó cómo su compañera se alejaba del pueblo como un mal recuerdo, dejando una sensación amarga en su pecho. Un ardor que se extendía hasta sus ojos.

Todo estaba yendo demasiado deprisa. La necesidad por entender lo que su cabeza trataba de mostrar, el peligro que gravitaba sobre ellas dos, los secretos que todos parecían esconder. Transida de dolor entró en el hostal y sin detenerse se perdió por las escaleras rumbo a su habitación.

Pudo escuchar los reclamos de Adelina, que al parecer, se había percatado de su presencia, pero optó por ignorarlos.

Ya en la ducha, alejada de sus pensamientos por un instante pudo comprobar la magnitud del accidente y lo que éste había causado en su cuerpo, maltrecho por completo. El agua caliente le descubría cada una de esas heridas de las que no tenía constancia. Heridas que ardían como el fuego retorciendo su rostro; en la espalda, brazos y piernas. Miró al desagüe y comprobó la realidad de sus heridas en un agua rojiza que se perdía entre las tuberías.

Cuando salió decidió enfrentarse a la sentencia de su propio reflejo. Allí un rostro desmadejado repleto de arañazos cubría su piel tersa. Su nueva imagen deteriorada, como un cuadro formado por piezas.

Un reclamo en la madera de la puerta distrajo a Paula mientras se disponía a vestirse. De nuevo el miedo a lo desconocido se apoderó de sus impulsos. De su voluntad.

—Cielo, ¿puedo pasar? —Adelina, al otro lado, mostraba en su voz la ya más que natural preocupación que siempre había dispuesto en ella.

Paula se acercó y abrió la puerta. Había podido ocultar parte de sus golpes tras las prendas que conformaban su vestimenta. Pero no pudo ocultar la verdad del todo. Al menos así lo entendió al ver la expresión pálida de la anciana, que enmudeció de golpe.

—¡Ay, Dios! ¿Pero qué te ha pasado? —exclamó con el rostro descompuesto en una mueca de tristeza cómplice.

Paula negó con la cabeza y sonrió tanto como sus heridas todavía vivas le permitieron, intentando así reducir la inquietud de la dueña del hostal.

—Estoy bien, Adelina.

—¿Cómo vas a estar bien, *fía*? Mírate, si *yes* un cuadro mal *pintáu*.

—De verdad, no ha sido nada. Un pequeño accidente.

Adelina negó con la cabeza, pero no insistió. Acarició el rostro de la joven con la dulzura de una madre cariñosa y se volvió hacia la puerta.

—Vamos, voy a prepararte una rica fabada. Verás que te sienta bien.

Tras asentir con sinceridad, Paula acompañó a la anciana a través de ese pasillo tan distinto durante el día. Ése que en sus noches la trasladaba a otro mundo, más oscuro, pero casi igual de real. Un mundo de pesadillas que ocultaban su pasado.

El tiempo pasó en una soledad repleta de tristes letanías ocultas en su cabeza. Sentada en la misma mesa que ocupó el primer día y contemplando el paisaje apagado de nubes revueltas que no permitían adivinar si eran las diez de la mañana o las cuatro de la tarde. Un cielo de gotas huérfanas.

—Ten, cariño. —La presencia de Adelina sorprendió a Paula en un estado casi hipnótico, tan sólo presente en cuerpo.

Revisó la cazuela de barro. En su interior las alubias flotaban en un mar rojo de humeante energía que advertía de la necesidad de esperar un poco para enfrentarse a él. Adelina se sentó frente a ella, con el rostro apático, observándola sin pestañear.

Cuando ella duerme

Paula, a su vez, perdía su mirada entre las numerosas mesas vacías, buscando en ellas al hombre que veía a menudo, comiendo en una apartada esquina del local.

—¿Conoces a Landino? —preguntó Paula con interés. Su mente preocupada intentaba comprender el porqué de su comportamiento.

—Aquí nos conocemos todos, *fía*. ¿Qué quieres saber de él?

Paula dudó un instante. No porque necesitara pensar su siguiente pregunta, sino porque aquella respuesta había calado hondo en su interior. Todos se conocían. Con un dolor extraño iniciándose en su cabeza recordó cuando fue a ver a Rubén por segunda vez. Reconstruyó entonces cada paso que había dado hasta llegar a la imagen que quería evocar. Esa en que vio salir del bar a Sonia y a Escudero. Y de nuevo la asoció a la misma del día anterior, en que Landino no se encontraba en muy buen estado y era arrastrado por Sonia. ¿Habrían salido del mismo lugar?

—¿Qué me puedes decir de él?

—Poco. Es un hombre bastante reservado. Se ha criado con los antiguos valores de la política franquista. Es una persona que da todo por los que ama, pero no parece estar dispuesto a hacer nuevos amigos.

—¿Vive en Tanes? —El interrogatorio de Paula lo detectó enseguida Adelina, como buena mujer experimentada que era.

—¿Por qué preguntas tanto? Vive en una casita apartada al otro lado del lago. Una preciosa casa que se puede ver desde la carretera. Vive allí solo desde que... —Calló de pronto.

Paula arrugó el rostro ante su precipitado silencio entendiendo que algo no quería contar.

—¿Desde qué? —insistió ella.

—Bueno, estuvo casado un tiempo. Y tuvo una niña que ahora tendrá poco menos edad que tú. Una rubita muy guapa. Pero se fueron las dos. Desde ese día, no *ye* el mismo.

La joven asintió y tomando dos únicas cucharadas de comida

se levantó de pronto, con una idea en su mente.

—¿Dónde vas, *fía*? No has comido *ná*.

—Vuelvo en un minuto. No lo guardes. Gritó desde la distancia.

Corrió a través de las escuetas avenidas que conformaban el pueblo. Corrió apenas cien metros, pues el bar se hallaba a dos calles del hostal. Como en todos los pueblos pequeños, con encanto.

El bar estaba abierto y su interior desierto, como siempre lo estaba. Paula pudo ver a Rubén erguido tras la barra. Su expresión cambió en cuanto la vio frente al marco de la puerta. Una expresión que para nada mostraba comodidad. Su presencia no era grata en aquel local y la mirada férrea de Rubén lo demostraba.

—¿Qué haces aquí? —preguntó, desafiante. Miraba a la joven a través de las pestañas y con los labios apretados.

—Quiero una Coca Cola.

El camarero rio ante la ironía de la joven y sirvió una pequeña botella de cristal junto a un vaso cargado con dos hielos.

—Ahora, ¿qué haces aquí?

Paula dudó un instante, con el valor mermado a causa del dolor incansable de su cuerpo unido al temor que suponía la firme presencia del dueño del local, junto a ella.

—Quiero saber qué ocultaba la mujer que cuidaba a las niñas. Algo que me acerque hasta ella. Y sé que tú puedes ayudarme.

—¿No te cansas? —respondió con desprecio Rubén—. Si todos los que han sufrido por aquello lo han olvidado, ¿por qué quieres tú volver a abrir viejas heridas?

—Porque yo también lo viví —respondió a bocajarro Paula.

La expresión de Rubén se ocultó bajo una sombra de inexpresión. Una sombra que borró su mirada y contuvo su aliento.

—¿Cómo que lo viviste? Explícate, chica —expuso furioso.

Paula respiró hondo al entender que su precipitada afirmación había supuesto un exceso de información. Aunque por la reacción de Rubén, tuvo éxito. Extrajo de su bolso el recorte del periódico así como la foto de todas las niñas y las dos mujeres.

—Soy la niña que se salvó del incendio —dijo mostrando los papeles.

Rubén analizó cada uno de los objetos entregados por la joven, deshecho en una mueca de desconcierto. Su mirada se fijaba sobre todo en la fotografía. Una imagen congelada en el tiempo.

—¿Cristina? —preguntó extrañado.

—¿La conocías? —expuso ella con cierto atisbo de esperanza. Una nueva sensación de acercamiento a otras verdades que todavía seguían ocultas.

—¿Quién te ha dicho que eres Cristina?

Escuchar el nombre de la niña hizo que de nuevo, como llevaba ocurriendo desde hacía un día, un dolor agudo sacudiera su cabeza. Escuchaba en ella el eco de unos pasos sordos recorriendo un pasillo. Podía sentir el tacto áspero del espejo cubierto de polvo.

—Lo reconoció ella. David también lo ha hecho.

—Que tú eres Cristina —repitió, como si una parte de él no aceptara la información que Paula le ofrecía.

—Rosario fue quien se puso en contacto con David y éste con mi madre, para que tramitaran la adopción, que entiendo no fue del todo legal.

—¿Han dicho que Rosario orquestó la adopción?

Tantas inconexiones en la forma de hablar de Rubén, preguntando una y otra vez lo que Paula ya decía, hizo exasperar a la joven, que se prendía tomando distintos tonos rojizos, decidió enfrentarlo.

—¿Qué sabes, Rubén? Dime qué sabes. —La voz trémula de

Paula se desleía por momentos, presa del dolor incipiente que se aferraba a su garganta. Se encontraba envuelta en un mundo de personajes misteriosos. Un mundo de verdades a medias, de ocultos pasados. Pero, «¿quién miente?», pensó ante la realidad que se imponía a todo lo demás.

Rubén se volvió sobre sí mismo gruñendo de pura furia contenida. Apretaba los puños mientras daba pasos rápidos, nerviosos.

—Sabía que le ibas a traer problemas. Lo sabía.

Paula sentía la rabia apoderándose de su cuerpo. El fuego de las heridas rebrotaba como una raíz oculta, recordando a la joven por qué debía luchar.

—Desde que he llegado todo son mentiras. Todo el mundo trata de decirme que lo olvide, que deje el pasado en paz. Pero todos parecéis conocer la verdad que se oculta tras ese incendio. ¿Qué ocurrió esa noche, Rubén? ¿Por qué todo el mundo oculta lo que allí pasó? ¿Cuál es el miedo?

—Porque el peligro nunca se extingue —contestó con el rostro encendido Rubén, dándose la vuelta. Clavaba su mirada en los ojos tibios de Paula, haciendo que ésta se hiciera pequeña a su lado—. ¿Acaso crees que Óscar quería vivir preso todo ese tiempo? No comprendes que aquello que se esconde de lo que ocurrió esa noche sigue estando presente. Y lo peor del caso es que a pesar de haberlo visto con tus propios ojos sigues adelante, inventando todo tipo de argucias para poder obtener una respuesta que no te incumbe.

—¿Y por qué Óscar calló? ¿Qué más tenía que perder?

Rubén miró fijamente a Paula.

—Lo que el fuego no pudo llevarse.

El silencio se hizo eterno entre ambos. Paula abrió los ojos sorprendida ante el argumento extraño de Rubén, que se frotaba la cara, apoyando los codos sobre la barra e inclinando parte de su cuerpo. Suspiró unos segundos después.

—¿Qué ocultas? —preguntó Paula extrañada—. ¿Qué es eso que no se llevó el fuego?

Rubén miró en silencio hacia el techo, como si quisiera pedir perdón por lo que iba a hacer.

—No sé quién era Rosario, pero lo que sí sé es que si te encontró familia, dudo que cobrara por ello.

—¿Qué quieres decir?

—Pocos días antes del incendio, Verónica vino a verme. Me dijo que había discutido con Rosario. Al parecer, nuestro querido cura no era tan santo como hacía creer y bueno, cuando a Verónica se le acabó el dinero, Ernesto decidió cobrarse la estancia de otras formas.

»Por lo que sé, Rosario ya había pasado por eso, pero nunca le permitió hacer nada al anciano. Aunque cuando se enteró de que Verónica no tuvo más remedio que ceder, por su hija, se lo reprochó. Por eso discutieron. Rosario creía que eso iba a despertar en el cura un instinto insaciable.

Paula, incrédula ante lo que Rubén exponía, se volvió a sentar en un taburete, expectante frente a todo lo que decía el camarero. Recordando las fotos que había encontrado en la iglesia la noche que decidió rebuscar en sus secretos.

—Verónica estaba destrozada, hundida. Nunca se lo confesó a Óscar porque pensaba que podría cometer alguna locura. Por eso vino a mí. Yo le di todo el dinero que pude, para que pagara la estancia y evitara al cura y juré que no le haría nada. Pero te puedo asegurar que no ha pasado un solo día en que no haya deseado matarlo con mis propias manos.

—¿Alguna vez avisaron a las autoridades?

—No me consta que lo hiciera. Aunque no puedo asegurarlo. Lo que me contó cuando vino a verme es que Rosario le había dicho que había encontrado un lugar para Cristina y que quería llevar a las demás pequeñas también.

—¿Y por qué discutieron? —preguntó Paula atenta a cada palabra del hombre.

—La razón no me la dijo. Sólo que discutió con ella. Pero sí me dijo dónde quería llevarla. Es a un pequeño centro de menores a poco más de una hora de aquí.

—¿Puedes decirme su nombre?

Rubén suspiró y, cerrando los ojos, asintió ante la joven. Escribió sobre un pequeño papel con la marca de unos zumos impresa en el borde y le entregó la información a la joven, que se prestó para marcharse.

Justo antes de salir Rubén la llamó.

—Rosario sería lo que sería, pero no era mala.

Con esa premisa, Paula salió del local con la idea de terminar su fabada, por compromiso hacia Adelina sobre todo y dirigirse de nuevo a aquel convento. Necesitaba encontrar la razón a esa discusión. El motivo por el que nunca llegaron a ir. Pero al doblar en la última esquina todos sus planes se rompieron por completo. Sabiendo lo que deparaba su futuro, revisó el papel una última vez para memorizar lo que éste contenía.

Frente a la entrada del hostal y aparcados junto a su coche, una patrulla de la Guardia Civil aguardaba. En cuanto detectaron su presencia, dos agentes se bajaron del vehículo y se dirigieron a su encuentro.

—¿Es usted la señorita Paula Serna Robles?

Ella asintió acongojada. Sus palabras ya no eran una opción para elegir. De su garganta apenas podía salir el aire bastante aprisionado. Y con un más que deplorable estado de ánimo, esperó la sentencia del agente, un hombre moreno, alto y de espalda ancha. Junto a él, otro más joven, rubio y de ojos marrones se limitaba a observarla con el rostro serio.

—Señorita, vamos a necesitar que nos acompañe al cuartel. Tenemos que hacerle unas preguntas referentes al suicidio del señor Ernesto Meana. Si no le importa —dijo señalando el vehículo.

Paula avanzó hasta el todoterreno y, cuando el otro agente le abrió la puerta, entró sin mediar palabra. No objetó, no dijo nada.

Se limitó a hacer lo que le decían. Un nuevo tropiezo en su búsqueda de la verdad.

La patrulla se alejó del hostal ante la mirada crítica de Adelina, que observaba tras la cortina del salón donde ella misma había estado contemplando el paisaje unos minutos atrás. Ahora todo era distinto.

El rostro de la verdad

El ser humano es tonto, ilógico e irracional. Capaz de tropezar tantas veces como sean necesarias con la misma piedra. Necio al pensar que todo se puede resolver sin necesidad de reclamar ayuda. El ser humano es egoísta y ambicioso. Pero también desprende bondad, cariño, amor. El ser humano es, en esencia, un complejo mecanismo de sentimientos alborotados capaces de todo y de nada, cuando encuentran un motivo.

Cuando Sonia despertó, alertada por el sonido de su teléfono, pudo sentir todavía el remordimiento de lo que había ocurrido esa mañana. Había llegado a su casa y tras limpiar las heridas que reflejaban su cuerpo, decidió descansar. Recuperar las fuerzas. Pero su decisión apenas había surtido efecto. El dolor que quemaba en su costado todavía seguía latiendo con fuerza, así como las marcas que recorrían su cuerpo. Cogió, con un esfuerzo poco común, su terminal y revisó la pantalla. De nuevo el número del compañero de Samuel.

Una imagen de su amigo surcó su cabeza un instante antes de descolgar, haciendo que sus ojos se tiñeran de lágrimas por un momento. Los cerró y, tras un suspiro que eliminó parte del remordimiento de su alma, respondió.

—¿Sonia? —preguntó esa voz seca y de pocos amigos.

—¿Qué ocurre?

—Bien. A ver, si estás metida en alguna investigación personal y quieres llevarla a cabo te recomiendo que no vayas a tu casa. Según tengo oído van a ir a por ti para llevarte a declarar. Así que, si no quieres pasarte unas horas largas en la comisaría, yo esperaría fuera de casa —conminó el confidente que, desde el otro lado, parecía querer ayudar—. Volviendo a lo nuestro, tengo algo que quizá te interese.

Sonia se levantó con infundadas prisas y comenzó a vestirse. No se paró a peinarse ni a perder el tiempo con ropa conjuntada. Cogió una chaqueta gris de plumón para evitar el frío, se recogió el pelo y, escuchando a esa voz compañera, se asomó a la ventana. Estaba todo desierto por lo que aprovechó para huir de la zona.

—¿Cómo sabes que vienen a verme? —preguntó dudando de la veracidad de su información.

—Eso no es un problema tuyo. Puedes o no creértelo. Eso ya es tu decisión. Pero antes de decirte lo que he averiguado, también debo decir que se han llevado a tu amiga a vuestro cuartel.

Sonia abrió los ojos sorprendida por aquella información. No la esperaba, no al menos tan pronto. Eso significaba que alguien quería poner un poco de presión en el asunto. Pero si seguía todavía a manos de sus compañeros es porque era algo rutinario. El problema vendría cuando entrara en juego la Policía Judicial.

—¿Qué más tienes? —volvió a preguntar Sonia consciente del poco tiempo del que disponía.

—Bien, al grano, eso es lo importante. Vale, por lo que he visto y a falta de confirmar un último dato, puedo decir que hay algo raro en todo. En este caso en uno de los trabajadores que tiene en el servicio de limpieza.

Sonia tensó los músculos al entender lo que aquella información quería decir. Sabía perfectamente de quién hablaba.

—Su nombre es Óscar Lamuño —continuó diciendo—. Y lo extraño de todo eso es que el contrato que tiene se formalizó varios meses antes de salir de prisión. Sin acceder a bolsa ni una petición del interesado. Es como si le hubiesen ofrecido el puesto. Un cargo público. Vamos, a mi entender, algo muy raro.

—¿Y qué es lo otro que estás siguiendo? —preguntó Sonia intentando eliminar de su mente cualquier sospecha sobre Óscar. No podía permitírselo.

—Todavía nada firme. En cuanto lo tenga te lo mando por

mensaje. Tardaré un par de horas como mucho.

Sonia colgó tras su más que dolorosa conversación y se dispuso a abandonar la casa en busca de las respuestas a esas preguntas surgidas de pronto. Mientras subía al Alfa Romeo gris de Landino, marcó su número. No tardó en contestar.

—¿Cómo estás? —preguntó con un preocupado interés Sonia.

—Pues me debes una bien grande. Pero bien, he estado peor. Está todo resuelto, ahora sólo falta que me devuelvas el coche.

Sonia miró por el retrovisor mientras se alejaba de su casa, en una metafórica despedida. Condujo a través de los árboles que componían la carretera solitaria.

—Necesito un favor más.

El silencio se propagó a través de los dos terminales. Un silencio incómodo, molesto. Sonia podía escuchar los bufidos de Landino al otro lado.

—¿Qué necesitas ahora?

—Se han llevado al cuartel a Paula. Seguramente para preguntar por el suicidio del padre Meana. Necesito que la saques de allí.

—¿Que haga qué? —inquirió alzando la voz—. ¿Estás loca? No puedo presentarme allí y llevármela como si nada. Si la han llevado a declarar es porque querrán comprobar sus coartadas. Algo habrá hecho. Te dije que no me daba buena espina.

—Escudero —cortó tajante ella—. No es momento de prejuicios. Sé que ella no tuvo nada que ver, así que te pido, por mí, que intentes hacer algo.

El gruñido que emitió él hizo vibrar sus auriculares, dejando claro que desaprobaba totalmente la idea que Sonia le había propuesto, pero tras el gruñido vino la calma, como el sol que surge tras una tormenta.

—Cuando todo acabe, pienso pedir que me cambien de compañero —dijo, molesto.

—Sabes que no vas a hacerlo. Voy a agradecértelo de por vida esto, Escudero.

Sonia colgó justo cuando llegaba al pueblo en donde tenía previsto detener su marcha. Justo en el edificio donde sabía que él se escondía. Donde Óscar se refugiaba de la gente. Del día. Como un cruel vampiro, tomaba cuerpo cuando el sol decidía marcharse, parar recorrer las calles vacías, rodeadas de penumbras capaces de ocultar su figura maltrecha. Su pena latente. Un ser sin vida desde la noche en la que el fuego acabó con todo cuanto quería.

El ruido metálico de la puerta retumbó más allá del tiempo que había durado el golpe, dejando un pequeño silbido recorriendo la estructura.

—¿Quién es? —preguntó una voz desde el interior. Era Óscar con un tono bastante desgastado. Una mezcla de cansancio y desidia.

—Sonia, abre.

El sonido del cerrojo de la puerta apenas tardó unos segundos en permitir que la luz se introdujera en el interior de aquella cueva rectangular de acero y roca. Cuando Sonia entró sus ojos chocaron con los de Óscar, que la miraba serio, con el rostro arrugado. Las manos de ella, ocultas bajo esos más que habituales guantes negros y apretadas, volvieron a recordarle lo que era el dolor.

—¿Qué haces aquí? —preguntó él con la mirada fija en su rostro. Una mirada extraña—. ¿Qué te ha pasado?

Sonia negó con la cabeza forzando una tímida sonrisa que pretendía convencer de que se encontraba bien. Pero mentía.

—Tenemos que hablar.

Ambos se dirigieron a la pequeña oficina que tenía él. Y sentándose bajo el haz dorado de luz su rostro mostró de nuevo su realidad. Un rostro cubierto de pequeñas sombras producidas por las arrugas que adornaban su piel.

—Y bien. ¿De qué quieres hablar?

—Quiero saber por qué David te contrató antes incluso de salir de la cárcel —dijo con brusquedad ella.

—¿Quién te ha dicho...?

—Eso no es importante ahora. Mi pregunta sí lo es. ¿Por qué aceptaste esto?

Óscar la miró en silencio, con un rictus firme en la parte del labio que todavía obedecía sus órdenes. No respondió, se limitó a girar su silla en dirección a los pequeños camiones que se encontraban aparcados, al amparo de las sombras.

—Porque era necesario. Era la única forma que tenía para *zeguir* cerca de ella. Cerca de... —cortó cerrando los ojos, para luego volver a mirarla.

Sonia tragó con fuerza y con un rostro penitente, aceptó el silencio que ambos procesaban.

—Pero ¿por qué lo permitiste? No te entiendo.

—No tienes que entenderlo. Cuando tomé la decisión de aceptar mi castigo conocía que mi vida terminaba en ese punto. Todo lo que vino después no era más que las consecuencias de esa primera decisión.

—Pero qué querría David teniéndote cerca. ¿Quizá controlarte?

Óscar se encogió de hombros sin responder a esa pregunta.

—¿Y *zi* no fue idea de David?

Sonia arrugó la frente al escuchar la pregunta que Óscar le había propiciado. Una pregunta cargada de un matiz casi resolutorio.

—¿Qué quieres decir?

—Pues que cuando vino a verme y me ofreció el puesto pude entender que no aprobaba eso. —Su voz desfigurada salía lamentada de su garganta, arrepentida.

Sonia tensó los músculos y miró fijamente el rostro de mirada brillante de Óscar, que intentaba negarle el contacto visual.

—Entonces hay alguien más detrás de todo esto —dijo, y sus

heridas la reclamaron. Se acarició la cara sintiendo el tacto áspero de una de ellas, el dolor que latió con fuerza al pasar la mano—. El coche negro.

Óscar la miró.

—¿Coche negro?

—Sí, últimamente un coche negro nos ha estado siguiendo. Es el que hizo que tuviera el accidente.

El hombre cerró los ojos y, tras suspirar, miró de nuevo a la mujer que tenía enfrente. Justo antes de hablar revisó nervioso a su alrededor.

—El chófer de David tiene un coche negro —adujo, nervioso.

—Lo sé, fue el primero que investigué, pero no encajaba. En las horas que me siguieron en las primeras veces, su coche estaba guardado. Lo registraron las cámaras de vigilancia.

Óscar se levantó y caminó unos metros hasta salir del pequeño cuarto. Se quedó mirando al exterior durante un instante y, cuando volvió, cerró la puerta, dejando la pequeña habitación cerrada por completo.

—¿La cámara del garaje que tenemos al lado de éste?

Sonia asintió. En efecto se trataba de un garaje cuya entrada se encontraba a pocos metros del local donde Óscar hacía vida.

—Sí, hay una cámara que registra las entradas y salidas.

—Hace un tiempo, mientras caminaba por la zona, de noche, pude ver al compañero de David entrando con *zu* coche en el garaje. Pero descubrí que por la parte trasera tenían otra puerta. Y en ocasiones lo he visto salir por allí —argumentó nervioso usando un pañuelo para secarse el líquido que se escurría por una de las comisuras rotas de sus labios.

El corazón de Sonia se detuvo un instante al escuchar las palabras de Óscar, que acababa de romper todo lo que Sonia pensó que tenía asumido.

—¿Qué puerta es esa? Llévame hasta allí.

Óscar la miró extrañado, pero tras unos segundos de tensa meditación, se levantó sin decir nada.

Cuando abrió la puerta metálica, la claridad del día azuzó a un Óscar descompuesto al ver el cielo claro, oculto entre nubes oscuras que dejaban caer una lluvia débil, molesta. Se plantó frente a la puerta mientras Sonia, al otro lado, esperaba sus movimientos. No salía, como si en su mente una dura lid se llevara a cabo. Al fin tras unos segundos avanzó hacia el coche de Sonia. O de Landino en realidad.

El vehículo avanzó un par de calles guiado por un Óscar nervioso, visiblemente atribulado y con la mirada puesta en la carretera. Una mirada nerviosa que indicaba el miedo por el que estaba pasando. Al fin, tras un minuto de intenso viaje, llegaron a la parte trasera del garaje.

Allí, una puerta metálica casi idéntica a la que custodiaba la entrada principal decoraba la fachada de la zona oculta a simple vista.

—Ten cuidado —rezó Óscar cuando vio bajar a Sonia del vehículo.

—Tú baja y espérame junto al coche. Si vieras venir a alguien llámame.

Sonia avanzó observando el paisaje que rodeaba al edificio. Un edificio custodiado por un bosque frondoso que bajaba hasta el rio y varios caminos que apenas cabían dos personas juntas. Un edificio solitario, perfecto.

Sonia extrajo del maletero del coche de Escudero una pequeña palanca de metal y, con un más que improvisado cariño, forzó la entrada, destrozando casi por completo la cerradura de la puerta.

Pronto la oscuridad fue perturbada por una pequeña porción del día que se introducía por la puerta. El garaje no conectaba con la parte delantera. Era un espacio distinto, separado por varios muros que lo cerraban por completo. Buscó el interruptor de la luz y, cuando el ruido de los focos avisó de que iban a actuar, entendió parte de las sombras que se distribuían por el recinto.

En apenas unos segundos el garaje se vestía de luz, de realidad. Y con él varios objetos ocultos bajo unas negras lonas de tela impermeable. Sonia no tardó en deducir qué ocultaban aquellas lonas, pues la figura que describían eran claras formas de coches.

Se acercó hasta el primero de ellos, un vehículo que descansaba pegado a una pared. Camino en silencio, rodeando la lona con delicadeza de un felino tras su presa. Cruzó por uno de sus extremos y, cuando estuvo en la esquina, su cuerpo resbaló. A pesar del desafortunado desliz, con un rápido movimiento consiguió aferrarse a la tela para no caer. Y cuando miró al suelo para dirimir la causa de su desliz encontró una negra mancha de aceite deformada a causa de su pie, que había dejado una marca al arrastrar parte del líquido por el cemento gris del que se componía el suelo.

—¿Pero qué...? —dijo preocupada, y levantó la lona con fuerza, dejando parte del coche al descubierto. Su mente se congeló al instante.

El ruido de la lona al desgarrarse cuando lo levantó debió ser un presagio. Ese ruido que hace la tela cuando se rompe, cuando algo afilado se aferra a ella para evitar que escape. Ése fue el ruido que escuchó Sonia. Pronto entendió el motivo.

Un Mercedes negro con el frontal totalmente destrozado. El Mercedes. Ese Mercedes que la había embestido esa misma mañana y que todavía conservaba su motor tibio.

Su corazón comenzó a latir con fuerza y de su cuerpo, el sudor escapaba sin contemplaciones. Recordó cada una de las conversaciones con David e intentó dilucidar sus motivos. Pero algo se escapa a su control. Quizá no debía pensar en David, sino en el hombre que lo acompañaba.

Recordó la pregunta que surgió tiempo atrás. ¿Por qué iba a necesitar un guardaespaldas? ¿De quién quería protegerse? Y entonces surgió la pregunta.

¿Y si no podía protegerse?

Cuando ella duerme

Se acercó hasta el siguiente coche cubierto y comprobó, que en ese caso, la lona se encontraba protegida por un denso polvo que casi hacía que cambiara de color. Un polvo espeso, cargado de horas de soledad.

Cuando puso la mano sintió el olvido en su superficie. Apretó con fuerza la lona y se preparó para tirar, pero justo en ese instante algo en su cuerpo la alertó. Liberó la tela y lanzando un grito ahogado se llevó la mano al pantalón. Su teléfono acababa de sonar.

«El mensaje», pensó de inmediato, y por un momento se olvidó del objeto que se ocultaba bajo la tela oscura. Pero cuando la vibración dejó de sacudir su cuerpo, entendió que el tiempo apremiaba y se dispuso de nuevo a revisar lo que se ocultaba allí. Se aferró de nuevo a la tela y, con un movimiento brusco, la apartó.

El polvo voló por la estancia haciendo que Sonia tuviera que entrecerrar los ojos, congelada frente a lo que había surgido de él. La lluvia oscura de olvido bañaba su cuerpo estático, aferrado al momento. Sus ojos no podían separarse de lo que acababa de encontrar y su mente entendía lo que significaba eso.

Avanzó en silencio unos metros sin apartar la vista del vehículo.

—Óscar. —Sonia necesitaba su presencia en ese momento. Lo necesitaba.

Frente a ella, el Seat Toledo negro de Rosario reposaba repleto de polvo y óxido. Con las ruedas desinfladas y los cristales sucios por completo. Aquel coche lo cambiaba todo.

Revisó, al comprender que se equivocaba, su teléfono. Un mensaje de su confidente anónimo.

«Acabo de recibir toda la información que estaba esperando. Y bueno, no sé si lo sabrás ya, pero yo te lo paso. Te mando los archivos. Pero te hago un adelanto.

Verónica trabajó en Madrid justo antes de llegar al pueblo. ¿A qué no sabes quién era su jefe?

Te mando los datos y algo realmente interesante. Ten cuidado».

Con un extraño sentimiento abordando todos sus complejos abrió los archivos del teléfono para descubrir, con horror, lo que allí ocultaba.

El primero de ellos era la información sobre la vida laboral de Verónica y el nombre que apareció en su último trabajo desató la locura en su interior. El nombre de la empresa de Álvaro Serna aparecía en su informe. Álvaro Serna.

—Verónica trabajó para él —dijo en un susurro casi inaudible. Escandalizada por lo encontrado.

¿Qué significaba todo eso? ¿Qué tenía él que ver en aquella historia?

Siguió avanzando hasta el siguiente archivo. Se trataba del informe que situaba a Verónica en el Hospital Universitario de la Paz. Allí el parte de nacimiento de Nuria también aparecía entre sus archivos.

—No es posible —dijo de nuevo.

Justo en ese momento, una sombra emergió en la puerta de acceso, ocultando parte de la luz que se proyectaba hacia el interior.

—Tienes que ver esto, Óscar —dijo volviéndose. En ese momento entendió que todo se había terminado.

Lo entendió al ver que aquella sombra no pertenecía a Óscar. Una sombra casi tan grande como la puerta.

Sonia intentó acercar la mano a su pistola, pero no iba a poder. El ser que la amenazaba ya se había adelantado y tenía la suya en posesión.

—Yo que tú no lo haría —dijo con una voz ronca y profunda, y alzó su mano, mostrando el brillo impoluto del arma que en ella portaba.

—¿Dónde está Óscar? —Su preocupación iba más allá de la pregunta. Con la mirada buscaba a través del cuerpo del hombre su presencia. Avanzó unos metros hasta ver su coche y lo encontró.

Sus piernas se extendían por la parte delantera del coche, ocultando el resto de su cuerpo.

Cuando ella duerme

—Sabía que sería cuestión de tiempo que llegaras hasta aquí. Fue un fallo tener el coche ahí, pero mira.

El hombre se acercó a ella.

Intentó en ese momento sacar su arma, pero ya era demasiado tarde. La sombra que la amenazaba se abalanzó sobre ella, convirtiendo en noche todo de golpe.

Cuando ella duerme
La verdad siempre duele

El cansancio era, si cabe, demasiado importante. Lo suficiente como para mantener a Paula en un estado de vigilia inconsciente, vagando entre los dos mundos sin prestar atención a ninguno. Con 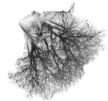 los ojos entrecerrados, la cabeza apoyada sobre sus brazos y éstos encima de una mesa de metal, esperaba su destino.

Habían pasado ya varias horas desde su llegada al cuartel de la Guardia Civil y desde entonces, apenas tuvo la oportunidad de entablar un par de minutos de conversación con algún agente uniformado que se interesó más por su estado, que por el motivo del reclamo que la había llevado hasta allí.

Aunque poco a poco el curso de la conversación fue cambiando.

Todo lo que hicieron fue lanzarle varias preguntas, casi todas de la misma índole, pero con otros matices. Preguntas del estilo "¿qué hacía en la iglesia a esas horas?" o "¿por qué creía que Meana la había llamado?". También se interesaron por el motivo por el que Meana querría confesar y si ella sabía de alguien que pudiera estar espiándolos. Paula fue sincera y contestó a todo con la verdad que suponía como única. Pero a veces la verdad es disoluta, perniciosa para quien se ve afectado por ella. La verdad siempre duele para alguna de las partes.

Al fin, tras largos minutos de silencio, escuchó algo de movimiento al otro lado de la puerta. Se trataba de dos voces que discutían acaloradamente. Una de ellas con menos furor que la otra que, tras unos segundos de análisis, creyó reconocer.

—No tenéis derecho a traerla sin una puta orden. ¿De quién ha sido la idea?

La otra voz contestó, pero su tono bajo apenas atravesó la puerta con un mínimo de fuerza. La del hombre que Paula reconoció como Landino, sí que sonaba imperiosa, enérgica.

—Lleváis más de cinco horas con ella. Vamos, me la llevo.

Apenas unos segundos después, el traqueteo sobre el pica-porte alertó a la joven, que se incorporó sobre su silla y aguardó hasta que la puerta se abriera del todo. Cuando lo hizo, Escudero apareció al otro lado, con el rostro serio y la postura firme. Miró con displicencia a Paula y, moviendo la barbilla, la conminó para que se levantara.

Ella obedeció al instante. Sin preguntar. Sin mirar siquiera a su extraño rescatador, pensando por qué era él y no Sonia quien había ido a sacarla de allí. Pero no buscó respuesta a esa pre-gunta. Su necesidad por huir de aquello podía con cualquier duda que atravesara su mente en ese momento. Lo siguió a través de un recinto pequeño, por la misma ruta que había usado al entrar. Un pequeño pasillo blanco neutro, repleto de cuadros de Su Majestad el Rey. También se cruzó con varios agentes más que la miraban recelosos. Y algún escritorio vacío, aunque esto fue lo último que vio del cuartel.

Una vez llegaron al exterior, comprobó con dolor que el viento se había enfurecido. Que el día se había ocultado tras un cielo roto por completo, que lloraba desconsolado sobre aceras ane-gadas y oscuros paisajes que tan sólo podían presentirse.

—Hace frío, vamos. Te acerco al hostal. —Landino subió al Toyota que usaba para patrullar los pueblos vecinos y tenía apar-cado justo frente a la entrada y, desde dentro, le hizo señales a Paula para que subiera en la parte delantera—. No me apetece bajar a abrirte cuando lleguemos —adujo una vez que Paula hubo entrado en el vehículo.

Fue un trayecto de silencios incómodos y miradas robadas. De canciones casi susurrantes en un ambiente cálido y tranquilo, pero a la vez tenso por ellos mismos. Cuando casi habían llegado, él carraspeó para aclararse la garganta y se preparó, mirando a la joven.

—No sé lo que tramarás viniendo hasta aquí. Y no me importa si eres quien dices ser. Sólo te digo que si haces algo que perjudique a Sonia yo mismo me encargaré de que no veas la luz del día en un buen tiempo.

Paula tragó saliva acongojada. Sentía en su cuerpo un malestar continuo, como una camiseta que ya no te cabe, pero aun así decides usar.

—Yo nunca le pedí ayuda. Ella vino a mí. Y desde luego, nunca haría nada que la perjudicase.

—Bien. Entonces no tenemos nada por lo que discutir. Ambos queremos que todo vaya bien. —Volvió a perderse en un largo mutismo que acabó cuando llegó frente al hostal. Pero únicamente se rompió para despedirla con una especie de gruñido extraño más parecido al berrido de un ciervo que a un sonido humano.

Cuando Paula llegó al hostal, no subió a su habitación. No fue hasta el salón donde esperaba Adelina. Se quedó aguardando la marcha de Landino, con un propósito claro. Tenía todavía en su mente la dirección ofrecida por Rubén. Y por si su memoria fallaba, seguía conservando el papel en donde reposaba manuscrita.

Escudriñó tras la puerta y, cuando vio que las luces rojas del vehículo ya no eran más que un mal recuerdo, abrió de nuevo para salir. Pero en ese momento una voz la detuvo.

—¿Dónde vas con este tiempo? —preguntó Adelina plantada frente a la puerta que daba al salón.

Paula miró a la anciana, que le devolvía una triste mirada apagada. Una mirada que suplicaba por su presencia. Que pedía compasión.

—Tengo que hacer algo, Adelina. Creo que podría estar en el final de todo.

Adelina negó con la cabeza y, soltando un tenue suspiro, torció el gesto en señal de aprobación.

—No es día para andar por la calle, pero si así lo quieres. Ten cuidado.

Paula sonrió, mostrando la complicidad que sólo ellas tenían y se aventuró bajo el temporal. En su bolso, ese que revisaron a fondo los agentes, todavía conservaba los dibujos, sus documentos, el teléfono y las llaves de una casa que ya no consideraba suya y un coche que yacía frente al edificio. Una necesidad surgió antes de arrancar.

Desbloqueó su terminal y llamó a Sonia. La necesitaba con ella en ese momento. Necesitaba contarle a dónde iba y pedirle que la acompañara. Pero el silencio fue su única respuesta. La soledad se transmitía a través del auricular. Los nervios en sus manos eran casi insostenibles. Su mirada se humedecía casi tanto como su pelo. Al fin, cuando comprendió que iba a tener que enfrentarse a aquello sola, emprendió el viaje.

Un viaje de poco más de una hora. Una hora entre pensamientos y recuerdos. Rodeada por un manto de agua que arañaba las chapas del coche, cubriendo el parabrisas con un manto de agua casi uniforme que apenas llegaba a borrarse con el paso de las escobillas.

Al fin, tras alargarse un poco el tiempo previsto debido al temporal que azotaba con fuerza en ese momento, llegó a su destino. Y comprendió entonces que aquel emplazamiento era perfecto para ocultar a alguien. En su mente, igual que en el papel, las indicaciones que llevaban a ese centro juvenil eran claras. Justo al pasar un pueblo pequeño de nombre Pedruño, llegó hasta un desvío que se alejaba de la carretera principal, y, unos minutos después, otro que abandonaba aquella vía secundaria. Tras ella debía introducirse por una trocha bastante estrecha rodeada de árboles por un lado y un muro casi destruido por el otro. Una pequeña senda que serpenteaba hasta llegar a un edificio alargado. Allí aguardaba su destino.

Aparcó frente a la recepción y, corriendo de nuevo para no ser víctima del temporal, entró en el edificio. De nuevo soledad. Soledad y frío, un frío que atenazaba sus músculos. Un frío cercano al miedo.

Esperó erguida mientras las gotas que caían por su cuerpo formaban un pequeño charco sobre el embaldosado reluciente, hasta que vio aparecer a una mujer. Caminaba con pasos lentos, proce-sionarios, mirando desde la distancia a la joven.

Paula esperó hasta verla entrar en el pequeño cuarto custo-diado por un letrero que lo anunciaba como la recepción. Unos segundos después apareció la mujer, de aspecto añejo con el rostro desalineado repleto de arrugas, gafas de pasta grandes y dentadura de una perfección imposible.

—Un tiempo extraño para salir de casa —dijo con un aire ma-cilento—. ¿En qué puedo ayudarte?

—Me gustaría hablar con la directora del centro —dijo sin más ella.

La mujer la miró con desdén y, sin apenas volver la vista, res-pondió sin dejar de sonreír.

—Pues no sé si será posible, la directora no está acostumbrada a recibir visitas. ¿Es algo importante?

—Tengo entendido que soy una niña adoptada y según me han comentado pasé algún tiempo en este centro durante mi infancia. Me gustaría poder comprobar que es cierto. Es importante.

La mujer la miró por encima de las gafas y, al cabo de unos se-gundos, se apartó de la pequeña ventana que las separaba. Cogió su teléfono de cable y susurró algo que Paula no llegó a entender. Un minuto después volvió a acercarse.

—Sigue el pasillo por el que he llegado yo y, al final, a la de-recha, verás otro pasillo largo. Justo al final, está el despacho de Sandra, ella es la directora. Te está esperando.

La joven se despidió veloz y comenzó a recorrer el primero de los dos pasillos. Un pasillo interminable, repleto de puertas que llevaban a distintas salas —todas vacías— que por el día seguro que adoptaban un color más vivo, más intenso. Justo tras llegar al primer desvío, pudo comprobar que el segundo de los pasillos era todavía más largo. Un pasillo en el que apenas se intuía el final, a lo lejos.

Mientras avanzaba en silencioso desfile sólo perturbado por sus pasos, meditaba en su mente todas las preguntas que necesitaba exponer. Repetía en su mente cada una de ellas mientras que, a su vez, intentaba recordar el orden correcto de las mismas.

Al fin, después de más de quince preguntas, llegó a la puerta y, en ese momento, todo se volvió negro, olvidando lo que había ensayado. Una mujer rubia de aspecto serio esperaba en su escritorio, con la vista puesta en su ordenador y sin prestar atención a la reflexiva mirada de Paula, observando tras el pequeño cristal que la puerta de madera tenía situada a la altura de su cara.

Llamó antes de entrar, reclamando la atención que en un principio le había negado. En ese momento, la mujer se fijó en ella y, sin apenas gesticular, le ordenó pasar.

Paula se sentó frente a la mujer, con un nervio que crecía por momentos cuestionando cada movimiento. Con un incipiente sudor surcando su espalda y el corazón latiendo con fuerza.

—Bien, me ha dicho Raquel que querías verme. ¿En qué podemos ayudarte?

Paula revisó de nuevo el rostro firme de la mujer. De pelo dorado, ojos marrones claros y labios pintados de rojo, acompañaba a su cuidado aspecto con una piel firme y unas pequeñas arrugas en los pliegues de sus ojos. Unas arrugas que denotaban experiencia, sabiduría.

—Es un poco complicado —comenzó ella con aquella decidida advertencia—. Hace algunos años hubo un incendio en una iglesia de un pueblo cerca de aquí. En el incendio murieron varias personas, entre ellas dos niñas.

—Lo recuerdo, el incendio de Tanes. Fue muy sonado en esta zona. Yo ya trabajaba aquí.

—Genial, entonces podrás ayudarme. He estado investigando sobre el incendio y tengo alguna sospecha sobre una de esas mujeres. Es posible que la mujer que se encargaba de cuidar a las niñas fuera la responsable del incendio.

—Pero creo recordar que fue el hombre que se había enamorado de la chica que murió quien provocó el incendio. ¿No se declaró culpable?

Paula asintió pesarosa, sintiendo el sufrimiento del recuerdo en el rostro de Óscar, en su piel. No pudo negar esa evidencia.

—Pero tengo indicios que pudiera ser Rosario. La mujer que cuidaba a las niñas.

—¿Rosario? —preguntó exclamando—. No, ella eso nunca —dijo con media sonrisa dibujada en su rostro.

—Tengo pruebas de que Rosario acordó la venta de la niña que se salvó. También hay testigos que vieron un coche idéntico al que ella conducía abandonar la zona sobre la misma hora que se produjo el incendio. Y a todo eso se suma el hecho de que desapareciera por completo después del incendio.

—¿Que Rosario acordó la venta de una niña? ¿De qué niña?

—De Cristina. La niña que vivía junto a las que no pudieron salvarse.

La mujer, que hasta ese momento había mantenido la templanza, escuchando a Paula dialogar, tensó sus facciones. De repente, se acomodó sobre su silla y retrocediendo un metro, cruzó las manos sobre el pecho.

—Creo que esa acusación es demasiado prematura, además de totalmente infundada. Me parece de muy mal gusto querer recurrir a todas esas artimañas para sonsacar una información que seguro luego modificas a tu antojo. ¿Qué eres? —preguntó de nuevo con una furia creciente en su voz—. ¿Periodista?

—¿Qué? —dijo sorprendida ella—. No. Yo soy esa niña. Por eso estoy aquí, porque sé que Rosario vino aquí para buscar acogida a las niñas. Por eso quería saber qué planes tenía para las demás. Si tú trabajabas ya aquí quizá recuerdes algo.

La mujer arrugó todavía más el rostro, indispuesta ante las palabras de Paula, como si cada una de ellas se clavara en su pecho.

—Es de muy mal gusto que inventes excusas tan malas para sonsacar una historia que nunca ocurrió. No entiendo qué pretendes con ello.

Paula, que no comprendía la desmedida reacción de la mujer, buscó en derredor un motivo por el que la mujer actuaba de ese modo.

—No estoy inventando nada —respondió sintiendo la ofensa de sus palabras—. Sé que me adoptaron y tengo entendido que mi madre pagó a Rosario por mí. Quizás recuerdes algo de aquella época, algo que ella te dijera.

—Recuerdo a la perfección lo que pasó. Y sé, jovencita, que estás inventando todo lo que dices. De la primera a la última palabra —replicó envarada—. Rosario nunca les hubiese hecho daño a las niñas. Es cierto que estuvo aquí. —Sandra se preparó acercando la silla de nuevo al escritorio.

»Un tiempo antes del incendio, Rosario vino a vernos. Yo en esa época trabajaba de ayudante, pero la directora de entonces era buena amiga de ella. Estuvieron mirando la opción de colocar a las tres niñas en el centro. Rosario tenía miedo de dejar a las niñas allí.

Paula, que escuchaba atenta todo lo que decía la directora, intentaba asimilar en su mente cada palabra, buscando en ella el recuerdo de todo eso mientras un dolor agudo se iba acrecentando en su cabeza.

—Sé que Rosario reprochó la actitud de Verónica con el cura. Quizá esa discusión fuera a peor y tuvieran una segunda discusión. Tal vez se descontroló todo.

—Rosario era incapaz de hacerle daño a nadie. Era una mujer reservada, seria, pero se desvivía por las niñas. Por eso vino hasta aquí. Quería traerlas a todas. Primero trajo a Cristina, pero, cuando estaba previsto que trajera a las demás, ocurrió la tragedia.

—¿Y cómo consiguió mi madre adoptarme desde aquí? —preguntó con un miedoso interés por conocer una respuesta que sabía que le iba a doler.

Sandra miró con lástima a la joven manteniendo la distancia, soportando el letargo que suponía cada segundo de intenso silencio. Suspiró y dijo:

Cuando ella duerme

—Creo que deberías volver a hablar con tu madre si tan segura estás de tus palabras.

Paula tensó los músculos. Sabiendo que nada bueno se acercaba. Como un presagio triste, comprendió que se acercaba una nueva información.

—¿Qué quieres decir?

—A Cristina nunca la adoptaron.

Aquellas palabras fueron como un portal para Paula. Un portal que la llevó a otra dimensión. Una donde el miedo es el único aliado que se puede tener. Donde estar vivo sólo depende de la necesidad por seguir adelante. Un mundo de mentiras veladas, de secretos cuestionados. Paula se aferró al asiento como un niño en una montaña rusa, intentando descifrar el significado de aquella frase.

—¿Cómo que a Cristina nunca la adoptaron? Eso es imposible —argumentó Paula con la voz quebrada. Un dolor se aferraba a su pecho consciente del devenir que suponía su pregunta.

—Siento de corazón que estés aquí y si tu madre te ha dicho que eras ella, pues imagino que tendrá sus extrañas razones. Pero Cristina nunca fue adoptada. Al menos la Cristina que vino de la mano de Rosario. Ella siempre quiso protegerlas y nunca entendí por qué desapareció sin decir nada a nadie. Pero si lo hizo fue por algo importante. Lo que sí consiguió fue, al menos, rescatar a una de las niñas.

—No... No es posible. Yo soy ella. Tengo sus recuerdos. —Su cabeza parecía que quería estallar. Huir de todo aquello. El dolor que crecía en su interior cada vez era más intenso, centrado en sus sienes. Destellos blancos se sucedían frente a sus ojos mientras que en su cabeza, los pasos del último sueño resonaban con más fuerza.

—Quizá tengas algún recuerdo por lo que te contaron. Pero puedo asegurarte que no eres Cristina.

—¿Cómo estás tan segura? —preguntó todavía incrédula ante tantas emociones encontradas.

Sandra dudó un instante. Tal vez por la necesidad de no causar más daño a la joven, quizá por la templanza de dejar pasar el tiempo para aliviar la tensión.

—Porque Cristina nunca salió de este centro.

Paula enmudeció de nuevo, presa de un instinto incontrolable que sacudía su cuerpo. Que congelaba sus músculos.

—Que no salió de... ¿Dónde...? —intentó decir—. ¿Dónde está?

—Ella se encarga de ayudar a los recién llegados. Los cuida y se centra en su bienestar, sobre todo los primeros meses. Cuando un niño de cierta edad llega a un centro de menores, es poco probable que encuentre familia. Cristina decidió que ésta era su casa y nosotras le ofrecimos un puesto cuando cumplió la mayoría de edad.

—¿Podría hablar con ella? —preguntó con un hilo tímido en su voz.

—No veo inconveniente.

Se acercó a su teléfono y tras decir un escueto "¿puedes bajar?", volvió a colgar.

El tiempo que transcurrió tras la llamada se hizo eterno. Envuelto en un tormento que cada vez era más intenso. En fulgores que trasladaban su pesadilla al mundo actual, en miedos que se antojaban reales. Al fin los pasos resonando en el pasillo devolvieron de su letargo a la joven.

Su terror se palpó en su rostro cuando vio aparecer frente a ella a una muchacha de una edad similar a la suya, de cabello azabache, largo y liso y ojos oscuros. De aspecto firme aunque castigado por la realidad de otro estilo de vida, esa que te borra la sonrisa, que te curte el alma. Una vida hecha para unos pocos. Cuando se presentó en la sala miró a Sandra, para luego centrarse en Paula. En un principio su mirada extrañada pareció reconocerla, pero sin decir nada volvió a centrarse en su compañera.

—Hola, Blanca. Esta chica dice que es Cristina, la niña que sobrevivió al incendio de la iglesia de Tanes.

Cuando ella duerme

La joven miró con las cejas enarcadas a Paula. Con una de esas miradas que traspasan el alma, que te vuelven incómodo.

—¿Cristina? —preguntó ella—. Vaya, eso sí que no me lo esperaba.

Entró en la sala y se sentó junto a Sandra, que al ver la postura de la muchacha a la que había llamado, optó por levantarse y dejar la sala. Cuando ambas mujeres se encontraron solas, Paula decidió adelantarse.

—Te ha llamado Blanca —dijo sin apenas voz.

—Blanca Sáez. Hace algún tiempo que conseguí que me cambiaran el nombre. Bueno —se interrumpió ella misma—. En realidad fue Sandra quien lo hizo. Aunque en mi partida de nacimiento aparece Cristina. Así que si quieres me dices que aparece en la tuya.

Paula dudó un momento. Un duro momento en el que no encontraba esa respuesta tan esencial para poder comprender. Su cabeza era un tiovivo sin frenos. Una ruleta que giraba a toda velocidad reflotando viejos recuerdos y otros que nunca pareció tener.

—No entiendo nada. Si tú eres Cristina. ¿Quién soy yo?

La chica se encogió de hombros y con un gesto condescendiente intentó consolarla.

—Quizá éste no es el sitio correcto para encontrar lo que buscas.

Paula comprendió que todo era necesario para hallar la verdad. Y ahora tenía enfrente a la persona que podría acercarla a ella.

—¿Qué puedes recordar de aquella fecha?

—Poco. Era una niña. Las tres teníamos más o menos la misma edad. En aquella época, los pueblos eran todavía algo cerrados de mente y cuando alguna niña se preñaba joven, pues no estaba bien visto. Elena y yo llegamos de apenas semanas a la iglesia. Nuria en cambio vino con su madre, años después. Recuerdo que siempre estábamos jugando, pintando. A Nuria le encantaba pintar. Siempre llenaba de papeles la casa donde vivíamos. Y entre Verónica y Rosario nos cuidaban. Verónica jugaba más con nosotros. Pero Rosario no era mala, sólo más seria. Nunca entendí por qué me trajo hasta aquí, pero siempre he agradecido, pues si me hubiera dejado allí, seguramente también hubiese tenido la misma suerte.

—¿Nunca viste nada raro? De Óscar o del cura.

—Lo cierto es que no. Óscar siempre se portó bien con ella. Con nosotras. Y el cura, bueno, el cura era muy raro. Siempre pendiente de sus plantas. Siempre iba con esa pala rara que usaba para todo.

En ese momento, el dolor en la cabeza de Paula se hizo insoportable. Necesitó llevarse las manos a la cabeza para intentar controlarlo, pues las agujas que atravesaban su cráneo amenazaban con hacerle perder la consciencia. Blanca se acercó a ella tras intentar que reaccionara con la voz, pero sin conseguir resultados.

—¿Estás bien? —preguntó visiblemente preocupada.

No lo estaba.

Su cuerpo seguía con Blanca, pero su interior viajaba a tiempos lejanos, esa pala aparecía en su mente, para colarse por cada rincón de su cabeza. Esa pala oxidada con el mango de madera carcomida, astillada. Esa pala vieja que siempre llevaba consigo.

Paula se levantó mareada, dando tumbos por la sala mientras que la mujer que había revuelto sus entrañas intentaba sostenerla.

—Muchas gracias por todo —balbuceó, y huyó a marchas forzadas por un trayecto atropellado que la llevó de un lado a otro del pasillo.

Cuando salió a la calle el temporal seguía castigando con fuerza, por lo que corrió bajo la fría lluvia hasta su coche, llegando empapada a él. En su interior se dejó llevar.

Se dejó llevar por esa angustia que atravesaba su alma perdiendo por un momento la noción de su propia presencia. Cerró los ojos y, con la oscuridad rodeando su ser, encontró todo aquello a lo que se había negado hasta ese momento.

El olvido nunca fue una opción

De nuevo se enfrentaba al espejo que unas horas antes había  encontrado en sus sueños. Un espejo que no quería huir de su mente. Ahora se volvía real, intenso. Paula no sabía cómo había conseguido abandonar su mundo real para transportarse al onírico, pero esta vez era distinto. Ahora el dolor de su pecho seguía aferrado a su cuerpo, a sus manos todavía temblorosas.

Miró con temor el cristal que ya había recibido su primera caricia dejando una marca manchada de realidad en su superficie. Acercó su mano al cristal y volvió a arrancar un poco más de ese polvo que se adhería a él.

No vio nada.

En ese momento, se arrodilló frente al espejo y con la mano completamente abierta, para abarcar todavía más espacio, cruzó casi toda la parte alta de la superficie acristalada. En ese instante otra realidad se presentó frente a ella. El reflejo mostraba un cuerpo al otro lado, arrodillado frente al espejo, pero detenido en el tiempo. Muchos años atrás. Paula miró a la sombra que devolvía el gesto. Una niña.

Se levantó casi de un salto viendo cómo la niña hacía lo mismo y, con parte de su cuerpo oculto todavía por el polvo, se detuvo en la misma postura que Paula. Ambas se miraban fijamente, con la misma expresión de terror congelado en el rostro.

—No puede ser —dijo ella.

La niña que se postraba frente a Paula no era otra que Nuria Puentes, la pequeña que ella misma había ido a buscar.

De mirada inocente, sonrisa apagada y pelo castaño y largo, recogido sobre la cabeza. Vestía con la misma falda que recordaba en la foto donde estaban las tres niñas juntas, una falda plisada negra y blanca. Y su camisa blanca.

Los destellos crueles se sucedían casi seguidos atravesando una pequeña ventana que le mostraba el camino. Unos destellos precedidos de gritos lejanos que quebrantaban la noche, que se acercaban al temor de Paula, erguida frente a un nuevo reflejo encontrado.

—¿Quién eres? —preguntó Paula a la niña que se hallaba frente a ella. Pero ésta se limitaba a imitar sus gestos.

Tragó saliva con fuerza entendiendo que aquello sólo podía significar una cosa; que esa niña era ella. Nuria, la pequeña que murió en el incendio. Todo el suplicio de su cabeza se alejaba poco a poco, para encontrarse de nuevo con ella en su pecho. Un desconsuelo que apretaba su corazón, que oprimía su alma.

Miró hacia la ventana y comenzó a caminar. Algo en ella reclamaba su presencia y no podía negarse a la evidencia de la necesidad por encontrar todo lo que sus pesadillas guardaban.

Avanzó con cautela, escuchando sus pasos rebotando por las paredes húmedas y frías. Sintiendo el frío amenazando su piel. Pensando en todas las mentiras que construían su vida. El cielo se encendía con cada paso de Paula, haciendo vibrar el pequeño cristal de la ventana. Hasta que llegó a él.

Un paisaje oscuro cobraba vida con cada destello que el cielo descargaba, mostrando los dos enormes árboles creciendo casi hasta perderse de la vista de la joven. Junto a ellos, de nuevo una silueta se afirmaba sobre el suelo. Una silueta que no tardó en reconocer. Era el padre Meana, pero esta vez portaba algo en sus manos. El cura miró hacia la ventana y, con un rostro casi sin expresión, clavó aquello que ocupaba su mano sobre la tierra. Esa pala, esa que tanto usaba siempre.

Quiso salir.

Huir de esa pesadilla que se empeñaba en demostrarle que el

olvido nunca fue una opción. Que, por mucho que trataron de mantenerla atada a una realidad distinta, su mente siempre quiso mostrarle el camino.

Y había llegado ese momento.

Se volvió para correr, pero junto a la puerta su otro enemigo aguardaba. Esos dos ojos blancos que tanto la habían amenazado ahora tomaban cuerpo. Cobraban vida sobre una figura erguida bajo el marco de la puerta.

—¡Tú! —gritó al ver el rostro de su amenaza.

Dio unos pasos más hacia ella y un nuevo resplandor desveló definitivamente su rostro. El rostro de sus miedos. Esos ojos negros, esa sonrisa falsa, esa cara casi perfecta de un David distinto que ahora se situaba frente a ella.

Buscó una salida, pero apenas tenía opciones. Se volvió sobre la ventana y, cuando quiso saltar, aquel demonio la asió por el brazo.

—Oye —dijo una voz trayéndola de nuevo hasta su realidad—. ¿Te encuentras bien? —preguntó Blanca con una confusa mirada que no parecía encontrar un punto donde centrarse.

Paula, que todavía sentía el miedo recorrer su cuerpo, se acomodó en el asiento y devolvió el gesto a la mujer que se había preocupado por ella. La miró e intentó sonreír, pero apenas logró fingir una débil mueca. Blanca, refugiada del temporal bajo un paraguas que rompía el silencio que se generaba entre ellas arrugó la frente sin desperdiciar palabra alguna, guardando silencio, respetando el momento.

—Estoy bien. Sólo me he sentido un poco indispuesta —respondió con temor ella.

—¿Seguro? Te he visto desde la entrada y no parecía que estuvieras bien. ¿Quieres pasar a tomar algo? Te vendrá bien descansar.

Paula negó.

—Creo que lo mejor es que salga ahora, quiero llegar cuanto antes a... —calló al entender que no sabía dónde quería ir realmente.

—El tiempo está un poco caprichoso ahora. Quizás, si esperas un poco, se relaje.

—Estaré bien. Gracias —dijo, y cerró la puerta del coche empapada por la lluvia.

Mientras se alejaba del centro podía ver a Blanca en la entrada, observando su retirada, distorsionada por la lluvia que golpeaba los cristales.

Cuando al fin salió a la carretera y su mente pudo desconectar de esas sinuosas curvas que amenazaban con echarla de la calzada, todo volvió a ella.

Con un cuerpo reblandecido su cabeza empezó a recuperar los recuerdos que había ido almacenando desde su llegada. Entendió lo que ocurría.

Por eso su madre no quería que estuviera allí. Por eso le mentía.

Por eso David era tan enigmático.

Por eso el cura no soportó más.

Todo cobraba sentido. Todo cuanto quisieron evitar. Pero la verdad es inevitable. Siempre encuentra el motivo para ver la luz.

Con los ojos empapados en lágrimas condujo en un silencio robado de suspiros dolosos y fuertes sacudidas de su pecho cargado.

Volvió a llamarla. Necesitaba escucharla, contárselo todo, encontrar la forma de culpar al verdadero responsable, al menos, de sus pesadillas. Pero nadie respondió al otro lado, torturando todavía más su ya destrozado espíritu. Lloró de nuevo, desconsolada, lanzando su teléfono lejos de ella. Lloró en medio de una noche inclemente que la castigaba.

Fue en ese instante en que sus ojos vieron la silueta de la iglesia a lo lejos. Ese momento en que un pequeño detalle hace despertar toda una retahíla de imágenes que te conducen por un paisaje que ya creías apartado. Ese instante en que un pequeño detalle resurge para hacerte entender todo un contenido enorme. Como la cima de una montaña que supera a las nubes, haciendo entender que bajo ellas, un enorme terreno se extiende hacia el suelo. Eso fue lo que significó para Paula la iglesia.

Una frase, evocada en su mente con la voz recuperada del padre Meana volvió a ella. "Ahí descansa su historia". Una frase que acercó de nuevo los recuerdos a ella.

Aceleró a pesar de que había reducido la marcha para estacionar en el hostal, que todavía tenía las luces del salón encendidas y se dirigió a la iglesia. Con sus manos aferradas al volante y una mueca desgarrada de odio en su rostro. Condujo por el estrecho camino que llevaba al cementerio y se detuvo frente a la puerta. Seguía abierta, como siempre había estado.

Entró, bajo el manto helado del agua que no se contentaba en humillarla, también parecía querer obligarla a detenerse, pues se volvía más intenso por momentos. Caminó olvidando el frío, su cuerpo empapado. Olvidando la realidad a la que se veía sujeta y aceptando la nueva vida que los faros de su coche mostraban; un haz de luz proyectado sobre el nicho que Ernesto Meana le mostró a su llegada. Ese nicho con el nombre de Verónica y un segundo nombre que causaba una sensación extraña en ella.

Se detuvo frente a la tumba y, con unas lágrimas confundidas entre la lluvia que empapaba su cara, se enfrentó al miedo que suponía su nombre. Mantuvo la postura erguida junto al nicho, con las manos aferradas a su cuerpo y los ojos encendidos de furia, decidiendo si debía hacerlo. Y en ese preciso instante encontró el argumento necesario para llevar a cabo su acción. Ahí se hallaba, tirada junto a una de las filas de nichos. Una enorme pala que dibujó en su mente el recuerdo de su última pesadilla. Se aferró a ella con fuerza y volvió a situarse frente al nombre que todavía rechazaba. Su nombre.

—¡Dime la verdad! —gritó alzando la pala. Pero no esperó oposición alguna.

La duda ya no era una opción.

Lanzó un golpe con la pieza metálica que conformaba aquel objeto contra el yeso que protegía la tumba de Verónica. El primer impacto tan sólo levantó un poco de virutas de polvo, dejando una muesca bajo la chapa con su nombre grabado.

Con un grito de rabia volvió a cargar contra ella. Y esta vez sí logró quebrar la placa de yeso, dejando una telaraña que se extendía por toda la pieza. Y volvió a lanzar un definitivo golpe, que atravesó la plancha de yeso hasta impactar contra la madera del cajón. La fuerza del golpe hizo que la pala se clavara en la madera del féretro, teniendo que esforzarse de nuevo para arrancar el metal de la madera podrida.

El miedo resurgió de nuevo en su cuerpo. Un miedo cerval que atenazaba sus músculos. Las piedras caían del agujero que ahora invocaba la presencia de Verónica, reposando en su lecho. Todavía la pala yacía junto al ataúd, dejando parte de su mango al amparo de la lluvia.

Paula había abandonado ya por completo su propio cuerpo, dejando un ser irracional, carente de sentido crítico y visceral. Con un nervio inusitado, comenzó a apartar las piedras que habían quedado sobre el nicho y se aferró al ataúd. Sintió que su mano ardía, pero ya no importaba, ahora su mente no podía pensar en otra cosa. Arrastró con un esfuerzo desmedido el féretro para intentar sacarlo, pero podía sentir cómo la madera cedía ante su esfuerzo. Una madera que no resistió al tiempo y había comenzado a abandonarse. Pronto vio cómo el agua rebotaba sobre la podrida superficie. Pero siguió tirando. Al fin liberó aquel secreto de su letargo, cayendo sobre el frío y mojado suelo.

El impacto hizo que el cajón se abriera en varios trozos astillados de madera irreconocible, dejando un pequeño surco que insinuaba su estado. Paula puso sus manos sobre la madera que perdía el polvo, arrastrado por un mar de agua y sangre que se escurría de sus manos. Una sangre que se perdía en un pequeño reguero teñido de pesar, de verdad.

Cuando ella duerme

Suspiró y cerró los ojos, consciente de que su próximo movimiento, aunque necesario, desataría en ella sentimientos que todavía no conocía. Acarició la madera, sintiendo su helada suavidad e, introduciendo los dedos por el pequeño resquicio que se había abierto, volvió a tirar con fuerza. La tapa cedió, se inclinó sobre ella, partiéndose por las bisagras y cayendo al suelo a su lado, mostrando en el interior no sólo los restos de un cuerpo destruido, sino numerosos papeles que comenzaban a mojarse a causa de la lluvia.

Con el corazón detenido y su estómago intentando devolver la poca comida que todavía almacenaba, observó el contenido del ataúd. Vio todos los papeles y algunos los reconoció rápidamente. Los recuperó tan rápido como pudo arrugándolos en sus manos y los dejó a cubierto en el interior del nicho, donde la lluvia no podía dañarlos.

Allí los analizó uno a uno. Algunos se deshacían en sus manos. Otros en cambio todavía soportaban sus inquietos movimientos. Reconoció entre ellos varias notas escritas de Verónica o al menos una letra que se parecía a la nota que leyó en aquel libro que encontró. También otros papeles que no parecían de su propiedad. Y lo que hizo que su alma se esfumara por la misma cuesta por la que había descendido unos minutos antes.

En una pequeña carpeta, varios documentos vieron la luz. Unos documentos que no pertenecían a Verónica, sino a Rosario. Vio entre ellos su documento de identidad así como el carné de conducir. Vio su foto, su sonrisa congelada en un retrato poco favorecedor. Vio su nombre e incluso creyó verla a ella cuando revisó, una vez más, el cajón. No era más que un conjunto de huesos repartidos, pero algo llamó su atención. En lo que parecía ser su mano, pudo contar cuatro dedos. Uno de ellos faltaba, trayendo a ella la imagen del dibujo, de las fotografías en donde podía verse su minusvalía.

—No —intentó decir—. No es posible. No puedes ser tú. — Su mente intentaba negar la realidad que suponía todo aquel hallazgo. Si sus documentos estaban ahí, significaba que ella nunca se marchó. Tragó saliva y recogiendo todos los papeles, regresó al coche.

No podía soportar la idea de que Rosario fuera la que estaba en ese nicho porque de ser así significaba que Verónica no estaba. Y una nueva pregunta nació en su mente. ¿Dónde estaba Verónica?

Miró la iglesia, esperándola al final del camino; y en ese momento un nuevo recuerdo la invadió sin contemplaciones.

Abrió el bolso. Allí reposaba el dibujo. Ese último dibujo que no había conseguido identificar. Ése que mostraba dos árboles atrapando una luna en el espacio que se formaba entre ellos, vistos desde una ventana.

Condujo hasta la casa, despacio. En silencio, cuestionando todo lo que iba a hacer en ese momento. Y se detuvo frente a ella.

De nuevo el agua castigó su cuerpo cuando descendió del vehículo y corriendo para evitar no mojar la hoja, se introdujo en la casa. Fue directa a esa habitación. Ésa que todavía guardaba en sus paredes el recuerdo del fuego. La verdad aferrada a sus muros.

Se acercó hasta la puerta y, desde la distancia, observó la ventana. A través de ella sólo se contemplaba el agua deslizarse por el cristal y un paisaje triste al otro lado. Casi oculto en una penumbra inquietante. Se aferró al dibujo y siguió caminando.

Con pasos lentos, meditados, pensando en el ataúd que seguía tirado en el suelo triste del cementerio, profanado por sus pesadillas. Esas que ahora le pedían que se acercara a la ventana. El dibujo reposaba en su mano y el miedo en sus ojos, que poco a poco descubrían el pequeño jardín abandonado que Meana tanto cuidó.

Allí los dos troncos talados insinuaban aquello que él trató de ocultar, pero al fin Paula tenía la prueba que iba a romper con la verdad. Aprovechando la humedad que se adhería al papel, pegó este en el cristal, en la posición perfecta para completar aquel dibujo con la realidad.

Se alejó unos pasos y lo comprendió todo.

Cuando ella duerme

Ese dibujo se incrustaba perfectamente a la realidad, recuperando aquellos dos árboles que el cura decidió condenar, así como se había condenado a él mismo. Dos árboles que se erguían hacia el cielo y se perdían en lo alto del folio.

Paula se aferró a su recuerdo sintiendo el dolor que todo eso le producía y al fin comprendió el motivo por el que había llegado hasta allí. Pero ya era tarde.

Alguien más la había seguido.

Pudo escuchar un ligero rugido en el exterior, procedente del motor de un coche. Un rugido que se extinguió de pronto.

Presa de un pánico irracional, no sabía cómo actuar. No podía huir por la escalera, la ventana quizá era una opción. Recordando esa pesadilla casi vaticinadora se acercó al cristal, pero de nuevo se obligó a desechar esa decisión. Otra nueva surgió. Una idea desesperada que al menos aportaría una verdad al resto del mundo. Sacó su teléfono y buscó, en la habitación, la posición correcta.

El tiempo apremiaba. Los pasos tranquilos se sucedían, indicando la aproximación de su portador en cada uno de ellos.

Una sombra surgió justo después de que ella dejara todo previsto.

Vlog Paula 27/04/2019

El vídeo muestra a una Paula desconcertada, siendo observada por un elevado número de ojos que sigue creciendo a medida que pasan los segundos. Su cuerpo se mueve nervioso de un lado al otro de una habitación oscura en donde apenas se puede distinguir su presencia rodeada de una espesa penumbra que devora la pantalla.

Se puede oír su respiración forzada, casi suplicante. Mira repetidamente a la cámara mientras vuelve a dirigir su vista hacia lo desconocido. Una imagen entrecortada debido a la mala calidad de la señal.

Se aleja unos metros, desapareciendo de la imagen. Se aleja por un hueco sin puertas. Y vuelve unos segundos más tarde, con el rostro descompuesto, la mirada perdida en la cámara, como si intentara reclamar ayuda. Pronto los comentarios preocupados se suceden mientras el directo continúa.

El cuerpo de Paula se detiene, pero no los sonidos de pasos; estos sonidos siguen resonando en la grabación con escasa fuerza. Una fuerza que cobra sentido a medida que el tiempo avanza.

Cuando el ruido de los pasos ya es suficientemente perceptible y definido, en el mismo hueco por el que ella había salido un minuto antes, otra sombra emerge de la noche. Una sombra que pronto da vida a otra que camina a su lado.

Dos sombras.

Dos siluetas altas y corpulentas que se colocan junto al marco de la puerta que no es puerta, sino un hueco.

—Fuiste tú. Tú lo hiciste todo —dice Paula que está de espaldas a la cámara.

Los comentarios de los espectadores se multiplican igual que el indicador de asistentes al directo. Todos contemplando el enfrentamiento.

Emi Negre

Paula está erguida, congelada a una esquina de la pantalla y frente a ella, dos hombres. Se puede reconocer la figura del chófer de David y junto a él, el propio David cruzado de brazos dibujando una sonrisa que traspasa la cámara.

—Creo que lo sabías desde el primer momento que tus ojos me encontraron. Pero sigues siendo testigo de una historia mal contada —responde David, que con pasos lentos se adelanta a su compañero mientras le da un golpe suave con el brazo. Sin decir nada, éste se pierde en el manto de lo desconocido—. ¿Qué es lo que hice yo? Si puedo saberlo.

Ahora son dos en una pequeña sala. Dos seres dominados por la oscuridad que se abalanza sobre ellos y apenas deja ver lo que está ocurriendo realmente. Se puede observar a Paula mover los brazos con nerviosismo. A David cruzando los suyos sobre el pecho.

—Tú mataste a Verónica y a las niñas. Fuiste tú quien lo hizo. Lo recuerdo todo. —Paula habla con miedo, dominada por un sentimiento que se atraviesa en su garganta, diluyendo su voz—. Sé quién soy.

En ese instante todo se vuelve silencioso, tranquilo. David observa a Paula y esta, a su vez, detiene sus movimientos. Unos segundos después, los pasos vuelven a resurgir de la penumbra, pero ahora vienen acompañados de golpes y gemidos. Lamentos tibios que no llegan a entenderse.

Cuando su compañero aparece de nuevo, arrastra con una mano a un cuerpo que patalea sobre el suelo, intentando revolverse. Cuando Paula reconoce de quién se trata, lanza un grito ahogado, mientras intenta correr hacia ella.

Nadie lo impide. El hombre que la trae la lanza a sus pies y Paula la recoge entre llantos derrotados. Ayudándola, conduce agarrando por los hombros a Sonia, hasta una posición alejada de los dos hombres. Sonia la mira, pero no dice nada. No puede. Tiene las manos atadas tras la espalda y un trozo de cinta cubriendo sus labios. Unos labios resecos y con rastros de sangre relucen cuando Paula arrebata de su boca la cinta.

—¿Estás bien? —pregunta Sonia, haciendo que Paula no responda. Ella se limita a terminar de ayudarla a deshacerse de todo lo que reduce sus movimientos.

—¿Qué es lo que quieres? —vuelve a preguntar Paula, con la voz desleída.

—Pues es difícil ahora esa pregunta. Siempre he intentado remendar los errores del pasado. Y creía que lo había conseguido. Hasta que apareciste tú, pequeña entrometida. Tú y tu insaciable espíritu aventurero. Nada de lo que hicimos sirvió para que detuvieras tu avance. Por eso mismo ahora estamos aquí. Por eso me has puesto en una situación realmente complicada.

—Eras tú quien me espiaba por las noches. Quien prendió fuego al coche y nos sacó de la carretera. Quien me dejó las amenazas en el coche —grita furiosa Paula. Sus manos se encogen entre sus piernas, arrodillada junto a Sonia, que se limita a observar.

David suelta una sonora carcajada y mira a su compañero, que también sonríe. Una sonrisa cómplice, cruel, silenciosa. Una sonrisa sin alma ni bondad, que se clava en la pantalla provocando la histeria de los espectadores.

—Lo cierto es que lo de las amenazas fue el cura. Al pobre tu presencia lo destruyó por dentro. Sobre todo cuando entendió quién eras. A partir de ese momento se perdió por completo.

—¿Tú sabías quién soy? —pregunta ella. Su cuerpo se ablanda, deshaciéndose sobre el suelo. Mira a Sonia, que le devuelve una mirada de estupor.

—Desde antes de que tú supieras de mi existencia. Todo esto te viene grande, niña. Tan grande que todavía no llegas a entender nada de lo que pasó. Piensas que soy yo el responsable, pero ¿y si te dijera que yo no tuve nada que ver con la muerte de tu madre?

Esas palabras retuercen el cuerpo de Paula y a su vez el de Sonia, que arruga la frente mientras clava la mirada en el gesto angustiado de su compañera.

—¿Qué está diciendo? —pregunta Sonia.

Paula guarda silencio, mira a David y vuelve a posar su mirada en Sonia, que se ha apartado un metro de ella, arrastrándose por el suelo.

—Hoy he conocido a Cristina. Te he llamado, pero... —No sigue. Ambas se funden en una mirada desazonada, que desprende terror—. Yo soy Nuria. Lo he recordado todo. He podido ver su cara aquella noche. Él... —Lo mira y David borra la sonrisa irónica de su expresión. Ahora se muestra serio, contundente.

—No pienses que fui yo quien la mató. Te falta una parte en todo ese recuerdo. La parte más importante. Te falta la verdad —dice mirando a la penumbra que se reproduce tras ellos.

Paula vuelve a mirarlo e incorporándose desafía su presencia.

—Te recuerdo perfectamente, como si estuviéramos en esa noche ahora mismo. Recuerdo haberte visto y recuerdo cómo me alzaste mientras yo contemplaba al padre Meana. Sí, lo recuerdo también, con la pala. Me vio mientras ocultaba el cuerpo Verónica. ¿Qué ocurrió? Habla ahora y al menos dame la oportunidad de saber la verdad.

David la mira en silencio. Un silencio que se extiende más allá de la pantalla. Incluso los comentarios dejan de sucederse por un momento.

—Creo que te mereces la verdad. Si has llegado hasta aquí, es lo menos que puedo hacer. Si recuerdas haberme visto es porque, como bien dices, fui yo quien te sacó de aquí. Pero desgraciadamente todo tiene una explicación. —Se vuelve sobre su compañero mientras suspira con desdén—. ¿Alguna vez has estado enamorada? Pero no ese amor infantil que se pega en el estómago y no te deja comer. No, ese amor no. Yo hablo del amor que te arranca los sueños, que te nubla la vista y te anula el pensamiento. Ese amor que hace y deshace a su antojo. Pues eso fue lo que me ocurrió a mí.

»Yo no maté a Verónica, pero quizá soy igual de responsable. Soy el responsable al menos de todo lo que ocurrió después. Todo por culpa de un amor caprichoso que no me permitió entender la realidad. Fui un pelele, un inconsciente, alguien que se limitó a cumplir con los deseos de aquella persona a la que amó con locura desde que la conoció.

Paula mira a David y en un movimiento rápido, lleva su vista hacia la cámara.

—¿Qué estás diciendo? —pregunta con la voz temblorosa.

—Yo no maté a tu madre. Bueno, a Verónica —corrige David—. Cuando llegué ya estaba muerta. Tan sólo me limité a ocultar todas las pruebas para protegerla. Con la ayuda del padre Meana, borramos lo que pasó aquí.

—¿Y tuviste que matar a Rosario y a la niña? —ruge furiosa. En ese momento Sonia la mira y un brillo extraño se acomoda en sus ojos atrapando la exigua luz que atraviesa la ventana.

—Lo de Rosario y la niña fue un error muy grave —responde él—. Un error tan grave como acertado, pues no sólo me permitió hacer que nadie buscara el cuerpo de Verónica ni el tuyo, sino que me proporcionó al culpable de todo. Un crimen es perfecto cuando se cierra con un culpable falso. Mientras el caso siga abierto, el peligro siempre quedará para exponernos. Yo prendí fuego a la casa, no voy a negarlo, pero no sabía que a la mañana siguiente encontrarían los restos de otra persona. Pero eso sirvió para mucho. Aunque bueno, cometí un pequeño error al no deshacerme del coche —dice mirando a Sonia.

Paula también la mira.

—Nunca has cometido errores, creo que hasta este momento al menos —dice ella incorporándose sobre el suelo—. Y menos al ocultar el coche. Ese coche era tu As bajo la manga. El comodín que te mantenía al filo de la navaja, chupando del bote hasta el día de hoy. No es un error. Nunca fue un error.

David la mira y vuelve a sonreír. En ese momento, su compañero le susurra algo al oído.

—Tranquilo, esto acaba aquí. Tienen derecho a saberlo —dice.

—Lo único que todavía no entiendo es por qué necesitas un guardaespaldas. ¿Qué necesidad tienes? ¿A quién tienes miedo?

Todos callan en ese momento, al escuchar un nuevo sonido procedente del misterioso agujero negro por el que surgían todo tipo de seres. En este caso es una silueta fina la que hace acto de presencia ante la mirada destruida de Paula, que deja caer varias lágrimas cuando la reconoce.

—A veces, cuando juegas con fuego, necesitas estar siempre alerta para que los rescoldos no vuelvan a prenderse. Derek no está para cuidar de David, sino de mí —dice Lucía con la mirada seria, erguida tras ellos.

Los dos hombres se hacen a un lado para dejar paso a la mujer, que avanza con cautela apenas unos metros.

—No... —suplica Paula doblándose frente a su madre—. No puedes ser tú.

—Créeme que esto era lo último que quería que pasara, hija. He intentado por todos los medios quitarte de la cabeza esta historia. Pero tu obcecada reticencia siempre ha hecho de ti un ser insatisfecho, solitario. Todo lo que he hecho siempre ha sido por protegerte.

—Mientes —responde Paula envuelta en un llanto de dolor—. Siempre has mentido. Lo que has hecho es por ti. Únicamente por ti y por la necesidad de no ver descubierto tu plan. ¿Quién más está detrás de todo esto? ¿Papá?

—Todo esto es culpa de tu padre —responde furiosa mascullando entre dientes—. Si no hubiera sido tan ruin y traidor nada de esto hubiese ocurrido. Pero no es justo, hija. No es justo que me juzgues sin ni siquiera conocer mis motivos.

Un sonido silencia toda la conversación, haciendo que Lucía lleve su mano hasta el bolso. Se apodera de su teléfono y no habla. Su expresión muta de pronto y comienza a moverse de forma apresurada, revisando en derredor con ojos encendidos hasta que su vista se topa de frente con la cámara.

—Serás... —rumie acercándose hasta la pantalla.

Los comentarios resurgen de nuevo mientras Lucía se hace grande. Y de pronto, todo se apaga sumiendo a Paula en una noche completa.

26 de marzo de 2002

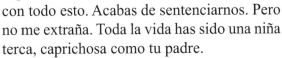

(Lucía Robles)

Todavía no eres capaz de imaginar el daño que has causado con todo esto. Acabas de sentenciarnos. Pero no me extraña. Toda la vida has sido una niña terca, caprichosa como tu padre.

Bien, si realmente quieres saber qué ocurrió aquella noche, tendrás que conocer todos los motivos que nos llevaron hasta esa situación. Porque créeme, hija, que en ocasiones, un final tan trágico sólo se da, cuando detrás de esa historia hay millones de pequeños detalles que acaban en ese fatídico desenlace.

Puedo asegurarte que la muerte de Verónica no fue una muerte anunciada. Nunca tuve intención de hacerle daño. Ni a ella ni a los demás. Pero a veces, los errores conducen a nuevos errores y estos pueden llevar directamente a una tragedia incomparable.

Con Verónica me equivoqué desde el primer día que entró a trabajar en las oficinas donde Álvaro más poder tenía, que era la oficina central del grupo. Ahí empecé a ver cosas raras con ellos dos, pero nunca pude pensar que mi marido pudiera engañarme. Sí, suele pasar, nunca vemos el peligro, aunque éste nos grita al oído. Bueno, quizás sí lo vi. Tal vez llegara a darme cuenta de lo que pasaba y por eso alenté a Álvaro a tener familia. También mi padre puso de su parte, siendo él quién tenía el poder de colocarlo donde ahora está, Álvaro pronto tuvo que decidir.

Podía haberse quedado con ese capricho pasajero que era Verónica y continuar siendo el dueño de una importante empresa o empezar a comportarse como debía y llegar a tener más poder del que nunca hubiese imaginado. Ya ves que eligió bien.

Todo parecía ir por el buen camino. Mi bebé crecía en mi interior, sano y fuerte. Su instinto se despertaba poco a poco, ese instinto de padre que le hizo olvidar todas las aventuras locas que un ser insaciable como él solía tener. Y lo nuestro funcionó. Funcionó muy bien hasta ese desgraciado día. Ése en el que todo se truncó. Aquel accidente que me dejó inútil para siempre.

¿Sabes lo duro que puede llegar a ser ver cómo aquello que más ansías se esfuma como una vaharada en una noche helada? Estoy segura de que no. Pero yo sí lo sé.

Sí que sé lo que es levantarte todos los días y sentirte vacía, inservible. Fue muy duro para todos y llegué a temer por nuestra relación más de una vez. Hasta que se nos ocurrió una idea. Queríamos tener un bebé a toda costa y Álvaro me propuso alquilar un vientre. Pagaría a una chica para que se inseminara con un espermatozoide suyo y yo aportaría mi óvulo. Qué ingenua fui.

Cómo pensar que me iba a acabar engañando. No lo vi venir. O bueno, lo cierto es que sí lo hice. Sí me di cuenta del juego peligroso al que estaba aceptando entrar, pero ignoré las consecuencias. Y aquí vino el segundo error. Por si lo habías dejado pasar, el primero fue cuando permití que Verónica siguiera en la empresa. Nunca debes dejar la tentación cerca de una persona débil de voluntad. Es como dejar una botella de vino a la entrada de Alcohólicos Anónimos. Todo un error.

Cuando supe que era Verónica la elegida decidí no hacer caso. Lo más importante era tener entre mis brazos a ese pequeño ser que llevaría mi sangre. Soñaba con tus ojitos, con tus manitas. No había noche que no me desvelara pensando en cómo serías.

Pero los meses pasaban y cada día me iba dando cuenta del error que había cometido. Tu padre poco a poco se alejaba de mí, se acercaba a ella. Yo cada vez iba odiándote un poco más así que empecé a urdir un astuto plan para alejarla de todo. Decidí empezar a ganarme la confianza de Verónica y, con falsos argumentos e ideas infundadas, le metí en la cabeza que Álvaro tenía pensado alejarla del bebé para siempre. Ella sólo puso como condición trabajar en la empresa para poder seguir viéndote y ver cómo crecías. Pero yo la convencí de que eso no sería así.

Lo sé. Ése fue el tercer error, pensar que Álvaro la iba a olvidar tan fácilmente. Lo cierto es que la convencí de que huyera con el dinero que Álvaro le había dado. Le proporcioné el pueblo donde yo me crie y le juré que no diría nada. Ella, ingenua, se creyó todo.

Lo peor fue cuando naciste. Cuando vi que no tenías nada de mí y entendí el profundo engaño del que había sido partícipe. Me habían traicionado y lo que era peor, descubrí que de la manera más miserable. Álvaro nos engañó a las dos, pues la propuesta que le hizo a ella fue después de haberla dejado en estado. Todo un vil embaucador.

Pero pude salirme con la mía y Verónica huyó con la pequeña y el dinero al pueblo donde acudía en verano. Allí siempre la tuve vigilada gracias a David. Él fue mi guardaespaldas, mi comandante. El amigo que siempre eché en falta. Él siempre estuvo pendiente de ella mientras yo intentaba recomponer los restos de una vida ya destrozada.

Pero ya era tarde, Verónica había entrado en la cabeza de Álvaro con tanta fuerza que su marcha lo destruyó. Dejó de ser el mismo. Dejó de tratarme igual y para lo único que vivía era para buscarla. Se pasaba días enteros llamando a detectives y buscando dónde podía estar, pero yo había sido más lista y borré su presencia de esta tierra. Hasta que me di cuenta de que ése había sido el cuarto error. Alejarla no fue lo mejor, así que opté por revertir la situación.

Fui a buscarla.

Pero cuando llegué ya era tarde. Tú eras una pequeña tan parecida a tu madre que era imposible no reconocerlo. Y ella, bueno, ella ya se había enamorado de ti. Intenté ofrecerle dinero, convencerla de que lo mejor era que aceptara el trato que le habíamos hecho, pero se negó. Prometió devolver todo el dinero. Una promesa inicua, cruel, pues era imposible que pudiera juntar tanto dinero. Estaba al corriente de que el cura ya estaba cobrándole la renta de otras formas.

Le di una semana. Una semana para que preparara a la niña y

se despidiera de ella, sino volvería con Álvaro y todo sería más duro. Y con ése, se cumplió el quintó error. Debí arrancarte de sus brazos en ese momento. Pero le di tiempo para organizar su huida.

Tuve que volver antes de una semana, de forma precipitada, pues sabía que algo estaba tramando. David, que esa semana estuvo bastante más pendiente, me confirmó que ella y el amiguito suyo tramaban algo. Así que, en una precipitada carrera, me presenté una noche fría para llevarte conmigo.

Todavía recuerdo la conversación y cómo ocurrió todo. Es algo que nunca he podido borrar de mi cabeza. Ni lo haré por más que quiera.

Ella estaba en un pequeño cuarto, leyendo bajo la luz de una vela que apenas daba color a media estancia. Recuerdo su expresión de terror al verme aparecer. Te buscó de inmediato, pero dormías plácidamente. Eras un angelito. Verónica me condujo hasta otra habitación para no despertarte, en el piso de abajo.

—No puedes hacerme esto —dijo ella en una voz tan baja que apenas se notaba la súplica en su garganta.

—No puedo darte más tiempo. Tengo que llevármela, te comprometiste a esto. Aceptaste el dinero.

—Pero no puedes hacerme eso. Tú me ayudaste a huir. ¿Por qué me la quieres quitar ahora?

A mí me dolió más que a ella tener que hacerme grande en ese momento. Tener que convertirme en el ogro que soy desde esa noche. Pero siempre había mirado la vida por los ojos de Álvaro y no podía permitirme perderlo.

—Fuiste tú quien decidió meterte en su cabeza, en su cama. No puedes ahora exigirme que encima yo me sacrifique por algo que no te pertenece. Que es también nuestro.

—Sé que cometí un error. Pero no es momento de llevártela. Ya tiene una edad, ya se entera de todo lo que pasa. ¿Cómo vas a explicarle que yo ya no estoy en su vida?

—Lo superará. Es muy pequeña todavía. Tiene toda la vida

por delante para que te olvide. Y, cuando lo haga, te prometo que la podrás volver a ver —mentí. Y ella supo que mentía. No pude negar la evidencia de mi embuste.

—No voy a dejar que te la lleves. Lo siento, pero no puedo permitir que te lleves a mi hija.

—Te recuerdo que aceptaste utilizar mi óvulo para engendrarla. —Y en ese momento confirmé las sospechas que ya tenía. Aunque sospechas no eran.

Verónica me contó la traición que había llevado a cabo y en ese momento me encendí. Fue raro, pues ya era sabedora de lo que había pasado, pero quizás escucharlo de sus labios enardeció mi cólera. Y en ese momento mis ojos se encendieron, ávidos de locura se perdieron en la noche.

No volví a decirle nada, intenté correr hacia la escalera con intención de arrastrarte conmigo, pero ella se interpuso.

Gritó.

La empujé.

Forcejeamos hasta que, en un descuido de ella, pude zafarme de sus uñas que arañaban mi piel y la aparté de mí. Perdió el equilibrio al tropezar con una mesa e intentó agarrarse a ella para no caer.

Y ahí vino mi sexto y último error. Me dejé llevar por el odio insano que recorría mi cuerpo y encontré, escapando de la oscura noche, un impoluto cáliz que me reclamaba con su fulgor dorado. Lo sujeté fuerte desde su base y, mientras Verónica me daba la espalda, lo alcé sobre mis hombros.

Todavía recuerdo su tacto frío y suave, su peso balanceado. Sigo escuchando el silbido que produjo al romper el aire en su trayecto hacia la nuca de Verónica y cómo su cráneo crujía cuando el metálico objeto impactó en ella. Un golpe seco que hizo que mi muñeca se doblara. Seguido de otro un poco más sordo cuando su cuerpo se desplomó sobre el suelo. No murió en el acto. Sé que no lo hizo, pues quedó sacudiéndose en el suelo mientras balbuceaba tu nombre. Tu nombre.

Esas fueron sus últimas palabras. Y desde esa noche no puedo escuchar tu nombre. Nuria es una palabra que ha quedado vetada en mi cabeza. Que me recuerda todos los errores que han convertido mi vida en un infierno.

A los pocos minutos dejó de moverse. Todavía mis manos temblaban con la copa aferrada a una de ellas, con un pequeño rastro de su sangre envuelto en algunos cabellos. Recuerdo la bilis subiendo por mi esófago y cómo David apareció de la nada para ofrecerme su ayuda sin cuestionarme, sin preguntar siquiera. El cura lo había visto todo, pero nosotros conocíamos su secreto, así que fue como un pequeño trato de favor. Le pedimos que se deshiciera del cuerpo. Y así lo hizo.

Lo último que hice esa noche fue abrazarte y desde entonces no he dejado de hacerlo. Pero todo tenía un precio. Tu voz nos alertó mientras terminábamos de borrar las huellas. Unas huellas que sólo podían borrarse de una manera. David te encontró asomada a la ventana, llamando a tu madre. Ese fue otro nuevo error que cometí. Crear en tu mente el recuerdo de esa noche. Ese error es el que hoy nos ha traído hasta aquí.

David te cogió y juntos te alejamos de todo esto. Él se quedó terminando lo que mi desgraciado descontrol comenzó. Lo que él hizo por mí jamás podré pagárselo. Borrar todas las huellas de mi existencia esa noche fue el acto de amor más grande que nunca ha hecho nadie.

Vi el fuego desde la distancia mientras nosotras nos alejábamos para siempre. Todo lo demás, ya lo conoces.

Tú eres Nuria, sí. Pero no olvides que siempre serás mi hija también.

Bendita desconfianza

—Y ahora que ya conoces todo lo que pasó, entenderás que esto que acabas de hacer —dijo Lucía mostrando el teléfono—, nos ha condenado a todos. Y no sólo eso, me ha obligado a cometer el peor de los errores que jamás pensé que podría cometer.

Sus ojos parecían buscar algo en la lejanía que la ventana permitía encontrar más allá de sus paredes. Una idea que permitiera un final distinto quizá. Una oportunidad de volver al pasado. Sólo su cabeza era capaz de entender aquello que sus ojos céreos anhelaban.

—Entonces tú fuiste la mujer que vieron salir. El coche negro —condenó Paula, sin necesidad por escuchar una confirmación.

—Pobre anciano. Por suerte se desdijo al día siguiente. Un golpe de suerte me temo —respondió Lucía negando cualquier contacto visual con Paula.

—Ya he borrado el vídeo —dijo el hombre que siempre guardaba los pasos de David—. Pero no puedo prometer que los que seguían el directo, hayan hecho alguna captura.

—Ahora mismo estamos metidos en un buen lío. ¿Qué podemos hacer? —preguntó de nuevo la mujer, con una pérfida mueca de descontento fijada en sus labios.

Paula observaba a Lucía, que todavía no había borrado su expresión turbada, pero de pronto sintió cómo un cosquilleo recorría su brazo. Sonia, que se había incorporado, estaba a su lado, agarrando su mano con fuerza mientras le dedicaba una mirada seria. Una mirada que pedía perdón, que se reafirmaba en su tácito compromiso de lealtad. Una mirada que Paula sintió como propia al verse reflejada en el brillo de sus ojos. Sonrió sin fuerza, si aquél era su último minuto de vida habría merecido la pena.

Volvió a mirar a la que siempre consideró como su madre.

—¿Vas a acabar con nosotras? —inquirió Paula. A pesar del miedo que se aferraba a su voz, la desafiante necesidad de no implorar rezumaba por cada poro sudado de su piel temblorosa.

—Lo último que hubiese querido es encontrarme en esta situación —sollozó Lucía, y comenzó a dar pequeños pasos nerviosos alrededor de sí misma.

—Y papá, ¿qué pensará de todo esto? ¿Acaso sabe lo que hiciste? ¿Lo que estás haciendo? —Paula apretaba la mandíbula con fuerza, sintiendo el rechinar de sus dientes en su cabeza.

—¿Quién crees que me ha llamado para advertirme de tu brillante idea de hacer un directo? Tu padre, a diferencia de ti, supo tomar las decisiones correctas y no volver a hacer preguntas nunca. Era él quien aprobaba los pagos para David.

—Lucía, hagamos lo que hagamos tenemos que decidirlo ya. No creo que tengamos mucho tiempo. No sabemos cuándo se inició el vídeo ni si ha llegado a decir dónde estaba. El tiempo no es nuestro aliado ahora mismo así que tenemos que irnos ya. ¿Qué quieres hacer con ellas? —investigó un David visiblemente afectado.

—Estoy pensando —gruñó nerviosa. Tras un tenso minuto de silencio en donde sus pasos rápidos resonaban como un metrónomo marcando el tiempo con una perfección matemática. Paula podía contar cada segundo sin margen de error limitándose a usar sus pasos como referencia.

También el fulgor infinito de la pistola de Derek, el ayudante de David rompía la penumbra que pretendía envolverlos.

—Ya sabes lo que tenemos que hacer —dijo justamente Derek, mirando con repulsión a las dos jóvenes.

Ellas, se aferraban la una a la otra con fuerza, siendo dos caras de una misma moneda. Paula, muerta de miedo, temblaba presa de sus propias cavilaciones mientras que Sonia miraba con ojos intensos a los tres verdugos, sin apariencia suplicante.

Al fin Lucía se detuvo, mirando al compañero de David y apretó los puños.

—¿Crees que voy a acabar con la vida de la que ha sido mi hija hasta esta noche? —repuso con furia—. ¿Acaso me tomas por una bestia?

Derek no dijo nada. Negó con la cabeza mientras volvía a fijar su vista en las dos muchachas que, calladas, aguardaban su final.

—Sea como sea, hay que irse ya. Podemos decidirlo en otro lugar.

—No —sentenció Lucía—. Tengo claro que a mi hija no puedo tocarla. Ella podrá irse cuando todo esto acabe. Pero lo que está claro —dijo acercándose a Paula—, es que, con todo el dolor de mi alma, esto es una despedida. Tú podrás seguir adelante y me ocuparé de que no te falte de nada. Pero no volveremos a vernos, al menos en un tiempo.

Paula, que sintió en su pecho el dolor de aquella despedida, entendió que un trasfondo oscuro había tras su alegato. Vio en sus ojos vidriosos el odio casi tan intenso como el amor que profesaba hacia ella.

—¿Y qué va a pasar con ella? —preguntó refiriéndose a Sonia.

Lucía alzó la mano intentando acercarla a la mejilla de Paula, acción que ésta rechazó dando un paso hacia atrás. Sonrió al ver el gesto de su hija y volvió a alejarse, pasando por entre los dos hombres que habían llegado primero.

—No te culpo. Si yo fuera tú, también hubiese actuado igual. Adiós, hija.

—No me has contestado. —Dejó pasar un tiempo prudencial para que sus siguientes palabras sonaran duras, irónicas—. Mamá.

Lucía detuvo su marcha, pero no se volvió. Su rostro ya no desprendía amor ni de su semblante se desprendía sonrisa alguna. Ahora un rictus serio borraba su expresión dulce, dejando una cruel mueca de desaliento.

—A ella dejadla en algún lado que puedan encontrarla rápidamente. Ya sabéis qué hacer con los demás.

Esas palabras dolieron tanto como un disparo en el pecho. Un dolor que Paula sintió tan real, tan suyo. Sabía lo que significaban las palabras de Lucía y lo que suponía su marcha lenta, perdiéndose entre la oscuridad que consumía el interior de la casa.

—¡No! Mamá —gritó intentando correr hacia ella, pero en ese momento el amarre de Sonia se hizo más intenso, impidiendo que Paula saliera tras ella—. ¡No! —volvió a gritar mirando a su compañera.

Sus ojos pronto se anegaron de lágrimas y el sufrimiento se aferró a su pecho al pensar que Sonia también había entendido las palabras de Lucía, pues su sonrisa era la sonrisa de una derrota asumida. La misma sonrisa de despedida de un enfermo con apenas horas de vida. Esa sonrisa que derrama lamento, que se deforma entre sinuosas curvas de hipocresía. Esa sonrisa que suena, sabe y huele a final. Paula, que había decidido no aceptar ese destino, intentó escapar de la presión que los brazos de Sonia ejercían sobre su mano, gruñendo palabras sin sentido, mostrando la rabia en sus labios. Pero su compañera soportó el envite. Cuando sintió que Paula desfallecía, la llevó contra ella y la abrazó con fuerza.

Fue ese momento en que todo desapareció. Como un pequeño rayo de sol que encuentra la forma de escapar de la tormenta, colándose por cualquier pequeño resquicio, encontró en esa noche funesta, el motivo por el que seguir viva. Lo encontró en los ojos de Sonia que buscaban los suyos, en sus manos, apretando con fuerza su cintura, en sus labios, que con dulzura la reclamaron una vez más.

Y en mitad de la noche más oscura, se encontraron de nuevo para lanzar un pequeño rayo de sol a sus vidas, esas que parecían no tener previsto ver un nuevo amanecer.

Cuando sus labios se separaron y entendieron en sus ojos olvidados que aquello había sonado a despedida, volvieron a revisar la habitación. Lucía ya no estaba. Y David y su compañero observaban la escena en silencio.

—Bien, si ya habéis acabado con vuestro numerito, es hora de marcharse —dijo Derek, y señaló a ambas mujeres con la pistola mientras que se hacía a un lado—. Cualquier gesto raro y no pienso dudar. Yo no tengo ninguna hija.

Las dos mujeres empezaron a caminar avanzando por los recuerdos que poco a poco revivían en Paula, clavando astillas afiladas en su cerebro tras cada nuevo momento revivido. Vio a un lado la habitación donde dormía Rosario, recordó también haber caído por las escaleras que la llevaron al piso inferior. Y sobre todo recordó alguna canción que cantaban cuando eran niñas.

Entre recuerdos renacidos y miedos ya instaurados en su pecho llegaron al exterior. Allí el coche negro de David se encontraba aparcado justo detrás del suyo y ambos, víctimas de la lluvia que se compadecía de las jóvenes, llorando junto a ellas.

David y Derek se quedaron rezagados, susurrando algo que apenas entendía Paula, por lo que intentó prestar atención.

—¿Qué vamos a hacer? —preguntó David.

—Ya pocas soluciones nos queda, primero voy a ocuparme de la niña entrometida. No quiero que vea nada. Después ya nos deshacemos del tullido y de la policía.

—¿Cómo lo vas a hacer?

Derek, que se percató de la atención disimulada que Paula le estaba prestando, alzó la barbilla y no dijo nada más. Empujó clavando el cañón de su arma en la espalda de Sonia, haciendo que se precipitara bajo el manto de agua fría que pronto tiñó de un tono más oscuro su pelo. Su rostro demudado, debido a la rabia y el dolor que causaba cada nueva acometida de Derek, parecía buscar en la noche algo con lo que devolver el golpe, pero el coche se acercaba y las opciones cada vez eran más débiles.

—Vamos a llevarlos al garaje. Allí nos desharemos de todo. El fuego borrará cualquier huella. Después sólo tendremos que desaparecer.

—No sé si estoy preparado para dejar todo esto —dijo David con un deje melancólico en su voz.

Derek no volvió a hablar durante el resto del trayecto, reblandecido a causa del agua que había convertido el camino en un pequeño lodazal.

Llegaron al fin hasta la parte trasera del Mercedes negro de David y, mientras que Derek se colocaba en la parte del maletero, su compañero rodeaba el coche para introducirse en él por el lado del acompañante.

Fue en ese instante, ése en el que Derek accionó la manecilla del portón trasero, cuando el rugido tranquilo de un coche distrajo la atención de todos. Dos focos pronto rompieron la calma y sobre el techo del vehículo, dos girofaros acompañaron al desconcierto total.

—Mierda —masculló Derek ignorando que la puerta del maletero se había abierto y parte del cuerpo de Óscar asomaba ya de él.

Cuando se volvió ya era tarde. Óscar dejó ver, entre sus manos, un objeto afilado —parecido a un trozo de plástico arrancado del interior del vehículo— que proyectó con fuerza contra el enorme cuerpo del guardaespaldas, clavándolo en una de sus piernas.

Un gemido escapó de su alma en cuanto el afilado objeto rasgó la tela de su vaquero y atravesó la piel, destrozó los músculos y abrió una profunda herida de la que pronto comenzó a manar la sangre a borbotones. Junto a su grito otro, estallido surgió, acompañado de un destello que rompió la noche. Un destello que se desprendió de su arma.

Sonia se hizo pequeña al escuchar el disparo, pero pronto reaccionó empujando a Derek, que perdió el control y cayó al suelo unos metros por delante.

Óscar saltó al exterior del coche y, sin mostrar duda en sus movimientos, intentó alcanzar a su verdugo, pero un nuevo disparo lo detuvo en seco. Un disparo que alumbró el rostro encendido de David, apuntando con su arma al cuerpo del amigo de Sonia. La bala atravesó su espalda, saliendo proyectada por la parte frontal de su cuerpo. Varios trozos de tela volaron en una noche de varias tormentas. Por un lado la que descargaba sobre todos ellos y por el otro, la desatada por Paula. Óscar dio dos pasos más sin orden alguno entre ellos y se desplomó en el suelo, boca abajo, sin ofrecer más resistencia.

Cayó junto al cuerpo de Derek, que se arrastraba en busca de su arma, dispuesta a unos pocos metros. Justo cuando Óscar impactó contra el piso, por su espalda, surgió la silueta de David, que con el brazo enhiesto mostraba una pistola en su mano. Todavía el humo se desvanecía entre las gotas de agua que empapaban el cañón.

—¡Óscar! —gritó Sonia intentando lanzarse a socorrer a su amigo, pero el gesto de David parecía querer impedirlo. Apuntó hacia ella y, justo en ese momento, otra voz surgió de la noche, aquella noche oscura.

—¡Quieto! —gritó alguien de nuevo. Pero esta vez Paula sintió que esa voz sonaba distinta, alejada, distorsionada.

Vio una silueta borrosa a lo lejos, que alzaba su brazo en dirección a David. De pronto, varios centelleos procedentes de su arma acompañaron a un grito sordo, con cierto eco que iba perdiéndose en su cabeza.

Volvió a escuchar dos disparos más y, de pronto, silencio. David, ya no estaba erguido junto a su coche.

Derek tumbado boca abajo pidiendo clemencia y Sonia arrodillada junto al cuerpo inmóvil de Óscar. Yacía boca arriba y en su costado una enorme mancha roja teñía el agua que corría junto a su cuerpo.

Vio a Sonia llorar a su lado, a Landino correr a preocuparse por ella y poco más. Pronto dos lágrimas se escurrieron de su rostro, pero enseguida entendió que no sólo se trataban de lágrimas de pena por aquel fatídico desenlace.

Un intenso fuego se había instaurado en su vientre. Con miedo, llevó su mano hasta aquella dolorosa sensación y, cuando agachó la mirada, se encontró su mano bañada en sangre.

Sus piernas empezaron a negarse a sus órdenes, su cuerpo temblaba y, aunque intentaba gritar, apenas podía mover los labios.

Su asustada mirada al fin se encontró con la expresión de terror de Sonia que, al comprobar la realidad de su gesto, corrió a socorrerla. Pero llegó tarde, Paula no soportó más su propio peso y se desplomó, sintiendo el agua caer sobre su rostro. Un rostro que pronto lo cubrió el dulce semblante de Sonia, que entre lágrimas suplicaba que no se durmiera, que no la dejara ella también. Lloraba sin control acariciando el rostro de Paula mientras que ella, poco a poco, iba dejando de hablar, de oír e incluso de ver.

También pudo ver a Landino con una expresión de terror aferrada a su gesto serio.

—No puedes dejarnos ahora. Sabía que no podía fiarme de ti. Menos mal que me dio por seguirte.

Paula sonrió como último gesto. Bendita fue esa desconfianza, pues gracias a ella, al menos todo había acabado.

Al fin se dejó llevar por esa voz que susurraba en su oído. Que la llamaba desde lo profundo de su mente. Cerró los ojos ante los gritos desesperados de Sonia y la voz firme de Escudero. Así fue como la noche se cernió sobre ella.

Una luz de esperanza

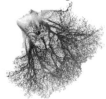

Ya no quedaban resquicios de las noches frías cargadas de dolor. Ahora una colorida hondonada se extendía frente a sus ojos, que contemplaban un paisaje fresco y primaveral. De radiantes flores que buscaban el sol abierto en un cielo despejado. Un aire que acariciaba las ramas de los dos tejos milenarios, imperiosos, alzándose magistrales en un terreno llano.

Lejos también quedaban esas pesadillas oscuras repletas de miedos ocultos, de verdades que necesitadas, buscaban una salida.

Ahora Paula, Nuria, caminaba descalza por el verde descampado, sintiendo en sus pies desnudos las briznas de hierva arañar su piel, dejando un suave cosquilleo que llegaba incluso a desatar una tímida sonrisa en su rostro pulido por el sol.

A unos metros de distancia, Verónica la observaba alegre, con los brazos cruzados sobre el pecho y la melena negra alborotada. Caminó hacia ella, sabiendo que no era real. Ni Verónica ni esa casa ni ella misma. Pero ansiando un abrazo que guardó durante décadas. Ese abrazo de una despedida que le fue privada. Corrió hacia esos brazos de los que la arrebataron sin compasión y, cuando ambas se consolaron en un mundo hecho para ellas solas, todo lo real volvió a azuzarle una vez más.

Pudo ver, antes de volver, el rostro infausto del padre Meana, erguido bajo el pórtico de la iglesia. También atisbó, en la lejanía, la silueta de Rosario y las dos niñas que convivieron con ella. Todo en un escaso segundo, el mismo que tardó en escuchar el reclamo apagado de Sonia, que la requería al otro lado.

Un enorme manto claro de luz cegó a Paula cuando intentó abrir unos ojos que ya se habían acostumbrado a la penumbra perpetua. Frente a ella, una sombra custodiaba su vuelta. Una sombra y varias voces. No consiguió discernir la procedencia del segundo de los sonidos, pues todo llegaba a ella envuelto en un eco apesadumbrado, elusivo.

—Creo que está abriendo los ojos —dijo una voz femenina que acarició su corazón, aportando ese calor necesario para soportar el dolor del regreso.

—*Fía*, ¿puedes oírme, nena? —preguntó una segunda persona, que supo de inmediato quién era.

Paula ladeó la cabeza intentando controlar todos los dolores que iban reviviendo en su cuerpo. Primero su cabeza y cuello, que crujieron con cada movimiento de una aturdida joven. Le siguieron los brazos y la cintura, para acabar deslizando el incómodo dolor hasta sus pies. Incluso mover los dedos era todo un desafío, como agujas traspasando la piel. Una sensación realmente extraña.

Toda esa luz que había entrado en ella de golpe seguía abrasando sus ojos, obligándola a cerrarlos tras cada intento. Esa luz, una luz de esperanza. Esa era la luz que le daba otra oportunidad para poder reconciliarse con el mundo, con ella misma, pues en muy poco tiempo consiguió abandonarse, odiarse al tiempo que se castigaba por su propia perfidia.

—¿Cómo estás? —susurró de nuevo Sonia acercándose a su rostro.

Sintió su olor dulce impregnado en su piel, el aroma cálido de sus labios. Pudo incluso sentir el pesar en su corazón, transformado en preocupación al salir expelido por su boca.

Intentó responder, pero su garganta seguía dormida. Todo en su interior era todavía un amasijo de órganos, músculos, sangre y sentimientos, sin embargo las palabras eran algo que había quedado en su otro mundo. Movió ligeramente la cabeza gesticulando el dolor que su gesto le producía.

Cuando ella duerme

—No te muevas. Te pondrás bien.

Y, creyendo en las palabras que Sonia le dedicó, volvió a cerrar los ojos, dejando que el calvario se alejara un poco de ella. Cuando el sentido del tacto empezó a obedecerle, decidió buscar en su cuerpo el origen de su situación. Pasó la mano por su pecho, pero allí no había más que un cuerpo cubierto por una fina bata que apenas ocultaba sus vergüenzas. Bajó un poco más, mas no encontró nada, así que decidió descender otro par de centímetros. Ahí sí, un doloroso pinchazo le mostró su razón de ser. Una venda rodeaba su cuerpo a la altura de la cintura y de un costado, una sensación extraña cruzaba por su interior. Una sensación que no nacía en la piel, sino que en ella se dejaba entrever, para hacerse real en el interior, casi en su alma. Torció el rostro y prefirió no insistir más, lo mejor sería recuperarse primero.

Dos semanas fueron necesarias para poder mirar al sol desde el exterior del hospital. Dos semanas en las que pudo recapacitar sobre lo ocurrido, pensar en todo lo que había pasado y en los porqués necesarios que se dieron para acabar allí.

El pueblo de Tanes celebraba su llegada con una Adelina que festejaba su aparición con pequeños saltos casi inapreciables de no ser por el ligero movimiento de su cabello corto. Gritó de alegría en cuanto vio a Paula descender del coche, junto a Sonia, que había sido la encargada de cuidar de ella durante todo ese tiempo.

—Qué alegría verte tan guapa. No sabes lo mal que lo pasé —dijo la anciana con un brillo de realidad en sus ojos. Hizo un amago de abrazarla, pero que perdió fuerza a mitad de camino, temerosa por tomar una decisión. Fue Paula quién se rindió a su necesitado abrazo—. Estás preciosa —dijo acariciando la melena de la joven, que se veía más radiante y bella.

Ella sonrió ante el ataque amoroso de cruenta realidad que Adelina le propinó, intentando evitar que la sangre se concentrara en sus mejillas.

Las tres caminaron hacia el bar de Rubén. Caminaron en silencio mientras la joven seguía los pasos de Sonia.

—¿Se sabe algo ya de la *Luci*? —preguntó la hostelera, visiblemente preocupada.

Paula negó.

—Lo único que me han dicho es que, según parece, ni siquiera ha pasado por su casa. Se ha esfumado por completo. Aunque es posible que la tengan acorralada. He escuchado que tienen una ligera sospecha de dónde puede estar. Ahora, parece que el ayudante de David ha dado bastante información. —No fue Paula quién respondió. Lo hizo Sonia, que era la que más enterada del caso estaba.

Paula, después de haber sido conocedora de que David había fenecido en el enfrentamiento con Landino, que Óscar casi muere también a causa del disparo a bocajarro de David y que a ella tampoco le salió gratis —varios centímetros de intestino delgado y el bazo—, prefirió no saber nada más. O lo justo en caso de ser necesario. Aunque eso no la iba a librar de testificar y demás parafernalia necesaria para poder pasar página definitivamente.

—Bueno, lo importante es que todos estamos bien y, que al final, la verdad ha salido a relucir. Como siempre hace —dijo Adelina, con una sonrisa triunfal—. Mi Manuel debe de estar orgulloso.

La puerta del bar estaba abierta cuando las tres mujeres llegaron y, en su interior, Rubén esperaba, como siempre, detrás de la barra. Pero le acompañaba alguien más. El propio Escudero, juez y salvador de una tímida Paula, que apenas pudo mirarlo a los ojos. Su miedo seguía aferrado al cuerpo como una prenda mojada. Sentía la necesidad de agradecerle lo que hizo, pero también la reticencia a entablar cualquier tipo de conversación. Se limitó a asentir con la cabeza.

Todos se juntaron frente a la barra mientras que Rubén servía una copa a cada uno.

—¿Qué te pongo? —preguntó a Paula estirando la comisura de los labios, dejándola a medio camino de una sonrisa.

—Una Coca Cola —demandó ella.

Ambos rieron cuando ninguno de ellos se miraron pero Paula sí pudo encontrar la sonrisa de Rubén plasmada en el reflejo de un pequeño espejo que decoraba el local.

—Creo que por fin podemos celebrar que todo ha salido bien. Aunque todavía queden algunos flecos por cerrar —se adelantó a decir Escudero, alzando una botella de cerveza ya castigada por el calor de unas manos que se empapaban del sudor del cristal, brillando en exceso.

Todos alzaron sus vasos o botellas, siendo la última Paula, que tuvo que esperar a tener su bebida lista.

—Por las apariencias —dijo Sonia atrayendo las miradas extrañas del resto—. Si no hubiese sido por las apariencias, nunca hubiésemos vigilado a Paula y ella nunca se hubiese encaprichado de que Óscar mentía. Las apariencias nos han traído hasta aquí. Y, aunque suene extraño, ellas son las que mueven nuestro mundo. Esa primera impresión que otra persona nos ofrece es la que necesitamos para poder permitir que entren en nuestro mundo. Y normalmente son las personas cuya apariencia crea discordancia en nuestro ser las que más nos llaman la atención, las que nos incitan a desvelar todo lo que su aura esconde. Por eso hoy brindo por las apariencias.

El tintineo de los cristales firmó aquella noche como la noche en que sus pesadillas murieron para siempre, sepultadas por una gran verdad que seguía envuelta en un halo de misterio que Paula no iba a permitir que fuera olvidado. Ya no.

Por su mente la imagen de Óscar rondaba como un pensamiento necesario, forjando preguntas que todavía no habían sido respondidas.

Su imagen, yaciendo inerte en el suelo, fue la última que retuvo en su cabeza, aunque la realidad tras despertar fue distinta. Por suerte la bala había atravesado su hombro, sin afectar a ningún órgano esencial. Desde luego, tuvo mejor suerte que ella.

Sobre todo las dudas que albergaba desde que lo conoció. Unas dudas que no tardaron en resurgir tras las palabras que Adelina dijo.

—Nunca imaginé que David hubiese estado detrás de todo esto. ¿Cómo pudo pasar algo así? —insistió Adelina, como buena mujer entrada en años y acostumbrada a lidiar con los cotilleos de un pueblo pequeño, con encanto.

Paula meditó unos segundos tras oír a la anciana.

—Yo sigo sin aceptar que Óscar no supiera nada de lo ocurrido. ¿Por qué nunca dijo nada? —meditó en voz alta ella—. Sigo pensando que él lo sabía todo. Y ha callado todo este tiempo porque hay alguien más en esta historia.

El silencio se hizo denso, duro en los ojos de cada uno de los presentes, que se lanzaban miradas fugaces mientras callaban secretos enquistados. Landino, en cambio, bebía la segunda cerveza desde que las tres mujeres habían llegado, ajeno a todo ese momento.

—¿Qué es lo que pasa? —preguntó de nuevo Paula al entender que ese silencio escondía otro secreto.

Rubén se apoyó en la barra y compartiendo su mirada con Adelina y Sonia, dijo:

—Creo que todavía te falta conocer una versión de lo que pasó aquella noche y que quizá responda a tus dudas.

»Óscar no sólo se sacrificó por Verónica. Tan grande fue su amor por todas ellas que prefirió condenarse a sí mismo, antes que dejar que esa verdad saliera a la luz. Pues eso significaría poner en peligro algo más que su vida.

Todos callaron. Paula los miró desconcertada.

Cuando ella duerme

26 de marzo de 2002

(Rubén Faes)

He de reconocer que la vida me ha otorgado este carácter que hoy ves, pero hubo un tiempo en el que no fui así.

Muchas veces tuve que ver la muerte de cerca, sentir su olor en mi rostro, su humedad en mis manos. Cuando la vida te muestra su lado más oscuro hace que todo lo que has aprendido deje de ser importante. Que todo lo que hemos creído siempre necesario: el dinero, el amor, un coche caro o un piso en la playa, deje de importar.

Pero hay algo que siempre sobrevive a todo eso y es la familia. Y no hablo de la familia que uno se encuentra al nacer, esa con la que creces y compartes tu día a día. Hablo de la familia que creas, la que eliges a fuerza de ambición y lealtad. Ésa es la familia que estará contigo siempre y por la que debes luchar. Esa familia nunca te falla, nunca te abandona, aunque estés rendido en el campo de batalla y las balas te recuerden lo efímera que es la vida. Tu familia te sacará de allí. Aunque ya no respires, aunque tu cuerpo sea un mero saco de huesos. Eso es lo que la vida me ha otorgado.

Y con esa premisa llegué a este pueblo a cuidar de un bar que heredé por castigo. Sé que no soy el mejor camarero del mundo, que mis modales son, como poco, cuestionables. Pero también sé que cuando elijo a mi familia podría matar por ella. Y Óscar y Verónica fueron mi familia. Por eso no dudé en ayudarlos cuando lo creí necesario.

La noche del incendio fue, sin duda, la peor de las que he tenido que vivir en este pueblo, hasta que llegaste tú.

Como siempre hacía cuando cerraba el bar, limpiaba todo por

dentro antes de irme definitivamente a dormir, pero esa noche hubo algo distinto. Un suave resplandor se movía a través de esa misma ventana. La que da al lago. No pude apreciar nada, pues al ser cristales opacos, apenas distinguía la silueta de una luz con vida propia. Pero algo me hizo sospechar, por lo que decidí abrir la ventana.

Lo primero que recibí fue el viento helado de una noche que jamás olvidaré, tras eso, un fuego enrabietado que crecía justo por detrás de la iglesia.

Con horror, lo primero que pensé fue en Verónica y en las niñas, sabía que no había sido un incendio fortuito, pues ella misma me confesó sus temores días antes.

Lo siguiente que vi fue a Adelina frente al hostal, abrazada a su batín y contemplando, como yo, la tragedia que se intuía.

Corrí con la intención de llegar hasta ella y, justo cuando salí a la carretera, comprendí que era tarde para todos.

Óscar estaba frente a Adelina y ella, con la cara completamente descompuesta, intentaba sacarle las palabras que la noche le había arrebatado.

Pude ver el humo escapar de su cuerpo, sus prendas quemadas, su piel derretida por completo en los brazos, la cara. El dolor que desprendía su imagen era aterrador, pero dentro de ese dolor, surgió un atisbo de esperanza.

—Corre —escuché que le dijo. Y en ese momento Óscar se volvió hacia mí.

Vi el miedo en sus ojos y la generosidad entre sus brazos. Un pequeño bulto se escondía entre los pliegues de una pequeña manta humeante. Un bulto que no se movía, de cabellos dorados teñidos de carbón.

—No podía dejarla ahí —dijo con una voz atrapada entre la deformidad de sus labios—. Estaba llorando.

Aparté un poco la manta para comprobar que se trataba de la pequeña Elena. Sus mechones rubios eran inconfundibles. No se movía, pero pude encontrar un ligero resquicio de vida en su cuello. Su corazón latía débil, pero con fuerza.

—¿Y Nuria, y...? —intenté preguntar, pero sus ojos me respondieron antes incluso de acabarla. Unos ojos que se perdieron en la noche, pues tras eso, no volvería a encontrarlos nunca más. Su mirada dejó de ser la del Óscar que conocimos en el pueblo.

—Vamos, tenemos que curar eso —dije con pocas esperanzas. Esas quemaduras necesitaban tratamiento pues, de no ser así, una infección podría haber acabado con él.

Cuando llegamos al bar, deposité a Elena en una pequeña cama que tenía en el bar y comprobé su estado. Por desgracia también había sufrido quemaduras importantes en los brazos. Pero se pondría bien.

—¿Qué es lo que ha pasado? —investigué, preocupado.

Óscar se limitó a negar con la cabeza y sollozar. Daba vueltas por el bar dejando caer los restos quemados de su piel y la sangre que no había llegado a hervir.

—Había alguien más. Había alguien más —repetía casi como un mantra. Era todo lo que pudo decirme.

Yo me limité a curar las heridas de Elena y asegurarme de que se pondría bien. Cuando quise hacer lo mismo con Óscar, éste se negó.

—Tengo que curarte, eso no tiene buena pinta.

—Tengo que volver. Tengo que salvarla —respondió él.

Yo lo miré con gesto triste, pues viendo el estado de ambos, ya sería demasiado tarde para cualquiera que siguiera en la casa.

—¿Has visto algo?

Él me miró y entendí que sí lo había visto. En ese momento, miró a Elena y tragó saliva con fuerza.

Un golpe en la puerta cortó cualquier opción de réplica que se hubiese planteado y se dejó caer en una de las sillas.

Eran Adelina y Manuel los que entraron. Ella con la mirada puesta en Óscar, él con un gesto descompuesto al encontrarse tan triste imagen.

—¿Cómo están? —preguntó ella con un hilo de voz.

—Ella se pondrá bien. —Sabía que Óscar no había corrido la misma suerte.

Manuel se acercó con las manos temblorosas y una mirada errática.

—He visto algo —dijo haciendo que, tanto Óscar como yo, nos volviéramos a mirarlo—. Una mujer salía del camino de la iglesia justo unos minutos antes del incendio.

—¿Una mujer? —pregunté alertado. En ese momento imaginé que podría ser Rosario, pero Óscar me lo negó. Él sabía algo más. Algo que siempre acabaría guardando.

—No le vi la cara, conducía un coche negro. Se lo he dicho a un agente cuando ha pasado.

—No —gritó Óscar casi desconsolado.

Todos nos volvimos hacia él, desconcertados por su estrepitosa respuesta. Nos miraba con el único ojo que mantenía abierto, pues las heridas iban cobrando fuerza en su cuerpo.

—Estoy seguro de que era una mujer —insistió Manuel.

—No digas nada, por favor.

—Pero, Óscar. Si ha visto algo, quizá ayude a encontrarla. Si es la culpable, tendrá que pagar por ello.

Óscar suspiró y llevó su vista hacia la cama donde dormía Elena.

—Había alguien más. Lo vi correr. No puedo...

—Óscar. Si no dices lo que ha visto, te dejará a ti como único testigo. ¿Sabes lo que eso significaría?

Todavía hoy recuerdo su mirada. Una mirada de derrota, aceptando todo lo que sabía que iba a ocurrir. Una mirada sin vida que tan sólo le quedaba esperar al desenlace.

—Tienes que cuidarla, no pueden *zaber* que *zobrevivió*. No pueden encontrarla. —Se levantó de su asiento y, conociendo al fin el dolor, intentó caminar hacia la salida, cojeando—. No podéis decir nada de lo que habéis visto esta noche. Hacerlo por ella, por favor.

—Pero Óscar... —intenté responder.

—Promételo.

Yo lo miré y no pude más que asentir con dolor, aceptando la promesa que estaba a punto de formular.

Todos nos miramos cuando él abandonó el bar, conscientes de que aquel gesto era un sacrificio. Y como un acuerdo silencioso, todos juramos guardar su secreto. Por Verónica, por Rosario, por todas ellas.

Hice lo que mejor sabía hacer, cuidar de mi familia. Llevé a Elena a un gran amigo con el poder suficiente para curarla y darle una nueva vida. Pero Elena no fue como tú, ella sí recordaba todo lo que pasó.

Tiempo después, nos encontraríamos de nuevo.

Los restos de la verdad

Paula miró desconcertada a Rubén mientras él, con una ligera sonrisa, oteaba el cercano horizonte de su bar, trazado en un listón de madera que cruzaba las paredes de todo el recinto.

—Entonces... —dijo Paula con un nudo en la garganta.

Rubén asintió y posando de nuevo sus ojos sobre Paula, dijo:

—Todo vuelve a ser como antes. —Cuando acabó su frase miró a Sonia, que había sido testigo de la historia con unos ojos anegados en lágrimas.

Paula negó mientras veía cómo Sonia acercaba sus manos a los guantes al tiempo que una lágrima escapaba al control que ella intentaba imponerse con gestos extraños. Los restos de la verdad surgieron como el sol en un cielo despejado, al arrebatar el primero de los guantes negros de cuero. Su piel herida se mostró como la verdad que nunca había sido expuesta. Unos brazos arrugados y manchados, víctimas de aquel fuego que tanto se llevó por delante.

Landino, que había sido otro de los espectadores de la historia de Rubén, lanzó un exabrupto típico de los hombres de su edad, mientras que Paula se congeló en un suspiro. No pudo más que mirar a los ojos de Sonia, que negaba cualquier contacto en ese momento.

—Nunca quisimos decir nada mientras no supiéramos quién había sido el causante. Elena o Sonia, como ahora la conocemos, podría haber corrido peligro si todo salía a la luz. Debíamos hacer honor al sacrificio de Óscar y no permitir que nadie conociera su verdad. Por eso ni siquiera tú, debías saberlo —dijo Rubén, al entender quizá, que Sonia se había ahogado en su propio lamento y no era capaz de hablar.

—Pero cuándo supiste quién era —retomó Paula presa de sus sentimientos—. ¿Por qué me lo ocultaste ahí también?

Sonia negó con la cabeza cerrando los ojos. Acariciaba su mano desnuda mientras buscaba en los ojos de Adelina el consuelo que ésta le proporcionaba con una sonrisa dulce.

—Tenía miedo. Miedo de que no me creyeras o quizá de que fueras tú la que mentías. Llegaste haciendo preguntas sobre el incendio, jurando ser un extraño, para luego convertirte en alguien que estuvo conmigo. Cuando dijiste que eras Cristina quise gritar que habíamos jugado juntas, pero algo me lo impidió. Y para lo demás, bueno, para eso simplemente fue demasiado tarde.

La joven se alejó de la multitud de personas que se agolpaban en la barra, intentando asimilar los nuevos recuerdos que sacudían su cabeza, comprendiendo el tiempo perdido que Lucía le arrebató junto a Sonia y el daño que ella les había causado a todos.

Caminó unos metros, pero sólo para entender que lo que su pecho gritaba era la alegría de encontrar algo más que rescatar de su pasado. No todo lo que muere revive tiempo después y esa oportunidad que acababa de encontrar, debía aprovecharla.

Se volvió con los ojos empapados y, acercándose poco a poco, alargó los brazos pidiendo permiso para ese abrazo que siempre quiso, pero que nunca supo reclamar. Sonia liberó al fin esas lágrimas que se sujetaban a sus retinas y se lanzó con cautela hacia Paula.

Ambas se abrazaron, sintiendo el recuerdo de su infancia, siendo dos personas distintas, pero con las mismas almas que volaron juntas tiempo atrás. Todos callaron, comprendiendo que el secreto que tanto tiempo guardaron al fin era libre, así como ellos también lo eran.

—Ponme otra cerveza —dijo Escudero rompiendo la belleza del momento. Él, como buen hombre de antaño, no entendía de esos sentimientos tan exteriorizados. Él era más de querer con las tripas y la voz pequeña.

Cuando ella duerme

Al fin, tiempo después, todo volvía a ser casi como fue un día.

Los días habían pasado en aquel pueblo que ahora veía las nubes más blancas, incluso el sol se dejaba querer de vez en cuando, reflejándose sobre un lago calmado, que se extendía hasta más allá de las montañas que lo custodiaban. Los pájaros mostraban al cielo sus galantes vestimentas y gráciles movimientos y el bosque cantaba de nuevo.

Paula viajaba con Sonia por la misma carretera que había recorrido durante esas últimas semanas, observando el paisaje con unos ojos distintos. Unos en los que se enamoraban de la hojarasca que vagaba por el suelo, de los árboles que empezaban a colorear el paisaje, de unos pueblos más vivos, de Sonia a su lado.

Pasó junto a la iglesia y pudo ver, en la lejanía de su mente, al padre Meana cuidando de su jardín, a su madre, alegre de verla feliz.

—¿Quieres venir? —dijo Paula cuando Sonia detuvo la marcha junto al cementerio.

Ella negó con la cabeza.

—Esto es algo que debes hacer tú.

Paula bajó con tranquilidad, imaginándose que el féretro todavía yacía en el suelo. Ese ataúd que ella misma arrancó de su nicho en un desesperado intento por encontrar la verdad. Y entonces recordó lo que descubrió en él. Rebuscó en su bolso y sacó de él un papel que rescató aquella noche. Uno en el que el título había destacado sobre el resto de hojas mojadas.

Las letras parecían deshacerse en un papel desgastado a causa del tiempo y la lluvia que quiso borrar toda prueba. Un texto firmado con el nombre de Ernesto Meana. Una breve carta.

«Siento que he fallado a todo cuanto creí que significaba mi vocación. Nunca llegué a imaginar que el voto de silencio podría doler tanto y que me arrastraría hasta esta situación en la que

me encuentro. Apenas han pasado unas horas y ya siento el peso de la traición sobre mi pecho.

Atado de pies y manos, como El Señor en la cruz, es como me encuentro. No sólo he sido testigo del cruel agravio contra la vida de dos personas inocentes, sino también de la necesidad de participar en todo este burdo engaño.

Espero que algún día Dios me perdone, pues ni yo mismo podré hacerlo. Esa última imagen me persigue cada noche como un castigo divino. Y sé que el infierno aguarda mi llegada por todo lo que he hecho.

Cuando David me obligó a enterrarla, con amenazas de desvelar mi más sucio pecado, me juró que estaba muerta. Me lo juró. Pero no fue así y mi maldita cobardía me impidió darme cuenta. Esos árboles van a ser los testigos de mi pecado, pues la vi moverse cuando lancé sobre ella las primeras paladas de arena. ¿Y qué hice? Qué hice.

Seguí lanzando tierra y tierra y tierra con los ojos cerrados hasta que ya no pude verla.

Me duele el pecho de tanta culpa. Espero que algún día pueda descansar en paz y que todos los que hoy hemos pecado, recibamos nuestro justo castigo.

Dios, perdóname por ser tan mal hijo».

Paula tragó saliva sintiendo el fuego en su pecho. Arrugó la hoja y se deshizo de ella, dejando que el viento se llevara esa confesión para siempre. La muerte borra todo, por lo que ya no había opciones de castigarlo más así que lo único que le quedaba era sufrir su propio dolor al entender lo que esa nota significaba.

Observó al detenerse las nuevas lápidas, relucientes. Dos nuevas lápidas que ocupaban dos nichos distintos. Dos nombres distintos.

VERÓNICA PUENTES SÚÑEZ

ROSARIO OBLANCA PÁEZ

Los dos nombres de la verdad, que ahora podían descansar en

paz cada una en su propia celda. Una muerte que las encontró una fría noche en las manos de dos seres sin alma. Una muerte que condena siempre sin juzgar.

Cuando volvió al coche, Sonia revisaba su teléfono móvil, gesto que Paula no pasó por alto.

—Ha llamado Escudero —se adelantó a decir ella—. Derek ha confesado todo. Ha hablado de la muerte del cura y de cómo mató a Samuel. También ha dado detalles de Lucía y parece que la tienen acorralada. Todo ha terminado.

Paula dudó un segundo apenas, sabiendo que no todo estaba cerrado.

—¿Y mi padre? —preguntó ocupando en su mente la última conversación con él, que ahora se antojaba a despedida.

—No sé mucho. Sólo que ha negado cualquier participación. Están investigando la vinculación con David, pero, al parecer, era Lucía la que manejaba las cuentas. Supongo que podrá salirse con la suya. —Sonia mantuvo un breve silencio mientras dejaba que su compañera asimilara las nuevas noticias—. Deberías hablar con él, cerrar la herida de una vez.

Paula se limitó a negar con una sonrisa poco convincente que apenas dejaba un corte recto en su cara.

Cuando el coche se puso en marcha, Paula pudo respirar por primera vez desde que despertó de su pesadilla. Esas palabras dieron un nuevo soplo de vida a su corazón. Todo había terminado.

O casi todo si pensaba en su padre.

Lo último que vio Paula, justo al entrar en Caso, fue a Óscar, que había asumido al fin la vida durante el día. Ambos se miraron desde la distancia y una sonrisa emergió de su rostro.

Ella devolvió, esta vez sí, una sincera muestra de cariño al sentir el calor de su gesto, volviendo por una vez más, a ese pasado.

Agradecimientos

Siempre he sido una persona humilde y con los pies en la tierra. Por lo tanto estos agradecimientos deben ir siempre dirigidos a ti, que estás leyendo esto ahora mismo. Sin ti, mi voz se perdería en el silencio, como un grito en una habitación oscura y vacía. Por eso mismo, te doy las gracias por haberme dado esta oportunidad y por haber llegado hasta el final.

Dicho esto, me encantaría conocer tu opinión del libro. Puedes encontrarme en cualquiera de mis redes sociales o en mi página web. También, si dejas una reseña o compartes tu opinión de este libro, estarás ayudándome muchísimo.

Dejando ahora este apartado, me gustaría empezar a nombrar a todas esas personas que han estado detrás de bambalinas. En la sombra, ayudando a que esta novela viera la luz con todos los cabos bien atados. Era necesario que cuando me leyeras, sintieras que todo era real, y espero haberlo conseguido.

Una de las personas más importantes desde que inicié mi andadura y que nunca falta es mi buen amigo y consejero José Luis Bohigues (Pallús). Tras él viene una compañera de letras, antigua alumna y ahora escritora también; Karen Wells. Siguiendo por el lado de lectores, me gustaría nombrar a tres personas que para mí son realmente importantes. Son 3 lectoras que sin conocerme, me dieron la oportunidad y se quedaron a mi lado libro tras libro. Como siempre digo, en todos mis libros habrá unas líneas para ellas. Mis primeras lectoras fieles —si se puede llamar así—. Muchas gracias a Neus Calleja, Joana Rodriguez y Maria José Valiente.

En cuanto al desarrollo de la historia, quiero dar las gracias al pueblo de Tanes, cuyos vecinos nos recibieron con los brazos abiertos y una sonrisa en la boca. En especial a Ricardo y María, de la Seronda de Bueres, unos preciosos apartamentos que tuvimos el placer de visitar. Sin ellos, muchos detalles se me hubiesen escapado.

Cuando ella duerme

Y por último y no menos importante, quiero dar las gracias a esos compañeros que desde el primer día me están brindando su apoyo y hoy quiero nombrarlos aquí. Son ellos:

Raquel Bataller. Elena Benavent. Aurora Ortolá. Carmen Morant. Carmen Gallego. Marisa Martí. Eva Guerola. Angeles Perez. Sonia Miró. Esther Molió. Modesta Rodriguez. Rosana Molina. Laura Muñoz. Karen Wells. Noelia Vives. Mari Cielo Lorente. Raquel Mico. Isabel Aparicio. Silvia Pardo. Mavi Badenes. Jose Luís Bohígues. Ana Cerrato. Joana Escrivá. Fani Bonet. Pau Moratal. Vero Montilla. Ana Perez. Mari. Maria del Carmen castro.

Emi Negre

Biografía

Emi Negre, seudónimo de Emiliano Pereyra Negre, no es más que un padre de familia entregado. Pero con una curiosa pasión que es la de escribir.

Nací en 1987 en Argentina. Pero con apenas tres años tuve que volver a España con mis padres.

Me crié dando tumbos de casa en casa ya que mi padre no tenía un trabajo fijo, y no es hasta los ocho años, que nos instalamos en una vivienda fija.

Ahí empieza mi locura por las letras. Si bien es cierto que desde pequeño hacía mil historias con dibujos, no es hasta los ocho años, que empiezo a sentir pasión por escribir. Relataba pequeñas historias, algún que otro poema.

Con catorce años, y tras años de sufrir acoso escolar, empiezo a descargar mi furia en un pequeño diario en el que expongo cómo me siento. Ese diario será el origen de mi carrera literaria. No es hasta quince años después, que decido publicar.

Secuelas de un pasado (2018) es el primer libro, nacido de mi propia experiencia.

Más tarde publicaría "48 Horas para un destino" y en 2019 "La herencia del pecado", libro ganador del premio Suseya a la mejor novela negra de 2019.

Y así empieza mi andadura. Si quieres conocerme mejor, te invito a que me visites en mis redes sociales.